IL SUO
PIANTO
SILENZIOSO

LIBRI DI LISA REGAN

In lingua italiana

Le ragazze svanite

La ragazza senza nome

La sua tomba nascosta

La confessione finale

Le sue ossa sepolte

Il suo pianto silenzioso

I corpi lungo il fiume

In lingua inglese

Detective Josie Quinn

Vanishing Girls

The Girl With No Name

Her Mother's Grave

Her Final Confession

The Bones She Buried

Her Silent Cry

Cold Heart Creek

Find Her Alive

Save Her Soul

Breathe Your Last

Hush Little Girl

Her Deadly Touch

The Drowning Girls

Watch Her Disappear

Local Girl Missing

The Innocent Wife

Close Her Eyes

My Child is Missing

Face Her Fear

LISA REGAN

IL SUO PIANTO SILENZIOSO

Tradotto da
Alessandro Cataoli & Pietro Negri

bookouture

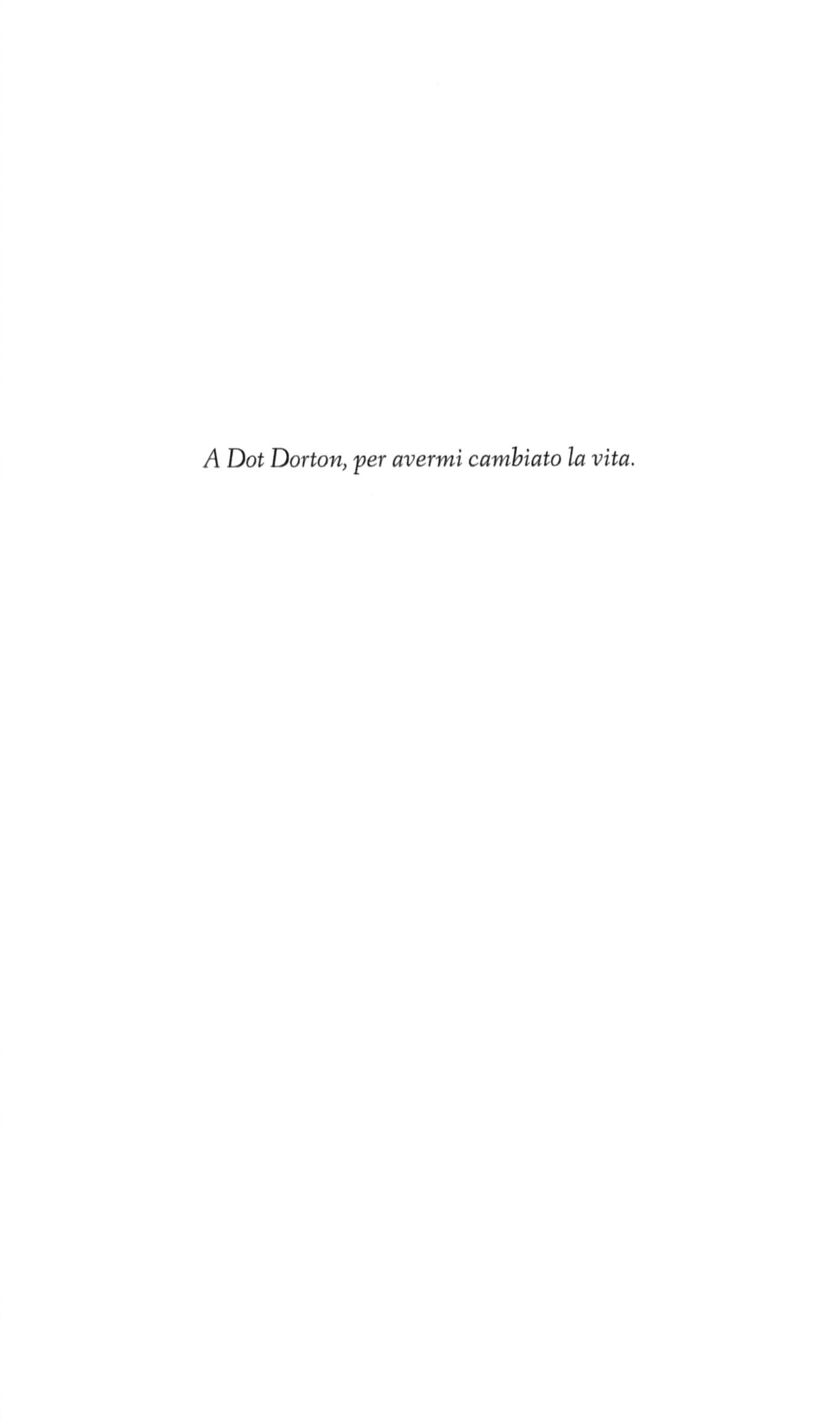

A Dot Dorton, per avermi cambiato la vita.

UNO

Le urla della lite si infrangevano in ondate rabbiose contro la porta che ci separava, sbattevano contro il legno, si riversavano sul pavimento e scivolavano sotto la porta, dove potevo sentire ogni parola. Per la maggior parte del tempo non riuscivo a capire cosa stessero dicendo e nemmeno per quale motivo stessero litigando; capivo solo che lei stava per farsi male: in silenzio o urlando. Non avrei saputo dire quale fosse la cosa peggiore.

Per quanto lui la colpisse, alla fine lei riusciva sempre a tornare nella nostra stanza. Si sdraiava sul nostro letto scricchiolante stringendo i denti per soffocare i singhiozzi e mi cercava. Avevo imparato a fare molta attenzione quando mi muovevo sotto le coperte: a volte bastava anche la più piccola pressione per farla ansimare di dolore. Con la massima delicatezza di cui ero capace, mi accoccolavo accanto a lei, con la schiena contro il suo ventre, e aspettavo che le dita tremanti che mi passava tra i capelli scivolassero in un ritmo lento e rilassante.

Avevo tante domande, ma non osavo farle. Non volevo che quell'uomo mi sentisse, che si ricordasse che c'ero anch'io. Quando i suoni irregolari del suo respiro si attenuavano, emetteva un morbido sospiro. A quel punto capivo che il dolore era diventato almeno sopportabile.

«Va tutto bene.» mi diceva. «Andrà tutto bene.»

Era sempre stata una pessima bugiarda.

DUE

Gli striduli gridolini di gioia del piccolo Harris Quinn si propagavano per tutto il Denton City Park, perforavano le orecchie di Josie che lo rincorreva dalle altalene allo scivolo guardandosi intorno per vedere se qualche altro adulto ne fosse infastidito, ma nessuno sembrava badarci: tutti gli altri genitori erano altrettanto concentrati sui propri figli che scorrazzavano avanti e indietro, chiamandoli eccitati.

«Mamma, guardami!»

«Non mi prendi!»

«Voglio andare sull'altalena!»

Josie seguì Harris fino al castello al centro del parco giochi: una piccola rampa di scale saliva a un lungo ponte arcuato che conduceva a un grande scivolo sul lato opposto. Harris si arrampicò sui gradini e corse lungo il ponte.

«Attento!» lo ammonì Josie, ma lui era già arrivato in cima, e per un pelo lei non travolse due bambini mentre si precipitava in fondo allo scivolo prima che lui scendesse. Riuscì a riprenderlo a mezz'aria alla base dello scivolo e lui strillò: «JoJo!»

Gli diede un bacio sulla fronte ma lui cominciò a divincolarsi. «JoJo, giù! Ancora!»

Con riluttanza, lo rimise a terra e lo guardò ritornare di corsa verso la scaletta. Era meglio restare ad aspettarlo in fondo, pensò, per riprenderlo. Quando lo perse di vista per i pochi secondi in cui lui correva lungo il ponte, il cuore prese a martellarle nel petto finché non intravide di nuovo in cima allo scivolo il bagliore dei suoi capelli biondi e il blu acceso del dinosauro sulla sua maglietta. Mentre Harris si metteva a sedere e si sporgeva in avanti, una bambina si infilò davanti a Josie e iniziò ad arrampicarsi su per lo scivolo. Josie vide nella sua mente la disastrosa collisione che stava per verificarsi. La bambina doveva avere sei o sette anni, a giudicare dall'altezza, quasi il doppio di Harris. Indossava scarpe da ginnastica bianche, pantaloni blu elasticizzati e un maglioncino rosa brillante con sopra disegnato un unicorno. Sulle spalle portava un piccolo zainetto a forma di farfalla. I suoi capelli color sabbia erano legati in una coda di cavallo allentata e disordinata. Josie avrebbe voluto dire qualcosa per rimproverare quella bambina di non salire in quel modo sullo scivolo o per avvertire Harris di non lasciarsi ancora andare giù, ma le parole le si strozzarono in gola. Si avvicinò invece allo scivolo, allungando le mani per afferrare Harris prima che questi si fiondasse direttamente sulla bambina con lo zainetto a farfalla, ma una donna apparve improvvisamente dall'altra parte. «Lucy!» abbaiò con fermezza. «Sai bene che non devi salire sullo scivolo in quel modo. Scendi prima che qualcuno si faccia male.»

La piccola Lucy continuò a salire, e allora la mano della donna scattò in avanti e la afferrò per un braccio, fermandola. «Guardami, Lucy!» disse. «Che cosa ti ho detto?»

Lucy si immobilizzò sul posto e alzò lo sguardo verso la donna. Josie notò immediatamente la forte somiglianza: lo stesso viso a forma di cuore, gli stessi occhi azzurri pervinca e il naso stretto e ben chiuso sulle narici. I capelli della donna erano forse due tonalità più scure di quelli della bambina, ma dovevano essere madre e figlia.

Lucy si morse il labbro inferiore, allentò la presa sui bordi dello scivolo e, in un'accozzaglia di gambe e braccia magre e agili, iniziò a scivolare lentamente verso il basso, a pancia in giù. «Scusa, mamma.» borbottò. Una volta raggiunto il fondo, la madre la prese per mano e la trascinò fuori dalla traiettoria di Harris, che si lasciò andare giù pochi secondi dopo, e Josie lo recuperò con uno scatto afferrando saldamente il suo corpicino guizzante.

La madre di Lucy incrociò lo sguardo di Josie e sorridendo le disse: «Mi scusi.»

«Oh, non fa niente.» la rassicurò Josie. «Sono solo contenta che nessuno si sia fatto male.»

La donna rise. «Chi l'avrebbe mai detto che i parchi giochi potessero essere così pericolosi?»

«Davvero.» rispose Josie. La verità era che portare Harris al parco giochi le toglieva anni di vita. C'erano troppe probabilità che lui inciampasse e battesse la testa contro qualcosa, che cadesse giù da un punto alto e si rompesse un osso, che si facesse male inavvertitamente per colpa di un altro bambino che correva troppo veloce o che si arrampicava sullo scivolo dalla parte sbagliata.

«Quanto ha?» le chiese la donna mentre Lucy strattonava la mano della madre, cercando di trascinarla verso altri giochi del parco.

«Due anni» rispose Josie. «va per i tre.»

Con un sorriso malinconico, la donna disse: «Oh, mi ricordo quando la mia aveva due anni. Che bella età...»

«Oh, lui non è mio...» cominciò a dire Josie, per spiegare che non era la madre di Harris, che lo stava tenendo per una sua amica, ma Lucy cominciò a piagnucolare: «Mamma! Voglio andare sulla giostra!»

Harris smise di dimenarsi tra le braccia di Josie. «Anch'io!» disse. «JoJo, ancora cavalli!»

Josie se lo girò tra le braccia. «Ancora?» disse. «Ci siamo già saliti tre volte!»

Il solo pensiero le fece agitare l'acido dello stomaco: da una settimana si sentiva sempre più nervosa e tre giri sulla giostra non l'avevano certo aiutata.

«Mamma!» scandì Lucy, trascinando la madre lontano dallo scivolo e verso l'estremità opposta del parco giochi, dove qualche settimana prima, grazie alle manovre del sindaco, era stata installata la nuova giostra.

Un parco divertimenti a poche contee di distanza aveva cessato l'attività e il sindaco Tara Charleston aveva visto l'opportunità di "valorizzare il bellissimo parco pubblico di Denton", come aveva detto quando aveva convinto il consiglio comunale a spendere una cifra spropositata per far smontare la giostra, trasportarla a Denton e rimontarla all'interno del parco pubblico. Almeno il comune aveva risparmiato una bella somma facendola restaurare agli studenti della facoltà di Arte dell'Università di Denton. I suoi colori carnevaleschi ora brillavano alla luce del sole pomeridiano, i suoi cavalli si alzavano e si abbassavano in concerto al ritmo della musica festosa che ne accompagnava il giro. Bastava il solo guardarla dall'area giochi per far venire a Josie il mal di pancia.

«JoJo, ti prego!» la implorò ancora Harris, dimenandosi tra le sue braccia. Prima che lei potesse cercare di dissuaderlo, sentì una voce maschile che diceva, «Lei è Josie Quinn.»

Lucy e sua madre si fermarono e si voltarono per guardare l'uomo che si avvicinava alle spalle di Josie e le porgeva la mano. Quando erano arrivati, Josie lo aveva visto camminare lungo il perimetro del parco giochi, e parlare al cellulare. Era magro e abbronzato, aveva i capelli sale e pepe, indossava una polo blu, pantaloncini cachi e un paio di mocassini: con un simile abbigliamento, dava l'impressione di trovarsi in un campo da golf piuttosto che in un parco giochi, ma le temperature di fine aprile erano abbastanza miti da permettere abiti leggeri.

«Sono Colin Ross.» le disse, con la mano ancora tesa.

Josie spostò Harris su un fianco per poter stringere la mano di quell'uomo. Lucy e sua madre si avvicinarono. La donna spostò lo sguardo da Colin a Josie e viceversa. «Colin,» disse. «vi conoscete?»

Lui si voltò verso di lei e sorrise. «Amy...» disse. «Non la riconosci dal notiziario?»

Le scapole di Josie si annodarono per la tensione. Come detective del Dipartimento di Polizia di Denton, Josie aveva risolto alcuni dei casi più sconvolgenti dello Stato, molti dei quali erano finiti sulle cronache nazionali, ma non si era ancora abituata a essere una celebrità. Né, tantomeno, ad avere la nomea di quella dei casi impossibili.

Amy fissò Josie con incertezza finché, rompendo finalmente la tensione, Josie allungò una mano. «Sì, è esatto. Sono Josie Quinn. Sono una detective del Dipartimento di Polizia.»

Amy si portò una mano alla bocca. «Non posso crederci! Lei ha appena risolto il caso di Drew Pratt!»

Josie annuì, notando che Colin la stava guardando con aria raggiante. «La mia squadra ha risolto il caso, sì.»

«È fantastico.» esclamò Colin «Sai chi è suo padre?»

Josie aprì la bocca per dire che suo padre era morto ma prima che potesse farlo, Colin disse: «Christian Payne.»

Un anno prima, Josie aveva scoperto di essere stata rapita da neonata e per tutto il tempo la sua vera famiglia aveva creduto che fosse morta in un incendio; solo di recente si era ricongiunta a loro ma trovava ancora difficile abituarsi ad avere una famiglia completamente nuova. «Lo conosce?» gli chiese Josie.

Colin sorrise. «Lavoriamo insieme per la Quarmark.»

«Giusto.» disse Josie. «La multinazionale farmaceutica. E si occupa anche lei di marketing?»

«No, faccio parte della divisione che determina i prezzi per i nuovi farmaci che la Quarmark immette sul mercato.»

«Un vero spasso.» commentò Amy.

«Papà.» piagnucolò Lucy. «Voglio andare sulla giostra.»

«JoJo.» la chiamò Harris, puntando un dito sopra la spalla di Josie. «Altalena!» Josie si sentì sollevata all'idea che lui avesse cambiato idea. «Solo un minuto, piccolo.»

Amy appoggiò una mano sulla schiena del marito. «Tesoro, Lucy vuole salire sulla giostra. Vuoi andarci tu con lei o devo farlo io?»

Colin sorrise alla figlia. «Magari potremmo salirci tutti e tre.»

«Su quale cavallo salirai, papà?» chiese Lucy.

«Non lo so.» rispose lui. «Devo guardarli bene prima di scegliere.» Rivolse a Josie un altro sorriso. «È stato un piacere conoscerla.»

«Anche per me.» disse Josie. Mentre la famiglia Ross si allontanava verso la giostra, Josie posò Harris sull'erba e lui corse verso le altalene. Mentre lo aiutava a salire su una delle altalene vuote e cominciava a spingerlo delicatamente, vide che Amy e Lucy Ross erano salite sulla giostra, mentre Colin era rimasto appena fuori dalla recinzione e si era messo di nuovo a parlare al cellulare. Alla faccia del giro in giostra in famiglia.

«Più in alto!» gridò Harris. «Ti prego, JoJo!»

Josie sorrise guardando la sua chioma di capelli biondi dorati e spinse con un po' più di forza, anche se mandarlo ancora più in alto faceva anche salire il suo livello di ansia. Non riusciva a spiegarsi come facesse sua madre, Misty, a portarlo tanto spesso al parco. Sembrava davvero pieno di pericoli e Harris le sembrava ancora così piccolo e fragile. Non poteva fare a meno di temere che si rompesse un osso o si spaccasse il cranio con una brutta caduta. Sentiva nella sua testa la voce di Misty, di sua madre Shannon e di sua nonna Lisette che ridevano di lei, come facevano spesso quando si preoccupava troppo della sicurezza di Harris. Dicevano tutte la stessa cosa: "I bambini sono più resistenti di quanto sembrano."

Mentre un'altra ondata di nausea le scuoteva lo stomaco,

Josie si chiese come facessero le madri a gestire tutta la quotidianità genitoriale. Più Harris diventava indipendente, più tutto le sembrava spaventoso. Stava controllando che si reggesse saldamente alle catene ai lati dell'altalena quando da lontano le giunse la voce di Amy Ross, che chiamava sua figlia.

«Lucy? Lucy!»

Josie guardò verso la giostra e vide Amy ancora in sella mentre altre persone si allontanavano lentamente dalla piattaforma e dalla recinzione metallica che la circondava.

Il suo tono divenne più alto e acuto. «Lucy! Lucy!»

Colin si fermò e allontanò leggermente il cellulare dall'orecchio, percependo il panico della voce della moglie.

«Lucy!»

Amy si era messa a correre intorno alla pedana, facendosi strada tra i cavalli, sempre più frenetica ogni secondo che passava.

Senza rendersene conto, Josie aveva fermato l'altalena di Harris. «JoJo?» chiese lui, alzando lo sguardo verso di lei.

«Va tutto bene, tesoro.» borbottò lei, sollevandolo dal sedile e dirigendosi verso la giostra.

La gente continuava a riversarsi fuori dalla recinzione, mentre Colin cercava di entrare dall'uscita. Il ragazzo addetto al controllo della corsa se ne stava in piedi accanto al cancellino d'ingresso e fissava Amy. Anche la fila di persone dietro di lui in attesa di salire la fissava. Come percependo tanti occhi su di sé, Amy si fermò, guardò la folla e urlò: «Qualcuno ha visto mia figlia? Era proprio qui. Era sul cavallo blu. Io ero su quello viola. È scesa prima che la giostra si fermasse. Qualcuno l'ha vista scendere? Lucy?»

Nessuno rispose. Colin, con il telefono ancora in mano, salì sulla piattaforma, si fece strada tra i cavalli e si fermò a guardare dentro due carrozze con i sedili di velluto rosso uno di fronte all'altro. «Dove diavolo si è cacciata?» chiese.

«Non l'hai vista scendere?» gli chiese Amy.

«No, non ho visto niente.» disse Colin. «Ero al telefono.» Amy si rivolse di nuovo alle persone che aspettavano in fila. «Qualcuno ha visto una bambina scendere dalla giostra da sola? Ha sette anni. Ha i capelli biondi. Indossa una maglietta rosa acceso con un unicorno e uno zaino a farfalla.»

Alcune persone scossero la testa, nessuno fornì informazioni. Josie si trovava ora davanti alla recinzione e studiava la giostra. Non c'era neanche un posto in cui potesse essersi nascosta. Ripensò a quando la voce di Amy aveva attirato la sua attenzione. In quel momento una folla di persone si stava riversando attraverso il cancello di uscita. Josie non ricordava di aver visto Lucy tra loro, ma la bambina poteva essere uscita di corsa prima che Josie si voltasse a guardare.

«Amy...» disse Colin, avvicinandosi alla moglie. «Dove diamine è finita?»

«Non lo so!» gridò la moglie, portandosi entrambe le mani alle tempie. «Era proprio qui. Era qui con me. Ho distolto lo sguardo solo per un secondo. Oh mio Dio...». Le parole che seguirono le uscirono in uno stridio. «Qualcuno *faccia* qualcosa!»

Josie si sistemò Harris sul fianco e oltrepassò il cancello. Attirò l'attenzione dell'addetto che fino a quel momento era rimasto zitto. «Chiudi la giostra.» gli disse.

«Cosa?»

«Chiudi la giostra. Nessuno potrà salire o scendere finché la bambina non verrà ritrovata.» Si rivolse ai signori Ross. «Se non è qui, sarà da qualche altra parte nel parco giochi.»

Gli occhi di Amy vagarono alle spalle di Josie. «Non la vedo. Non è nel parco.»

«Mi guardi, Mrs. Ross.» disse Josie e Amy incrociò il suo sguardo.

«Ci muoveremo a ventaglio, controlleremo il resto del parco giochi. Potrebbe essere andata ad arrampicarsi sul castello.»

Colin e Amy corsero fuori dalla recinzione intorno alla

giostra, chiamando la figlia. Alcune persone che erano in fila per salire sulla giostra si unirono a loro, chiamando Lucy a gran voce. Josie li seguì, spostando da un fianco all'altro il piccolo Harris che si dimenava. «Giù, JoJo.» protestò.

«Solo un minuto, tesoro.» gli disse Josie. «Stiamo cercando di trovare una bambina, okay?»

«Ti aiuto?» chiese lui.

«Resta con me.» gli disse lei. «È così che mi puoi aiutare.»

Amy mostrò una foto che aveva scattato a Lucy pochi minuti prima, quando era salita sul cavallino della giostra. Josie sentiva già che le braccia le dolevano per il peso di Harris, ma l'ansia non le permetteva di metterlo a terra e una sensazione di terrore le si insinuò sotto la pelle, era madida di sudore per la tensione.

«Probabilmente si è semplicemente allontanata.» disse Josie quando Amy cominciò a farsi prendere di nuovo dall'isteria, ma Josie cominciava a sospettare qualcosa di molto peggio ogni momento che passava senza che Lucy si facesse vedere.

Josie girò lungo il perimetro del parco giochi. Dietro la giostra c'era un'alta recinzione a maglie larghe che separava l'area di gioco dal campo di softball sul lato opposto. C'erano alcune persone che giocavano a pallone nel campo esterno. Josie percorse la lunghezza della recinzione per assicurarsi che non ci fossero aperture. Nei punti in cui questa terminava, cespugli alti fino alla vita separavano il parco da una striscia di marciapiede e dalla strada. Il lato opposto della strada era occupato da una tranquilla serie di villette e nonostante le auto parcheggiate accanto al marciapiede, non c'era traffico in nessuna delle due direzioni. Seguì gli arbusti fino all'ingresso dell'area giochi, un ampio passaggio sotto un arco con la scritta "Denton City Park Playground", al di là del quale altri cespugli separavano l'area dal marciapiede per diversi metri, per poi terminare in un'area boschiva. Josie sapeva che dall'altra parte della boscaglia c'era una delle piste da jogging che attraversavano la fitta foresta del parco. Un bambino avrebbe potuto addentrarsi facilmente nel bosco. La linea degli alberi si estendeva per tutta la lunghezza del parco giochi fino a incontrare l'inizio della recinzione sul lato opposto. Tuttavia, Lucy avrebbe dovuto scendere dalla giostra e attraversare un tratto considerevole prima di infilarsi nel bosco. Sicuramente qualcuno l'avrebbe vista.

La stretta che avvertì al petto non fece che aumentare mentre studiava gli alberi. Il terreno retrostante il parco giochi era più ampio e collinoso e si addentrava nel bosco che si estendeva per qualche chilometro in ogni direzione.

Era una superficie troppo vasta perché potesse controllarla da sola, anche con l'aiuto dei coniugi Ross.

Con la mano libera tirò fuori dalla tasca il cellulare e chiamò la centrale.

«Detective Quinn.» disse quando l'agente rispose. «Ho bisogno di due o tre unità al parco giochi pubblico. Credo che sia scomparsa una bambina.»

TRE

Grosse lacrime scendevano sul viso di Amy Ross. Si era fermata accanto allo scivolo con il ponte, il telefono in mano. A pochi passi, Colin andava avanti e indietro, con il volto pallido e incupito dalla preoccupazione. Una dozzina di genitori si erano radunati attorno a loro per ricevere istruzioni da Josie. «Per favore, non andate via prima di aver fornito il vostro nome e il numero di telefono a uno degli agenti.» si raccomandò. «Vi chiedo anche di controllare se avete scattato foto o girato video con i vostri cellulari nell'ultima ora e di verificare se avete ripreso Lucy Ross sullo sfondo.»

Josie catalogò i loro volti mentalmente; voleva assicurarsi che alla sua squadra non sfuggisse nessuno. Un uomo dal fondo della folla chiese: «Possiamo aiutarvi a cercarla?»

«Sarebbe meglio che rimaneste in questa zona a parlare con gli agenti.» rispose lei.

Non c'erano prove che Lucy fosse stata rapita, ma ovviamente Josie non poteva escluderlo a priori. Sapeva che era estremamente improbabile che qualcuno, tra quei genitori spaventati che le stavano davanti o i loro bambini esausti, avesse avuto a che fare con la scomparsa di Lucy, ma non poteva correre il rischio di dare a nessuno il permesso di partecipare alle ricerche perché, se fosse stato uno di loro a fare qualcosa alla bambina, l'avrebbe autorizzato a girare nel parco per nascondere le tracce di quello che aveva fatto. A quel pensiero le venne un brivido. Harris si era addormentato nonostante il trambusto e adesso russava appoggiato alla sua spalla.

«Non vuole lasciare che ci aiutino?» chiese Colin. «Dobbiamo andare a cercarla. Prima iniziamo a cercare...»

Le sue parole furono inghiottite dal suono delle sirene della polizia, quando due volanti di Denton si fermarono davanti all'ingresso dell'area giochi, seguite dall'auto non contrassegnata della detective Gretchen Palmer. Josie si sentì sollevata quando i suoi colleghi scesero e si avvicinarono di corsa, e mentre li informava, Amy tirò fuori la foto di Lucy che aveva mostrato agli altri genitori, in modo che anche gli agenti potessero vederla. Josie assegnò a due degli agenti il compito di occuparsi della folla, annotando nomi, indirizzi, numeri di telefono e recuperando eventuali fotografie o filmati dei cellulari. «Avremo bisogno di altri agenti per perlustrare il parco.» disse Gretchen.

Josie mandò Hummel e uno degli agenti in direzioni diverse a perlustrare le aree boschive che confinavano con il parco giochi, mentre Gretchen chiamava altre unità. Amy le diede un colpetto sulla spalla. «Voglio andare a cercarla.» disse. «Io vado a cercarla.»

Josie si girò verso di lei. «Certo. Dobbiamo solo farle qualche domanda prima. Non ci vorrà molto.»

Colin si avvicinò alle spalle della moglie. Con una mano teneva ancora il cellulare e con l'altra si ravviò i capelli brizzolati. «Non capisco cosa sia successo.» mormorò.

Gretchen riagganciò il telefono, si presentò ai coniugi Ross e tirò fuori il suo taccuino. Josie iniziò: «Quanti anni ha Lucy?»

«Sette.» risposero all'unisono i due genitori.

«Allora frequenta la prima elementare?» chiese Gretchen.

«Sì» confermò Amy. «Va alla Denton West Elementary. È proprio... è proprio a pochi isolati da qui.»

«E il vostro indirizzo di casa?» chiese Josie.

Amy glielo dette e Gretchen lo annotò. Josie osservò che si trovava a soli due isolati di distanza, perciò disse ai signori Ross: «Penso che dovremmo chiedere a qualcuno di dare una rapida occhiata a casa vostra, nel caso in cui Lucy ci sia andata per qualche motivo. Pensate che sappia come tornare a casa da qui?»

«Sì.» rispose il marito e contemporaneamente la moglie disse: «No.»

Colin la guardò. «Ma sì che saprebbe come tornare a casa dal parco, Amy.»

Amy si asciugò una lacrima che le scendeva sulla guancia. «No, non saprebbe tornare a casa da qui. Due settimane fa, quando era a scuola, si è persa mentre tornava in classe dall'infermeria.»

Lui fece una faccia sbalordita. «Che cosa?»

Amy incrociò le braccia sul petto. «Lo sapresti, se stessi a casa più spesso.»

«Chiamo tutti i giorni quando sono in viaggio.» ribatté Colin. «Una di voi due avrebbe anche potuto raccontarmelo.»

Gretchen si schiarì la gola per riportare l'attenzione su di sé. «Mr. e Mrs. Ross...» disse «a prescindere dall'età o dal senso dell'orientamento di vostra figlia, sarebbe ragionevole fare un controllo a casa vostra, soprattutto considerando che è molto vicina.»

Proprio in quel momento stava passando il detective Finn Mettner e Josie gli fece cenno con la mano libera per incaricarlo di accompagnare Mr. Ross a casa per cercare la bambina.

«Lucy conosce a memoria l'indirizzo e il numero di telefono? Se si perdesse e un estraneo glieli chiedesse, sarebbe in grado di darglieli?»

«Sì.» rispose Amy mentre Colin seguiva Mettner fuori dal

parco.

«Questo è positivo.» le assicurò Josie.

«Lucy si è mai allontanata prima?» si informò Gretchen. «Qui al parco o magari in un negozio o in qualche altro posto che frequentate?»

Amy scosse la testa, mentre riprendeva a piangere a dirotto. «No, non è incline ad allontanarsi. Sta sempre vicino a me. È una regola. Sa come voglio che...»

Un forte singhiozzo la scosse, obbligandola a interrompersi. «Oh Dio, la mia bambina. Dovete trovarla. Dobbiamo trovarla!»

La voce di Josie suonò ferma e chiara. «Mrs. Ross, mi guardi.»

Gli occhi di Amy vagarono per tutto il parco giochi prima di tornare sul viso di Josie, che le disse: «In questo momento stiamo facendo tutto il possibile per ritrovarla. Mi dica, Lucy ha qualche patologia medica di cui dovremmo essere a conoscenza?»

Lo sguardo di Amy si spostò nuovamente sul gruppo di genitori e bambini al centro dell'area giochi di fronte a due agenti impegnati a prendere nota delle informazioni. Poi il suo sguardo si spostò verso la macchia ai margini del parco, dove diversi altri agenti si erano addentrati tra gli alberi, cercando Lucy, chiamandola per nome.

«Mrs. Ross?» la incalzò Gretchen.

«No, nessun problema medico. È in ottima salute.» Le guardò di nuovo. «Questo non è da lei. Non capite. Non sarebbe mai scappata.»

«L'ha vista lasciare la giostra?» chiese Josie.

«No.» disse Amy scuotendo la testa. «Stavo cercando di scendere da quello stupido cavallo. Mi sono impigliata nella cinghia. Lei è scesa prima di me ed è corsa via. L'ho persa di vista tra la folla.»

«Quindi non l'ha vista andare verso l'uscita?»

«No, no. Non l'ho vista dopo che è scesa da cavallo e si è

allontanata. Ho cercato e cercato ancora... oh Signore...»

«Quanto spesso viene al parco?» chiese Gretchen.

«Un paio di volte alla settimana. Di solito ci viene con la tata.»

«Come si chiama la tata?» domandò Gretchen. «E dove si trova adesso?»

«Jaclyn. Jaclyn Underwood.» rispose Amy. «È fuori città. La sua famiglia è del Colorado. È tornata a casa per il fine settimana.»

«In quale zona di Denton vive?» si informò Gretchen.

Amy le disse un indirizzo di Denton, poco distante dal campus universitario. «È una studentessa dell'Università di Denton. Va a prendere Lucy a scuola e passa qualche ora con lei prima di cena. Senta, è davvero importante? Voglio andare a cercare Lucy.»

«Naturalmente. Io rimango nei paraggi a coordinare le indagini.» disse Gretchen e nella sua mano fece apparire un biglietto da visita che porse ad Amy. «Qui trova anche il mio numero di cellulare.»

Stringendolo nel pugno, Amy corse via. Josie la guardò mentre percorreva il perimetro dell'area giochi prima di scomparire tra la vegetazione, seguendo alcuni degli agenti.

Harris si agitò, aprì gli occhi azzurri, poi sospirò e girò la testa. Josie sentì una chiazza di sudore nel punto in cui aveva appoggiato il viso. Gli accarezzò la schiena e guardò Gretchen, che picchiettando con la penna sul suo blocchetto di appunti, le chiese «Cosa ne pensi?»

«Non saprei.» ammise Josie.

«Non pensi che si sia allontanata da sola?»

Josie scosse la testa. Non aveva alcun elemento su cui basare questa sensazione, nessuna prova che fosse accaduto qualcosa di spiacevole a Lucy Ross, quindi, non cercò una spiegazione.

Gretchen sospirò e indicò la giostra. «Cominciamo dall'inizio.»

QUATTRO

Il ragazzo responsabile della giostra era seduto nella sua minuscola cabina adibita a biglietteria piazzata all'ingresso della recinzione e il suo volto sbucava dalla piccola finestra, intento a osservare il trambusto con occhi spalancati e pieni di spavento. Uscì quando vide avvicinarsi Josie e Gretchen.

«Come ti chiami?» gli chiese Gretchen.

Teneva tra le mani un berretto da baseball di colore rosso vivo, le sue dita modellavano la visiera dandole una forma a U. I capelli scuri gli ricadevano sugli occhi. Fece un rapido movimento della testa verso sinistra, allontanando le ciocche dal viso. «Logan.» rispose.

Gretchen si presentò insieme a Josie. «Quanti anni hai, Logan?»

Spostò il peso da un piede all'altro. «Diciotto.»

Almeno potevano parlare con lui senza dover contattare un genitore o un tutore. Prima che una di loro potesse formulare un'altra domanda, il ragazzo chiese: «L'avete... non l'avete ancora trovata?»

«No, non ancora.» rispose Josie.

«Volete che tenga la giostra chiusa?»

«Sì.» disse Gretchen. «Finché non capiremo esattamente cos'è accaduto.»

«Logan...» intervenne Josie tirando fuori il telefono, tenendo Harris con un braccio mentre con l'altra mano inseriva goffamente la password per visualizzare la foto di Lucy Ross che Amy le aveva mandato per messaggio. Girò lo schermo verso di lui. «Ti ricordi di aver visto questa bambina sulla giostra?»

Il ragazzo studiò la foto. «Credo di sì. Voglio dire, sono davvero tanti i bambini che ci salgono sopra ogni giorno. È difficile ricordarseli tutti.»

«A che ora sei arrivato oggi?» gli chiese Josie.

«Verso mezzogiorno.»

Josie controllò l'ora sul telefono: erano quasi le quattro e mezza.

«E fino a che ora dovresti stare di turno in biglietteria?» gli chiese Gretchen.

«Fino alle sei.»

«Da quanto tempo lavori qui?» si informò Josie.

«Da circa tre settimane.»

Josie gli mostrò di nuovo la foto di Lucy. «Ti ricordi di aver visto questa bambina o no?»

Le sue dita piegarono di nuovo la visiera del berretto. «Sì, aveva uno zaino pieno di colori, a forma di insetto o qualche altro animale.»

Josie guardò Gretchen. «È vero, aveva uno zainetto così. Era piccolo, sembrava una farfalla di peluche, ma era uno zainetto.»

«L'hai vista salire sulla giostra.» riprese Gretchen. «L'hai anche vista scendere?»

Scosse la testa. «No, prendevo i biglietti dalle persone in fila che aspettavano di salire. Non mi sono accorto di niente finché sua madre non ha iniziato a urlare e a chiamarla per nome.»

«A quel punto ti sei voltato verso la giostra.» disse Josie. «Non l'hai vista per niente?»

«No. Mi dispiace molto.»

«Non fa niente.» disse Gretchen. Fece un cenno verso la giostra. «Ti dispiace?»

«Oh, no, certo.»

Le condusse attraverso la piccola area recintata dove normalmente gli aspiranti cavalieri attendevano il loro turno. Si avvicinò al cancello e lo sbloccò, tenendolo aperto per farle passare, e si fermò proprio lì davanti mentre Josie e Gretchen salivano sulla piattaforma della giostra.

«Ci sono telecamere?» chiese Josie.

«No, non ce ne sono.»

«E non ce ne sono nemmeno all'interno del parco.» aggiunse Gretchen con un sospiro.

«Ovviamente.» disse Josie. «Non ci sono abbastanza crimini per giustificare le telecamere.»

Spostando di nuovo Harris da un fianco all'altro, Josie si mise in mezzo ai cavalli colorati. «Ho parlato con loro prima che salissero.» disse a Gretchen. «Ecco, questo è quello su cui era salita lei. È proprio quello della foto.»

«E anche la madre era salita su uno dei cavalli?» domandò Gretchen.

«Sì. Penso sia questo.»

Il cavallo vicino al quale Josie aveva visto Amy indugiare mentre affrontava la folla di curiosi si trovava accanto al cavallo di Lucy, ma leggermente più avanti. «La giostra era piena.» aggiunse Josie.

Gretchen fece un giro completo. «Va bene, allora diciamo che la bambina si è messa leggermente dietro a sua madre. La corsa inizia a rallentare fino a fermarsi. Lei salta giù dal cavallo e corre via.» Indicò il cancello di uscita. «Lo avrebbe scavalcato facilmente.»

«Nessuno l'ha vista.» disse Josie. «Nessuno l'ha vista uscire e nessuno l'ha vista nel parco giochi da quel momento in poi.»

«Nessuno stava guardando.» precisò Gretchen. Fece un

gesto verso Harris. «Tu eri qui con lui. Quanti bambini con i capelli scuri hai visto oggi nel parco giochi?»

«Non ne ho idea.»

«Qualcuno di loro indossava... diciamo... una maglietta blu?»

«Non lo so.» disse Josie. «Ho capito dove vuoi andare a parare.»

«Tutti i genitori su questa giostra e nel parco giochi erano concentrati sui propri figli, quindi anche se fosse scappata, è plausibile che nessuno se ne sia accorto.»

«Ecco perché le foto degli altri genitori ci saranno utili.»

Entrambe guardarono verso il gruppo di genitori e i loro figli agitati: avevano tutti quanti il cellulare in mano, così come i due agenti assegnati a interrogarli e a chiedere che mettessero a disposizione delle indagini tutte le foto e i video che avevano fatto in modo da poterli esaminare velocemente.

«Dovremmo parlare anche con i bambini.» disse Josie. «È più probabile che loro si siano accorti di Lucy.»

«Sì.» concordò Gretchen. «Parliamo anche con loro.»

Mentre giravano intorno ai cavalli verso la parte esterna della giostra, qualcosa sulla colonna al centro attirò l'attenzione di Josie. «Aspetta.» disse.

Tornò verso il centro della giostra. La colonna era ampia, composta da spessi pannelli di legno ornati da modanature e ricoperti da dipinti a olio di paesaggi: campi con cascine in lontananza, vecchi mulini accanto a cascate e giardini pieni di fiori colorati. Josie fece scorrere le dita lungo il bordo di uno dei pannelli. «Gretchen...» disse «questa è una porta.»

Gretchen si avvicinò, facendo cenno a Logan di raggiungerle. Verso l'estremità inferiore del pannello c'era un chiavistello e un piccolo pomello dipinto dello stesso rosso brillante del legno circostante. Josie non l'avrebbe notato se non si fosse trovata così vicina. Ruotò il pomello e il pannello si aprì come una porta.

«Ehm...» fece Logan, «non potete entrare.»

Josie e Gretchen gli lanciarono un'occhiata severa. Lui sorrise, arrossendo. «Oh, giusto. Siete della polizia.»

Josie affidò Harris a Gretchen. Ora era sveglio, ma in quello stato di dormiveglia in cui si accontentava di stare in silenzio a osservare ciò che succedeva. Lei entrò nella colonna.

Piccoli quadrati di legno erano disposti lungo il pavimento: abbastanza vicini da permetterle di camminare, ma abbastanza distanti da permetterle di vedere i sostegni metallici sottostanti che correvano dal centro della ruota interna verso i pali verticali che controllavano i cavalli. Sopra la sua testa c'erano altri sostegni che si protendevano verso i bordi della giostra. Di fronte a lei c'era un piccolo scaffale incorporato nella parte posteriore di uno dei pannelli con sopra quella che a prima vista sembrava una piccola custodia nera per gli attrezzi.

Logan fece capolino dietro di lei. «Quella è del mio capo.» spiegò. «La usa nel caso in cui abbia bisogno di stringere qualcosa o per fare manutenzione.»

A un esame più attento, Josie vide che la borsa era vecchia e consumata. La cerniera pendeva aperta e dall'interno sbucavano chiavi inglesi e cacciaviti. Si rivolse a Logan. «La porta è sempre aperta? Si chiude a chiave?»

«È sempre aperta.» disse. «O almeno, per quanto ne so io. Nessuno entra qui dentro. Nessuno si accorge della porta, immagino.» Josie diede un'ultima occhiata in giro, ma non vide alcun segno di Lucy, né alcun segno che qualcuno fosse stato recentemente all'interno della colonna. Uscendo, prese Harris dalle braccia di Gretchen.

«JoJo, ho sete.» disse lui.

«Lo so, piccolo.» disse lei. «Chiamo la mamma perché venga a prenderti. Dovrebbe essere già in viaggio verso casa mia.»

Ringraziarono Logan, gli ordinarono di non far entrare nessun altro nel perimetro e si diressero verso il piccolo gruppetto di genitori. Dalle foto e dai video che i genitori avevano fornito, gli agenti non avevano ancora trovato alcun segno di Lucy. Intanto che Josie contattava Misty e le chiedeva di raggiungerla al parco anziché a casa sua per venire a prendere Harris, Gretchen ottenne il consenso dei genitori per rivolgersi ai bambini più grandi. Li fece sedere sull'erba in cerchio e spiegò loro che una bambina di nome Lucy si era persa nel parco dopo essere salita sulla giostra e fece girare il telefono di Josie perché vedessero la foto di Lucy sullo schermo. Josie rimase a guardarli mentre si passavano il telefono di mano in mano. A un'occhiata sommaria, il più piccolo doveva avere quattro anni e il più grande circa dieci. Tre di loro si ricordavano di aver visto Lucy al parco quel giorno. Uno ricordava anche di averla vista sulla giostra con la madre, ma nessuno di loro l'aveva più vista dopo che la giostra si era fermata.

Una volta che il gruppo di genitori e bambini si fu disperso, Misty DeRossi apparve all'ingresso principale del parco giochi. Il fidanzato di Josie, il tenente Noah Fraley, le stava dietro, camminando rapidamente su un paio di stampelle. Era passato circa un mese da quando si era rotto una gamba saltando dalla finestra dal primo piano di una casa in fiamme.

«Mamma!» gridò Harris, allungando le mani verso Misty quando la vide avvicinarsi.

Lei lo prese dalle braccia di Josie e lo abbracciò forte.

«Noah ha voluto che lo accompagnassi.» spiegò Misty. «Ero già a casa tua quando mi hai chiamato. Mi è sembrato che ci fosse qualcosa che non andava.»

Noah le raggiunse un secondo dopo e chiese «È scomparsa una bambina?»

Josie spiegò a entrambi la situazione.

«Sei sicura che non sia semplicemente scappata?» domandò Misty.

Tutti e tre erano stati profondamente segnati dal caso delle ragazze scomparse che aveva scosso la città di Denton tre anni prima, e qualunque cosa lo ricordasse era difficile da elaborare.

«Non lo so.» rispose onestamente Josie. «Ma voglio restare e dare una mano nelle ricerche.»

«Certo.» concordò Misty.

Si salutarono e lei si avviò con Harris. Noah rimase lì, appoggiandosi alle stampelle e Josie gli disse: «Non dovevi venire.»

Lui sorrise. «Posso trovare un modo per rendermi utile.»

Josie individuò una panchina vicino all'ingresso dell'area giochi. «Vieni» gli disse. «puoi controllare chi entra e chi esce mentre noi continuiamo a cercare.»

CINQUE

Josie aveva appena lasciato Noah sulla panchina quando Mettner tornò con Mr. Ross al seguito. Il volto del padre di Lucy era più pallido di due toni rispetto all'ultima volta che Josie lo aveva visto. Non le ci volle molto per capire che la figlia non era riuscita a tornare a casa.

«Non c'è.» confermò Mettner.

«Dov'è mia moglie?» chiese Colin.

Josie fece un gesto verso le distese boschive alle sue spalle. «Si è unita alle ricerche. C'è una dozzina di agenti che sta cercando Lucy in questo momento. Se si è allontanata, la troveremo.»

«E se non si fosse allontanata?» chiese Colin, dando voce alla domanda che Josie si era ripetuta nella testa da quando aveva udito le prime note tese e disperate della voce di Amy che chiamava Lucy.

Josie stava per dargli una qualche risposta da poliziotto, ma Colin si allontanò per unirsi a sua volta alle ricerche e i tre rimasero a guardarlo andare via.

«A quanto pare viaggia molto per lavoro.» disse Mettner.

«Beh...» disse Josie, «questo spiega il loro piccolo battibecco sul senso dell'orientamento di Lucy e la necessità di una tata. Ha detto cosa fa la moglie per vivere?»

«È una madre casalinga.» rispose Mettner. «Quindi non lavora.»

«Hai detto che hanno una tata?» intervenne Noah. «Allora deve fare qualcosa. Altrimenti perché una madre che fa la casalinga dovrebbe assumere una tata?»

Josie lo guardò inarcando un sopracciglio. «Può essere difficile gestire i bambini da soli. Misty ha delle difficoltà.»

«Misty lavora sessanta ore a settimana.» sottolineò Noah. «E ha te e la nonna di Harris ad aiutarla.»

«Forse Amy Ross non ha una famiglia vicina.» ipotizzò Mettner.

Josie alzò le mani al cielo. «Non abbiamo tempo per questo. Dobbiamo metterci alla ricerca di quella bambina.» Lanciò un'occhiata a Noah. «Ho il telefono se hai bisogno di me. Gretchen sarà appostata proprio laggiù. È lei che coordina. Mett, andiamo.»

Con Mettner a pochi metri da lei, si avviarono verso uno dei tratti di foresta che circondava il parco giochi. Intorno a loro potevano sentire i rumori delle altre squadre di ricerca: il fruscio e lo schiocco dei rami degli alberi e diverse voci che chiamavano a pieni polmoni il nome Lucy. Di tanto in tanto Josie si fermava a mandare un messaggio a Gretchen per sapere se qualcuno avesse trovato qualcosa. Ma non c'erano novità. Gretchen aveva inviato altre unità nelle abitazioni che si trovavano di fronte al parco per condurre indagini porta a porta e perlustrare i cortili nel caso in cui Lucy fosse uscita dal parco invece di addentrarvisi. Passò un'ora, poi un'altra, poi un'altra ancora. Uscirono da una parte del bosco, attraversarono un'altra area del parco e si addentrarono in una regione di alberi completamente diversa. Camminarono fino a raggiungere il margine del parco dove iniziava il campus dell'Università di Denton. Da qualche parte alle sue spalle,

Josie sentiva Amy che chiamava la figlia ancora e ancora con una tensione nella voce che sfiorava l'isteria. La luce che filtrava tra gli alberi si stava affievolendo, gettando il bosco nell'oscurità.

Mentre tornava verso il parco giochi, vide che le luci del parco erano state accese e che intorno all'ingresso c'erano diversi agenti, tra cui Gretchen e Noah. Avvicinandosi, Josie vide che c'erano anche i signori Ross e il capo della polizia di Denton, Bob Chitwood. Si erano tutti messi una giacca. Colin stringeva la moglie al petto con un braccio, mentre con l'altra mano teneva il cellulare.

«Ancora niente?» si informò con Gretchen mentre si univa al gruppo.

Con una smorfia sulla bocca, Gretchen scosse la testa.

Mettner si avvicinò di corsa alle spalle di Josie. Si guardò rapidamente intorno, valutando la situazione e disse: «Nessuna traccia della bambina?»

«No, niente.» rispose Gretchen.

«Possiamo diramare un'allerta AMBER?» chiese.

Josie e Chitwood risposero contemporaneamente. «No.» e Josie continuò: «Non abbiamo prove che sia stata rapita. Per quanto ne sappiamo, è scappata. L'allerta AMBER è specifica per i casi di rapimento e di rischio per l'incolumità di minori. Però possiamo chiamare la Polizia di Stato e l'ufficio dello sceriffo per chiedere supporto.»

Chitwood mostrò il cellulare. «L'ho già fatto. Ho chiesto che ci vengano assegnate delle unità di ricerca per tutta la notte e lo sceriffo sta inviando la sua unità cinofila.»

Gretchen si rivolse ai coniugi Ross. «Potete andare a casa a prendere qualcosa che abbia l'odore di Lucy per quando arriveranno i cani?»

Amy sollevò la testa dal petto del marito e si girò verso Gretchen. «Sì» disse.

Josie fece cenno a uno dei loro agenti di scortare i coniugi

Ross fuori dal parco. Poi si rivolse a Gretchen e Chitwood e disse: «Dovremmo chiamare l'FBI.»

Chitwood ridacchiò. «Nessuno chiamerà l'FBI, Quinn.»

Josie si mise una mano sul fianco. «Hanno una squadra di intervento immediato per i bambini scomparsi.»

«Non è solo per i bambini rapiti?» chiese Mettner.

«Sì.» aggiunse Chitwood. «Si chiama Child Abduction Rapid Deployment Team. CARD.»

«No, non solo per i bambini rapiti.» puntualizzò Josie. «Qualsiasi caso di sparizione di un bambino in tenera età. Cioè sotto i dodici anni. La squadra CARD è stata impiegata in North Carolina il mese scorso, quando un bambino di quattro anni è scomparso dal giardino di casa.»

«Esatto.» disse Noah. «Lo hanno trovato vivo nel bosco.»

«E noi troveremo Lucy Ross viva in questo parco stasera.» disse Chitwood. «Non c'è bisogno di chiamare la stramaledetta FBI. Siamo attrezzati per questo e ci saranno gli agenti di Stato e lo sceriffo ad aiutarci.»

«Signore!» protestò Josie. «La squadra CARD potrebbe raggiungerci in meno di due ore.»

«Per l'amor di Dio, Quinn.» disse Chitwood, attirandosi gli sguardi di tutti, soprattutto perché non le aveva urlato contro. Lui urlava sempre, con chiunque. Ma adesso il suo tono era basso e pieno di frustrazione, quasi come se non avesse le energie per discutere con lei. «Non tutte le sparizioni sono rapimenti.»

«I bambini non scompaiono nel nulla.» sottolineò Josie.

«Non ci sono prove che si tratti di un rapimento. Che tu ci creda o no, Quinn, i bambini si perdono.»

«Se Lucy Ross si fosse semplicemente persa, qualcuno l'avrebbe già trovata.»

Chitwood si rivolse a Noah. «Fraley, quanto tempo ci ha messo la squadra CARD a trovare quel bambino in North Carolina?»

Noah rispose con aria imbarazzata: «Quattro giorni.»

Josie si trattenne dall'alzare gli occhi al cielo. «Quella era una zona in piena campagna. In qualsiasi direzione si attraversi questo parco, si esce in una zona residenziale. All'estremità nord c'è il campus universitario. A quest'ora qualcuno in città l'avrebbe già vista. Non c'è abbastanza "natura selvaggia" per perdersi.»

Chitwood fece un passo verso di lei, con le braccia incrociate sul petto magro. Anche nella luce gialla e opaca, Josie riusciva a vedere le ciocche dei suoi radi capelli bianchi che fluttuavano sulla sommità della testa calva. «Troveremo questa bambina, Quinn. Non abbiamo bisogno della maledetta FBI.»

«Signore, con tutto il rispetto...»

«Quinn.» la interruppe lui. «Quando inizi una frase del genere, so che stai per dire qualcosa che mi farà arrabbiare. Perché non risparmi a entrambi la fatica di costringermi a minacciare di rimuoverti dall'incarico?»

Josie sentì il calore pungerle il viso, ma non riuscì a fermarsi. «Se si rifiuta di chiamare l'FBI perché non vuole dare l'impressione di non saper gestire la sua città, la invito a riflettere sul fatto che la vita di una bambina di sette anni è più importante del suo orgoglio.»

Nella scarsa luce dei lampioni del parco, poté vedere le sue guance segnate dall'acne arrossire sotto la barba. Ancora una volta, aspettò la sua sfuriata rabbiosa, ma non arrivò. Al contrario, deglutì più volte, tenendo il pomo d'Adamo in tensione. Poi, con voce ferma, disse: «Quinn, questo non ha niente a che fare con il mio orgoglio. Faccio questo lavoro da molto tempo. Da quando tu eri ancora in fasce. Abbiamo il personale e le risorse per gestire la situazione. Non c'è bisogno che porti ogni situazione a livelli estremi, Quinn. Possiamo farcela. Non abbiamo bisogno dell'FBI.»

Gretchen fece un passo avanti. «Allora ci serve la stampa.»

Josie provò un'ondata di sollievo. Sicuramente Chitwood

non poteva rifiutare la copertura della stampa per favorire la ricerca di Lucy. Sapeva anche, come del resto sapeva Gretchen, che la squadra CARD dell'FBI non aveva bisogno di aspettare l'invito del dipartimento di polizia locale se veniva informata della scomparsa di un bambino sotto i dodici anni. C'era una buona probabilità che, se in qualche modo avessero visto la notizia, sarebbero piombati a Denton, che a Chitwood piacesse o meno.

«Chiama la WYEP» disse Chitwood, «fai in modo che ci mandino una troupe. Allestite una stazione mobile in questa zona. Cercheremo per tutta la notte e prenderemo dei volontari al mattino se non verrà trovata nelle prossime ore.»

SEI

Nel giro di un'ora, all'ingresso del parco giochi era stata montata una grande tenda attrezzata con tavoli e sedie pieghevoli, che la Polizia di Denton avrebbe utilizzato come posto di comando mobile. Qualcuno aveva portato caffè e qualcosa da mangiare, ma nessuno aveva ancora toccato niente. Noah era seduto a uno dei tavolini con un computer in dotazione al dipartimento e stava caricando i filmati e le foto che gli agenti avevano raccolto dagli altri genitori presenti al parco giochi quel giorno. Gretchen e Chitwood si sedettero di fronte ai genitori di Lucy. Josie lanciò un'occhiata all'esterno, dove una troupe di giornalisti attendeva di intervistare qualche agente della Polizia di Denton. Membri dell'ufficio dello sceriffo e agenti della Polizia di Stato si aggiravano intorno a loro, pronti a intraprendere altre ricerche. Josie sapeva che avrebbero lavorato tutta la notte, in squadre, finché Lucy non fosse stata trovata. Sentì ancora una volta la voce di Colin nella sua testa: *e se non la ritrovassimo?*

Scrollandosi di dosso questa sensazione, tornò a rivolgersi alla sua squadra. «La WYEP è arrivata. Gretchen, vuoi rilasciare tu una dichiarazione?»

Gretchen si alzò, ma Chitwood la fermò con una mano sull'avambraccio. «Voglio che lo faccia Quinn.» disse.

«Non sono io la responsabile di questa indagine, Signore.» protestò Josie. «È per caso che mi trovavo qui, nel mio giorno libero, quando Lucy è scomparsa.»

Chitwood inarcò un sopracciglio. «Lo so, Quinn. Voglio che tu appaia in televisione come volto del dipartimento.»

«Signore...» protestò Gretchen.

«Ascolta, Palmer...» rispose lui. «Non hai il...» si interruppe quando notò che i genitori di Lucy lo stavano fissando. Schiarendosi la gola, continuò. «Quinn è una celebrità locale ed è fantastica davanti alla telecamera. Ecco tutto. Penso che se la mettiamo davanti alle telecamere e teniamo te qui a lavorare al caso, otterremo risultati migliori.»

Josie sapeva che il vero motivo per cui non voleva Gretchen davanti alle telecamere in un caso di alto profilo era perché sette mesi prima Gretchen era stata coinvolta in uno scandalo che le era quasi costato la carriera. Era stata riammessa in servizio solo grazie alle manovre di Josie e, quando era tornata, era stata costretta a passare diverso tempo alla scrivania. Per una volta, Josie comprese le ragioni di Chitwood: stava dando priorità al caso. Tuttavia, Josie si sentì a disagio. Guardò Gretchen con sguardo indagatore, ma vide che questa si limitò a sorridere e a dire: «Ho sempre odiato andare a parlare con la stampa.»

Sollevata, Josie si rivolse a Colin e Amy. «Sarebbe meglio se poteste unirvi a me davanti ai giornalisti. So che siete sconvolti, ma se poteste dire qualche parola, potrebbe essere d'aiuto.»

Colin strinse la spalla della moglie. «Penso sia meglio che sia Amy a parlare.»

«No.» disse Amy. «Io... io non posso.»

Colin la guardò accigliato. «Amy, tu sei la madre. Le persone si legano alle madri. Tutto quello che devi fare è uscire e chiedere alla gente di venire ad aiutare nelle ricerche. Tutto qui.»

I suoi occhi erano spalancati da qualcosa che andava oltre il nervosismo. Sembrava più terrore, pensò Josie. Amy intrecciò le mani e se le strinse al petto. «Non posso andare in televisione.» mormorò. «Non posso andare in televisione.» Il suo sguardo tornò a Josie. «La prego, trovi la mia bambina. La prego.»

Chitwood, Gretchen e Colin iniziarono a parlare tutti insieme, ma Josie alzò una mano per farli tacere. Alcune persone non erano preparate per parlare davanti alle telecamere nemmeno nella migliore delle condizioni, figuriamoci in quella peggiore e più spaventosa. «Va tutto bene» la tranquillizzò.

«Quinn...» iniziò Chitwood.

«No» disse Josie. «Mrs. Ross ha ragione. L'unico volto che la gente dovrebbe vedere in televisione stasera è quello di Lucy.»

«Daremo loro la foto che abbiamo usato prima.» disse Gretchen.

«Mettner» chiamò Josie e da qualche parte dal fondo della tenda lo vide apparire. «Sì, Boss.»

«Solo Josie, può andare bene» gli disse. «Mett, chiama Lamay e fagli portare un palco, poi prendi la foto di Lucy e portala da Staples, per vedere se possono ingrandirla per noi. È quello che vogliamo che la gente veda.»

«Agli ordini.» disse Mettner uscendo di corsa dalla tenda.

Josie sentì che una mano umida stringeva la sua. Abbassò lo sguardo e vide il viso pallido di Amy che la fissava, con altre lacrime che le scendevano silenziosamente sulle guance. «Grazie.» sussurrò.

Uno degli agenti dello sceriffo fece capolino nella tenda. «L'unità cinofila è a due ore da qui.»

«Due ore?» disse Gretchen. «Non possono arrivare qui più velocemente?»

Lui scosse la testa. «Mi dispiace, detective. Erano già fuori per un altro caso quando ha chiamato.»

Josie guardò verso uno dei tavoli dove c'era una grande borsa marrone, contenente una delle magliette sporche di Lucy che Amy aveva preso dal cesto per far sentire il suo odore ai cani. Tornò a guardare i genitori. «Va tutto bene.» li tranquillizzò. «Ci sono delle squadre che proseguiranno con le ricerche fino all'arrivo dell'unità cinofila.»

La conferenza stampa si svolse senza problemi, la foto ingrandita di Lucy che sorrideva, seduta sul cavallo della giostra colpiva per le dimensioni, per il colore e per il sorriso vibrante della bambina. Il produttore della WYEP aveva assicurato che sarebbe stato il servizio di punta. In seguito, Gretchen esortò Amy e Colin a tornare a casa e a dormire un po'.

«Non ci riesco.» disse Amy. «Lucy è ancora in giro, da qualche parte. Non riuscirei a dormire. Non voglio dormire finché non sarà a casa con me.»

Colin accarezzò la schiena della moglie. «Amy, dobbiamo riposare.»

Lei lo fissò. «Va bene. Tu vai a riposare. Io aspetto qui la mia bambina.»

«Amy.» disse lui, con un tono che sfumava nell'irritazione.

Lei si allontanò da lui. «È colpa tua, lo sai.»

Lui indietreggiò un po', come se l'accusa gli avesse inferto un colpo fisico. «Come sarebbe?»

Lei si protese in avanti e gli strappò di mano il cellulare e prima che lui potesse reagire, lo scagliò contro una delle pareti della tenda, dove emise un rumore simile a uno schiocco prima di schiantarsi a terra.

«Tu e il tuo stupido telefono.» sbottò. «Se tu fossi stato capace di metterlo giù per cinque minuti per andare a fare un giro con Lucy o anche solo per guardarla, forse adesso sarebbe ancora qui.»

«Non puoi...» iniziò Colin, ma le parole gli vennero meno.

L'espressione di Amy si contorse per il disgusto. Alzò le braccia, con le mani chiuse a pugno, e gli percosse il petto. «Se l'avessi tenuta d'occhio, avresti visto dove andava. Invece eri al telefono. Lo sai che ogni volta che ti passavamo accanto su quella stupida giostra, lei ti chiamava?» Lo colpì di nuovo e lui la fermò. Una lacrima solitaria gli scese sul viso. Amy continuò, con la voce sempre più acuta. «Diceva: "Guardami, papà! Guardami! Sono sul cavallo blu".»

«Non l'ho sentita.» disse Colin a bassa voce. Afferrò gli avambracci della moglie. «Amy, era solo una telefonata.»

«È sempre "solo una telefonata", non è vero? Bastardo. È colpa tua.»

«Come può essere colpa mia? Ci stavi tu sulla giostra con lei. Dovevi tenerla d'occhio.»

«Va' al diavolo!» urlò Amy. Si liberò dalla sua presa e lo aggredì con una forza che sembrò ultraterrena, gli saltò addosso e gli sferrò dei pugni. Mentre Colin cadeva sulla schiena, Josie e Mettner saltarono in avanti, afferrando Amy sotto le ascelle trascinandola via. La donna continuò senza sosta a lanciare urla stridule, ad agitare gambe e braccia. Josie ricevette una gomitata sul naso e sentì il sangue scorrerle sul viso. Gretchen si unì alla mischia e tutti e tre cercarono di tenere Amy sotto controllo. Alla fine, Mettner la cinse con le braccia, intrappolando le sue contro il suo corpo. Amy continuò a maledire il marito. Cercava di liberarsi dalle braccia di Mettner, ma lui la teneva stretta a sé. Josie ci mise un attimo a distinguere le parole che Mettner ripeteva in continuazione all'orecchio della donna. «Mrs. Ross, la prego di calmarsi. Lucy ha bisogno di lei. Ha bisogno che lei si calmi. La prego.»

Josie si pulì il viso con la manica della giacca, finché non comparve davanti a lei la mano di Gretchen, con un fazzoletto di carta. Senza distogliere lo sguardo da Amy, Josie cercò di pulirsi il sangue sul labbro superiore e dal mento. Noah si avvicinò con le stampelle. «Ehi» la apostrofò. «Stai bene?»

Josie annuì. Di fronte a lei, Amy lentamente si calmò afflosciandosi tra le braccia di Mettner, riducendo il suo pianto a un basso e triste lamento. «La mia bambina.» gemette. «Vi prego, trovate la mia bambina.»

Le dita di Noah sollevarono delicatamente il mento di Josie verso di lui. «Pensi che sia rotto?»

Josie scosse la testa. «Sto bene.»

Gretchen accostò una sedia e Mettner lasciò che Amy vi sprofondasse, liberandola finalmente. Josie passò accanto a Noah, si avvicinò ad Amy e si mise in ginocchio di fronte a lei. «Mrs. Ross» disse. «Mi guardi.»

«Josie...» disse Noah con voce intrisa di preoccupazione.

Josie lo ignorò. Si avvicinò ad Amy e le prese le mani. «Mi guardi, Amy.» disse con più decisione.

Amy sbatté le palpebre dei suoi grandi occhi tristi e si concentrò sul viso di Josie.

«Faremo tutto il possibile... assolutamente tutto il possibile... per ritrovare vostra figlia.»

Amy annuì e Josie sentì che le stringeva la mano. Si alzò e si allontanò. Gretchen, Noah e anche Chitwood la stavano fissando. Alle loro spalle c'era Colin, con un'espressione stupita e spaesata. Josie gli fece un cenno con la mano mentre passava davanti a tutti e usciva dalla tenda. Non rallentò finché non si trovò fuori dal parco e in strada, vicino ad alcune auto parcheggiate. Poi si piegò in avanti e vomitò.

SETTE

Alla fine, Amy andò a casa per dormire un po' e Gretchen mandò con lei una delle loro agenti. Colin rimase nella tenda, ridotto al silenzio dallo shock, seduto su una sedia in un angolo mentre altri agenti entravano e uscivano per fare rapporto a Gretchen e per prendere il caffè. Con la mediazione di Mettner, i genitori avevano deciso di fare i turni per dormire, in modo che uno di loro fosse sempre al parco nel caso in cui Lucy fosse stata ritrovata. L'unità cinofila dello sceriffo raggiunse il parco giochi e Gretchen partì con l'agente e il suo pastore tedesco. L'agente lo condusse sulla giostra, accanto al cavallo blu dove Lucy era stata vista per l'ultima volta e gli fece annusare la maglietta della bambina prima di lasciarlo libero. Il cane annusò tutto intorno alla piattaforma. Annusò la colonna al centro della giostra, poi la parte esterna della giostra tra la recinzione e la piattaforma. Col naso puntato a terra, uscì dal cancello e si diresse verso destra, fino alla cancellata che separa il parco dal marciapiede. Lì si sedette, lanciando un rapido abbaio. Il conduttore segnò il tratto di recinzione e accompagnò il cane fino all'altro lato del cancello, dove trovò di nuovo l'odore di Lucy. Naso sul marciapiede, il cane percorse poco più di cinque metri e si sedette di nuovo, questa volta in silenzio.

Josie si affrettò a raggiungerli.

«La traccia si ferma qui.» disse l'agente dell'unità cinofila. «È su entrambi i lati della recinzione.»

«E cosa significa?» chiese Gretchen.

Il conduttore alzò le spalle. «Non ne sono sicuro. Ma poiché era continua dall'interno del parco, lungo la recinzione, fino al marciapiede e all'esterno del parco, potrebbe significare che qualcuno l'abbia presa e l'abbia issata oltre la recinzione o che lei stessa l'abbia saltata. Poi la traccia si interrompe improvvisamente sul marciapiede. Di solito, quando questo succede, è perché la persona è salita su un veicolo.»

«Pensa che sia stata rapita?» domandò Gretchen.

«Non posso fare questa affermazione.» replicò l'agente «Posso solo dirle che il suo odore è rimasto nel parco, sulla giostra e finisce qui. Come ho detto, quando l'odore si interrompe, di solito è perché la persona è salita su un veicolo e ha lasciato la zona.»

Gretchen annotò qualcosa sul suo taccuino e lo ringraziò. Tornando insieme alla tenda, Josie disse: «Qualcuno l'ha portata via.»

«Sembra proprio così» confermò Gretchen, «ma come avrà fatto ad arrivare dalla giostra al marciapiede senza che nessuno vedesse niente?»

«Deve esserci sfuggito qualcosa.» concluse Josie.

Colin era ancora all'interno della tenda, con le braccia conserte sulla pancia e il mento appoggiato al petto. Russava lievemente.

«Ehi» disse Noah, facendo cenno a Josie di raggiungerlo al portatile davanti al quale era seduto.

Si sedette accanto a lui e soltanto in quel momento avvertì tutta la stanchezza che le piombava addosso e il dolore al naso.

«Non devi restare.» gli disse. «Posso portarti a casa tua, o a casa mia. Dovresti tenere la gamba sollevata.»

Intanto le dita di Noah correvano sulla tastiera. «Sto bene.» disse. «Preferisco stare qui. Mi tiene la mente lontana da... beh, lo sai.»

Non erano passati nemmeno due mesi da quando l'amata madre di Noah era stata ammazzata e la sua famiglia era stata sconvolta. Aveva trascorso tutto il suo tempo a casa di Josie. Lei sapeva che stava lottando per superare tutto quello che era successo e che avrebbe lottato per molto tempo ancora. E sapeva anche che era particolarmente difficile per lui gestire una gamba rotta. Si avvicinò e gli toccò la coscia. «È bello essere utili.»

«Sì...» disse lui, facendo apparire una serie di foto sullo schermo. «Guarda, ho dato un ordine a tutte le foto degli altri genitori. Purtroppo, nessuno ha scattato foto una volta che la giostra si è fermata.»

«E le foto di altre persone nel parco giochi dopo la scomparsa di Lucy?» gli chiese «Nessuno che l'abbia ripresa sullo sfondo?» Dopodiché gli raccontò quello che aveva detto l'agente dell'unità cinofila.

Noah si accigliò. Cominciò a scorrere le foto. «No, non mi sembra.»

In ogni foto c'era un bambino diverso, che sorrideva, rideva, correva o giocava, e mentre Noah le scorreva, lei studiava le persone dietro ciascun bambino, alla ricerca di segni rivelatori della maglietta rosa di Lucy o del suo zaino a forma di farfalla. Vide che in un paio di foto era stata immortalata insieme a Harris, ma non c'erano tracce di Lucy.

«Nei video?» chiese.

«Due riprese della giostra mentre è ancora in movimento. Nessuna in cui si vedano Lucy o Amy Ross una volta che la giostra si è fermata. Quando la corsa è finita, i genitori hanno smesso di registrare. Ma ce n'è un'altra più promettente.»

Noah chiuse le foto e cliccò su una piccola icona video.

Quando avviò il filmato, Josie poté vedere che era una ripresa da molto lontano rispetto alla giostra, ma i cavalli che giravano erano chiaramente visibili sullo sfondo. La bambina nel video faceva le capriole sull'erba. Si sentiva la voce della madre che la incoraggiava e le faceva i complimenti per quanto era brava. Dietro alla bambina, la giostra girava lentamente fino a fermarsi.

Sul lato destro dell'inquadratura, Josie riuscì a scorgere la groppa del cavallino blu. Lo zainetto luccicante di Lucy catturava la luce mentre scendeva di corsa dal cavallo e si dirigeva verso l'altro lato della piattaforma. Josie seguì i suoi movimenti sul lato sinistro dello schermo. La giostra era affollata e per due volte Lucy rimaneva completamente nascosta dietro le altre persone e i cavalli. Josie intravide un'ultima volta i suoi capelli dorati e il suo zaino a farfalla colorato prima che sparisse dall'altra parte della colonna.

«Eccola.» esclamò Josie. «È sicuramente lei. Torna indietro.»

Noah riprodusse il video un altro paio di volte e a ogni riproduzione Josie coglieva ulteriori dettagli. Amy, sul cavallo accanto a quello di Lucy ma leggermente davanti, si era impigliata nella cintura di sicurezza, dando a Lucy secondi preziosi per sfuggirle. Si vedeva brevemente Colin sul lato destro dell'inquadratura mentre camminava avanti e indietro, con il telefono premuto contro l'orecchio. Le altre persone sui cavalli erano intente a liberarsi dalle cinture di sicurezza e a scendere dalla giostra. File di altre persone attraversavano a flusso continuo l'uscita, ripresa sul lato sinistro della schermata, ma la donna che stava riprendendo seguiva la figlia che faceva le capriole e aveva spostato la ripresa dall'uscita prima che se ne fossero andati tutti quanti. Era impossibile dire se Lucy fosse scesa dalla giostra passando per il cancello o se avesse fatto il giro dall'altra parte e in qualche modo avesse scavalcato la recinzione. Josie si chiese perché avrebbe dovuto farlo. Pensò a come si fosse arrampicata agilmente sullo scivolo. Probabilmente ce l'avrebbe fatta senza problemi, ma era già stata sulla giostra quel giorno, come avevano detto Amy e Colin. Quindi, perché avrebbe dovuto lasciare la giostra in un altro modo se non attraverso l'uscita vera e propria?

«Dannazione.» brontolò Noah mentre guardavano gli ultimi secondi del video per la quarta volta. «Non c'è modo di capire da che parte sia andata una volta che ha girato intorno a quella colonna.»

«Fallo partire un'altra volta.» ordinò Josie. «Tutto il filmato.»

Questa volta, mentre lei guardava, apparvero alle loro spalle Gretchen e Mettner, che si misero a guardare a loro volta. C'era stato qualcosa che aveva suscitato l'attenzione di Josie fin dalla prima volta che aveva visto Lucy saltare giù dal cavallino e scappare, ma non era stata in grado di capire di cosa si trattasse fino a quel momento.

«Sta correndo verso qualcuno o qualcosa.» disse Josie.

«Cosa intendi dire?» chiese Mettner.

Josie toccò il braccio di Noah che tornò indietro e mise in riproduzione.

«Guardate.» disse Josie. «È come se non vedesse l'ora di scendere dal cavallo. Si toglie le cinghie, salta giù e corre via come un fulmine.»

«Lontano da sua madre.» osservò Gretchen.

«E da suo padre.» aggiunse Noah. Indicò il lato destro dello schermo, dove nell'angolo si vedeva una gamba di Colin.

«Guardate come si muovono lentamente tutti gli altri bambini.» disse Josie.

«Perché vorrebbero che la corsa non finisse.» spiegò Gretchen.

«Esatto.» disse Josie. «Invece Lucy si muove con decisione.»

«Questo significa che ha visto qualcuno che conosceva?» chiese Mettner.

«Difficile a dirsi.» disse Josie. «Ma potrebbe essere.»

«È possibile che sia uscita dal parco insieme a un'altra

persona, o che qualcuno le abbia fatto scavalcare la recinzione fino al marciapiede, prima che tu facessi chiudere la giostra e radunassi i genitori?» chiese Noah.

«Sì.» disse Josie sentendo il cuore affondare. «È molto probabile.»

«Però non abbiamo ancora prove concrete che qualcuno l'abbia presa.» disse Mettner. «Solo sospetti.»

«È vero.» concesse Josie, ma nel suo cuore quelle parole suonarono vuote.

«Boss...» disse Mettner.

Josie lo guardò. Lui fece una smorfia. «Qualunque cosa sia, Mett, dilla e basta.»

«Non pensi che magari tu stia propendendo per la teoria del rapimento a causa di tutto quello che è successo durante il caso delle ragazze scomparse, qualche anno fa? Come se quegli eventi influenzassero tutto ciò che ti riguarda?»

«Non ti allargare troppo, Mett.»

«Non importa.» disse Josie. Incrociò lo sguardo di Noah. Tra loro si scatenò un silenzioso flusso di comunicazione. Noah voleva assicurarsi che davvero non le importasse dell'accusa di Mettner, per quanto formulata con delicatezza, e Josie voleva che lui capisse che non l'aveva presa male. Gli rivolse un breve e malinconico sorriso e il suo cuore si scaldò al pensiero che, per quanto soffrisse, Noah pensava a difenderla.

Mettner alzò le mani in aria. «Non volevo offendere nessuno. Davvero. So solo che quel caso è stato difficile per voi.»

«Alcuni di noi portano le cicatrici di quel caso, è vero» ammise Noah, «ma Josie ha un grande istinto che non è influenzato in alcun modo. Se pensa che quest'oggi sia accaduto qualcosa di più, se pensa che quella bambina non si sia semplicemente persa, io le credo. Inoltre, l'agente dell'unità cinofila pensa che Lucy possa essere salita su un veicolo.»

Mettner teneva ancora le mani sollevate. «Mi sembra giusto.»

«Va tutto bene, Mett» gli disse Josie. «non me la sono presa.» Si voltò di nuovo verso Noah e il portatile. «Possiamo guardarlo ancora una volta? Puoi rallentarlo? Magari andando fotogramma per fotogramma da quando salta giù dal cavallo a quando scompare dallo schermo?»

«Certo.» disse Noah, facendo ripartire il video.

Josie, Mettner e Gretchen si sporsero per guardare mentre Noah passava da un fotogramma all'altro. Nel momento in cui Lucy raggiungeva di nuovo il lato sinistro dello schermo, Josie vide qualcosa di scuro spuntare verso di lei dalla colonna al centro della giostra. «Fermati.» disse e indicò quel punto esatto. Sembrava la punta di qualcosa che si estendeva verso Lucy da dietro la colonna.

«Che cos'è?» chiese Noah cercando di ingrandire l'immagine.

Si avvicinarono tutti, strizzando gli occhi come se questo potesse renderla più nitida. Più Noah la ingrandiva, più l'immagine si sgranava. «Non può essere una mano o una gamba.» disse Mettner. «Sembra l'angolo di un quadrato.»

«È la porta.» risposero Gretchen e Josie nello stesso momento.

OTTO

Tornarono di corsa verso la giostra e ne perlustrarono ogni centimetro alla luce delle torce elettriche, con Noah al seguito che camminava quanto più velocemente possibile gli permettevano le stampelle. Josie e Gretchen mostrarono agli altri la porta. Mettner si introdusse all'interno come aveva fatto Josie in precedenza. Non c'era niente.

«Qualcuno chiami Hummel e faccia venire la Squadra di Raccolta delle Prove per esaminare l'interno.» disse Josie.

Mettner chiuse la porta e tirò fuori il telefono, e mentre tornavano tutti e quattro alla tenda, Gretchen le chiese: «Pensi che sia entrata in quel pertugio?»

«Non lo so.» disse Josie. «Ma se ci si fosse nascosta, sarebbe stata ancora lì dentro quando abbiamo iniziato a cercarla.»

«E nessuno, durante la corsa, si sarebbe accorto che la porta veniva aperta?» chiese Noah.

«Anche questo è vero.» convenne Gretchen. «Domani mattina chiamerò tutti i genitori dei bambini che erano sulla giostra per scoprire se qualcuno ricorda di aver visto la porta aperta.»

Mettner riattaccò la chiamata e disse: «Hummel sarà qui tra

quindici minuti. E se ci fosse stato qualcun altro dentro la colonna?»

«Mi pareva tu non fossi d'accordo con la teoria del rapimento.» commentò Noah.

Mettner alzò le spalle. «Non ho mai detto di non essere d'accordo. Ho solo precisato che non abbiamo prove che sia stata rapita.»

«Sembra improbabile che un rapitore possa riuscire a prendere una bambina di sette anni dall'interno di una giostra.» concesse Gretchen. «Specialmente considerando che l'unica via d'uscita è quella porta.»

Quando tornarono alla tenda videro che Colin se n'era andato e Amy sedeva al suo posto su una sedia, infagottata in una spessa felpa di pile. I suoi capelli biondicci pendevano flosci e spettinati, le palpebre erano gonfie. Quando entrarono alzò lo sguardo, speranzosa. «Trovato niente?»

Scossero tutti la testa e Josie disse: «Non ancora.»

Amy si accigliò. «Co... Cosa le è successo alla faccia?»

Rimasero tutti immobili a guardarla.

«Non se lo ricorda?» le chiese Mettner.

«Che cosa?» chiese Amy.

Aveva avuto una tale crisi isterica che Josie non si stupì affatto che non ricordasse di aver avuto uno scontro con lei e Mettner. Probabilmente non si era nemmeno resa conto di averla colpita in faccia, e a parte questo, era stato un incidente.

«Sono andata a sbattere contro il ramo di un albero.» tagliò corto Josie. «Mrs. Ross, pensa di poter dare un'occhiata ai video e alle foto di oggi?»

Amy saltò in piedi. «Sì, certamente. Tutto quello che pensa possa essere utile.»

Noah accennò alla sedia accanto alla sua e Amy ci si sedette. Guardarono il filmato di Lucy che scendeva dal cavallino della giostra e correva via. Nessuno di loro accennò alla porta che si apriva, ma Josie spiegò ad Amy che credevano che

Lucy stesse correndo verso qualcosa o qualcuno e le chiese di riguardare tutte le foto di quel giorno per vedere se riconosceva qualcuno in secondo piano, una persona che Lucy avrebbe potuto raggiungere di sua volontà. Passarono due ore, ma Amy non riconobbe nessuno in quelle immagini.

Per allora, due delle squadre che si alternavano nelle ricerche erano rientrate senza aver trovato niente e altre due nuove squadre erano uscite. La squadra di Raccolta delle Prove aveva finito di analizzare l'interno della giostra, ma i risultati delle loro analisi avrebbero richiesto del tempo prima di essere resi noti. Gretchen stabilì che due dei detective della squadra investigativa dovessero andare a casa a dormire per qualche ora. Josie e Mettner si offrirono volontari, Noah e Gretchen sarebbero rimasti sul posto fino al loro ritorno e poi si sarebbero dati il cambio. La speranza era che la mattina seguente numerosi volontari si sarebbero presentati per aiutare nelle ricerche.

NOVE

Ho visto di nuovo la donna d'argento dalla finestra. Se ne stava fuori, nel suo grande giardino, mi dava le spalle, teneva un annaffiatoio in una mano. La chiamavo la donna d'argento perché i suoi capelli erano del colore di una moneta che avevo trovato sotto il nostro letto. Dopo averla stretta nel palmo sudato per recuperarla, avevo disteso le dita e lasciato che la luce del sole scintillasse sulla sua superficie. L'uomo sulla moneta aveva i capelli lunghi e li portava legati in una coda di cavallo proprio come li aveva quel giorno la donna d'argento. Girandosi da una parte all'altra, spargeva acqua sui fiori ai suoi piedi. Desideravo che si voltasse, che alzasse lo sguardo e mi vedesse mentre la fissavo. Ma non l'ha fatto. Ho picchiettato persino con un'unghia contro il vetro per cercare di attirare la sua attenzione, ma non è servito a niente. Ho pensato di battere sulla finestra con le nocche, ma avrei fatto troppo rumore. Sapevo che dovevo rimanere in silenzio e immobile.

Ho premuto la moneta contro la finestra con il pollice, desiderando che sfondasse il vetro. Così avrei potuto uscire. Avrei potuto avvicinarmi ai fiori del giardino della donna d'argento e, magari, mi avrebbe anche permesso di usare il suo annaffiatoio.

La moneta mi è sfuggita da sotto il pollice, è scivolata giù dalla finestra, rimbalzando sul battente e finendo a terra. Il rumore ha riecheggiato sulle pareti della piccola stanza in cui mi trovavo. Ho sentito una stretta al petto. Mi aveva avvertito di non fare troppo rumore. Mi aveva detto di non guardare la donna d'argento. «Non attirare l'attenzione su di te!» mi ripeteva sempre.

Quando l'ho sentita alla porta, ho messo i piedi giù dal davanzale interno della finestra, ho raccolto la moneta e ho fatto un salto per tornare sul letto, infilando la moneta sotto il cuscino.

«Cosa stai combinando?» mi ha chiesto.

«Niente.»

«Ho sentito un rumore provenire da qui.»

«Non ho fatto niente.» ho risposto.

«Ho sentito che ti muovevi. Che cosa ti ho detto?»

Ho tirato le ginocchia al petto ma non ho risposto.

«So che te lo ricordi. Devi fare più silenzio possibile o verrà a farci del male.» ha detto lei.

«Voglio uscire con te.» ho ribadito io. «Ti prego.»

Lei mi ha rivolto un sorriso sofferto. «So che vuoi uscire. Quando se ne andrà, ti porterò fuori.»

Lui non se n'è andato per diverse ore e solo a quel punto lei mi ha portato nelle altre stanze. Mi piaceva esplorarle, anche se le avevo già viste un sacco di volte, perché almeno erano differenti dalla mia stanza. Ogni volta cercavo di scoprire un nuovo dettaglio, come l'unica piastrella ingiallita e scheggiata della cucina o i graffi del tessuto marrone della poltrona reclinabile e sbilenca contro la mia pelle e la larga macchia oleosa dove lui poggiava la testa quando ci si sedeva a fumare. Di fianco alla poltrona c'era un tavolino con un telecomando che non avevo il permesso di toccare. Accanto c'era un posacenere rotondo traboccante di mozziconi di sigaretta e lasciati lì, su cui le mie dita hanno indugiato a lungo. Volevo toccarli, ma lei mi ha scacciato. Allora ho fatto un salto sul divano e ho saltellato sul tappeto finché lei non mi ha sgridato. «Non ti devi muovere. Se rompi qualcosa, lui...»

Si è interrotta.

Ho guardato in su verso di lei. «Ci farà del male?»

«O peggio.» ha detto lei, sussurrando come se lui fosse ancora in casa, da qualche parte, ad ascoltare in segreto. Mi ha afferrato per un braccio, ha stretto forte. «Promettimelo!» mi ha detto. «Promettimi che farai esattamente come ti dico.»

L'ho fissata nei suoi occhi grandi. «Te lo prometto.»

DIECI

Una volta a casa, Josie si fece una doccia e cercò di pulirsi il viso come meglio poteva, ma le si stavano già formando due macchie nere sotto gli occhi. Tanti cari saluti ai propositi di Chitwood di farla diventare il volto della polizia di Denton. Si lasciò cadere sul letto, talmente esausta che le faceva male tutto il corpo. Avrebbe voluto che Noah fosse tornato a casa con lei. I pensieri su Lucy Ross le turbinavano in testa. Dio solo sapeva quanto si augurava di essersi sbagliata, che quella bambina non fosse stata davvero rapita, ma non riusciva a scrollarsi di dosso la brutta sensazione che le gravava sulle spalle come un pesante mantello.

Mentre metteva il telefono in carica, si accorse di non aver letto diversi messaggi che le erano stati inviati. Li scorse con un dito per visualizzarli, nella speranza che contenessero buone notizie su Lucy. Le sfuggì un sospiro quando vide che erano di sua sorella Trinity. Sprofondò sul letto e li lesse.

Ho appena saputo che a Denton è scomparsa una bambina. Che succede?

Te ne occupi tu? Va tutto bene? Qual è lo scoop?

Ti prego, dimmi cosa sta succedendo. Spero che la troviate presto.

Chiamami appena ricevi questo messaggio. Spero che la troviate presto. Fammi sapere se c'è qualcosa che posso fare.

Josie non dubitava che la sorella gemella fosse sinceramente preoccupata per Lucy, ma sapeva anche che l'impulso di Trinity a inseguire una buona storia aveva la meglio su qualsiasi altro aspetto della sua vita. Trinity aveva iniziato a Denton come reporter itinerante per l'emittente locale, la WYEP, prima di raggiungere la popolarità sulla scena nazionale. Poi una fonte le aveva fornito false informazioni e la sua carriera era crollata, e una volta caduta in disgrazia era stata bandita dalla Pennsylvania centrale. Poi si era fatta strada per tornare alla ribalta delle reti nazionali e ora era conduttrice di un famoso programma mattutino. E il fatto che la sua città natale, Denton, fosse una fonte apparentemente inesauribile di storie scandalose che catturavano l'immaginazione dell'intero Paese l'aveva certamente aiutata. Trinity voleva parlarle del caso di Lucy Ross, perché forse c'era una storia che valeva la pena di approfondire. Tre anni prima, Josie l'avrebbe strangolata volentieri. Ora sapeva che, nonostante l'ardente ambizione di Trinity di raggiungere i vertici del suo settore, aveva davvero a cuore gli interessi degli altri, come dimostrava il fatto che più di una volta le relazioni, le ricerche e l'ingegno di Trinity avevano effettivamente favorito la soluzione dei casi.

Josie stava quasi per chiamarla, ma poi rimase a fissare il suo nome sullo schermo: non aveva voglia di parlare con sua sorella dopo la giornata che aveva avuto. Scorse invece i suoi contatti fino a trovare il nome di Christian Payne. Aveva già premuto su

"Chiama" ancor prima di rendersi conto di quanto fosse tardi. Tuttavia, Christian rispose al quinto squillo, con la voce intrisa di sonno. «Josie?» disse.

«Oh, scusami.» disse lei. «Non mi ero accorta che fosse così tardi.»

«Va tutto bene, tesoro?»

Josie si sentì contemporaneamente riscaldata e scoraggiata dalla sua cordialità. Si stava ancora abituando al fatto che Christian fosse il suo vero padre. L'uomo che Josie aveva creduto essere suo padre era morto quando aveva sei anni, ma in cuor suo non credeva che avrebbe mai considerato Eli Matson come una figura diversa da suo padre. Tuttavia, sapeva che non era colpa di Christian se erano stati divisi e avevano dovuto passare trent'anni senza conoscersi.

«Sì.» disse Josie. «È tutto a posto. Mi dispiace. Possiamo parlare domattina.»

«Josie.» disse lui, che ora sembrava più sveglio. «Negli ultimi trent'anni avrei dato la mia stessa vita per avere un telefono che mi permettesse di ricevere una tua telefonata, per sapere che eri viva. Quindi, puoi chiamarmi quando vuoi, anche nel cuore della notte. Dimmi, cosa ti preoccupa?»

In sottofondo, sentì lo scricchiolio di una porta. Lo immaginò uscire dalla camera da letto che condivideva con sua moglie e percorrere il corridoio fino alle scale, dirigendosi verso la cucina della casa in cui vivevano, a due ore di distanza da Denton.

«Si tratta di lavoro.» spiegò Josie. «Oggi è scomparsa una bambina. Suo padre è Colin Ross. Ha detto che ti conosce.»

«Sì, lavora nella nostra divisione prezzi.» rispose Christian con semplicità. «Mi dispiace molto per sua figlia. Santo cielo. Lui sta bene? Che cosa è successo?»

Josie gli fece un breve resoconto della situazione e Christian le chiese: «Cosa posso fare?»

«Beh, speravo che potessi dirmi la tua impressione su Colin Ross.»

«La mia impressione?» chiese Christian con tono esitante. «Pensi che abbia qualcosa a che fare con la scomparsa di sua figlia?»

«Io penso...» disse Josie, «che non possiamo escludere nessuna ipotesi.»

«Mio Dio!»

«Lo conosci bene?» chiese lei, continuando ad andare avanti anche se la conversazione era diventata imbarazzante.

«Non così bene.» disse con un sospiro. «Direi che non possiamo definirci intimi, ma abbiamo bevuto qualche bicchiere e abbiamo fatto qualche viaggio di lavoro insieme. Quando lavorava a New York mi capitava di vederlo diverse volte all'anno, perché dovevo andarci spesso per l'azienda. Il marketing lavora a stretto contatto con la sua divisione una volta che un farmaco viene lanciato. Ha vissuto a New York per parecchi anni. I suoi genitori vivono ancora lì, se non sbaglio. Ed è a New York che ha conosciuto sua moglie.»

«Cosa ne pensi di lui?»

«Colin è un brav'uomo. Da quando si è sposato si è davvero sistemato.»

«In che senso?» chiese Josie.

«Semplicemente che lui era solito... come dire? Si godeva la compagnia delle donne. Ne frequentava parecchie, ma non si impegnava mai con nessuna di loro.»

«Che cosa è successo?»

«Non lo so. Ha incontrato Amy. Lei non voleva avere niente a che fare con lui. Non so se sia stato questo il motivo per cui è diventato ossessionato da lei, ma le è andato dietro senza sosta. Alcuni dei suoi colleghi dell'ufficio di New York scherzavano sul fatto che l'avesse sfinita. Io pensavo che una volta che l'avesse convinta a sposarlo, si sarebbe stancato di lei. Nessuno alla Quarmark pensava che sarebbero durati.»

«Invece è così.» disse Josie.

«Oh, lo so.» disse Christian. «Non parla d'altro che della sua famiglia. Una volta, quando ci incontravamo per andare a prendere un drink, parlava dell'ultima donna con cui era stato, ma credo proprio che diventare padre lo abbia cambiato. Lo abbia raddrizzato. O è così oppure sta semplicemente invecchiando.» Ridacchiò, ma la risata si spense rapidamente. «Non posso crederci. Quella povera bambina...»

«La troveremo.» disse Josie con più convinzione di quanta ne avesse in realtà.

«Sono sicuro che ci riuscirai.» disse Christian. «E credo che tua sorella ti intaserà il telefono non appena lo verrà a sapere.»

Josie rise. «L'ha già fatto.»

Si salutarono, Josie rimise il telefono in carica e si sdraiò sul letto. Il silenzio rimbombava nella casa, la solitudine era soffocante e strisciante. Pensò alla bottiglia di Wild Turkey che aveva comprato un mese prima, subito dopo l'omicidio della madre di Noah. Era ancora in cucina, in fondo a uno degli armadietti. Un solo bicchierino e si sarebbe addormentata facilmente. Ma il suo stomaco era in subbuglio da più di una settimana e non voleva peggiorare la situazione. Inoltre, aveva imparato a sue spese che consumare Wild Turkey, tanto a grandi quanto a piccole dosi, non portava a nulla di buono.

In quel momento la raggiunse il rumore di un'auto che entrava nel suo vialetto e si alzò di scatto. Un attimo dopo sentì aprirsi e chiudersi due portiere e poi bussare alla sua porta. Fuori era buio, ma la luce del sensore di movimento sopra la porta di casa si accese. Dallo spioncino, Josie vide Misty con Harris addormentato su un braccio e il suo minuscolo cane di razza mista tra un chihuahua e un bassotto nell'altro. Josie spalancò la porta e li fece entrare, prendendo Harris dalle braccia di Misty.

«Misty, è notte fonda! Stai bene?»

«Perdonami, davvero.» disse Misty. «Stiamo bene. È solo che non riuscivo a...»

Nella penombra dell'ingresso, Josie vide le lacrime luccicare negli occhi di Misty. Chiuse la porta d'ingresso, con Harris che dormiva pacificamente sulla sua spalla, e le fece cenno di entrare nel soggiorno. Il cagnolino di Misty scrutò con circospezione il nuovo ambiente. «Che succede?» chiese Josie. «È accaduto qualcosa?»

«Oh, no.» disse Misty. «Oh santo cielo, che ti è successo alla faccia?»

«Oh, niente.» disse Josie. «Sto bene. E voi due? Cosa sta succedendo?»

«Abbi pazienza, ti prego. So che è assurdo. È solo che... non riesco a smettere di pensare a quella bambina che è scomparsa. L'ho vista al notiziario. So che hanno detto che "si ritiene che si sia allontanata", ma il pensiero che sia scomparsa mi ha fatto subito ripensare a quando è nato Harris. A quando me lo hanno portato via.»

«Oh, Misty...» disse Josie dolcemente, allungando una mano per stringerle una spalla. Misty aveva dato alla luce Harris in casa grazie all'aiuto di una ragazza, ma poi avevano scoperto che questa stava fuggendo da persone molto pericolose. Misty era stata selvaggiamente picchiata e Harris era stato rapito.

«So che non ricordo molto di quello che è successo, ma...» cominciò a dire Misty.

«Sei ancora molto traumatizzata.» finì per lei Josie. «Lo capisco.»

«Non potevo rimanere in quella casa stanotte. Salto a ogni rumore. Spero che non ti dispiaccia. Io e Harris ci sentiamo al sicuro qui.»

Josie sorrise. «Sono contenta che tu sia venuta. Vieni di sopra. Ho un letto matrimoniale. Possiamo starci tutti.»

«Grazie, Josie.»

Non glielo avrebbe mai confessato, ma Josie era contenta di

avere la sua compagnia. Sistemarono Harris tra di loro e il cane ai piedi del letto. Il suono costante del respiro di Misty, di Harris e del cane iniziò a cullare Josie nel sonno quasi istantaneamente. Stava quasi per addormentarsi, quando Misty sussurrò: «Continuo a pensare alla madre di quella bambina. A quello che deve provare. Non riesco nemmeno a immaginare se Harris...»

«Non pensarci.» disse Josie. «Non immaginarlo nemmeno. Lo terremo al sicuro. Sempre.»

«Ma come possiamo?» chiese Misty. «Come possiamo riuscirci in un mondo come questo in cui accadono cose così tremende e terribili?»

«Non so in che modo.» rispose onestamente Josie. «Ma morirei provandoci. Questo è quello che so.»

Sentiva le sue parole rallentare. Era così affaticata, il sonno l'aveva già afferrata, trascinandola verso il basso. Misty stava ancora parlando. Le ultime parole che Josie sentì prima di perdere conoscenza furono: «Come possiamo tenere al sicuro i nostri figli se non riesci nemmeno a distinguere tra qualcuno che è cattivo e vuole portarti via tuo figlio e qualcuno che non lo è? Ci sono persone pericolose tutte intorno a noi, Josie. Ma sono camuffate da persone buone, da persone normali.»

Una voce, in fondo alla mente di Josie, gridò e le disse di tenerlo presente per quando si sarebbe svegliata, e un attimo dopo era crollata.

UNDICI

Josie si svegliò al suono della vocina di Harris che proveniva da qualche parte al piano di sotto, e poi al guaito del cagnolino di Misty, Pepper. Aprì gli occhi e guardò alla sua sinistra, ma il letto era vuoto. Girandosi nell'altra direzione, guardò la sveglia e vide che aveva dormito per tre ore. Il profumo del caffè si diffondeva su per le scale. Di solito sarebbe stato un balsamo per i suoi nervi esausti e logori, ma quel giorno, non appena l'odore la raggiunse, venne assalita dalla nausea e la bile nello stomaco le salì in gola. Scostando la coperta, saltò in piedi e corse in bagno. Ebbe un paio di conati nel gabinetto, ma non riuscì a vomitare. La fronte era madida di sudore freddo. Mentre si accasciava sul pavimento e premeva la schiena contro le fresche piastrelle del bagno, si impose di farsi passare la nausea. Quel giorno doveva tornare al parco e partecipare alle ricerche di Lucy.

Sentì la porta di casa aprirsi, il rumore delle stampelle di Noah sul pavimento dell'atrio e poi la sua voce. «Ehilà, piccoletto!»

E subito dopo Harris: «Noah, Noah! Ehi, chi è lui?»

«Questo è il mio amico Mettner.» disse Noah. «Mi ha dato un passaggio a casa.»

A casa. Sentire Noah che chiamava così la sua "casa" le diede una piccola stretta al cuore. Si alzò, si sciacquò il viso con l'acqua, si lavò i denti senza guardarsi allo specchio e scese al piano di sotto. Dall'espressione di Mettner e Noah capì che doveva avere un brutto aspetto.

«Cavolo, ti ha colpito forte, eh?»

Josie si toccò il naso e gli zigomi e li sentì doloranti. «Va tutto bene. Ci sono novità?»

L'espressione di entrambi si spense. «No.» disse Noah. «Nessuna novità. C'è gente che ha cercato per tutta la notte e la selezione dei volontari inizierà tra un'ora. La gente si sta già radunando al parco. Sembra che ci sarà una grande partecipazione.»

Harris corse ad abbracciare la gamba di Josie. «JoJo, posso guardare la TV?»

«Certo.» disse Josie accarezzandogli i capelli. «Assicurati che la mamma sia d'accordo, va bene?»

Harris corse via.

«Devo andare a dare il cambio a Gretchen.» disse Josie. Si ricordò del pensiero che si era acceso nella sua mente assonnata solo poche ore prima. «Devo anche rivedere le foto e il video.»

«Ci vediamo lì.» disse Mettner.

Mentre si dirigeva al parco, Josie chiamò Trinity, che l'aveva chiamata tre volte mentre dormiva. «Era ora.» rispose Trinity, senza perdersi in convenevoli.

«Mi dispiace.» disse Josie. «Stavo lavorando. Ma ti capita mai di dormire?»

«Non preoccuparti di quanto dormo. Parlami di questa

bambina scomparsa. Sai che non mi piace ricevere le informazioni dal corrispondente locale della WYEP.»

Josie le fece un riassunto, per poi concludere: «Non so se ci siano le basi per una storia stavolta, Trinity, ma se vuoi aiutarci, i genitori vivevano a New York. Almeno fino a prima che nascesse la figlia. Forse potresti rintracciare alcuni dei loro vecchi amici. I genitori di Colin Ross ci vivono ancora. Potresti parlare con loro, per capire con che tipo di persone abbiamo a che fare.»

«Pensi che uno dei genitori abbia qualcosa a che fare con questa faccenda?»

«Non ne sono sicura.» rispose Josie. «Ma se c'è qualcosa di sporco nel passato di uno dei due, so che lo troverai e che lo troverai più velocemente dell'FBI.»

Trinity rise. «Puoi giurarci che lo farò. Ti richiamo appena trovo qualcosa.»

Josie riattaccò non appena intravide il parco. L'area giochi era gremita di gente, la fila di persone venute ad aiutare nella ricerca di Lucy si estendeva fino all'ingresso e lungo il marciapiede. Josie si sentì incoraggiata da quante persone erano disposte ad alzarsi presto e a sacrificare il loro tempo per soccorrere una bambina. La fissarono mentre superava la fila e si dirigeva nel parco giochi verso la tenda. Le ci volle un attimo per capire che era a causa dei suoi occhi neri. Accelerò il passo e si infilò nella tenda. Mettner l'aveva preceduta e stava prendendo posto davanti al portatile, facendole cenno di avvicinarsi. «Ecco il filmato e le foto. Dai un'occhiata. Dirò a Gretchen che può andare a casa e aiutare a organizzare le ricerche da lì.»

Josie iniziò a scorrere le foto, ma non le era completamente chiaro che cosa stesse cercando. L'idea che le parole di Misty avevano suscitato era soltanto un'ombra nella sua mente, non si era ancora del tutto radicata. Gretchen apparve accanto a lei. «Ehi, oh cavolo. Sembri...» ma non aggiunse altro.

Sorridendo, Josie avvertì una fitta di dolore al viso. «Lo so.

Non importa. Che succede? Trovato qualcosa? Non ho visto né Amy né Colin.»

«Sono qui fuori con la squadra di ricerca, Mettner e gli agenti li stanno preparando. Non ho notizie. Hummel ha preso un po' di impronte dall'interno della colonna della giostra, ma all'AFIS non ne è risultata nessuna. Ho parlato con tutti i genitori che erano qui ieri e sulla giostra quando Lucy è scomparsa. Nessuno di loro ricorda di aver visto la porta della colonna aprirsi. Stesso per i bambini.»

«Non ricordano nemmeno di aver visto Lucy...» sottolineò Josie, «ma noi sappiamo che ci è entrata.»

«È vero.» ammise Gretchen.

Josie si alzò. «Beh, continueremo a cercare. Perché non vai a casa a dormire un po'?»

Gretchen non discusse. Josie prese il comando. Aveva voglia di uscire e andare a cercare, anche se una parte di lei era convinta che Lucy non si trovasse in quei boschi, che erano già stati perlustrati diverse volte per tutta la notte senza che di lei si fosse trovata alcuna traccia. Ma doveva rimanere al posto di comando per coordinare le diverse squadre delle forze dell'ordine e dei civili accorsi per dare una mano. Si mise all'entrata della tenda per assistere all'inizio della ricerca di massa della mattina. Avrebbero iniziato dal parco e poi si sarebbero mossi verso l'esterno, setacciando i giardini delle abitazioni nel raggio di un miglio e il campus dell'università. Se non fosse emerso niente, avrebbero allargato il raggio.

Vide Amy e Colin che camminavano insieme verso il parco pubblico. Avevano entrambi un aspetto esausto ed erano pallidi. Amy indossava un paio di jeans con un maglione nero attillato in vita e portava i capelli raccolti in una coda di cavallo disordinata. Colin indossava una giacca a vento blu brillante e dava l'idea di non aver dato neanche una veloce spazzolata ai suoi folti capelli sale e pepe quella mattina; si limitava a ravvivarli con entrambe le mani, in quella che era ovviamente un'abitudine nervosa. I due camminavano fianco a fianco, ma non si sfioravano nemmeno.

Josie studiò la lunga fila di volontari venuti per le ricerche, che fissavano la coppia addentrarsi tra gli alberi. La fascia di età era variegata: si erano presentati alcuni studenti della Denton East High School e della Denton West che indossavano felpe con i nomi e le mascotte delle rispettive scuole. C'erano casalinghe, giovani professionisti, pensionati e quelli che sembravano alcuni professori universitari. C'era anche un uomo anziano, con capelli e barba grigi ben curati, che indossava un abito di tweed completo di cravatta; sorseggiava del caffè da un bicchierino di carta e con lo sguardo seguiva i movimenti dei coniugi Ross. Era una strana scelta di abbigliamento per una spedizione di ricerca e contrastava con l'abbigliamento di alcuni volontari che si erano presentati con giubbotti catarifrangenti e berretti da caccia della Mossy Oak. Josie si immaginò che indossassero quei colori sgargianti sperando di attirare l'attenzione di Lucy nel caso in cui fosse nel bosco.

Qualcuno aveva anche portato diversi cani da soccorso e ricerca improvvisati. Dalla sua posizione, Josie avvistò un segugio massiccio che aveva un aspetto molto familiare e prima ancora di individuare il suo padrone, il cuore iniziò a battere a tempo doppio nel suo petto. Poi lo vide. Luke Creighton, alto, con le spalle larghe e la barba ispida. Erano stati fidanzati una volta. Poi lui era rimasto invischiato in un caso complicato, aveva preso una serie di decisioni sbagliate e aveva finito per farsi sei mesi di prigione. Due anni più tardi, durante l'ultima grande indagine su un omicidio, lo aveva rivisto. Quel caso l'aveva portata nella contea di Sullivan, tre ore a nord da Denton, dove lui viveva in una fattoria isolata con la sorella. Josie era stata costretta a chiedere il suo aiuto per rintracciare un testimone che si era rivelato essere una vittima. Era stato un periodo difficile a causa delle indagini sull'omicidio della madre di Noah, e Noah aveva deciso che lui e Josie dovevano prendersi una pausa. Josie aveva finito per passare la notte da Luke. Il che di per sé non era una cosa tanto grave, se non fosse che si era ubriacata e aveva perso i sensi. Non aveva idea di cosa fosse successo quella sera. Era abbastanza sicura che non fosse successo alcunché di romantico o di sessuale tra loro, ma la verità era che non poteva dirlo con certezza. Se ne era andata la mattina seguente, prima che lui si svegliasse. E aveva sperato di non doverlo più rivedere.

Quando lui la vide, da lontano, lei si sentì avvampare e ricambiò il saluto rigidamente, pregando che lui non la raggiungesse per parlarle. E lui non lo fece. Invece, si allontanò con un gruppetto e scomparve nel parco.

Sollevata, Josie tornò nella tenda, prendendo il walkie-talkie che Gretchen aveva lasciato e assumendo il comando. Le ricerche proseguirono per tutto il giorno. Secondo le sue stime, erano più di mille le persone che si erano presentate per aiutare a cercare Lucy. Gli esercizi commerciali locali avevano donato generi alimentari e bevande per sostenere i volontari e le forze dell'ordine con cibo e caffè. Alcuni studenti del dipartimento di ingegneria robotica del college si erano presentati con droni dotati di telecamere, che avevano utilizzato per sorvolare la città secondo uno schema a griglia, alla ricerca di eventuali tracce di Lucy. La WYEP aveva inviato tre troupe per coprire ogni aspetto della ricerca e fortunatamente Chitwood si era presentato per fare la conferenza stampa. Amy e Colin, in qualche modo, erano rimasti fuori dai radar della stampa, alternando la ricerca al riposo nella tenda di comando. Gretchen e Noah tornarono nel pomeriggio dopo aver riposato e fatto la doccia. Chitwood se n'era andato dopo aver parlato con la stampa, e nel corso della giornata tornò per diversi sopralluoghi, ma trascorse la maggior parte della giornata alla centrale di polizia, coordinando gli agenti che gli erano rimasti per gestire i problemi di routine che si presentavano in città. Però, quando gli ultimi raggi di sole scomparvero all'orizzonte, non era stata trovata alcuna traccia di Lucy da nessuna parte. Per allora, la maggior parte delle persone se n'era già andata a casa e si era trattenuta solo una manciata di volontari, di agenti della Polizia di Stato e dello sceriffo ad assistere la Polizia di Denton. La squadra di Josie, in preda allo sconforto, rimase a gestire la tenda di comando di fronte ad Amy e Colin, senza avere più risposte di quante ne avessero avute il giorno prima.

«Come può essere successo?» si chiese Colin. «Era praticamente davanti a noi. Era su quella maledetta giostra. Detective Quinn, lei stessa ha detto che i bambini non scompaiono nel nulla.»

«Ma di che stai parlando?» chiese Amy, con voce tremante. Era stata stranamente silenziosa per tutto il giorno, tanto che Josie si era chiesta se avesse preso qualcosa per i nervi. Aveva pensato anche a come sarebbe stato avere un figlio suo e vederlo scomparire; avrebbe avuto bisogno di farmaci solo per continuare a respirare, figuriamoci per rimanere calma.

Colin si passò le mani sul viso. «Sto dicendo che non si può essere soltanto allontanata. L'avremmo già trovata. L'agente dell'unità cinofila ha detto che potrebbe essere salita su un'auto.»

«Ma perché mai dovrebbe essere salita in macchina con qualcun altro? Perché sarebbe scappata? L'avete vista.» disse Amy. «È saltata giù dal cavallo ed è scappata via. È scappata via! Perché?»

Josie ripensò ai movimenti concitati di Lucy, a come si era allontanata con proposito, allo stesso modo in cui il piccolo Harris correva quando vedeva sua madre dopo una lunga giornata con Josie o con sua nonna.

«Signori Ross, ascoltatemi.» disse Josie «Non voglio offendervi, ma devo chiederlo: Lucy è vostra figlia biologica? Di entrambi?»

I due la fissarono per un momento e Gretchen riprese il filo da quella domanda. «Non abbiamo affrontato l'argomento ieri, perché la nostra ipotesi era che Lucy si fosse allontanata e si fosse semplicemente persa. Ma dal momento che non l'abbiamo trovata e non c'è traccia di lei, adesso dobbiamo farvi delle domande. Dobbiamo sapere se la bambina ha altri genitori che potrebbero essere coinvolti. Lucy è frutto del vostro matrimonio o uno di voi l'ha avuta in una precedente relazione?»

«Oh...» disse Amy. «È nostra. Nessuno di noi due ha avuto figli prima di sposarsi.»

«E che mi dite dei nonni? È legata a uno dei vostri genitori?» chiese Josie.

«Il padre di Amy non è mai stato presente e sua madre è morta prima che ci conoscessimo.» rispose Colin. «I miei genitori vivono a New York. Portiamo Lucy a trovarli tre o quattro volte all'anno.»

«Loro non vengono mai qui?» chiese Gretchen.

«A loro non piace venire qui.» sbottò Amy. «Non è abbastanza "urbano" per i loro gusti.»

Colin le lanciò un'occhiata di ammonimento e Josie ebbe la sensazione che i due avessero già discusso di questo argomento: evidentemente la moglie e i suoceri non andavano molto d'accordo.

«E gli zii?» si informò Josie. «Qualcuno di voi ha fratelli o sorelle a cui Lucy sia affezionata?»

Amy scosse la testa. «Avevo due sorelle. Una è morta in un incidente stradale insieme a mia madre. E da allora non ho più parlato con l'altra sorella. È successo più di vent'anni fa. Noi... non siamo mai andate d'accordo. Non so nemmeno dove viva adesso.»

«Come si chiama?» chiese Josie.

«Renita Walsh» disse Amy. «Però, se si è sposata, potrebbe aver cambiato nome.»

«Ed è più o meno giovane di lei?»

«Due anni più grande.»

«Ha mai provato a contattarla?» continuò Josie.

Amy scosse la testa. «No. Come ho detto, una volta che la mamma se n'è andata, non c'era motivo di tenerci in contatto. Io sono andata a vivere a New York. Non so cosa le sia successo dopo. Colin ha un fratello, ma è un pezzo grosso di un'azienda di Hong Kong. Lo vediamo una volta all'anno, se non di meno.»

«E i compagni di Lucy? Ha molti amici a scuola?» chiese Josie.

«Ci sono un paio di bambine con cui gioca molto.» rispose Amy. «Posso darvi i loro nomi.» Tirò fuori il telefono. «Posso darvi anche i nomi e i numeri delle loro madri.»

Josie fece un cenno a Mettner, che si avvicinò ad Amy con il suo telefono e aprì l'applicazione per prendere appunti, in modo da poter annotare i loro contatti.

«Perché ci chiede queste cose?» domandò Colin. «Pensa che sia stato qualcuno che conosciamo ad aver rapito Lucy?»

«Non necessariamente.» disse Josie. «Penso che abbia visto qualcuno mentre la corsa finiva e che avesse fretta di raggiungere quella persona. Mi chiedo di chi si trattasse e se avesse notato qualcosa di insolito o di strano. O addirittura se si fosse resa conto che Lucy stava correndo verso di lei.»

«Faremo una lista» rispose Colin, «di tutte le persone che conosciamo. Tutte le persone che Lucy conosce. Potete indagare su tutti quanti.»

«Non è una cattiva idea.» ammise Gretchen.

I coniugi Ross erano evidentemente sollevati di avere qualcosa di utile da fare. Si sedettero a un tavolo insieme a Mettner e Noah, che iniziò a stilare un elenco su un blocchetto di appunti mentre Mettner annotava tutto sul suo telefono.

Josie tornò a guardare le foto e i filmati del giorno prima. Riguardò il video in cui Lucy correva intorno alla colonna centrale della giostra e quel rettangolo scuro che sporgeva mentre lei correva intorno al lato sinistro. La porta. La porta si era aperta, ma nessuno ricordava di aver visto che si apriva. Gretchen le aveva detto che tutti i genitori con cui aveva parlato avevano detto la stessa cosa: non sapevano nemmeno che lì ci fosse una porta. Gretchen aveva chiesto ai genitori di parlare con i figli per vedere se qualcuno di loro ricordava di aver visto la porta aprirsi. Nessuno l'aveva vista. Com'era possibile che la giostra fosse piena e nessuno avesse notato aprirsi la porta della colonna? Allo stesso modo, del resto, nessuno aveva notato Lucy scendere dalla giostra, si rese conto Josie. A tutti quei genitori premeva solo far scendere i propri figli dalla giostra, e i bambini erano probabilmente concentrati su quello che avrebbero fatto dopo: le altalene, lo scivolo, forse il gelato. Ma sicuramente se Lucy fosse entrata nella colonna, qualcuno l'avrebbe notato.

Josie era ancora turbata dal fatto che nessuna delle persone che avevano interrogato ricordasse di aver visto Lucy dopo la chiusura della giostra. Indossava quella maglietta rosa acceso, ed era impossibile non notare lo zainetto colorato a forma di farfalla, e visto che nessuno lo aveva trovato voleva dire che Lucy non se lo era sfilato. Perciò doveva aver lasciato il parco portandolo ancora in spalla. Ma allora perché non riuscivano a trovarla in nessuna delle foto scattate dai genitori nell'area giochi durante o dopo il giro in giostra?

Le parole di Misty della sera prima le tornarono in mente a pezzi. Che cosa aveva detto mentre Josie si stava addormentando? Qualcosa a proposito dei cattivi che non sembrano tali. Qualcosa su...

«Travestimenti.» mormorò Josie tra sé e sé.

«Che cosa hai detto?» chiese Gretchen.

«Abbiamo mostrato a tutti una foto di Lucy con quella maglietta rosa e lo zaino a farfalla...» disse Josie, «e nessuno l'ha vista.»

«Esatto.» disse Gretchen. «Ma sappiamo che non ha perso il suo zaino perché nessuno l'ha trovato.»

«Ma forse stanno tutti quanti cercando lo zaino e non davvero Lucy.» propose Josie.

«Di che cosa state parlando?» chiese Amy.

Josie alzò lo sguardo dal portatile, rendendosi conto che ora aveva l'attenzione di tutta la stanza. Il suo sguardo si concentrò su Amy, le fece cenno di avvicinarsi e le indicò di sedersi sulla sedia pieghevole accanto a lei.

Dopodiché, Josie le chiese: «Sarebbe in grado di riconoscere sua figlia ovunque, non è vero? Se cercasse di trovare Lucy in un gruppo di bambini, cosa cercherebbe? Non certo quello che indossa, che cambia ogni giorno, ma forse cercherebbe i suoi capelli biondi o le caratteristiche della sua corporatura.»

«Cercherei di individuare la sua andatura.» rispose Amy, iniziando a intuire dove stava andando a parare. «Saltella in continuazione... fa qualche passo e poi comincia, e ogni volta devo dirle di fermarsi e di rallentare. Ora lo fa senza che io glielo dica. È come se sentisse nella sua testa che le dico di smettere di saltare.» Amy si lasciò sfuggire una leggera risata che si trasformò rapidamente in un singhiozzo. Si portò la mano alla bocca e Josie la vide combattere per trattenersi, così le si avvicinò e le strinse la spalla. «Bene allora.» disse. «Faccio ripartire il video. Mi dica cosa vede.»

Fece ripartire il video. Guardarono il filmato che ormai era impresso in modo indelebile nella memoria di entrambe: Lucy che scendeva di corsa dal cavallino, correva dal lato destro della piattaforma della giostra a quello sinistro e girava intorno alla colonna. Osservarono il bordo affilato della porta che si apriva. Poi Lucy spariva, la porta si chiudeva. «Continui a guardare.» disse Josie. «Mi dica cosa vede.»

Pochi secondi più tardi Amy emise un rantolo, si alzò di scatto dalla sedia che si rovesciò alle sue spalle. «Oh mio Dio. Oh mio Dio. È lei. È lei!»

Colin si avvicinò alla moglie e la guardò da sopra le sue spalle. Josie tornò indietro di qualche fotogramma fino al momento in cui Lucy scompariva. Mentre gli altri genitori radunavano i loro figli e si dirigevano lentamente verso il cancello d'uscita, una bambina usciva saltellando da dietro la colonna dalla stessa direzione in cui era scomparsa Lucy, mentre sul lato opposto Amy si era appena liberata dalla cinghia di sicurezza e stava cercando sua figlia.

La bambina indossava un'ampia felpa nera che le copriva il busto e le scendeva fino a metà coscia. Si era calata il cappuccio della felpa sulla testa, ma si intravedeva una ciocca di capelli dorati mentre scendeva dalla pedana con una mezza corsetta e poi si faceva strada tra i corpi ammassati tra la pedana e la recinzione, fino a raggiungere il cancello d'uscita, che si trovava anche di fronte al punto in cui Amy stava cercando con maggiore impegno Lucy, anche se non aveva ancora iniziato a chiamarla. All'uscita un bambino faceva cadere quello che sembrava un elefantino di peluche e sua madre si fermava a raccoglierlo, facendo perdere tempo all'intera fila. Un padre li aggirava, trascinando il bambino che teneva per mano. Poi arrivava la piccola figura con la felpa, che camminava a passo svelto verso il cancello di uscita, seguita da una madre che teneva un bambino piccolo sul fianco e tirava dietro di sé un bambino più grande per un braccio. La madre girava la testa verso la spalla come per dire qualcosa al bambino più grande. Era il caos.

Josie fece ripartire il video e lo guardarono più volte. Lucy attraversava il cancello di uscita e si allontanava verso destra, uscendo dall'inquadratura. Josie passò immediatamente alle foto, scorrendole una per una. Trovarono la bambina con la felpa sullo sfondo di altre due foto, una di profilo e una di spalle. In ognuna di esse era diretta in direzione della recinzione che separava il parco giochi dalla strada dall'altro lato.

«Oh santo cielo.» esclamò Amy.

«Dove ha preso quella felpa?» chiese Colin, con voce tremante.

«Può dire con assoluta certezza che sia lei?» chiese Mettner.

«Beh, no.» concesse Josie.

«È lei.» insistette Amy. «So che è lei. La riconoscerei ovunque.»

«Con tutto il rispetto, Mrs. Ross» disse Metter. «Lei ha visto questo video più volte ieri e non è riuscita a identificarla.»

«Mett!» lo ammonì Gretchen.

Amy lo fulminò con uno sguardo. «Guardavo da che parte era andata. Cercavo la sua maglietta rosa o il suo zaino. Non... perché avrei dovuto notare una bambina con una felpa? Lucy non indossava una felpa da adulto.»

«Questo è sfuggito a tutti.» sottolineò Josie.

«Però non si può dire con certezza che sia lei.» argomentò Mettner. «Dove avrebbe preso quella felpa?»

«Penso che...» ma poi Josie si interruppe e l'idea sembrò al limite dell'assurdo quando decise di dirla ad alta voce. «Credo che fosse all'interno della colonna.»

«E lei sapeva che l'avrebbe trovata là dentro? Ha deciso di prenderla e di indossarla? Per poi correre fuori dal parco?» disse Noah.

«Se era tutto pianificato.» disse Josie. «Se qualcuno ha pianificato tutto questo e l'ha portata via...»

«Allora avrebbe dovuto prepararla.» disse Gretchen.

«Prepararla? Cosa intende?» chiese Colin.

Gretchen guardò Amy. «Direbbe che lei e sua figlia siete molto unite?»

Amy si portò una mano al petto. «Certo che lo siamo. È la mia bambina.»

«Le racconta tutto?» domandò Josie.

L'espressione di Amy si fece severa. «Cosa vuol dire? Ha sette anni. Che cosa mi dovrebbe raccontare?»

«Cose sulla sua giornata» disse Gretchen. «Della scuola. Delle persone con cui parla.»

Amy sembrava sconcertata. «Io... immagino di sì. Voglio dire, parla soprattutto di insetti.»

«Insetti?» disse Josie.

«Beh, non proprio di tutti gli insetti. È fissata con le coccinelle, le falene e le farfalle. Ha realizzato da sola il suo lepidot tero Actias luna. Non sapevo nemmeno che esistesse un insetto del genere.»

«Dove ne ha sentito parlare?» chiese Josie.

Amy fece spallucce. «A scuola, dove altrimenti?»

«Con chi altro passa il suo tempo, oltre a lei, a suo marito e alla tata?»

«Non... non lo so. Ha sette anni. Va a scuola. Torna a casa. A volte viene qui al parco. A volte andiamo al centro commerciale. Talvolta, nei fine settimana, va alle feste di compleanno dei suoi compagni di scuola.»

«L'avete mai vista parlare con un adulto in un posto in cui siete stati insieme? Un adulto che non conoscevate?» chiese Gretchen.

«Certo che no.» rispose Amy. «Non la lascerei parlare con un estraneo.»

«E la sua tata?» continuò Josie.

«Jaclyn è molto attenta. Dubito che lo permetterebbe.»

Josie si guardò intorno. «Chi ha parlato con Jaclyn?»

«Io.» intervenne Mettner «L'ho fatto io. L'ho chiamata e le ho fatto alcune domande. Dovrebbe tornare in città domani.»

«Bene.» disse Gretchen. «Quando torna, vorrei parlarle alla centrale.»

«Alla centrale?» disse Colin. «Pensate che la nostra tata abbia a che fare con la scomparsa di Lucy?»

«No, non necessariamente.» rispose Gretchen. «Ma dobbiamo considerare tutte le possibilità. Se Lucy non si è allontanata per conto suo, allora è stata rapita. Se qualcuno ha avuto contatti sufficienti con lei per elaborare un piano che prevedeva che prendesse una felpa all'interno della giostra, la indossasse e lasciasse i genitori per uscire dal parco, allora dobbiamo scoprire chi è questa persona e dobbiamo presumere che l'abbia rapita.»

Le ginocchia di Amy vacillarono e si lasciò cadere. Prima che toccasse terra, Colin la riprese, tenne su il suo corpo afflosciato, cercando di rimetterla in piedi. Nuove lacrime le rigarono il viso. «Oh Dio.» singhiozzò.

Josie si alzò e si rivolse a Colin. «Senta, perché non porta sua moglie a casa e vi riposate un po'. È stata una lunga giornata e dobbiamo considerare con attenzione la possibilità che si tratti di un rapimento, il che cambia notevolmente la direzione di questa indagine. C'è molto lavoro da fare in questo momento. Vi faremo sapere non appena ne sapremo di più.»

Colin sembrava sul punto di rifiutare, ma Amy diventava sempre più isterica. Alla fine, annuì e trascinò la moglie fuori dalla tenda. Una volta che furono abbastanza lontani da non sentire, Josie disse: «Dobbiamo parlare con i genitori dei compagni di scuola. Dobbiamo parlare anche con i suoi insegnanti. Inoltre, dobbiamo controllare tutti i criminali sessuali nel raggio di cinque miglia da casa sua e dalla scuola. Qualcuno ha avuto un contatto con lei. Qualcuno l'ha convinta a lasciare i genitori.»

«Oh Cristo.» disse Noah, con la voce pesante e triste.

«E penso che dobbiamo lanciare un'allerta AMBER e chiamare l'FBI.» aggiunse Josie.

«Chitwood non lo permetterà mai.» commentò Gretchen.

Josie tirò fuori il telefono. «Non me ne frega niente di quello che Chitwood permetterà o meno.»

DODICI

L'allerta Amber fu lanciata pochi istanti dopo che Josie ebbe riattaccato con il suo contatto alla Polizia di Stato e i loro telefoni cominciarono a emettere allarmi a raffica. Nel giro di dieci minuti, il telefono di Josie prese a squillare e il nome di Bob Chitwood apparve sullo schermo. Premette l'icona della risposta e abbaiò: «Quinn.»

Senza preamboli, Chitwood abbaiò a sua volta: «È opera tua, Quinn?»

Josie si preparò, in attesa della sua filippica, alla possibilità di essere licenziata per insubordinazione. «Sì.»

«Hai anche chiamato l'FBI?»

«Sì. Signore...» cominciò a spiegare «Abbiamo ragione di credere che si tratti di un rapimento.» ma Chitwood la interruppe.

«Taci, Quinn» scattò. «Non ti voglio stare a sentire.»

«Signore?» chiese Josie, perplessa.

«Non ho mai detto di non seguire le prove. Ma Quinn, per Dio, è meglio che tu abbia...»

«Lo so.» lo interruppe Josie. «O il mio culo finirà in una fionda entro la fine della settimana. Ne prendo nota, Signore.»

Ci fu un lungo silenzio. Abbastanza lungo da rendere Josie un po' nervosa. Poi Chitwood disse: «Sono contento che ci siamo capiti, Quinn. Ora mettiti al lavoro.»

Riattaccò, lasciando Josie a fissare il telefono come se fosse un oggetto alieno appena rinvenuto.

«Di che cosa si trattava?» chiese Gretchen.

«Non lo so. Ma credo che stia seguendo un corso di controllo della rabbia o di gestione dei conflitti.» considerò Josie.

Gretchen, Mettner e Noah scoppiarono tutti in una risata e Noah aggiunse: «E magari più avanti riusciremo a fargli frequentare anche un corso di galateo.»

«Varrebbe la pena provare.» scherzò Josie. «Dai, Mett, andiamo a interrogare qualcuna di quelle madri. Sai dove abitano?»

Mettner la seguì fino alla macchina, scorrendo il telefono mentre camminava. «Amy mi ha dato soltanto i nomi di due di loro. È normale? È normale che una bambina di sette anni abbia solo due amici?»

Josie gli rivolse uno sguardo. «Non lo so, Mett. Ma cominciamo con queste due. Possiamo sempre chiedere a loro se ci sono altre mamme da contattare.»

Salirono in macchina e si allontanarono mentre Mettner digitava un indirizzo vicino. «Ingrid Saylor. Sua figlia è in classe con Lucy.»

Quando raggiunsero la casa di Ingrid, pochi istanti dopo, videro che tutte le finestre del piano inferiore erano illuminate. Josie e Mettner salirono sul grande portico avvolgente. Si sentivano delle voci dall'interno, mentre Josie si avvicinava al campanello. Venne ad aprire una donna sulla trentina con capelli castani corti e un taglio alla moda, che li accolse con un sorriso, ma poi, accorgendosi delle polo della polizia di Denton, gli angoli della bocca le si abbassarono e il labbro inferiore cominciò a tremare. «Oh no!» esclamò. «Si tratta di Lucy?»

«Sì, si tratta di Lucy.» rispose Mettner. «Ma non ci sono novità.»

Josie allungò una mano. «Ingrid Saylor? Sono la detective Quinn e lui è il detective Mettner. Amy Ross ci ha fornito il suo nominativo. Ha detto che sua figlia è amica di Lucy. Speravamo di poterle fare qualche domanda.»

Ingrid si strinse i risvolti del cardigan grigio sul petto e si fece da parte per farli entrare. «Sarei felice di potervi aiutare. A dire il vero, anche altre madri sono qui in questo momento.»

«Madri?» disse Mettner.

Ingrid fece loro cenno di seguirla nella grande casa, attraversando un atrio e raggiungendo una spaziosa cucina dove diverse donne erano riunite attorno al piano d'appoggio dell'isola, sgranocchiando una varietà di stuzzichini e bevendo da bicchieri di cristallo. «Loro sono le mamme di alcuni dei compagni di classe di Lucy.» spiegò Ingrid.

Josie contò sei donne in tutto, che li fissarono quando lei e Mettner entrarono nella stanza.

Ingrid li presentò e offrì loro qualcosa da mangiare o da bere, che Josie e Mettner rifiutarono. Mettner prendeva furiosamente appunti sul suo telefono, annotando il nome, l'indirizzo, il numero di telefono e il nome dei figli di ciascuna donna per i rapporti che lui e Josie avrebbero dovuto stendere in seguito.

«Oggi abbiamo partecipato insieme alle ricerche.» disse Ingrid. «Siamo state fuori tutto il giorno per dare una mano a cercare Lucy. Poi ho invitato tutte a bere qualcosa.»

«È stata una giornata lunga.» osservò una delle altre madri.

Josie fece un sorriso teso. «È stato molto difficile per tutte le persone coinvolte. Vi siamo grati per il vostro aiuto. In una ricerca come questa, ci occorre tutto l'aiuto possibile. Ci chiedevamo cosa potreste dirci di Lucy e Amy Ross. Le vedete spesso?»

Una donna bassa e formosa con i capelli ricci e biondi alzò una mano per attirare gli sguardi su di sé. Si era presentata come

Zoey quando Mettner aveva preso i loro nomi. Era lei l'altra madre che Amy aveva scritto nel suo elenco. «Mia figlia e Lucy sono migliori amiche. Cerco di farle incontrare almeno una volta alla settimana. Di solito mi rivolgo alla tata.»

«Per farle giocare insieme?» chiese Josie. «Non è Amy che porta Lucy?»

Zoey alzò le spalle. «Beh, qualche volta, ma non abitualmente. Le bambine si incontrano al parco.»

Mettner aggrottò la fronte. «Ha detto una volta alla settimana? E cosa fa la tata mentre le bambine giocano?»

«Di solito sta al telefono. Come fa la maggior parte dei genitori. In fondo, il parco giochi è abbastanza sicuro...» si interruppe arrossendo vistosamente e balbettando, aggiunse: «I-io... intendevo che... volevo dire "era"...»

«Va bene.» disse Josie. «Immagino che a sette anni le bambine non abbiano bisogno di molta supervisione al parco giochi.»

«Sono abbastanza indipendenti.» disse Zoey. «E sanno che siamo lì se hanno bisogno di qualcosa, se cadono o per qualsiasi altro motivo. Intendo dire, non è che le ignoriamo completamente. Solo che non le seguiamo per ogni centimetro di terra su cui camminano.»

«Naturalmente.» disse Josie. «Mi dica, ha mai notato se Lucy ha mai parlato con qualche altro adulto al parco?»

Zoey ci pensò per un attimo. «Non me lo ricordo proprio. Immagino che possa averlo fatto.»

«Io l'ho vista parlare con un adulto.» intervenne Ingrid.

Tutti gli occhi si rivolsero su di lei e Mettner le chiese: «Quando è successo?»

«Qualche mese fa... era il 5 gennaio. Avevamo organizzato una festa di compleanno per mia figlia al Funplex, il parco divertimenti vicino al centro commerciale. Amy aveva portato Lucy. I bambini correvano dappertutto. Lucy e alcuni altri bambini erano entrati nella sala giochi. Amy stava prendendo i gettoni per i giochi da una delle macchinette e Lucy era dall'altra parte della sala a giocare a skee-ball. Passandoci accanto ho visto un uomo che le parlava.»

Una delle altre madri disse: «Non ce ne hai mai parlato.»

Ingrid bevve un sorso di vino. «Non pensavo fosse importante. Avvicinandomi, ho visto che stava prendendo per lei una palla che si era incastrata nella spalliera. Ma poi mi è sembrato che si trattenesse, così ho chiamato Lucy. Lei si è girata verso di me e lui si è allontanato.»

«Che aspetto aveva?» chiese Josie.

«Era giovane. Direi sui venticinque anni. Caucasico. Alto. Non sono riuscita a vedere i capelli perché aveva un cappellino da baseball.»

«Com'era vestito?» chiese Mettner.

«Informale. Jeans e felpa. Non ci ho dato molto peso.»

«Però ci ha pensato abbastanza da intervenire...» le fece notare Josie.

Non le sfuggirono le occhiate di almeno due delle altre donne.

«Sono "intervenuta"» disse Ingrid, «solo perché Amy impazzisce all'idea che Lucy parli con persone che non conosce.»

Una delle altre madri rise. «Non le permette mai di fare niente. Povera creatura. Non c'è da stupirsi che non abbia amici.»

«Jaime, smettila, sei ubriaca!» la rimproverò Zoey.

Jaime agitò in aria il bicchiere, facendo ondeggiare ciò che stava bevendo. «Sai che è vero. Amy è una madre con manie di controllo. È sempre in bilico. È un miracolo che abbia preso una tata, visto come si comporta con Lucy.» Guardò tutti i presenti. «Colin non è un cattivo genitore, ma non è quasi mai a casa. Dite un po', Amy ha mai lasciato Lucy a casa vostra per farla giocare con i vostri figli? Ha mai lasciato che Lucy partecipasse a qualche evento, a meno che non ci fosse un genitore? O lei, o la tata, hanno mai saltato una gita scolastica?»

Seguì un momento di imbarazzo generale, ciascuna donna cambiò posizione e guardò ovunque tranne che l'una verso l'altra.

«È iperprotettiva?» chiese Mettner.

Rispose Ingrid: «È molto più che iperprotettiva. In una certa misura lo siamo tutte. Ma Amy è... è come se Amy non volesse che nessun altro si avvicinasse a Lucy, nemmeno gli altri bambini.»

«Bisogna lasciare che facciano amicizia.» aggiunse Zoey. «Questo significa dare loro del tempo per stare insieme senza fare da supervisore. Lei non esce quasi mai con gli altri bambini. Porta Lucy solo alle feste di compleanno.»

«Lucy viene invitata a molte feste di compleanno?» chiese Josie.

Una delle altre mamme rise. «A questa età, tutti vengono invitati. Anche quelli che non vogliamo invitare.»

Mettner alzò lo sguardo dal suo telefono. «Lucy è una dei bambini che non volete invitare?»

«Oh no.» disse Ingrid. «Lucy è molto dolce. Molto tranquilla. È solo che Amy la tiene a un guinzaglio talmente stretto che è come se non potesse mai divertirsi. A meno che non la porti la tata.»

«Credo che si senta molto sola.» aggiunse Zoey.

«Intende Lucy?» chiese Josie.

Tutte le donne annuirono.

«Lucy ha problemi a farsi degli amici?» domandò Mettner.

«No, no...» disse Jaime. «Come ha detto Ingrid, è una bambina dolcissima. È sempre la bambina più educata a ogni festa. Voglio spezzare una lancia a favore di Amy: ha cresciuto una bambina ben educata e affettuosa. Deve comandare con il "pugno di ferro".»

Le altre donne ridacchiarono. Josie inarcò un sopracciglio e Zoey aggiunse rapidamente: «Ci viene da ridere perché Amy è troppo gentile per fare qualsiasi cosa con il "pugno di ferro".»

«Lucy ha preso da lei.» spiegò Ingrid.

«Voi signore passate molto tempo con Amy?» si informò Josie.

Jaime fece subito una smorfia, guadagnandosi una gomitata sul fianco da Zoey, che disse: «Amy è un libro chiuso. Se ne sta per conto suo. Suo marito, al contrario, è molto socievole, ma non c'è mai.»

«Amy è simpatica.» disse Ingrid. «Molto simpatica. Solo che è difficile avvicinarla. I nostri figli hanno frequentato la scuola tutti insieme fin dall'asilo. Siamo diventate amiche. Cerchiamo di coinvolgere sempre Amy...»

«Ma non accetta mai i nostri inviti.» disse Jaime. «Penso che anche lei si senta sola.» disse Zoey.

«Ho l'impressione che isoli se stessa e la bambina.» disse Ingrid pensierosa, ricevendo altri cenni di assenso. «Ancora di più di quanto non lo siano già con Colin fuori città per il novanta per cento del tempo.»

«Inoltre, non sappiamo cosa faccia nel quotidiano.» commentò Jaime. «Voglio dire, resta a casa tutto il giorno e ha una tata. Non sappiamo nemmeno se ha dei passatempi... se non anche una relazione.»

Ingrid rise. «Per favore... non Amy! Lei e Colin sono ancora innamorati l'uno dell'altra.»

«Se dovessi vedere mio marito solo pochi giorni al mese, anch'io sarei ancora innamorata...» scherzò Zoey.

La cucina si riempì delle loro risate. Josie aveva la sensazione che la discussione stesse per sfociare in un pettegolezzo, così disse: «Voi signore sareste disposte a parlare con i vostri figli per scoprire se Lucy ha mai raccontato di aver parlato o di aver frequentato altri adulti oltre ai genitori e alla tata?»

«Certo.» mormorarono all'unisono.

Josie distribuì diversi biglietti da visita. «Qui trovate il numero del mio cellulare. Non esitate a contattarmi. A qualsiasi ora, giorno o notte.»

Tornati in macchina, battendo ancora furiosamente sull'app del telefono per prendere appunti, mentre si allontanavano, Mettner disse: «Non hanno detto niente che faccia sospettare qualcos'altro.»

Josie sospirò. «No, non per quanto riguarda i genitori. Non riesco ancora a immaginare il coinvolgimento di Colin o Amy nel rapimento di Lucy, ma sembra che ci siano state diverse occasioni, quando Lucy era con la tata, nelle quali un rapitore si sarebbe potuto avvicinare a lei e prepararla a lasciare i suoi genitori.»

«Pensi che il tizio che l'ha aiutata con la macchina dello skee-ball al Funplex la stesse preparando?» chiese Mettner. «Che stesse pianificando tutto?»

«È impossibile saperlo. Puoi chiamare il Funplex e farti dire quanto indietro nel tempo vanno i loro filmati di sicurezza? Se risalgono a quel periodo, potremmo riuscire a ottenere un video dell'incontro.»

Mettner digitò sul suo telefono. «Ecco il numero.» disse, prima di selezionarlo. Josie ascoltò tutta la conversazione tra Mettner e il direttore del Funplex. Dopo alcuni minuti, Mettner disse: «Quindi conservate i filmati delle telecamere a circuito chiuso solo per un mese? D'accordo, sì. Beh, grazie comunque.» E riattaccò.

«Un altro vicolo cieco...» mormorò Josie.

Nella tenda di comando, Noah continuava a ricontrollare le foto e i video mentre Gretchen camminava alle sue spalle, rileggendo gli appunti sul suo taccuino. Josie e Mettner li aggiornarono su quel poco che avevano appreso.

«Pensate che qualcuno l'abbia avvicinata mentre era con la tata o mentre Amy non stava prestando attenzione?» chiese Noah. «Che l'abbia preparata per questo momento? Che l'abbia convinta a lasciare i suoi genitori?»

Josie annuì. «Ho sempre più l'impressione che sia andata così.»

«Ha preso una felpa dall'interno della colonna.» disse Gretchen. «L'ha indossata ed è scappata dai suoi genitori. Perché una bambina di sette anni faccia una cosa del genere ci vuole molta preparazione.»

«Per quanto ne sappiamo» disse Mettner, «questo tizio potrebbe aver parlato con lei ogni giorno in cui la tata l'ha portata al parco.»

«Prepararla in un posto come questo sarebbe la cosa più sensata.» convenne Josie. «Possiamo presumere che una volta sia anche salito con lei sulla giostra per mostrarle la porta.»

«Avrebbero dovuto avere una sorta di segnale.» aggiunse Noah. «In modo che Lucy sapesse quando farlo.»

«Deve averlo visto quando era sulla giostra.» osservò Gretchen. «Doveva essere qui. Lei lo ha visto. Lui le ha fatto un segnale e lei è saltata giù da cavallo, ha aperto la colonna, ha indossato la felpa ed è corsa fuori dal parco.»

«Avrò rivisto questo filmato e queste foto almeno un centinaio di volte.» disse Noah. «Non riesco a trovare un bel niente.»

«Forse dovremmo cercare di nuovo.» suggerì Mettner. «Nessuno di noi, nemmeno i genitori, ha visto Lucy saltare con la felpa la prima dozzina di volte che abbiamo guardato quel video.»

Si riunirono intorno al portatile e Noah aprì tutte le foto e i video che avevano raccolto. Li esaminarono, guardando i video più volte, ma non trovarono niente di nuovo.

«Forse dovremmo dare un'altra occhiata alla giostra.» disse Josie. «Dal punto di vista di Lucy.»

Si avviarono lentamente per permettere a Noah di tenere il passo con loro, anche se era diventato piuttosto veloce con le stampelle, alle quali si appoggiò quando si fermarono fuori dal recinto. Osservarono approssimativamente dalla posizione in cui era stato girato il video su cui si basavano. Gretchen si posizionò tra i due cavalli che Amy e Lucy avevano occupato. «Il nostro uomo poteva essere ovunque.» commentò Gretchen. «La giostra stava girando. Ci sono porzioni del parco che non si vedono in nessuna delle foto o dei filmati che abbiamo raccolto.»

Josie si avvicinò e salì sul cavallo blu, guardandosi intorno. Con un sospiro scese. «Hai ragione.»

«Quando la corsa si è fermata, lui avrebbe comunque dovuto essere fuori dal parco.» osservò Noah. «È lì che la bambina si è diretta, fuori dal parco, ammesso che l'unità cinofila sia attendibile.»

«Le riprese video lo confermano.» sottolineò Gretchen.

Josie ripercorse i passi di Lucy, con Gretchen e Mettner al seguito, lasciandosi alle spalle il cavallo blu e procedendo lungo la piattaforma fino a raggiungere la porta. La aprì finché Noah non le gridò di fermarsi. «Proprio lì. Così era nel video.» disse. La porta era aperta solo di quindici centimetri. C'era tutto lo spazio per infilare la mano e prendere una felpa dal pavimento.

«Forse è per questo che nessuno ha notato che la porta veniva aperta.» disse Gretchen. «Ha aperto appena uno spiraglio.»

«Solo quanto basta per infilare la mano.» concordò Mettner. «È stata veloce, perché solo pochi secondi dopo è apparsa dall'altra parte con indosso la felpa.» aggiunse Josie. Mentre stava per richiudere la porta, qualcosa di colorato attirò la sua attenzione. Si bloccò.

«Boss?» Mettner disse da dietro di lei.

«Oh Gesù...» borbottò Josie.

Mettner e Gretchen si accalcarono accanto a lei. Lentamente, Josie aprì completamente la porta.

«Ma che...» Gretchen non finì di dire.

«Cosa c'è che non va?» chiese Mettner, allungando il collo.

Josie e Gretchen si allontanarono per permettergli di vedere bene l'interno della colonna.

«Per la miseria!» sbottò Mettner.

Lì, al centro del pavimento della colonna, giaceva lo zaino a farfalla con paillettes di Lucy Ross.

TREDICI

«Non toccare niente.» disse Josie. «Chiama Hummel. Sveglialo, se necessario. Fallo tornare qui per fare i rilievi necessari.»

Gretchen fece la telefonata mentre tutti e tre si allontanavano dalla recinzione della giostra, dove si trovava Noah. Quando Josie gli raccontò quello che avevano trovato, lui disse: «Chiunque ce l'abbia messo, l'ha fatto oggi.»

«Lo so.» concordò Josie.

«È piuttosto audace.» concesse Mettner.

«Probabilmente è stato facile.» disse Josie. «Oggi nessuno era concentrato sulla giostra. Le squadre di ricerca stavano procedendo verso l'esterno. Non c'era nessuno a sorvegliare la giostra. Perché avremmo dovuto?»

«Ha corso un rischio lasciandolo là dentro, voleva lasciarlo affinchè lo trovassimo. Cosa sarebbe successo se non fossimo tornati a guardare? Probabilmente la giostra sarebbe rimasta chiusa ancora per qualche giorno e anche una volta riaperta, l'operatore non avrebbe avuto bisogno di entrare nella colonna per farla ripartire, no?»

«No.» rispose Josie. «Fa tutto dalla sua piccola cabina.»

«Potrebbe anche aver disattivato qualcosa all'interno della

colonna, in modo che quando l'operatore avesse cercato di far partire la giostra, questa non avrebbe funzionato e lui avrebbe dovuto aprire la porta.» suggerì Mettner. «Come ha detto Fraley, supponendo che volesse che lo trovassimo.»

«Voleva che lo trovassimo.» disse Josie. «Ne sono sicura. Perché altrimenti correre il rischio di tornare qui, in questa scena affollata, per lasciarlo?»

«Il Boss ha ragione.» disse Gretchen. «Una volta che Hummel avrà terminato i suoi rilievi, chiamerò il direttore del parco e lo farò venire qui per dare un'occhiata all'interno della colonna, per vedere se qualcosa è stato disattivato.»

Si allontanò per fare la telefonata. Noah tornò zoppicando alla tenda per potersi sedere. Quindici minuti più tardi, Hummel arrivò con l'agente Jenny Chan, un altro membro della Squadra di Raccolta delle Prove, e tutto l'equipaggiamento necessario. Josie e Mettner rimasero in disparte, aspettando e guardando mentre i due analizzavano l'interno della colonna e lo zainetto di Lucy. Un'ora dopo, si riunirono tutti nella tenda e si disposero in piedi intorno a un tavolo, mentre Hummel, infilati i guanti in lattice, vi posava al centro un sacchetto di carta marrone. Estrasse lo zaino a farfalla e lo posò sul tavolo. «Non abbiamo ricavato niente da questo. Nessuna impronta, ovviamente, perché è impossibile ricavare impronte da questo tessuto. Niente DNA, insomma. Ma vorrete sicuramente vedere questo.»

Tirò fuori diversi oggetti avvolti in sacchetti di plastica e li depose: due piccoli bruchi giocattolo, un lucidalabbra al gusto di anguria, un nastro per capelli, una piccola coccinella di peluche su un portachiavi e, infine, un foglio di carta bianca per fotocopie con sopra una scritta, scarabocchiata con inchiostro blu. «Questi erano gli oggetti contenuti nello zainetto.» dichiarò Hummel. «Potete chiedere conferma ai genitori e sapremo con certezza che è suo, anche se, date le circostanze e questo biglietto, sono sicuro al cento per cento che si tratta dello zainetto di Lucy Ross.»

Josie si chinò sul tavolo e lesse il biglietto scritto a mano. La sua pelle si faceva sempre più fredda a ogni parola.

La piccola Lucy è andata via.
La piccola Lucy non può giocare.
Puoi vederla se aspetti.
Devi tornare a casa senza discutere.
Rispondi a ogni chiamata o
Non vedrai mai più Lucy.

Mettner emise un fischio basso e disse: «Il Boss aveva ragione.»

«Porto il foglio in laboratorio e faccio le analisi per le impronte.» disse Hummel. Josie tirò fuori il telefono e scattò una foto del biglietto. Riusciva a malapena a sentire il rumore del battito cardiaco. Cercò di rallentare il respiro. Accanto a lei, Gretchen disse: «Questo è atipico. Le persone che rapiscono i bambini lo fanno per motivi egoistici, di solito per appagare i loro malati bisogni sessuali.»

«Quindi cosa intendi dire?» chiese Noah.

«Sto dicendo che credo si tratti di un rapimento a scopo di estorsione.»

«Chiama la WYEP e fatti mandare le riprese che hanno fatto oggi per il notiziario.» disse Josie. «C'è una remota possibilità che abbiano ripreso il rapitore mentre si dirigeva verso la giostra o se ne allontanava.»

«Agli ordini.» disse Mettner.

«E dobbiamo fare una chiacchierata molto più lunga con Amy e Colin Ross, stavolta.» aggiunse Josie.

Dall'esterno della tenda giunse il rombo di diversi veicoli di grandi dimensioni. Josie e Gretchen si guardarono e si affrettarono a uscire. L'FBI arrivò in forze, con una carovana di grossi veicoli, tra cui quello che sembrava un camper modificato e un furgone con la scritta "Trattamento delle Prove". Quando si fermarono fuori dal parco e cominciarono a uscire dai loro veicoli, Josie contò più di due dozzine di agenti. Un uomo di colore, alto e corpulento, attraversò il parco giochi, con un'espressione truce e determinata. Quando li raggiunse, allungò una mano in direzione di Josie. «Detective Quinn?»

Lei gli strinse la mano. «Sì, sono io. Questa è la detective Gretchen Palmer.»

Strinse la mano di Gretchen e si presentò come l'agente speciale Ruben Oaks della squadra di intervento rapido per il rapimento di minori dell'FBI. «Sappiamo che è scomparsa una bambina di sette anni.» disse Oaks.

Josie si sentì sollevata dalla prospettiva di avere più uomini e più risorse per la ricerca di Lucy. «Sì.» gli disse. «E ora sappiamo che è stata rapita. Per favore, venite dentro, vi aggiorniamo.»

QUATTORDICI

«Ti prego...» ha detto all'uomo. «Abbiamo bisogno di scaldarci. Fa troppo freddo qui dentro.»

«Zitta!» ha sbraitato lui. «Non fai altro che lamentarti.»

«Una coperta in più, allora. Per favore.»

Da sotto la porta ho sentito lo schianto di uno schiaffo e poi il gemito che le è uscito dalla gola. Mi aspettavo di sentirlo colpire di nuovo, ma il suono che ho sentito in seguito era quello dei passi di lei che si dirigevano verso la porta. Scostandomi, ho fatto un salto sul letto subito prima che entrasse nella stanza. Alla luce della luna che filtrava dalla finestra, ho visto un piccolo rivolo di sangue all'angolo della bocca. Se l'è pulito con il dorso della mano. «Sotto le coperte.» mi ha detto.

Mi ha rimboccato la coperta logora che dovevamo condividere e si è accoccolata accanto a me. Mi ha stretto al suo corpo e ben presto il suo calore si è irradiato sulla mia pelle. «Mi dispiace.» ha detto.

Io non ho detto niente. Mi ha passato un braccio intorno al petto, tirandomi più vicino a sé. Mi ha sussurrato all'orecchio. «Un giorno ce ne andremo da qui. Te lo prometto.»

«Dove andremo?» ho chiesto nel modo più sommesso possibile.

«Non lo so...» ha risposto lei. «A casa.»

Ho girato la testa finché non ho sentito il suo respiro sulla mia guancia. «A casa?»

«Sì.» ha detto. «Dove fa sempre caldo e c'è tanto da mangiare. Tutti i giocattoli e gli amici possibili. Tanti amici.»

«E dobbiamo portare anche lui?»

«No. Non lo rivedremo mai più.»

«Resterai con me per sempre?»

Mi ha dato un bacio sulla testa. «Per sempre. Non sentiremo mai più il freddo o il dolore.»

«Voglio andarmene adesso.» ho detto.

«Non ancora.» mi ha sussurrato lei.

QUINDICI

La squadra CARD dell'FBI entrò immediatamente in azione. Oaks inviò diversi agenti a effettuare controlli su tutti i criminali sessuali registrati entro i confini della città. Presero in consegna il biglietto per analizzarlo. Josie sapeva che, se si fossero trovate impronte sulla carta, il loro laboratorio avrebbe ottenuto i risultati molto più velocemente rispetto al dipartimento di Denton e alla Polizia di Stato. Josie fornì a Oaks i nomi di tutti i genitori che si trovavano nel parco giochi al momento della scomparsa di Lucy e lui inviò una squadra di agenti a fare qualche verifica su ognuno di loro e ad andare a trovarli nelle loro case, nel caso avessero qualche dettaglio in più da raccontare.

Oaks era efficiente e scrupoloso, delegava i compiti e dispensava gli ordini con rapidità e sicurezza. Josie gradì la sua presenza fin da subito. Una volta allestito il comando mobile dell'FBI e inviati gli agenti, Josie poté finalmente mandare a casa a riposare la maggior parte dei suoi uomini, nonché gli agenti della Polizia di Stato e i vicesceriffi. Una volta che ebbero organizzato a dovere le operazioni, Oaks si rivolse a Josie e le disse: «Allora, andiamo a parlare con i genitori?»

Mettner e Noah rimasero alla stazione di comando mobile

per offrire tutto il loro appoggio alla squadra dell'FBI. Josie e Gretchen si unirono a Oaks e a una piccola squadra di agenti; in una grande Chevy Suburban si diressero verso la casa dei Ross, a due isolati di distanza. Uno degli agenti guidava, mentre Oaks sedeva sul sedile posteriore con Josie e Gretchen. «Cosa sappiamo dei genitori della bambina?» chiese.

Gretchen tirò fuori il suo taccuino, strizzando gli occhi mentre il veicolo sfrecciava lungo la strada. Josie diede indicazioni all'autista. «Lui lavora nell'industria farmaceutica, per la Quarmark. Viaggia molto. Lei è una madre casalinga.»

Josie tirò fuori il telefono e mandò un messaggio a Trinity: *Hai trovato informazioni sui Ross a New York?*

«Ieri sera hai avuto modo di interrogarli in modo più approfondito, vero?» chiese a Gretchen, che annuì aggiungendo: «Lui ha quarantotto anni, lei quarantaquattro. Lui è di New York. Lei viene da Fulton, una piccola cittadina a nord dello Stato di New York. Lei e le sue due sorelle sono state cresciute da una madre single. Sua madre e una delle sorelle morirono in un incidente stradale quando Amy aveva ventidue anni. Non era mai andata d'accordo con l'altra sorella, così si trasferì a New York City e non si è mai guardata indietro. Aveva ventinove anni e lavorava come cameriera quando ha incontrato Colin. Si sono frequentati per un po', si sono sposati e Colin ha ottenuto il posto di lavoro alla Quarmark. Si sono trasferiti da New York in una città vicina alla sede centrale per qualche anno, poi si sono trasferiti qui. Vivono nella stessa casa da cinque anni.»

Il telefono di Josie vibrò quando arrivò un messaggio di Trinity.

Niente di interessante. Ci sto ancora lavorando. Ti chiamo più tardi.

«Ecco, ci siamo.» disse Josie all'autista che accostò.

«Primo matrimonio per entrambi, prima figlia per entrambi. E Lucy non ha fratelli o sorelle.» aggiunse Gretchen.

«Hanno una tata.» intervenne Josie. «È fuori città. Uno dei

nostri uomini le ha fatto qualche domanda preliminare, ma riteniamo che debba essere interrogata in modo più approfondito. Inoltre, dato che Lucy è una bambina di prima elementare, credo che dovremmo parlare anche con la sua maestra.»

Oaks annuì. «Lo faremo.» disse. «Sembra che siano ancora svegli.»

Era notte fonda, ma tutte le luci della grande casa a due piani in stile coloniale della famiglia Ross erano accese. Colin venne rapidamente ad aprire. Li fissò, spostando lo sguardo da Josie e Gretchen agli imponenti agenti dell'FBI alle loro spalle. «Oh mio Dio!» disse. «Ci sono novità? Avete... è successo qualcosa?»

Amy gli corse dietro, aggrappandosi alla sua spalla per tenersi in piedi. «L'avete trovata?»

«Mi dispiace molto.» rispose Josie. «No, purtroppo, non abbiamo ancora trovato Lucy, ma ci sono stati degli sviluppi. Questo è l'agente speciale Ruben Oaks dell'FBI e alcuni membri della sua squadra. Sono qui per aiutarci.»

«Prego.» disse Colin. «Entrate.»

La casa era arredata in modo accogliente con tonalità crema e accenti blu pastello. Una soffice moquette si estendeva dall'ingresso al soggiorno. Un lungo divano color crema dominava la stanza. In un angolo del divano. una coperta con le principesse Disney era appallottolata accanto a due Barbie. Sul lungo e robusto tavolino in noce c'erano un cartone di succo di frutta, alcuni album da colorare e dei pastelli. Accanto al divano c'era una poltrona reclinabile, dello stesso colore del divano. Sui tavolini si trovavano lampade abbinate con basi ricavate da vasi di ceramica azzurra. In un angolo della stanza, Josie vide un baule di legno con il coperchio aperto, da cui fuoriuscivano giocattoli e giochi da tavolo. Alle pareti erano incorniciate fotografie della famiglia Ross, ma la maggior parte erano di Lucy. In quella stanza Josie poteva vederla crescere da appena neonata alla vivace bambina di sette anni che aveva conosciuto il giorno prima al parco giochi. Aveva l'impressione che tutto l'ambiente la stringesse in un abbraccio confortante: lei stessa si sentiva al caldo e al sicuro. Sicuramente Lucy provava la medesima sensazione. Perché se n'era andata? Chi l'aveva rapita? L'avrebbero ritrovata?

Josie mise da parte tutte le domande e le preoccupazioni che provocavano e si concentrò sul compito da svolgere. Oaks indicò gli agenti che aveva portato con sé. Josie notò per la prima volta che portavano delle valigette, con apparecchiature elettroniche, suppose. Avrebbero dovuto collegarsi ai cellulari di entrambi i coniugi Ross nel caso in cui il rapitore avesse chiamato. Oaks disse: «La mia squadra ha bisogno di un posto dove sistemarsi. Mi sembra di aver visto un tavolo da pranzo là dentro. Vi dispiace?»

«Sistemarsi?» chiese Amy, con la voce sempre più acuta. «Sistemarsi per cosa?»

Josie alzò una mano. «Vi spiegheremo tutto, ma per favore, prima iniziamo, meglio è. Tutto questo è nell'interesse di Lucy, glielo assicuro.»

«Va bene.» concordò Colin. «Fate pure.»

«Avremo bisogno anche dei vostri cellulari.» disse Oaks. «E dei codici di accesso.»

«Mi sta spaventando...» disse Amy.

Gretchen tirò fuori il suo taccuino e la sua penna e li porse ad Amy.

«Sappiamo che è spaventoso, ma vi garantisco che vi spiegheremo tutto in un minuto. Per favore, scrivete qui i pin dei vostri telefoni.»

Amy scarabocchiò il suo con mano tremante sul blocco, che poi porse a Colin. Consegnarono i cellulari a Gretchen che li passò a uno dei colleghi di Oaks. «Lo schermo è in frantumi.» mormorò Colin. «Ma faccia quello che deve fare.»

Con un cenno, Oaks lasciò che Josie e Gretchen prendessero l'iniziativa, dato che avevano già stabilito un rapporto con

Colin e Amy. Gretchen diede la notizia del ritrovamento dello zainetto e poi Josie mostrò loro le foto delle cose trovate al suo interno, tranne il biglietto. «Riconoscete qualcuno di questi oggetti?» chiese Josie.

Entrambi i coniugi Ross fissarono le foto dei bruchi, del lucidalabbra, del nastro per capelli e della piccola coccinella di peluche. Alla fine, Amy indicò. «Quello è il suo lucidalabbra. Al gusto di anguria. Gliel'ho comprato la settimana scorsa. E quello è il suo nastro per capelli. In realtà era mio, ma le piaceva il colore e mi ha chiesto se poteva prenderlo, così gliel'ho dato.»

«E i giocattoli?» chiese Josie.

Amy scosse la testa. «No, no. Non appartengono a Lucy.»

«Sei sicura, Amy?» chiese il marito.

Lo sguardo della moglie scattò verso di lui. «Certo che sono sicura.»

«Allora da dove vengono?» chiese Colin. «Dove li ha presi?»

Prima che Amy potesse rispondere, Gretchen intervenne: «Crediamo che questi oggetti le siano stati dati da qualcuno. Un adulto.»

Colin la guardò perplesso. «Un adulto? Chi?»

Josie riprese il telefono e lo scorse finché non apparve la foto del biglietto. «C'è dell'altro.» aggiunse allora. «Abbiamo trovato un biglietto nello zaino. Vorremmo che gli deste un'occhiata.»

«Un biglietto? Che tipo di biglietto?» chiese Colin mentre Amy allungava la mano verso il telefono di Josie, che esitò. «Potrebbe essere difficile per entrambi.» li avvertì.

«Dobbiamo sapere se riconoscete la calligrafia.» disse Gretchen.

Le mani di Amy tremavano mentre lei e Colin studiavano quelle parole. Colin impallidì. «Che cos'è?» chiese. «Non capisco. Qualcuno l'ha rapita?»

«Crediamo di sì.» disse Josie.

«Riconoscete la calligrafia?» chiese di nuovo Gretchen.

Amy scosse la testa e Colin disse: «No, non la riconosco.

Chi può aver fatto una cosa del genere? Chi può aver preso la nostra bambina?»

Amy cominciò a singhiozzare. Colin le passò un braccio intorno alle spalle, ma lei sprofondò sempre più nel divano. «Oh mio Dio, qualcuno ha preso la mia bambina.» gridò. «Qualcuno ha preso la mia bambina.»

Il suo viso, cinereo solo pochi secondi prima, divenne rosso vivo. A ogni esclamazione, la sua voce si alzava sempre di più. Quando spinse via la mano del marito e saltò in piedi, Josie temette che fosse presa da un altro attacco di isteria come la sera prima. Non che potesse biasimarla: pensava al piccolo Harris, a quanto lo amava, e alla consapevolezza che se qualcuno lo avesse portato via ne sarebbe rimasta distrutta in modi che non poteva nemmeno immaginare. Perciò, si alzò e si diresse verso Amy, prendendole rapidamente le mani. «Mrs. Ross» disse. «la prego. Mi guardi.» Amy cercò di liberare le mani, ma Josie le tenne strette. «Per favore. Ho bisogno che resti calma. È molto importante. Dobbiamo farle delle domande a cui solo lei può rispondere, capisce? Sono domande importanti che potrebbero aiutarci a trovare Lucy. Può aiutarmi?»

Amy fissò Josie negli occhi. I suoi denti si serrarono e un verso sommesso e lamentoso le uscì dalla gola. Josie poteva sentire la tensione del suo corpo attraverso le mani strette. «Per favore» disse Josie, «so che è difficile. So che sembra impossibile, ma ho bisogno del suo aiuto. Proprio come mi ha aiutato nella tenda. Ricorda?»

Lentamente, Amy annuì.

«Bene.» disse Josie. «Nessuno conosce Lucy meglio di lei, giusto?»

«S-sì.» sussurrò Amy.

«Perfetto. Sediamoci, così lei e suo marito potrete aiutarci subito rispondendo ad alcune domande. Alcune sembreranno strane, ma è importante che rispondiate a tutte. Può farlo per me? Per Lucy?»

Amy annuì e sprofondò di nuovo sul divano, ma non lasciò andare le mani di Josie. A Josie facevano male le ossa delle dita ma non ebbe altra scelta che sedersi accanto a lei.

Oaks fece un passo avanti e fece cenno a Colin di sedersi anche lui, e disse: «Mr. e Mrs. Ross... ultimamente avete notato la presenza di persone insolite nei paraggi? Fuori di casa, alla scuola di Lucy, quando andate in giro?»

«Io viaggio parecchio» cominciò a dire Colin, «quindi Amy avrà un'idea più precisa.»

«No, non ho visto nessuno che avesse un'aria sospetta o insolita, ma la nostra tata, Jaclyn, si occupa di Lucy dopo la scuola quasi tutti i pomeriggi. Dovreste parlare con lei.»

«Lo faremo.» disse Oaks. «Da quanto tempo Jaclyn lavora per voi?»

«Da tre anni.» rispose Amy. «È una studentessa universitaria. È molto dolce. Presto prenderà la laurea, quindi la perderemo, ne sono certa. Lucy la adora. È molto responsabile.»

Oaks guardò Colin. «Mr. Ross?»

«Oh...» fece lui. «Sì, Jaclyn è fantastica. Una manna dal cielo.»

«Per caso uno di voi ha motivo di credere che Jaclyn potrebbe voler portare via Lucy per una qualche ragione?»

«Cosa?» chiese Amy. «No! È assurdo. Jaclyn non avrebbe mai...»

Con la mano, Oaks fece un cenno circolare indicando tutta la stanza. «La vostra è una bella casa e presumo che siate economicamente agiati. È possibile che Jaclyn sia stata aiutata da qualcun altro. Possiamo presumere che abbia intravisto un'opportunità di riempirsi le tasche?»

«No.» disse Amy con fermezza. «Jaclyn non avrebbe mai fatto una cosa del genere. Mai. La paghiamo bene. Due anni fa ha avuto dei problemi con l'alloggio e siamo stati felici di aiutarla con un deposito cauzionale per una nuova casa. Sa che può rivolgersi a noi se è in difficoltà. Per noi è una di famiglia.»

«Mia moglie ha ragione.» concordò Colin. «Capisco che dobbiate esplorare ogni strada, ma non credo che Jaclyn sia coinvolta in questa storia.»

«Jaclyn ha un fidanzato?» chiese Oaks. «Che voi sappiate?»

«No, è single.» rispose Amy. «Ne ha avuto uno il primo anno che ha lavorato per noi, ma da allora nessuno.»

«Va bene.» disse Oaks. «Allora, vi viene in mente se c'è qualcuno che potrebbe avere un motivo per portarvi via Lucy?»

«No.» disse Colin. «Proprio nessuno.»

«C'è qualcuno che ha dato problemi a uno di voi due ultimamente? Con cui avete litigato o avuto una rivalità?»

Colin scosse la testa. «No. Nessuno.»

Josie sentì che Amy le stringeva più forte le mani mentre si schiariva la gola e diceva: «Il tuo lavoro, Colin.»

Lui guardò la moglie. «Cosa?»

A voce più alta, Amy ripeté: «Il tuo lavoro. Quelle minacce di morte.»

«Quali minacce di morte?» domandò Josie.

Colin si voltò verso Amy e Josie. «Oh, non è niente.»

La voce di Amy si fece velenosa. «Niente? Nostra figlia è scomparsa, Colin! Chi potrebbe aver preso la nostra bambina? Chi? Hai ricevuto minacce di morte neanche due mesi fa.»

«Quali minacce di morte?» chiese di nuovo Josie.

Con un pesante sospiro, Colin nascose il viso tra le mani.

«È responsabile della tariffazione dei farmaci che la Quarmark immette sul mercato statunitense.» spiegò Amy. «In pratica, decide il prezzo che la gente deve pagare per comprarli.»

Colin sollevò la testa. «Non sono io a decidere. C'è un team di persone e una quantità inimmaginabile di ricercatori che si occupano di queste cose. Non è che io mi metto a stabilire il prezzo dei farmaci senza la dovuta accuratezza.»

«Ma tu sei a capo di quel team!» ribadì Amy. «Alla fine, sei tu che dai il via libera. Quelle minacce arrivate alla Quarmark erano indirizzate a te.»

«È una questione che dobbiamo approfondire, Mr. Ross.» disse Oaks.

«Gli acquirenti si sono arrabbiati per il prezzo elevato di uno dei nuovi farmaci della Quarmark?» chiese Gretchen.

Colin annuì.

«Quale farmaco?» si informò Gretchen.

Colin sospirò di nuovo, chiaramente a disagio.

«Diglielo e basta.» gli intimò Amy.

«Prima dovreste comprendere la natura di queste cose.» esordì Colin.

Amy emise un profondo mugugno di gola. «Non cercare giustificazioni, non provarci nemmeno, Colin. Non è mai stato giustificabile e lo sai.»

«Quella per cui lavoro è un'azienda a scopo di lucro. Se non produco per loro un profitto, non posso mantenere il mio posto di lavoro.»

Amy gli puntò contro il mento e strinse di nuovo le dita di Josie, come per attingere forza. «Si tratta di un farmaco contro il cancro. Rivoluzionario. Impedisce alla maggior parte dei tumori di sviluppare metastasi. Ne blocca la diffusione. Potrebbe salvare milioni di persone, o quantomeno prolungarne la vita.»

«Quanto lo fa pagare la Quarmark?» chiese Oaks.

Ci fu un lungo silenzio. Alla fine, Amy disse: «Il team di Colin ha fissato un prezzo di quindicimila dollari al mese. Le compagnie di assicurazione ne coprono una buona parte, ma la gente continua a pagare migliaia di dollari al mese di ticket. Migliaia. Quale malato di cancro conoscete che abbia migliaia di dollari da parte per pagare un solo farmaco?»

«Amy!» la ammonì Colin.

Cercando di non farli uscire dal tema, Josie intervenne: «Avete ricevuto minacce di morte dopo l'immissione in commercio del farmaco?»

«Non subito.» disse Colin. «Ma abbiamo cominciato a riceverne dopo qualche mese.»

«*Tu* hai iniziato a riceverne.» precisò Amy.

«Io ne ho ricevuta la maggior parte. È di dominio pubblico che sono il capo della divisione prezzi.»

«Come sono arrivate queste minacce?» si informò Gretchen.

«Alcune per posta, altre per e-mail.» disse Colin. «Tutte indirizzate al mio ufficio, che dista quasi due ore da qui. Io viaggio molto spesso e anche quando sono qui non ho bisogno di andare sempre in ufficio. Però queste persone non mi hanno preso di mira a casa, solo al lavoro.»

«Non è così difficile scoprire dove vive una persona, Mr. Ross.» lo informò Josie.

«Ha delle copie di queste minacce?» chiese Oaks.

«Nella mia scrivania, in ufficio. Ho fatto delle copie di tutto. Ho consegnato gli originali e tutte le e-mail al nostro ufficio legale, ma ho tenuto delle copie.»

«Perché ha conservato le copie?» chiese Gretchen.

Lui alzò le spalle. «Nel caso in cui... fosse successo qualcosa, credo.»

«Ci saranno utili. La farò accompagnare da uno dei miei agenti per recuperarle, quando avremo finito qui. Aspetteremo che faccia giorno. Rintracceremo tutte le persone che hanno minacciato lei o il suo team e andremo a parlare con loro.»

La presa di Amy sulle dita di Josie finalmente si allentò. «Grazie...» mormorò.

«Bene...» disse Colin, «ma credo che sia un'ipotesi azzardata. Perché mai una persona arrabbiata per il prezzo di un farmaco contro il cancro dovrebbe prendersi mia figlia?»

«Cosa c'è di più prezioso della propria vita, per un genitore?» chiese Josie. «Cosa conta più della propria vita?»

Colin non rispose. Non c'era bisogno di rispondere, perché la risposta la conoscevano tutti. Non era necessario essere genitori per riconoscere che il legame tra un genitore e il proprio figlio poteva essere una delle cose più potenti al mondo.

«C'è un'altra cosa che vorrei faceste per noi. È una procedura abbastanza ordinaria. Naturalmente potete rifiutare, ma ci auguriamo che non lo facciate.»

Colin chiese: «Di che cosa si tratta?»

«Vorrei che entrambi vi sottoponeste a un test della macchina della verità.»

«Cosa?» chiese Amy in un sussulto, rendendo insopportabile la pressione sulle dita di Josie, che quasi la fece gridare.

«Perché? Pensa che siamo stati noi?»

«No.» la tranquillizzò Oaks. «Ma non importa quello che penso io. Importa quello che dimostrano le prove del caso. In quasi tutti i casi di rapimento, dobbiamo innanzitutto indagare sui genitori. Escluderli, in modo da poter indirizzare le nostre risorse verso altre piste d'indagine più fruttuose.»

«Eravamo presenti entrambi.» disse Amy rivolgendo lo sguardo su Josie. «Lei c'era. Ci hai visti.»

«Sì, è vero.» confermò Josie. «Ma Amy, le garantisco che questa è la procedura abituale. Vi sottoponete al test, lo superate entrambi e così possiamo escludere il vostro coinvolgimento nel sequestro di Lucy.»

«Come avremmo potuto sequestrarla?» continuò Amy. «Perché? Perché uno di noi due avrebbe dovuto inscenare il rapimento di nostra figlia?»

«Precisamente.» disse Oaks. «Quindi non dovreste preoccuparvi di sottoporvi al poligrafo.»

«Amy, andrà tutto bene.» la rassicurò Colin. «Facciamolo e basta, d'accordo? Dobbiamo concentrarci sulla ricerca di Lucy.»

Amy non disse una parola, ma non protestò ulteriormente.

«Farò portare qui il poligrafo il più presto possibile.» annunciò Oaks. «Ora, in base al contenuto del biglietto trovato nello zainetto di Lucy, riteniamo che il rapitore cercherà di contattarvi. Avete un telefono fisso?»

«No.» disse Colin. «Solo i nostri cellulari.»

«Non è insolito di questi tempi.» commentò Oaks. «Quello che la mia squadra sta facendo in questo momento è configurare i nostri computer in modo da poter intercettare e tracciare tutte le chiamate in entrata a entrambi i vostri cellulari. Per farlo dobbiamo rivolgerci all'ufficio legale del vostro gestore telefonico e voi dovrete firmare dei moduli di consenso.»

«D'accordo.» disse Colin.

«Ottimo. Vorremmo che rispondeste ai vostri cellulari come al solito. Teneteli in carica. Li imposteremo in modo da poter ascoltare qualsiasi chiamata. Tenete presente che non è come in televisione o come ai vecchi tempi: non abbiamo bisogno che teniate il rapitore al telefono per un certo periodo di tempo. Con il Wi-Fi, gli indirizzi IP e il software di cui disponiamo, tutto può essere tracciato e localizzato rapidamente. Riceviamo una chiamata, individuiamo una posizione e mandiamo una squadra. Questa sarà la procedura.»

Colin e Amy annuirono. Soltanto allora Amy abbandonò la presa sulle mani di Josie.

«E adesso...» riprese Oaks, «se mi seguite nell'altra stanza dove la mia squadra si è sistemata, possiamo cominciare.»

SEDICI

Quando tornarono al centro di comando mobile, i primi raggi di sole si stavano affacciando all'orizzonte. Erano stati svegli tutta la notte e Josie sentiva una stanchezza profonda che le penetrava fin nelle ossa e che sembrava la stessa accusata da tutti i membri della sua squadra, a giudicare dall'aspetto stravolto di Gretchen, Noah e Mettner. Oaks li chiamò a raccolta nella tenda e a Josie disse: «Lei ha un'ottima intesa con Amy Ross. Un legame. Per caso, ha figli?»

«No.» disse Josie.

«Però si trovava al parco giochi quando è successo.»

«Sì. Stavo facendo da babysitter al figlio di una mia amica.»

«Beh, avremo bisogno della sua massima collaborazione con Amy Ross.»

«Non c'è problema.» disse Josie.

«Inoltre, la sua squadra conosce questa città molto meglio di tutti i miei uomini. Se dovessimo ricevere una chiamata dal rapitore, avremo bisogno che ci portiate alla sua posizione il più velocemente possibile.»

«Pensa che sia ancora da queste parti?» chiese Gretchen.

«Non possiamo esserne certi, ovviamente» disse Oaks, «ma

intendiamo essere preparati se si farà vivo in zona.» Fece una pausa e guardò ognuno di loro. «Perché lei e la sua squadra non andate a casa a riposare un po'? Tornate più tardi e vi aggiorneremo. Fino ad allora la mia squadra svolgerà il suo compito a pieno ritmo.»

Nessuno discusse. Erano tutti troppo stanchi ed era chiaro che Oaks non aveva intenzione di escluderli dall'indagine mandandoli a casa a riposare per un paio d'ore.

Una volta che Oaks ebbe salvato tutti i loro numeri di telefono, Josie accompagnò Noah alla sua auto e si mise alla guida verso casa sua. L'auto di Misty non c'era più, ma all'interno c'erano ancora i segni che lei e Harris avevano passato la notte da lei. Il suo cagnolino, Pepper, dormiva in un angolo del divano in salotto. I giocattoli di Harris erano sparsi sul pavimento del soggiorno. «Attento a dove cammini.» Josie avvertì Noah.

«Vado subito a letto.» le disse Noah mentre saltellava con le stampelle in una mano, sfruttando il corrimano delle scale per tenersi in equilibrio e salire i gradini.

«Arrivo subito.» disse Josie, andando in cucina da dove chiamò Trinity.

«Ti sei appena alzata?» chiese Trinity.

«Vado a letto ora.» rispose Josie.

«Certe cose non cambiano mai. A cosa stai lavorando?»

«Sai che non posso parlarti delle indagini in corso.» le ricordò Josie.

«Oh...» disse Trinity. «Quindi c'è molto di più di quanto si pensasse all'inizio.»

«Non ho detto questo.»

«Non ce n'era bisogno. Se si fosse trattato semplicemente di una bambina che si era allontanata, ti saresti limitata a dirmi che non c'erano novità. Quindi di cosa stiamo parlando? Di un criminale sessuale?»

Josie non disse niente.

«Non è un criminale sessuale?»

Josie rimase in silenzio.

«Allora si tratta di qualcos'altro. Ma sempre di rapimento si tratta.»

Esasperata, Josie le chiese: «Come fai a fare così?»

Trinity rise. «Non preoccuparti di questo. So che non puoi dirmi certe cose, quindi lascia che ti dica io quello che ho scoperto. Colin Ross ha vissuto a New York per decenni prima di incontrare sua moglie. A quanto pare, era un vero e proprio donnaiolo. Ho parlato con alcune delle sue vecchie fidanzate, se così si possono chiamare. Non gli piaceva impegnarsi. Almeno, non prima di incontrare sua moglie.»

Era la seconda volta che Josie lo sentiva dire. Una voce in fondo alla sua mente si domandò se il peso di dover provvedere al sostegno di una famiglia non fosse diventato troppo grande per Colin. Aveva trovato un modo per eliminare Lucy con un qualche espediente? Ma no, non aveva senso. Se fosse stato così, a quel punto avrebbero già trovato il suo corpo, non un biglietto che suggeriva ai genitori di aspettare una telefonata del rapitore.

«E dal punto di vista finanziario?» chiese Josie.

«I suoi genitori sono entrambi professori. Di classe medio-alta, ma non certo facoltosi. Colin ha fatto diversi lavori per pagarsi il master in gestione aziendale alla New York University. Ha ottenuto il lavoro alla Quarmark subito dopo gli studi e ha fatto carriera. Da diversi anni è a capo della divisione prezzi e guadagna uno stipendio da sei cifre all'anno.»

Quindi un rapimento a scopo di riscatto aveva senso, pensò Josie.

«Ho parlato con sua madre. Ha detto che lui si è messo in contatto con lei, ma che le ha chiesto di non raggiungerlo a Denton. Dice che lei e Amy non vanno d'accordo, perché pensa che Amy abbia sempre cercato di isolare Colin da tutti e da tutto ciò che conosce.»

«Amy ha mai negato a uno di loro di vedere Lucy?» chiese Josie.

«No. Non amano particolarmente la nuora, ma riconoscono che è sempre stata brava ad assicurarsi che avessero un legame con Lucy. Almeno, questo è quello che mi ha detto la madre di Colin.»

«E Amy? C'è qualcosa di interessante nel suo passato?» chiese Josie.

Trinity sospirò. «No. La sua vita è noiosa come guardare la vernice che si asciuga. Ha vissuto a New York per oltre sette anni prima di incontrare Colin. Faceva lavori saltuari, soprattutto come cameriera, per mantenersi in un piccolo e squallido appartamento a Brooklyn che ogni tanto condivideva con delle coinquiline. Sono riuscita a trovarne solo una, ma non aveva niente di interessante da dire, se non che Amy era simpatica, tranquilla e se ne stava per conto suo.»

Tra le minacce di morte per il suo lavoro e i suoi soldi, Colin sembrava la ragione più probabile del rapimento di Lucy. Qualcuno voleva punirlo o semplicemente ottenere una grossa ricompensa.

«Continuerò a scavare, dato che ho appena saputo da una fonte affidabile che l'FBI è stata coinvolta.» disse Trinity. «Anche se non dovrei metterti al corrente di quello che scopro, visto che tu non mi dici niente, lo farò comunque, perché sei mia sorella.»

«E perché ti importa.» sottolineò Josie. «Ti importa che la vita di una bambina di sette anni sia in pericolo.»

«L'interesse è sopravvalutato, cara sorella.» disse Trinity. «Bugiarda.»

Trinity rise. «Ne riparliamo presto.»

Josie chiuse la telefonata e salì le scale da dove sentiva Noah che russava già. Si accasciò sul letto accanto a lui e qualche minuto dopo sentì la mano di Noah scivolare nella sua. Le loro dita si intrecciarono e lei si addormentò all'istante.

DICIASSETTE

Josie si svegliò sentendo Misty, Harris e Pepper al piano di sotto. Controllò il telefono, ma non c'erano novità: Lucy Ross non era stata trovata e il rapitore non aveva ancora chiamato. Accanto a lei, Noah si agitò, allungando una mano verso la sua schiena. Lei si girò a guardarlo e si strinse a lui, appoggiando la guancia sul suo petto nudo. Lui la tirò a sé, passandole le dita tra i capelli. «Hai ospiti.» disse.

«Lo so.» bofonchiò Josie. «Misty è un po' spaventata in questo momento.»

«Pensi che abbia fatto il caffè?»

Josie rise. «Sono sicura che l'ha fatto. Ha un bambino di quasi tre anni e un lavoro a tempo pieno. È in stato di privazione cronica di sonno.»

«Tu non hai bevuto caffè in questi ultimi giorni.» disse Noah.

«Come?»

Le diede un bacio sulla fronte. «Pensi che non l'abbia notato?»

«Che non ho bevuto il caffè?»

«Che non sei stata bene.»

«È lo stress.» disse Josie con disinvoltura. «Con la morte di tua madre, il caso, e ora questa bambina...»

«È un duro colpo, non è vero?» disse Noah. «Lucy Ross.»

Un nodo le si formò in gola. «Sì.»

Lui la abbracciò stretta. Lei sentì il suo respiro sulla fronte.

«Mettiamoci al lavoro, allora.»

Josie mandò un messaggio a Mettner e a Gretchen per sapere dove si trovavano; avevano dormito entrambi quanto lei e Noah, cioè quasi tutto il giorno. Si impegnò a raggiungerli al centro di comando mobile entro mezz'ora. Josie e Noah si fecero la doccia e mangiarono un boccone veloce. Misty aveva preparato per loro una cena anticipata così deliziosa che Josie ebbe la tentazione di chiederle di trasferirsi definitivamente da lei. Mentre andavano al centro di comando, Josie mandò un messaggio a Oaks che rispose che li avrebbe raggiunti per aggiornarli.

Gretchen si presentò armata di caffè e danesi al formaggio, ma Josie riuscì a mangiarne solo una prima che la nausea la sopraffacesse ancora una volta. Bevve un po' d'acqua nella speranza che il suo stomaco indisciplinato si calmasse mentre Oaks riferiva tutto ciò che la sua squadra aveva fatto mentre gli agenti della polizia di Denton si riposavano. «Non abbiamo ricavato niente dal biglietto. Nessuna impronta. La carta è di un normale foglio per fotocopie reperibile in qualsiasi negozio di articoli per ufficio e l'inchiostro sembra il normale inchiostro blu che si trova in una comune penna a sfera.» esordì Oaks. I quattro si erano seduti a uno dei tavoli pieghevoli, mentre Oaks era rimasto in piedi. «Abbiamo parlato con il direttore del parco che ha guardato all'interno della colonna della giostra. Uno dei pali che controllano alcuni cavalli è stato manomesso.»

«Quindi, quando avrebbero iniziato la corsa, sarebbe stato un problema.» disse Josie.

«Proprio così.» proseguì Oaks. «Molti dei cavalli non si sarebbero potuti muovere su e giù, con la giostra in movimento, e qualcuno sarebbe dovuto andare nella colonna dove avrebbe trovato lo zaino di Lucy.»

«E delle altre piste?» chiese Josie.

Oaks continuò: «I criminali sessuali sono stati controllati. Sono tutti rintracciabili e hanno un alibi per il momento in cui Lucy è scomparsa. Anche i genitori che erano al parco sono stati controllati. Niente da segnalare. Tuttavia, abbiamo trovato settantaquattro minacce credibili a Mr. Ross, legate al farmaco contro il cancro di cui ci ha parlato ieri sera.»

«Beh...» disse Gretchen. «Sembra molto più significativo di quanto avesse lasciato intendere all'inizio.»

«Pensiamo che stesse cercando di non spaventare la moglie.» affermò Oaks. «L'ufficio legale della Quarmark aveva già segnalato queste minacce alla polizia locale. Non risulta che ci fossero piani concreti per uccidere o fare del male a Mr. Ross. Per il rapimento di Lucy la mia squadra ha verificato l'alibi di metà di queste settantaquattro persone; gli alibi delle restanti dovrebbero essere sottoposti a verifica entro le prossime venti-quattro ore.»

Josie provò un'ondata di sollievo: il suo piccolo dipartimento avrebbe impiegato settimane per svolgere il lavoro che l'FBI era riuscita a fare in meno di un giorno. Oaks proseguì: «Abbiamo fatto ricerche più approfondite sulla tata e ci risulta che sia in regola. È stata in Colorado a visitare la sua famiglia per il fine settimana, come ha dichiarato Mrs. Ross. Il suo viaggio è stato programmato diversi mesi fa; inoltre, non possiamo collegarla a nessuno che potesse avere il desiderio, i mezzi o le capacità di mettere in atto un rapimento. Ci ha dato il permesso di perquisire il suo appartamento e il padrone di casa ci ha fatto entrare. Non c'è niente di strano. Abbiamo interrogato alcuni suoi amici e i suoi professori. Nulla di sospetto. Ha detto che ci farà sapere non appena tornerà in città, il che dovrebbe avvenire in giornata.»

«E che ci dice dell'insegnante di Lucy?» chiese Josie.

«Anche lei è a posto.»

«Nessuno di loro ha riferito di aver visto Lucy parlare con uno sconosciuto nelle ultime settimane o negli ultimi mesi?» si informò Josie.

«No, niente. Abbiamo anche controllato i tabulati telefonici di entrambi i genitori e non abbiamo trovato niente di sospetto. Questa mattina sono stati entrambi sottoposti alla macchina della verità. Papà è passato senza problemi, ma mamma non ha superato il poligrafo.»

«Cosa?» esclamarono all'unisono Josie e Gretchen.

Oaks allargò le mani, a palmi in su. «Ricordate, questi test non sono precisi al cento per cento: lo stato emotivo di una persona incide molto sull'esito finale del test. Come sapete bene, Mrs. Ross è molto instabile. Potrebbe essere lo stress emotivo a falsare i suoi risultati o il fatto che ha mentito al marito riguardo ai corsi universitari che frequenta online.»

«Gliel'ha detto lei?» chiese Noah.

Oaks scosse la testa. «No. Ci ha detto che si era iscritta a dei corsi online, ma la nostra ricerca sul suo computer e un accertamento presso l'università hanno confermato che in realtà non si è mai iscritta, nonostante sia stata accettata nel programma più di un anno fa.»

«E il marito non si è accorto che la retta non veniva pagata?» chiese Gretchen.

«Ha un fondo discrezionale che il marito alimenta ma non controlla.»

«Sarebbe come una paghetta?» disse Noah.

«Beh, in pratica, sì. Il marito gestisce le loro finanze, paga tutte le bollette, le dà i contanti per la spesa e per tutto ciò di cui ha bisogno Lucy. Questo fondo è solo per lei, a quanto pare. Lui ha detto che all'inizio era destinato ai centri benessere e alle lezioni di yoga, ma poi lei aveva deciso di riprendere gli studi e quindi lui ha aumentato i fondi; non sa nemmeno a quanto ammontino ormai.»

Gretchen inarcò un sopracciglio. «Deve essere bello.»

«Il marito ci ha dato accesso a tutti i loro conti bancari.» riprese Oaks. «Non ci sono stati pagamenti di tasse universitarie da questo o da altri conti a loro intestati.»

«Ne avete discusso con Mrs. Ross?» chiese Josie.

«No. Vorremmo che ci pensasse lei. Come ho detto, sembra che abbia instaurato una sorta di legame. Vorremmo che fosse presente in casa loro il più possibile, soprattutto in caso arrivasse una chiamata dal rapitore che la destabilizzasse. Forse lei può convincerla ad aprirsi. Finora la nostra indagine non ha portato a nessun risultato sospetto, ma il fallimento del poligrafo è una bandiera rossa che non possiamo ignorare del tutto. Se riuscisse a farle ammettere che ha mentito al marito sui corsi universitari, forse sarebbe disposta a parlare con lei di un eventuale coinvolgimento nella scomparsa di Lucy.»

«Crede davvero che sia stata lei?» chiese Josie.

«Non lo so.» disse Oaks onestamente. «Ma non posso ignorare la possibilità, per quanto remota.»

«Quale sarebbe la motivazione?» si chiese Gretchen. «Ha una vita perfetta: un marito ricco, una casa splendida, una figlia bellissima. Ha persino una tata che l'aiuta a prendersi cura della bambina. Non ha motivi di stress. Può occupare le sue giornate in tutti i modi che preferisce. Cosa ci guadagna a inscenare il rapimento della propria figlia?»

Nessuno rispose per un lungo momento. Poi Mettner disse: «Forse è malata di mente ed è solo molto brava a nasconderlo.»

«Non credo che sia stata lei.» disse Josie. «Ma sono d'accordo che non possiamo ignorare nessuna linea di indagine, per quanto improbabile possa sembrare. Farò il possibile per farla parlare con sincerità.»

«Perché non la portiamo in centrale e la interroghiamo?» chiese Mettner.

«Perché abbiamo una sola possibilità.» spiegò Gretchen. «Non appena iniziassimo a trattarla come un sospetto, i Ross si procurerebbero un avvocato, si rifiuterebbero di collaborare e ci precluderebbero tutte le informazioni che Amy potrebbe fornire per aiutarci a trovare Lucy viva.»

«Però potrebbe arrivare il momento in cui dovremo portarla in centrale.» disse Josie. «Ma in questo momento, con Lucy a rischio, credo che l'approccio delicato sia quello migliore.»

«Sono d'accordo con la detective Quinn.» disse Oaks. «Ci occorre anche qualcun altro in casa, nel caso in cui il rapitore chiami e noi lo rintracciassimo in zona. Abbiamo bisogno di qualcuno che sappia orientarsi in questa città a occhi chiusi. Ovviamente la detective Quinn è in grado di farlo, ma vorrei disporre di un supporto su questo fronte.» Guardò Gretchen, ma lei indicò Mettner.

«Io vivo qui da pochi anni.» disse. «E Noah non è ancora molto veloce con la gamba rotta; invece, Mett è cresciuto qui. È la scelta migliore.»

«Non riesco a muovermi bene, ma qualsiasi cosa mi darete da fare, la farò.» garantì Noah.

Oaks sorrise. «Abbiamo un sacco di lavoro.»

DICIOTTO

Davanti alla casa dei Ross continuavano ad arrivare veicoli dell'FBI e furgoni dei notiziari. All'interno dell'abitazione, due agenti erano seduti al tavolo della sala da pranzo, con i computer aperti, in attesa di una chiamata. Colin si sedette al tavolo con loro, cercando di fare due chiacchiere. Amy vagava per la cucina, con le braccia avvolte intorno alla vita. La cucina era grande, con un vecchio tavolo di legno rustico al centro. Quando Amy vide Josie, fece un cenno verso le casseruole che lo ricoprivano e disse: «Le hanno portate i vicini e alcuni genitori dei compagni di scuola di Lucy. Non è bello?»

«Sì.» disse Josie. «Molto premurosi.»

Una lacrima scese sulla guancia di Amy, che la asciugò rapidamente. «Non riesco a mangiare. E lei?»

Il pensiero del suo stomaco sensibile e di cosa potesse comportare la nausea costante invase la mente di Josie, ma cercò di non pensarci e rivolse ad Amy un sorriso malinconico prima di addentrarsi nella stanza. «Non riesco mai a mangiare durante le indagini importanti.»

Amy si fermò e guardò Josie in faccia, con gli angoli della

bocca rivolti verso il basso. «Gliel'ho fatto io quello sfregio in faccia, non è vero?»

Josie annuì. «Sì, ma non è niente. Mi sono trovata in condizioni peggiori. So che non l'ha fatto apposta.»

«A volte mi sento... persa.» disse Amy. «È come se mi perdessi nella mia stessa mente e non riuscissi a tornare indietro. Non mi succedeva da anni, anzi da decenni. È solo che... non riesco a gestire questa situazione. Lucy. È la mia bambina. Non ci riesco.» Le spalle le tremarono per lo sforzo di trattenere i singhiozzi. Josie fece il giro del tavolo e andò a mettersi davanti a lei.

«Mrs. Ross...» disse.

Amy deglutì. «Amy, la prego. Mi chiami Amy.»

«Amy.»

«Colin ha chiamato il mio medico che mi ha prescritto lo Xanax. Lo sapeva?»

«No, non lo sapevo, ma sospettavo che prendesse qualcosa. Penso che sia una cosa utile, se le serve a mantenere la lucidità.»

«Invece mi annebbia la mente.» rispose Amy. «Solo questo. Oh, la mia Lucy.» La sua voce si abbassò, come se stesse per rivelare a Josie un segreto. Josie si avvicinò per ascoltare meglio. «Sa cosa fanno gli uomini alle bambine quando le rapiscono?»

Josie sentì quella sensazione di nausea impossessarsi di nuovo di lei e le si oppose con forza. «Sì.» rispose piano. «Lo so.»

Amy annuì e si voltò, con i palmi delle mani si appoggiò ai lati del lavandino. Una piccola finestra soprastante dava sul giardino, che era pieno di giocattoli e aveva un grande spazio gioco a forma di casetta sull'albero. «Immaginavo che lo sapesse. Si vede. Le hanno detto che non ho superato la macchina della verità?»

«Sì.» disse Josie.

«E adesso credono che sia stata io? Che avrei... che avrei fatto una cosa del genere alla mia bambina?»

«I poligrafi non sono sempre affidabili.» le spiegò Josie. «Lei è sottoposta a un'enorme quantità di stress ed è per questo motivo che i suoi test hanno dato quell'esito.»

Amy si guardò alle spalle verso l'ingresso, come per assicurarsi che nessun altro stesse ascoltando. «Ho mentito a mio marito. Gli ho detto che volevo riprendere gli studi, riuscire a laurearmi. Ho fatto tutto quello che dovevo fare: ho... ho preso il libretto, ho fatto la domanda di ammissione, ho scritto uno stupido saggio personale. Sono stata ammessa. Ma poi ho perso il coraggio. Mio marito pensa che io abbia seguito dei corsi e invece non è così.»

«La gente mente su cose peggiori.» disse Josie. «Allora, cosa fa nel tempo libero? Cosa fa quando Lucy è a scuola?»

Amy sospirò. «Faccio le pulizie. Sarebbe sorpresa di quanto disordine produce una bambina di sette anni. A volte vado a yoga. A volte vado a correre. Poi inizio a preparare la cena.»

Difficilmente tutto questo poteva riempire un'intera giornata, ma Josie non insistette e le chiese invece: «La vostra tata va a prendere Lucy a scuola?»

«Sì. Jaclyn la porta a casa e la tiene occupata mentre io finisco di preparare la cena. Di solito Jaclyn le fa cominciare i compiti e molto spesso si ferma a cena con noi. Oh Signore, non le ho più detto niente da quando... è iniziato tutto questo. È andata a trovare la sua famiglia. Dovrei proprio chiamarla.»

«Ci hanno già pensato la mia squadra e l'FBI.» la rassicurò Josie. «Dovrebbe tornare in città oggi. Era molto turbata per Lucy. Sono sicura che le telefonerà quando si sarà sistemata. Mi dica, perché non ha seguito neanche un corso? Perché non iniziare almeno con uno?»

Amy la guardò, con un sorriso affranto sul volto. «Non sono portata per l'università, detective.»

«Però è stata ammessa.» obiettò Josie. «In che campo voleva studiare?»

Amy scrollò le spalle. «Non ero sicura. Non dovevo necessariamente decidere subito il mio indirizzo. Dovevo solo acquisire i crediti formativi generali. Comunque, adesso non ha più importanza, no? Non ha mai avuto importanza. L'unica cosa che conta è Lucy, e io l'ho abbandonata. Che razza di madre perde sua figlia su una giostra quando è seduta proprio accanto a lei?»

Josie allungò la mano e toccò la spalla di Amy. «Non è colpa sua. Questo lo so con certezza assoluta. Non sprechi tempo o energie a colpevolizzarsi.»

Amy non sembrò convinta, ma borbottò un "grazie".

Un cellulare che squillava nell'altra stanza le fece trasalire entrambe. Amy si allontanò dal lavandino e corse in sala da pranzo. Nessuno degli agenti aveva alzato lo sguardo, nemmeno Oaks. Colin si limitava a fissare il centro del tavolo dove il telefono di Amy danzava vibrando a ogni squillo. Lei si protese in avanti e lo afferrò. «È Jaclyn.» disse.

Oaks alzò una mano. «Mrs. Ross, stiamo aspettando la chiamata del rapitore. Dovrebbe tenere la linea libera nel caso chiamasse.»

Amy guardò lo schermo del telefono, l'incertezza le aggrottò la fronte.

L'indice si fermò sull'icona di risposta e Colin le disse: «Non rispondere, Amy. Jaclyn capirà.»

«Il biglietto diceva "rispondi a ogni chiamata". Ogni chiamata.» obiettò Josie.

«Ma sappiamo a chi appartiene questo numero.» ribadì Oaks. «Alla tata, non al rapitore.»

Il telefono smise di squillare. Amy alzò lo sguardo dallo schermo, passando da Josie a Oaks e viceversa. Un lungo momento di tensione si protrasse nella stanza. Josie contò i secondi al ticchettio dell'orologio a muro e ascoltò i rumori dei giornalisti che parlavano all'esterno.

Il telefono squillò di nuovo, facendo sobbalzare tutti. Amy lo agitò mostrando lo schermo: «È ancora Jaclyn.»

«Non rispondere.» la ammonì Colin.

Josie si avvicinò e scorse l'icona della risposta. Annuì e Amy si premette il telefono all'orecchio. Quando rispose, le sue parole risuonarono da un piccolo altoparlante all'altro capo del tavolo. Ma la voce che le rispose non era femminile, non era quella di Jaclyn. Era di un uomo, profonda e fredda.

«Ciao, Amy.»

Sembrò che tutta l'aria della stanza fosse stata risucchiata. Colin si alzò di scatto dalla sedia. I due agenti seduti cominciarono a battere sulle tastiere dei loro computer. Oaks si affacciò nel soggiorno e fece cenno a Mettner di entrare. Amy allungò una mano e Josie la prese.

«Chi parla?» chiese Amy.

L'uomo rise. «Sono l'uomo che stavi aspettando. Stavi aspettando che ti chiamassi, non è così? La polizia ti ha fatto vedere il mio biglietto, vero?»

Amy si voltò verso Josie, con gli occhi spalancati e pieni di incertezza. Josie sussurrò le parole: *Gli chieda di Lucy.*

Con un piccolo cenno, Amy chiese: «Dov'è Lucy?»

Oaks e Mettner si chinarono sopra le spalle di uno degli agenti per guardare lo schermo. Oaks lesse l'indirizzo a bassa voce e Mettner disse: «Possiamo arrivare là tra dieci minuti.»

«Ci siamo già stati una volta oggi, dopo che la tata ci ha dato il permesso di perquisire il suo appartamento. Conduci tu l'unità.» gli disse Oaks mentre Mettner si precipitava fuori dalla porta.

Intanto, al telefono, il rapitore rise. «Oh, Amy. Non riesci proprio a capire cosa sta succedendo, vero?»

«Dov'è mia figlia?» gridò.

«Non posso dirtelo.» rispose lui. La gioia nel suo tono fece ribollire la rabbia nello stomaco di Josie.

Colin si avvicinò alla moglie. Tese la mano per prenderle il telefono, ma lei si voltò, lasciò la mano di Josie e si spostò in un angolo della stanza. «Cosa vuoi?» chiese.

«Cosa voglio?» le fece eco. «Voglio sapere come ci si sente, Amy!»

«Come ci si sente a fare cosa?»

«Oh, andiamo, Amy. Sappiamo entrambi di cosa sto parlando.»

La voce di Amy divenne un grido. «Non so di cosa tu stia parlando. Rivoglio mia figlia. Ridammi mia figlia!»

«Soltanto se mi dici come ci si sente, Amy. Come ci si sente?»

«Non so di cosa stai parlando. Dimmi solo quello che vuoi. Faremo qualsiasi cosa. Vogliamo soltanto riavere Lucy. Restituiscimela e basta!»

«Sai che non posso farlo, Amy.»

«Sì che puoi. Basta che tu mi dica cosa vuoi e io te lo darò.»

«Voglio che aspetti.»

La chiamata si interruppe.

DICIANNOVE

Oaks uscì di corsa dalla stanza. Amy sprofondò sul pavimento, singhiozzando. Colin si mise in ginocchio e prese la moglie tra le braccia. La strinse forte, sussurrandole qualcosa all'orecchio. Ci volle un attimo perché Josie capisse cosa le stava dicendo. «Va tutto bene. Sei stata bravissima. Possiamo ancora riprendercela.»

«L'ho persa.» gridò Amy. «L'ho persa di nuovo.»

«No.» le disse Colin. «Non l'hai persa. Gli hai chiesto cosa voleva. È quello che ci hanno detto di fare, ricordi? Chiedergli cosa voleva. Hai fatto esattamente quello che dovevi fare.»

«Lui non vuole niente.» disse Amy.

«È un gioco.» spiegò Josie. «Sta facendo una specie di gioco malato. Richiamerà.»

Si avvicinò all'agente con cui Oaks e Mettner avevano parlato: il computer mostrava l'indirizzo di un piccolo complesso residenziale vicino all'università. Indicò lo schermo. «Vado anch'io.»

L'agente annuì. «Abbiamo già diverse squadre in arrivo. Li informo via radio che si unirà a loro.»

Fuori, Josie corse attraverso una folla di giornalisti per

raggiungere la sua auto. Si precipitò in direzione dell'appartamento di Jaclyn Underwood. Amy e Colin erano così sconvolti e concentrati a riavere Lucy, che a nessuno dei due era ancora venuto in mente di chiedersi perché il rapitore stesse chiamando dal cellulare di Jaclyn, che era già stata sottoposta a controlli da parte dell'FBI e che era tornata a Denton solo da poche ore, se non addirittura da pochi minuti. Il cuore di Josie batteva all'impazzata mentre percorreva la strada che portava a casa della tata. I veicoli di emergenza occupavano tutta l'area antistante il complesso, un palazzone a due piani con dodici appartamenti per piano. Ogni appartamento aveva un piccolo patio e quelli al piano superiore disponevano di un balcone. L'ingresso principale si trovava nella parte anteriore, al centro dell'edificio, e gli agenti dell'FBI facevano avanti e indietro dall'ingresso ai loro veicoli. Il furgone della Squadra di Raccolta delle Prove era già sul posto. Gli occhi di Josie passarono in rassegna gli appartamenti al piano inferiore fino a trovare Mettner in piedi, davanti al patio di una delle abitazioni in fondo allo stabile.

«Mett!» lo chiamò avvicinandosi.

Lui si girò e lei capì dal pallore del suo viso che quello che aveva sospettato quando aveva lasciato la casa dei Ross era vero.

«La tata è morta.» disse Mettner. «Deve essere appena uscito da qui. Le unità locali stanno setacciando le strade, mentre l'FBI sta analizzando la scena del crimine.»

«Dov'è Oaks?»

«Dentro. Fai il giro dall'ingresso.»

Josie mostrò le sue credenziali all'agente all'ingresso e si accorse della telecamera a soffitto all'entrata. All'interno, percorse un breve corridoio e poi girò a sinistra. Alla fine del corridoio c'era un altro agente con una cartellina. Accanto a lui, una sua collega distribuiva equipaggiamento protettivo. Josie indossò una tuta in Tyvek, una cuffietta, i copriscarpe, i guanti ed entrò.

Contò tre agenti che stavano esaminando la scena del crimine, scattando foto, passando l'aspirapolvere per le fibre e cercando le impronte. L'appartamento era piccolo, la zona giorno era grande quanto bastava per ospitare solo una poltrona di fronte a un tavolino con sopra un televisore, dietro al quale ondeggiavano vaporose tende in tessuto, oltre le quali, Josie poteva vedere Mettner in mezzo al patio. Si avvicinò e vide che le porte scorrevoli in vetro erano state lasciate parzialmente aperte. Accanto c'era la cucina, grande a malapena per ospitare un tavolo e delle sedie. Si allontanò dalla cucina e percorse un piccolo corridoio. Alla sua sinistra c'era il bagno e di fronte una camera da letto con una scrivania e diverse librerie. Alla fine del corridoio, davanti a quella che Josie suppose fosse la porta della camera di Jaclyn, vide Oaks che si voltò quando la sentì avvicinarsi, e le chiese «Come faceva a saperlo?»

«Sapere cosa?»

«Che sarebbe stato il rapitore a chiamare?»

«Non lo sapevo.» disse Josie. «Mi sono solo basata su quello che diceva il biglietto. Poco prima che arrivasse la telefonata, Amy mi ha detto che si sentiva in colpa per non aver parlato con Jaclyn. A proposito, mi ha detto dei corsi universitari.»

«È positivo.» disse Oaks. «Si fida di lei.»

Si spostò contro la porta in modo che Josie potesse passare. Lei rimase sulla soglia della stanza. Uno degli agenti dell'FBI stava fotografando il corpo di Jaclyn Underwood che giaceva supina sul letto, con una ferita da taglio lunga circa due centimetri vicino al plesso solare. Da quello che Josie riuscì a vedere, si trattava di una giovane donna molto bella, dalla pelle olivastra e dai lunghi capelli scuri. Il suo volto era congelato in un'espressione di sorpresa, gli occhi marroni spalancati e vitrei. Il sangue scuriva la camicia di cotone gialla e aderente che indossava e il copriletto viola sotto di lei. Accanto al suo corpo era stato abbandonato un cellulare.

«È entrato in casa e ha usato il suo telefono per chiamare i Ross.» spiegò Oaks. «Poi l'ha uccisa.»

«Ha chiamato Amy.» disse Josie. «Voleva torturarla. Ora, oltre a prendere Lucy, ha ucciso una persona a cui lei era molto legata: Amy teneva molto a questa ragazza.»

Oaks scosse la testa. «Amy Ross ha a malapena una vita al di fuori della propria casa. Non abbiamo trovato alcuna prova che qualcuno volesse farle del male. Non ci sono prove che abbia avuto contrasti con altre persone. Abbiamo controllato i tabulati telefonici e le e-mail. Abbiamo parlato con i vicini e con i genitori dei compagni di scuola. Dicono che è distante, ma nessuno ha detto niente di male. Avrebbe dovuto prima socializzare per sviluppare un tale rapporto personale con qualcuno che poi volesse farle del male in questo modo.»

«Allora ci sfugge qualcosa...» disse Josie.

«Forse dobbiamo esaminare più da vicino il marito.» propose Oaks. «Probabilmente questa persona sta cercando di fare del male a Amy e a Lucy per arrivare a lui.»

«Sembra un obiettivo più probabile.» disse Josie. «Ha accumulato una certa ricchezza lavorando per la Quarmark e ha ricevuto numerose minacce di morte. Tutto questo potrebbe essere collegato al prezzo dei farmaci. Ci pensi: i membri di una famiglia devono assistere alla sofferenza e alla morte di uno dei loro cari perché non può permettersi le cure di cui ha bisogno.»

«E il nostro uomo sta torturando Colin facendogli assistere alla sofferenza di sua moglie, costringendolo a chiedersi se sua figlia stia bene o meno. Vuole farlo assistere alla lenta morte della sua famiglia.»

Josie annuì. «Avete trovato l'arma del delitto?»

«No.» disse Oaks. «Crediamo che l'abbia portata via con sé.»

«È entrato dalla porta a vetri scorrevole?» chiese Josie.

«Sembra di sì.» rispose Oaks. «Ci sono alcune gocce di

sangue sul pavimento all'interno e all'esterno delle porte di vetro, quindi sappiamo che è uscito da quella parte.»

«C'è una telecamera all'ingresso principale. Dovremmo controllare il filmato.»

«C'è anche un'entrata posteriore.» precisò Oaks.

«Posso andare a parlare con l'amministratore del condominio, per avere tutti i filmati di sorveglianza.» propose Josie.

«Sarebbe fantastico. Chiederò a un paio di agenti di fare un giro tra gli altri inquilini e i vicini.»

Josie diede un'ultima occhiata alla stanza. Sul pavimento accanto al letto, giaceva aperta la valigia di Jaclyn. Sopra i vestiti piegati c'erano un asciugacapelli e una trousse di cosmetici aperta, dentro la quale riuscì a vedere un correttore in crema e un fondotinta in polvere, un mascara e un rossetto. «Probabilmente stava disfacendo le valigie.» disse. «Lui è entrato di soppiatto e l'ha sorpresa. Non ha perso molto tempo. È venuto qui con l'intenzione di ucciderla e di usare il suo telefono e basta.»

«Abbiamo a che fare con un individuo spietato.» concordò Oaks.

Josie tornò in corridoio. Diede un'altra occhiata alla camera da letto che Jaclyn usava come ufficio. Tra i libri sui suoi scaffali c'erano molti romanzi contemporanei e manuali, la maggior parte dei quali aveva a che fare con l'architettura. Josie si sentì pervadere dalla tristezza. Jaclyn Underwood non avrebbe progettato alcun edificio. Non avrebbe mai conseguito la laurea dopo aver lavorato tanto duramente per arrivare fino a quel punto. Non si sarebbe mai sposata e non avrebbe avuto figli. Quanta vita non vissuta. Le giovani vittime bucavano quasi sempre il suo velo di professionalità, anche se lei non lo dava mai a vedere. Jaclyn Underwood, come tante altre prima di lei, le avrebbe fatto visita nei suoi incubi per gli anni a venire. Il pensiero che probabilmente sarebbe stata lei a dover raccontare ad Amy dell'omicidio di Jaclyn le rese il cuore ancora più pesante. Stava per voltarsi e lasciare la stanza quando il bordo di un oggetto che spuntava da sotto la scrivania di Jaclyn attirò la sua attenzione.

Josie si mise in ginocchio e sbirciò sotto la scrivania. Si trattava di una cipria compatta, simile a quella che Jaclyn aveva in valigia, solo che era di una marca molto più costosa e il colore era Ivory Nude. Josie si alzò e diede un'occhiata più attenta alla stanza. Aprì l'armadio, che era pieno di attrezzature per l'esercizio fisico: un tappetino per lo yoga, una bici ellittica pieghevole, fasce elastiche e piccoli manubri. I vestiti pendevano dall'asta. Sulla mensola sopra l'asta c'erano alcune scatole da scarpe e un cuscino. Josie si alzò in punta di piedi per verificare che la federa avesse lo stesso motivo delle lenzuola sul letto. Lasciò tutto com'era in modo che potesse essere fotografato e attraversò il corridoio per andare verso il bagno. Il portaspazzolino, una semplice coppa cromata lucida con quattro fori nella parte superiore, si trovava a destra del lavandino del bagno; erano tutti vuoti, il che aveva senso visto che Jaclyn era stata in Colorado per il fine settimana e non aveva avuto modo di togliere dalla valigia gli accessori da toeletta o i prodotti di bellezza. Josie studiò i buchi degli spazzolini vuoti, vedendo esattamente quello che si era aspettata di vedere.

«Oaks!» chiamò. «Può venire qui un minuto?»

Oaks entrò nel piccolo bagno stringendosi a lei.

Josie indicò il portaspazzolino. «Cosa vede?»

Oaks aggrottò le sopracciglia e lo studiò. «Vedo una studentessa universitaria che non pulisce il portaspazzolino da mesi, direi.»

E aveva ragione. Ci voleva tempo per formare la crosta verde-biancastra che orlava il foro dello spazzolino.

«Ma ce ne sono due.» aggiunse.

«Esattamente.» disse Josie.

Uno dei buchi per gli spazzolini era ricoperto di sporcizia, mentre un altro aveva solo uno strato sottile, ma sufficiente a indicare che qualcun altro vi aveva riposto lo spazzolino per un periodo di tempo più breve. Josie disse: «Nella stanza degli ospiti, sotto la scrivania, c'è una cipria compatta.»

«Una cipria compatta?»

«Fondotinta.» disse Josie. «Trucco da donna. È un oggetto circolare che si apre. Da un lato c'è lo specchio, dall'altro la cipria color pelle, ha presente?»

Oaks rise. «Okay, sì. La seguo. E allora?»

«Non è di Jaclyn.»

«Come fa a saperlo?»

«Perché quello di Jaclyn è nella sua valigia.»

«Forse ne aveva due...» suggerì Oaks. «Quante ne ha lei?»

Josie sorrise. «Ne ho due, ma le mie sono dello stesso colore e della stessa marca. Venga con me.»

Oaks la lasciò passare e la seguì nella camera da letto. Si mise in ginocchio davanti alla valigia aperta. «È stata fotografata?» chiese.

«Sì.» rispose l'agente dell'FBI alla ricerca di impronte dall'altra parte della stanza.

Con cautela, Josie sollevò il portacipria quel tanto che bastava per poter leggere sul fondo la marca e la tonalità. «Revlon ColorStay. Medium Deep. Questo costa circa dieci dollari al supermercato. Guardi la pelle di Jaclyn: non è chiara, è olivastra.»

«La ascolto.» disse Oaks.

Lo condusse nella stanza degli ospiti e indicò il pavimento sotto la scrivania. «Può guardare, ma l'ho già letto: è Estée Lauder. Ivory Nude. Costa circa quaranta dollari e viene venduto nei grandi magazzini di fascia alta. Jaclyn è una studentessa universitaria. Le studentesse universitarie non spendono quaranta dollari per un fondotinta da Macy's. Vanno al supermercato di zona.»

«Come fa a sapere tutte queste cose?»

«Perché li compravo anch'io... e quando ero all'università,

dieci dollari per il trucco erano tanti. E non importa dove vai a comprarli o quanto spendi, l'importante è non prendere la tonalità sbagliata. Cerchi su Google, Ivory Nude non è affatto vicino alla tonalità Medium Deep. Questo è il portacipria di un'altra donna. Credo che sia caduta e sia stata spinta qui sotto accidentalmente o qualcosa del genere. La persona a cui appartiene probabilmente non si è nemmeno accorta di averlo lasciato.»

«Jaclyn avrà delle amiche, immagino. Potrebbe essere di una di loro.»

Josie annuì. «Potrebbe essere. Potrebbe essere un dettaglio perfettamente innocuo.» Si avvicinò all'armadio e riaprì l'anta, indicando il cuscino sullo scaffale. «Questo cuscino viene dal suo letto. Ora ci sono tre cuscini sul suo letto. Tutti con le stesse federe abbinate. Proprio come questo. Allora perché questo è qui?»

«Qualcuno stava qui con lei.» disse Oaks.

«Sì.» disse Josie. «Forse non per molto tempo, ma abbastanza da aver tenuto lo spazzolino da denti in bagno, il che mi suggerisce che non si trattava semplicemente di un'amica che si è fermata qui per una notte o addirittura per un fine settimana.»

«Alla mia squadra ha detto che non aveva avuto coinquilini o visitatori di recente.»

«Le avete chiesto quanto di recente?»

Oaks sospirò. «Mi faccia fare una telefonata.»

VENTI

Josie rintracciò l'amministratore del condominio e diede un'occhiata a tutti i filmati interni ed esterni all'edificio. La ripresa esterna all'ingresso mostrava l'arrivo di Jaclyn quasi due ore prima, che trascinava dietro di sé la valigia. Anche la telecamera dell'atrio aveva ripreso il suo arrivo. Soltanto un'altra persona era entrata dopo di lei prima dell'arrivo dell'FBI e l'amministratore del palazzo l'aveva identificata: era un'inquilina del secondo piano. La telecamera esterna posteriore non mostrava nessuno in entrata o uscita. Josie chiese all'amministratore una copia del filmato, anche se tutto ciò che mostrava era che il rapitore-assassino era stato abbastanza furbo da aver fatto una ricognizione sufficiente per entrare e uscire dalle porte scorrevoli di vetro, dove non sarebbe stato ripreso dalle telecamere.

Incontrò Oaks all'esterno, gli consegnò il filmato e lo ragguagliò su ciò che aveva trovato, ovvero niente di sostanziale.

«Ho parlato con l'agente che ha contattato Ms. Underwood al telefono.» disse. «Le ha chiesto se avesse avuto visite nelle ultime settimane e lei ha risposto di no. Ho già inviato un paio di agenti a interrogare gli amici e i vicini di casa per sapere se qualcuno ha soggiornato da lei per almeno sei mesi. Analizzeremo le impronte e cercheremo di ricavare il DNA dalla cipria compatta e anche dal cuscino. Per sicurezza. Pensa che questa persona abbia qualcosa a che fare con la scomparsa di Lucy?»

«Penso che questo rapimento sia stato pianificato da molto tempo.» rispose Josie. «E penso che Lucy fosse ben preparata. Non so come, da chi o quando ciò sia avvenuto. A quanto mi risulta, gli unici adulti che la bambina ha frequentato regolarmente sono i genitori, la tata e l'insegnante, e sono tutti stati sottoposti a controlli.»

«Tranne Amy.» disse Oaks. «Non ha superato il poligrafo.»

«Ma lei stesso ha detto che non significa necessariamente qualcosa.» gli fece notare Josie.

Oaks annuì. «Lo so, lo so. Non sono del tutto convinto che dietro a questa storia ci sia la madre. Ma lei è d'accordo con l'ipotesi che il rapitore sia stato aiutato?»

Josie annuì. «Sì, lo credo anch'io, e quale modo migliore per scoprire subdolamente i dettagli più intimi della vita e delle abitudini di una famiglia se non quello di avvicinarsi alla tata?»

«Vedremo se porterà a qualcosa una volta che tutte le prove saranno state analizzate.» disse Oaks.

Josie guardò verso la strada dove la dottoressa Anya Feist, medico legale di Denton, stava uscendo dal suo furgone e si dirigeva verso la facciata dell'edificio con una smorfia sul volto. Josie le fece un cenno e lei si fermò. Inarcò un sopracciglio, puntò un dito verso Josie e bisbigliò: *Che cosa è successo alla sua faccia?* Al che Josie ricambiò il saluto e sussurrò: *Non si preoccupi,* prima di vedere la dottoressa Feist scomparire all'interno dell'edificio.

«Tornerò a casa dei Ross.» disse Josie, anche se il compito che l'attendeva pesava molto sulle sue spalle.

VENTUNO

Amy accolse la notizia dell'omicidio di Jaclyn esattamente come Josie si era aspettata: l'isteria la ridusse a un inconsistente mucchietto di lacrime sul pavimento della sala da pranzo. Amy allungò la mano e Josie si sistemò sul pavimento accanto a lei, stringendola forte. Colin aveva accolto la notizia in un silenzio attonito, ma ogni momento che passava, le rughe del suo viso si facevano più profonde per la tensione. Josie poteva vederlo serrare la mascella. Intanto che Josie cercava di calmare Amy, Colin uscì dalla stanza e tornò un attimo dopo con un bicchiere d'acqua e uno Xanax.

Li porse ad Amy e disse con tono brusco: «Prendi questo...»

Amy prese la pillola, poi Josie la aiutò a rimettersi in piedi e la fece sedere su una delle sedie della sala da pranzo. Colin si spostava intorno al tavolo mentre gli agenti dell'FBI ancora presenti battevano sulle tastiere dei computer, con le cuffie in testa. Josie non avrebbe saputo dire se stessero ascoltando qualcosa con le cuffie o se le indossassero semplicemente per evitare l'imbarazzo di guardare una donna in lutto crollare a pezzi.

Josie concesse ad Amy qualche minuto, nella speranza che lo Xanax attenuasse i risvolti della terribile notizia abbastanza a lungo da permetterle di farle qualche domanda. Quando gli occhi di Amy si fecero spenti e vuoti, Josie disse: «So che questo è il momento peggiore, ma ho bisogno di farle delle domande.»

«Naturalmente!» disse Colin. «Domande e ancora domande. Ce l'ho io una domanda. Dove accidenti è mia figlia?»

«Stiamo facendo tutto il possibile per trovare Lucy.» disse Josie.

Colin scoppiò in una risata isterica. «Beh, state facendo un pessimo lavoro. Avanti, faccia le sue domande.»

Josie si rivolse ad Amy. «Prima che Jaclyn partisse, le ha mai detto di avere un'ospite nel suo appartamento?»

Amy scosse la testa. «No.»

«Lucy è mai stata nell'appartamento di Jaclyn?»

«No. Venivano sempre a casa dopo la scuola. A volte Jaclyn portava Lucy al parco giochi, ma la maggior parte delle volte stavano qui.»

«Che lei sappia, Lucy ha mai incontrato qualcuno degli amici di Jaclyn?»

Amy scosse la testa. «No. Non che io sappia. Jaclyn andava a prenderla a scuola e la portava a casa. A volte, se Lucy finiva i compiti prima di cena e il tempo era bello, andavano insieme al parco giochi.»

«Jaclyn era attenta, secondo lei?» chiese Josie. «Era il tipo che teneva Lucy sempre sott'occhio o pensa che potesse sedersi su una panchina e scorrere il telefono finché Lucy non avesse finito di giocare?»

«Era sempre attenta quando le vedevo insieme.» rispose Amy. «Ovviamente non so come si comportasse quando era da sola al parco con Lucy, ma presumo che giocasse con lei, che le desse relazione, come faceva sempre.»

«Ma non lo sai per certo.» la riprese Colin, con voce bassa e tagliente. C'era una freddezza nel suo tono che Josie non aveva mai sentito prima.

Gli occhi di Amy lo seguirono mentre camminava verso il lato opposto della stanza, con il tavolo tra loro. «Cosa?» chiese.

Colin le puntò contro un dito. «Hai lasciato nostra figlia con un'estranea ogni singolo giorno. L'hai affidata a una sconosciuta e non hai la minima idea di come la trattasse.»

«Ma che dici? Jaclyn non era un'estranea!» protestò Amy. «Jaclyn era la nostra tata.»

«Appunto!» sbottò Colin. «Non potevi fare a meno di chiamare una tata, non è vero?»

«Colin, io...»

«Tu e la tua ansia del cazzo. Hai dovuto assumere una tata perché non eri in grado di gestire quelle maledette due ore tra la scuola e la cena con tua figlia, giusto?»

Amy si portò le mani al petto. Era attonita.

Colin continuò ad andare avanti e indietro, con movimenti ora più frenetici. Le puntò di nuovo un dito contro. «Il suo omicidio è colpa tua, lo sai?»

Josie si alzò in piedi e con tono di avvertimento lo ammonì: «Mr. Ross!»

Lui la ignorò, le sue parole erano ancora dirette alla moglie come coltelli lanciati dall'altra parte della stanza, dritti al suo cuore. «Dovevi per forza assumere una tata e, per colpa tua, è morta. Quanti anni aveva, Amy? Venti? Ventuno? Scommetto che la sua famiglia vorrebbe non averci mai conosciuti. Avrebbe potuto lavorare in un ristorante o fare la bagnina o qualche altro lavoretto per giovani. Invece stava con noi, a fare quello che avresti dovuto fare tu e adesso è morta!»

«Volevo bene a Jaclyn.» disse Amy. «Non l'avrei mai messa in pericolo.»

«Però l'hai fatto.»

«E come? Come potevo sapere che Lucy ci sarebbe stata portata via? Come potevo sapere che questo psicopatico avrebbe fatto del male a Jaclyn?»

Lui agitò una mano in un gesto sprezzante nella sua direzione, con il viso stravolto e contratto come se avesse mangiato qualcosa di aspro. «Che diavolo fai tutto il giorno, Amy? Te ne stai qui, dalla mattina alla sera. Lucy va a scuola alle otto e mezza. Jaclyn la va a prendere. Cosa c'è che non va in te? Ci sono madri single che fanno più di un lavoro e si occupano di più di un figlio e se la cavano senza chiamare una tata.»

Lacrime scesero sulle guance di Amy. «Colin, ti prego.»

«Voglio saperlo, Amy. Oggi hai fatto uccidere una ragazza. Quindi voglio sapere: cosa fai tutto il giorno?»

Josie aspettò di vedere se la moglie gli avrebbe mentito dicendo che seguiva dei corsi universitari, ma non gli rispose. Invece disse: «Sei crudele. Avevi promesso che non saresti mai stato crudele.»

Lui si fermò di colpo e la guardò dritto negli occhi. «E tu avevi promesso che ti saresti presa cura di nostra figlia quando sarei stato via, che l'avresti protetta.»

Amy si alzò di scatto dalla sedia. «C'eri anche tu. O l'hai dimenticato? Forse avresti potuto impedire tutto questo prima ancora che iniziasse, se quel dannato telefono non fosse stata la cosa più importante della tua vita.»

«Non farne una mia colpa, Amy!» ribatté lui.

«Allora nemmeno tu devi farne una mia colpa...» sibilò lei. «Stiamo perdendo di vista il problema. Dobbiamo concentrarci su Lucy. È da qualche parte, insieme a un assassino, Colin. Un assassino! Oddio!»

Amy si voltò e corse fuori dalla stanza. Josie e Colin si fissarono per un lungo momento. Poi Colin si lasciò cadere sulla sedia più vicina, si prese il viso tra le mani e cominciò a piangere.

VENTIDUE

Ho sentito di nuovo le loro voci. Ho provato a infilarmi sotto al letto, ma riuscivo ancora a sentirle. Allora, in punta di piedi, ho provato a spostarmi nell'angolo della stanza più lontano dalla porta, ma le sentivo ancora. E anche sul ripiano sotto alla finestra, le sentivo ancora.

«Non possiamo vivere in questo modo.» ha detto all'uomo.

«In quale modo?» ha chiesto lui con tono di scherno.

«In queste condizioni. I bambini hanno bisogno di stare all'aperto. Hanno bisogno di sole e di mangiare... e anch'io ne ho bisogno.»

«Per l'amor del cielo!» si è lamentato l'uomo. «Non fai altro che lagnarti di quello che non avete. Sono stufo.»

«Non chiedo molto. Le necessità di base.»

L'uomo è scoppiato a ridere, ma la sua risata non mi è piaciuta affatto. «Però respirate ancora, o sbaglio? Ve la cavate piuttosto bene.»

La sua voce si fece pacata e amara. «Tu hai fatto questo. L'hai voluto tu. Io non l'ho mai voluto, eppure siamo qui. Se sei stanco di come vanno le cose, lasciaci andare.»

La voce dell'uomo divenne simile a un ringhio. «Voi due

non andrete da nessuna parte. Mi hai capito? Piuttosto vi ammazzo! E nessuno troverà mai i vostri corpi. Ora levati dai piedi se non vuoi vedere di cosa sono capace.»

Pochi secondi dopo, l'ho vista entrare nella stanza e quando ha incrociato il mio sguardo, ha agitato freneticamente una mano in segno di richiamo. «Scendi da lì!» mi ha ammonito nel suo sussurro più severo.

Eravamo ancora una volta sul letto, a gambe incrociate, faccia a faccia. Quell'uomo non ci avrebbe portato né giocattoli né libri, mi ha detto, così abbiamo giocato con i suoi calzini: lei li ha piegati a formare delle figure e mi ha detto i loro nomi. Cavallo. Topo. Cane. La lettera A. Ma quel giorno non avevo voglia di giocare. Quando ha fatto la forma di un cuore, io ho buttato i calzini giù dal letto e li ho fatti cadere sul pavimento.

«Ehi!» mi ha fatto lei.

«Voglio andare a casa.» ho risposto.

Lei ha guardato la porta chiusa. «Presto.» ha detto «Molto presto.» Non le ho creduto.

VENTITRÉ

Josie non seguì subito Amy. Uscì invece in giardino, per prendere una boccata d'aria fresca, desiderando di avere un po' di Xanax anche per sé, o magari un bicchierino di Wild Turkey. Ma nel momento in cui le si formò in mente questo pensiero, lo stomaco le si strinse. Se la situazione si fosse protratta ancora a lungo, avrebbe dovuto consultare un medico. *O fare un salto al drugstore più vicino*, le disse una voce sottile in fondo alla testa. La ricacciò lontano, nei profondi recessi della sua coscienza. Non era ancora pronta ad andarci. Non finché Lucy era nelle mani di un pazzo e un esercito di forze dell'ordine impotente non riusciva a trovarla.

Josie tirò fuori il telefono e chiamò Noah, che aveva già appreso la maggior parte delle novità dagli agenti dell'FBI al comando mobile e dagli altri membri della squadra di Denton. Parlarono per diversi minuti, con Josie che faceva domande inutili solo per tenerlo al telefono. Il suono della sua voce era l'unica cosa che riusciva a cancellare il dolore in cui era annegata per tutto il giorno. «Torna alla tenda.» le disse.

«Non posso.» disse lei. «Qui hanno bisogno di me.»

«Okay, beh, chiamami più tardi. Oh, aspetta...» Josie lo sentì parlare con qualcuno in sottofondo. Poi tornò in linea. «Ho il filmato della WYEP di ieri.»

«Sarò lì tra cinque minuti.» disse Josie.

I volontari per le ricerche del giorno prima erano andati via, anche se molte persone si attardavano ancora nei pressi del parco giochi, bevendo caffè, chiacchierando e cercando di essere d'aiuto o di sentire qualche notizia, pensò Josie.

Individuò Luke e il suo segugio in mezzo a una manciata di persone che avevano portato i loro cani per collaborare alle operazioni di soccorso. Gli studenti universitari con i loro droni da ricerca erano ancora sul posto, per lo più se ne stavano ad armeggiare con le apparecchiature, mentre uno di loro usava un grosso controller portatile per far volare uno dei droni sopra il parco per quella che Josie immaginava dovesse essere la decima volta. Il caffè più popolare della zona, il Komorrah's Koffee, aveva allestito un piccolo tavolo all'ingresso per offrire caffè e pasticcini gratuiti alle forze dell'ordine e ai volontari delle squadre di ricerca. Uno dei ristoranti locali aveva allestito un altro tavolo nelle vicinanze e offriva pasti caldi e bevande varie. Una troupe della WYEP era seduta sulle panchine vicine, tutti gli operatori con la testa china sui loro telefoni, tranne il cameraman, che scrutava ripetutamente l'area con occhi attenti e la telecamera pronta sulla spalla.

All'interno della tenda, Josie trovò Noah seduto a uno dei tavolini pieghevoli, che scriveva su un computer che teneva di fronte a sé. «Dovresti chiedere a quei ragazzi dell'università le riprese che hanno fatto con i droni.» disse sedendosi accanto a lui.

Lui si girò e le sorrise. «L'abbiamo già fatto, ma non abbiamo trovato niente. Li stavano facendo volare sul resto della città mentre la giostra era incustodita.»

«Non riesco a credere che questo tizio si sia intrufolato nella giostra mentre c'erano tutte queste persone.» commentò Josie.

«Ha un che di geniale, però.» ammise Noah selezionando il

filmato che aveva ricevuto dalla WYEP. «Si confonde con la folla. Nessuno guarda la giostra.»

Quando Noah fece partire il video, il cuore di Josie sprofondò. «Ieri c'erano almeno un migliaio di persone qui e tutte avevano uno zaino.»

La telecamera si era concentrata sull'ingresso del parco, dove sullo sfondo si vedeva la tenda. La reporter si era fatta riprendere in un punto mentre la gente si aggirava dietro di lei. Poi la ripresa si era spostata sulla fila di volontari riunitisi al parco, con una panoramica sulla folla. Per alcuni secondi aveva messo a fuoco la giostra, ma non si vedeva nessuno all'interno del perimetro. La giornalista era stata ripresa in un altro punto con la giostra alle sue spalle, ma anche in questo caso non era apparso nessuno di sospetto.

Poi il filmato tagliava su vari luoghi della città in cui i volontari avevano cercato Lucy.

«Avrebbe potuto facilmente entrare nella colonna della giostra una volta avviate le ricerche.» sentenziò Noah. «La WYEP non è stata lì a registrare per tutto il giorno.»

Josie si avvicinò allo schermo e riportò la registrazione all'inizio, in modo che potessero guardarla di nuovo. «Ma deve essere qui.» disse. «Deve essere stato in mezzo alla folla.»

«Giusto, ma come facciamo a capire che aspetto ha? Non credo che il nostro uomo indossasse una maglietta con su scritto "Rapitore". Voglio dire, tutte queste persone hanno lo stesso aspetto, non minaccioso. Tranne questo tizio...» Noah indicò lo schermo. «Non ha l'aria minacciosa ma è come se stonasse.»

«Oh, il tipo con il completo di tweed? L'ho notato anch'io. Pensavo che fosse un professore.»

«Non dovremmo scoprire chi è?» chiese Noah.

«Male non può fare.» disse Josie. «Ma non credo che il rapitore si farebbe notare così tanto. Ora devo tornare da Amy. Mi invii queste riprese sul cellulare?»

«Certo.» disse Noah.

«Fammi sapere se ci sono sviluppi.»

I suoi occhi scrutarono la scarna calca di persone mentre ognuno si dirigeva dalla tenda alla propria auto, ma nessuno spiccava. Luke le fece un cenno di saluto e lei ricambiò bruscamente, correndo verso la macchina prima che lui potesse avvicinarsi. Quando avviò il motore, la nausea si impadronì di nuovo del suo stomaco.

VENTIQUATTRO

Josie trovò Amy al secondo piano, in una stanza che, le apparve chiaro fin da subito, era la cameretta di Lucy. Le pareti erano decorate con una vernice rosa pastello; unicorni rosa danzavano lungo il bordo vicino al soffitto. Amy era seduta in mezzo a una pila di animali di peluche, sopra un letto a due piazze incastonato in una testiera bianca con sopra un baldacchino rosa. Il tappeto a pelo lungo era di colore rosa scuro. Tutti i mobili erano bianchi: il cassettone, la cassetta dei giocattoli, una piccola scrivania e una sedia. In un angolo c'era un grande cavalletto con un contenitore a tre cassetti dai quali fuoriuscivano pastelli, pennarelli, cartoncini colorati e altri articoli da disegno. Sul cavalletto c'era un grande disegno a pastello di una bambina con i capelli biondi in piedi accanto a una figura più grande in camicia e pantaloncini marrone chiaro con un retino in mano. Sopra le loro teste fluttuavano una dozzina di farfalle.

In effetti, in tutta la stanza c'erano i segni della fissazione di Lucy per le farfalle. Vicino alla porta erano stati abbandonati un retino e un barattolo. Su una poltrona a sacco era stesa una coperta con delle farfalle. Lucy aveva applicato degli adesivi a forma di farfalla sul ripiano del suo cassettone. Su una parete era appeso un grande poster con diverse farfalle e i nomi delle rispettive classificazioni sotto ciascuna di esse. In un angolo erano state riposte quelle che sembravano un paio di ali da farfalla che Lucy doveva indossare sulla schiena. Accanto alla scrivania c'era un grande contenitore circolare in rete pieno di piccole piante. A un esame più attento, Josie credette di vedere dei veri e propri bozzoli appesi a un piccolo cerchio di plastica.

La voce di Amy le giunse in un flebile sussurro. «È un giardino di farfalle. Occorre spedire una richiesta per i bruchi.»

Josie sbirciò all'interno contando sei bozzoli che penzolavano dal pezzo di plastica bianco e rotondo. «Ci sono davvero dei bruchi lì dentro?»

«Sì. Dovrebbero trasformarsi in farfalle tra qualche giorno. È la terza volta che lo facciamo.»

«Non avevo nemmeno idea che fosse possibile farlo.» disse Josie, stupita.

Amy fece una piccola risata. «Colin pensa che sia disgustoso, ma Lucy lo adora. Vengono forniti in un piccolo bicchiere di plastica. Basta lasciarli lì dentro e in circa una settimana si attaccano al coperchio e formano i loro bozzoli. Poi si toglie il coperchio, lo si mette nella rete con il tronchetto e si aspetta che emergano. Sono così belle quando escono. E poi le liberiamo in giardino.»

«Accidenti...» disse Josie. «È davvero ossessionata dalle farfalle».

«Ossessionata è un eufemismo. Voleva che le cambiassimo il nome in Chrysalis.»

Josie scoppiò a ridere, ma la risata le morì subito in gola, perché ogni pensiero su Lucy portava automaticamente alle domande che si rincorrevano in sequenza nel suo cervello: dov'era? Era ancora viva?

«È stato dopo aver visitato la stanza delle farfalle all'Accademia di Scienze Naturali, durante un fine settimana che abbiamo trascorso a Philadelphia. È incantevole. La tengono a ventinove gradi. Ci si può camminare dentro. Ci sono farfalle dappertutto. Lucy indossava una maglietta rosso acceso e loro continuavano a posarsi su di lei. Diceva...». Si interruppe, il labbro inferiore le tremava. Poi fece un respiro profondo e continuò: «Diceva che era stato il giorno più bello della sua vita. Le piacciono anche le coccinelle. Conosce ogni genere di stranezze al riguardo. Sa che vanno in letargo durante l'inverno e che cercano le pareti esposte a ovest delle case di colore chiaro per scavare nei rivestimenti. Mi diceva sempre che se si fosse persa, sarebbe tornata da me come una coccinella. Sarebbe andata a ovest e avrebbe cercato la nostra casa. Per questo era contenta che fosse di un colore chiaro. Sarebbe volata a casa da me. Vorrei che lo facesse.»

Josie si avvicinò e si sedette accanto a lei sul letto. «Mi dispiace per quanto accaduto poco fa di sotto.» si scusò Amy.

«Non è il caso.» disse Josie. «Sa che l'omicidio di Jaclyn non è colpa sua, vero?»

La voce di Amy si ridusse a uno squittio. «Ah no? Mio marito ha ragione, sa. Non avevo bisogno di chiamare una tata. Dovrei essere in grado di farcela da sola. Se non fosse stato per me...»

«Se non fosse stato per lei, Jaclyn avrebbe lavorato molto di più, avrebbe fatto un lavoro che amava molto meno e praticamente non pagato. L'unica persona che l'ha messa in pericolo è quella che l'ha uccisa. Non c'è nessun altro da incolpare. Nessuno.»

«Mi piacerebbe crederlo.»

«Quando lei e Colin stavate... discutendo, ha detto che le aveva promesso di non essere crudele. È stato crudele con lei in passato?»

Amy agitò una mano. «Oh no. Non lui. Non l'avrei mai accettato. Mi correva dietro, sa. Era così insistente. Io non volevo un uomo, per niente. Mi ha sfinita nel miglior modo possibile. Ma prima di accettare di sposarlo, gli feci promettere che non mi avrebbe mai trattata in modo crudele. L'uomo con cui sono stata prima di lui, molto, molto tempo fa, era davvero crudele. Non volevo mai più trovarmi in una situazione simile.»

«Quell'uomo...» iniziò Josie.

«È morto.» la interruppe Amy. «È morto anni fa, o almeno così ho sentito dire. Comunque non era una cosa seria. Roba da ragazzini. Come ho detto, molto, molto tempo fa. Non la si può neanche definire una relazione. È solo che quella era stata la mia unica esperienza ed era stata negativa, quindi non stavo cercando un uomo. Tutto qui.»

«È stata lei a rompere?»

«Sì. Non cercò di perseguitarmi, se è questo che intende dire. In definitiva, non gli importava abbastanza per darmi la caccia. Storia passata.»

«Amy, devo chiederglielo. C'è qualcuno che farebbe una cosa del genere? Prendere Lucy, uccidere Jaclyn?»

«Sarebbe davvero facile, non è vero?» disse Amy. «Ci porterebbe dritti da lui. Ma no, non mi viene in mente nessuno.»

Josie misurò attentamente le parole che stava per dire. «Tutti abbiamo dei segreti, Amy. Io ne ho di enormi. Mi cerchi su Google. Vedrà. Non c'è da vergognarsi ad avere un passato.»

«Io non ho un passato...» insistette Amy. «Ho a malapena un presente.»

«È una questione personale.» disse Josie. «Chiunque sia questo tizio, sta prendendo di mira lei e Colin per motivi personali. Colin sembra l'obiettivo più ovvio: ha già ricevuto minacce di morte per il suo lavoro con la Quarmark. Le viene in mente una persona che potrebbe volerlo prendere di mira? Magari qualcuno che non vorrebbe nominare davanti a Colin?»

Amy aggrottò le sopracciglia. «Come sarebbe a dire? Pensa... pensa che lui abbia avuto una relazione?»

«Non so cosa pensare.» disse Josie. «Ma faccio questo lavoro da abbastanza tempo per sapere che le persone mantengono ogni tipo di segreto.»

«Non Colin.» ribadì Amy. «È un uomo d'onore... nonostante quello che ha visto al piano di sotto. Non ha niente da nascondere.»

«E lei?» chiese Josie con cautela.

Amy si indicò il petto. «Io? Pensa che abbia qualcosa da nascondere?»

«Capisce che devo chiederglielo. Se c'è qualcosa che non ci ha detto, qualcosa che forse non voleva dire di fronte a suo marito, dovrebbe dirmelo adesso. Se ha anche solo il minimo sospetto che una persona che conosce possa aver preso di mira Lucy per arrivare a lei, è importante che me lo dica subito. Prima che la cosa vada oltre.»

«Vorrei sapere in che direzione mandarla. Crede che le terrei nascosto un segreto se questo significasse salvare la vita di mia figlia? Non conosco nessuno che vorrebbe fare una cosa del genere a Lucy o a me.»

Josie non insistette. Rimasero in silenzio per un momento. Poi Amy chiese: «Pensa che sia ancora viva?»

«Non lo so.» rispose Josie onestamente.

«Vorrei solo che ci dicesse cosa vuole. I soldi li abbiamo. Potrebbe finire tutto in un attimo.»

Il rapimento di Lucy per denaro era l'ipotesi più logica, ma Josie non pensava che si trattasse di soldi. Se la questione fosse stata così semplice, il rapitore non avrebbe assassinato Jaclyn per poter chiamare i genitori di Lucy, solo per provocarli. Non avrebbe perso tempo o risorse: avrebbe chiesto subito un riscatto. Non si trattava solo di denaro, Josie ne era certa, ma non lo disse ad Amy. Non sarebbe servito a niente. Aveva già detto a Josie che non le veniva in mente nessuno che potesse prenderla di mira. O stava mentendo - e se era ancora disposta a mentire dopo l'omicidio di Jaclyn, Josie non riusciva a immaginare che avrebbe mai confessato - oppure il rapitore stava prendendo di mira i coniugi Ross per qualche altro motivo, che né Colin né Amy conoscevano.

Ancora una volta, Josie pensò alle minacce di morte che Colin aveva ricevuto al lavoro a causa del farmaco contro il cancro. Quante persone erano morte perché non avevano potuto permettersi il farmaco miracoloso della Quarmark? Sicuramente almeno settantaquattro, settantaquattro i cui parenti ritenevano Colin responsabile delle sofferenze, o addirittura della morte, dei loro cari. Forse uno di loro pensava che il modo migliore per vendicarsi di Colin fosse quello di portargli via la persona che amava di più e poi far soffrire la persona più importante della sua vita tormentandola. Nella situazione attuale, Colin era quasi uno spettatore, costretto ad assistere, impotente, mentre la vita di sua figlia era in bilico e sua moglie diventava sempre più isterica e instabile. Era forse, come Josie e Oaks avevano già ipotizzato, una sorta di simulazione del modo in cui i membri di una famiglia dovevano stare a guardare i loro cari combattere contro il cancro, pur sapendo dell'esistenza di un farmaco in grado di fermare la malattia, o almeno di rallentarla, ma senza potervi avere accesso? Se così fosse stato, non ci sarebbe stata alcuna richiesta di riscatto e la partita sarebbe terminata con la morte di Lucy.

Josie si sentì scuotere da un brivido.

Vide che Amy aveva preso un unicorno di peluche. Lo stava abbracciando. «Hanno tutti il suo odore.» disse a Josie.

Josie guardò la fila di peluche colorati disposti ordinatamente lungo la parete alle loro spalle. Allungò la mano e toccò un orsacchiotto con un papillon rosso al collo. Quanto le sarebbe piaciuto avere una stanza come quella quando era bambina. Si augurava che potessero riportare Lucy in quella stanza, in modo che potesse dormire di nuovo nel suo bellissimo letto da principessa.

«Oh, attenta!» la avvertì Amy.

Josie allontanò la mano. «Mi dispiace. Forse dovrei andare.»

«Oh no...» disse Amy. «Non intendevo... Quell'orso è uno di quei peluche su cui si possono registrare i messaggi. Prima di partire per un viaggio Colin ci lascia un messaggio per Lucy, ma è molto sensibile. Una volta, mentre era in viaggio, stavo pulendo e ho spostato quell'orso e, non so come, ho cancellato il suo messaggio. Lucy pianse per ore.»

«Oh...» disse Josie. «È un bel pensiero. A quanto pare, viaggia molto.»

Amy annuì. «Volendo essere precisi, passa più tempo fuori che in casa.» Con delicatezza, prese in mano l'orsacchiotto. «Ancora oggi Lucy bacia la terra su cui suo padre cammina, anche se lo vede a malapena. Questo orso è il suo legame speciale con lui.» Abbassò la voce come quella di un uomo per fare un'imitazione del marito. «"Ti voglio bene, piccola Lucy. Sogni d'oro." Di solito è questo che le dice.»

Josie non poté fare a meno di pensare al biglietto che il rapitore aveva lasciato nello zainetto a farfalla di Lucy. *La piccola Lucy non può giocare.* Era solo una coincidenza?

«A volte, se Colin sa che lei ha un compito in classe o se le ha promesso qualcosa al suo ritorno, glielo ricorda. Credo che anche per quest'ultimo viaggio sia stato il suo classico messaggio d'amore.» Amy tastò le zampe dell'orso finché non trovò quello che stava cercando. «Ecco...» disse. «C'è un bottoncino all'interno.»

Strinse la zampa dell'orso, ma non fu la voce di Colin a riempire la stanza.

La voce del rapitore trasformò le viscere di Josie in ghiaccio. Il suo tono era freddo, le sue parole grondavano disprezzo e diventavano sempre più forti a ogni parola, fino a quando non gridò. «Ciao, Amy. Come ci si sente? Come ci si *sente*? Come ci si *sente*?»

VENTICINQUE

Amy emise un urlo straziante. Josie saltò in piedi dal letto ma prima che potesse fermarla, Amy aveva lanciato l'orso lontano da sé.

«Non tocchi niente.» disse Josie, ma le sue parole furono inghiottite dalle urla di Amy. In pochi secondi, i due agenti dell'FBI di guardia nella sala da pranzo al piano di sotto entrarono nella cameretta di Lucy. Josie li fermò con il suo corpo. «Fermatevi!» disse. «Non toccate nulla. Tornate nel corridoio. Dobbiamo far analizzare questa stanza.»

Amy si accasciò sul pavimento a pochi centimetri da dove era atterrato l'orso, continuando a urlare. Uno degli agenti guardò sopra le spalle di Josie e poi di nuovo verso Josie, con gli occhi spalancati dello sgomento e della confusione. «Che diavolo è successo?» chiese. «Si è fatta male?»

«No.» disse Josie. «Tornate al piano di sotto e basta. Per favore.»

Entrambi gli agenti alzarono le mani in aria e uscirono dalla stanza. Con l'adrenalina che le scorreva nelle vene, Josie si avvicinò ad Amy, si accovacciò, se la caricò in spalla e la trascinò fuori dalla stanza. Girandosi alla sua sinistra aprì con un calcio la porta più vicina, che per fortuna introduceva alla camera da letto di Amy e Colin. Depositò delicatamente Amy sul letto. Le urla della donna si erano ridotte a gemiti. Il suo sguardo era fisso davanti a sé, spalancato dal terrore, ma senza vedere niente. Josie passò diversi minuti a cercare di calmarla e confortarla, per riportarla indietro dalla soglia della pazzia, ma questa volta non funzionò. Fu solo quando Colin apparve sulla porta, con un'espressione sconvolta, e chiamò Amy che lei finalmente si riprese.

«È stato qui.» gli disse Amy. «È stato qui in casa nostra.»

«Di cosa stai parlando?»

Amy guardò Josie. «Glielo mostri.»

L'ultima cosa che Josie voleva fare era sentire di nuovo la terribile voce del rapitore che derideva Amy, ma si tirò su e andò in corridoio. I due agenti dell'FBI attendevano come sentinelle ai lati della porta della camera di Lucy. Josie li superò per entrare nella stanza. Prese un paio di guanti di lattice dalla tasca - ne portava sempre con sé sul lavoro - e li indossò. Premette la zampa dell'orso proprio come aveva fatto Amy, e di nuovo riprodusse il terribile messaggio.

Colin rimase in piedi sulla porta con i due agenti con l'aria di chi sta per vomitare. Josie si sentiva nello stesso modo.

Uno degli uomini disse: «Chiamo l'agente Oaks. Faccio venire qui la nostra squadra per esaminare la scena.»

Josie scosse la testa. «Sono già impegnati sulla scena dell'omicidio. Chiamo la mia squadra. Possono essere qui in cinque minuti. Informeremo Oaks non appena sarà libero.»

Sembrava che fosse passata un'eternità quando la stanza di Lucy fu esaminata e Oaks tornò dalle indagini sull'omicidio di Jaclyn Underwood. Fuori si era fatto buio, anche se nessuno di loro se ne sarebbe mai accorto grazie al numero di veicoli della stampa che si trovavano all'esterno con le telecamere e i riflettori pronti per il notiziario della sera. A un certo punto, quel giorno, il caso era diventato di dominio nazionale, anche se l'addetto stampa di Oaks non aveva detto molto ai giornalisti, se non che stavano trattando la scomparsa di Lucy come un rapimento. Con riluttanza, Josie chiamò Trinity.

«Hai qualcosa per me?» chiese Trinity. «Verrò lì e coprirò io stessa questa storia.»

«No, scusami.» disse Josie. «Non ho niente e non provare a farmi di nuovo quella cosa della gemella sensitiva.»

Trinity rise. «Non ho bisogno di avere un legame mentale tra gemelle per sapere che vuoi qualcosa. Di che si tratta?»

«Amy Ross potrebbe aver avuto un fidanzato violento prima di incontrare Colin.»

Calò il silenzio, poi un fruscio di fogli e Josie capì che Trinity stava sfogliando i suoi appunti. «La coinquilina con cui ho parlato non ne ha fatto cenno... né, l'ha mai vista con un uomo.»

Josie pensò a come Amy aveva descritto la relazione come "roba da ragazzi". Così disse a Trinity: «Allora, forse, devi andare più indietro.»

«Bene...» rispose Trinity. «Sembra che dovrò fare un viaggio a Fulton, New York, prima di venire a Denton.»

Oaks aveva già inviato degli agenti a Fulton per indagare sul passato di Amy, ma Josie sapeva che spesso Trinity lavorava più velocemente della polizia. Inoltre, la sua celebrità spesso induceva le persone a raccontarle cose che avrebbero condiviso con riluttanza con le forze dell'ordine. Trinity non era nemmeno vincolata da preoccupazioni sull'ammissibilità delle prove o sulla necessità di mandati. Se si fosse infilata in un labirinto, avrebbe potuto immergervisi senza riserve. Se c'era un'informazione del passato di Amy che una persona voleva tenere nascosta alla polizia, Trinity aveva buone probabilità di riuscire a scoprirla. «Tienimi informata.» le disse Josie.

La notte passò e Josie ebbe la sensazione che il tempo stesso si fosse fermato. Erano passate solo poche ore da quando si era svegliata con Noah nel suo letto, ma le sembrava di essere stata con Amy per settimane e che fossero secoli che non vedeva nessuno della sua squadra. Si sentì quindi sollevata quando vide Mettner che seguiva Oaks nella sala da pranzo dei Ross. Lo aveva informato per telefono mentre Hummel e la Squadra di Raccolta delle Prove di Denton lavoravano nella stanza di Lucy, alla ricerca di qualsiasi traccia lasciata dal rapitore.

Oaks aveva un'aria esausta e affranta mentre le faceva ripetere la storia. «Ha chiesto a Mrs. Ross se l'orso era scomparso nelle ultime settimane?»

«Sì, l'ho fatto.» rispose Josie. «Dopo che si è calmata. Ha detto che è sempre stato lì.»

«Mr. Ross è tornato a casa dal suo ultimo viaggio il giorno prima della scomparsa di Lucy.» disse Oaks.

«Esatto.» concordò Josie. «Amy ha detto che Lucy ha ascoltato il messaggio di Colin la sera prima che tornasse a casa. Era la sua voce, il suo messaggio.»

«Quindi il rapitore deve aver sostituito il messaggio tra quel momento e oggi.»

«Amy ha detto che nessuno, a parte la famiglia e la tata, è entrato in casa per mesi. Nessun amico, nessun tecnico per le riparazioni. Nessuno che potesse sostituire il messaggio. In base a tutto ciò che Amy mi ha raccontato sulle loro abitudini e sulle abitudini di Colin quando è in viaggio, credo che il rapitore sia entrato mentre la famiglia Ross era al parco, prima di rapire Lucy, o durante le indagini preliminari, prima che l'FBI si installasse all'interno della casa.»

«Come può essere entrato? Non ci sono segni di effrazione, non ci sono segni di danneggiamento.»

«Credo che abbia una copia delle chiavi.» disse Josie.

Oaks inarcò un sopracciglio. «È un'ipotesi azzardata, detective Quinn.»

«Davvero? Chi sapeva dell'orso? Ci pensi. Quell'orso era un regalo speciale che Colin aveva fatto a Lucy. Le uniche persone che sapevano che conteneva un dispositivo di registrazione e come usarlo erano Colin, Amy, Lucy e la tata.»

«Quindi torniamo alla tata.»

«Qualcuno potrebbe averla avvicinata. Potrebbe essere rimasto da lei, averle chiesto tutto sulla famiglia per cui lavorava: le loro abitudini, i loro comportamenti. Potrebbe essersi procurato una copia delle chiavi di casa. Amy mi ha detto che Jaclyn aveva una chiave sua. Sarebbe stato semplice farne una copia mentre Jaclyn era a lezione.»

Oaks incrociò le braccia sul petto. «Abbiamo rilevato alcune impronte dal computer nella stanza degli ospiti, ma nel sistema AFIS non emergono corrispondenze. Stiamo cercando di ottenere il DNA dai capelli trovati sul cuscino, ma se le impronte non hanno portato a nessuno, dubito che un profilo del DNA sia sufficiente. Rischiamo di non riuscire a trovare questa donna misteriosa a meno che uno dei vicini o uno degli amici della tata non ne sappia qualcosa, per quanto sembri che nessuno degli amici ricordi che Jaclyn Underwood abbia avuto un'ospite nell'ultimo anno. Ma continueremo a indagare su questa pista.»

Josie gli parlò dei messaggi di Colin che di solito iniziavano con le parole "Piccola Lucy", le stesse del biglietto del rapitore. «Non so se significhi qualcosa.» concluse Josie. «Ma vale la pena ricordarlo.»

«Ottima osservazione.» disse Oaks. «A proposito, la mia squadra ha finito di interrogare le altre persone che hanno minacciato Colin alla Quarmark. Hanno tutti un alibi per quando è scomparsa Lucy.»

«Ma in giro potrebbero esserci altre persone che non lo hanno minacciato di morte ma che sono ugualmente arrabbiate per il prezzo del nuovo farmaco antitumorale della Quarmark.» ribadì Josie.

«Sì...» concordò Oaks. «È vero. È questo che fa paura. Non

abbiamo davvero idea della persona con cui abbiamo a che fare.»

«Non importa.» disse Josie. «Lo troveremo. La mia squadra ha controllato il resto della casa per vedere se c'erano altri messaggi che il rapitore poteva aver lasciato ai genitori, ma non hanno trovato niente.»

«Dove sono i signori Ross?»

«Al piano di sopra a riposare.»

«Mi sembra una buona idea. Vada a casa, Quinn. Si prenda qualche ora. Porti con sé anche Fraley. Abbiamo avuto tutti quanti una lunga giornata. Torni domattina, insieme a qualcuno della sua squadra. Continueremo a lavorare sotto ogni punto di vista finché non si sbloccherà qualcosa.»

Josie non discusse. Andò a prendere Noah alla stazione di comando mobile sulla strada di casa, sollevata come non mai di vedere il suo volto e sentire la sua voce. Quando salirono le scale per andare nella stanza di Josie, Misty e Harris stavano già dormendo nella stanza degli ospiti.

«Hai mangiato qualcosa stasera?» le chiese Noah mentre lei si infilava sotto le coperte: si preoccupava sempre che mangiasse, si idratasse e bevesse caffè.

«Sì.» mentì lei, senza preoccuparsi di dirgli che il suo stomaco era troppo scombussolato per mangiare dopo gli eventi della serata. «Vieni a letto. È tutto il giorno che mi manchi.»

VENTISEI

Josie sognò Lucy. Correva dietro a lei nel parco e nella casa dei Ross, che si snodava in corridoi tortuosi e infiniti. Ogni volta che si avvicinava alla bambina e allungava la mano per afferrarle il braccio, Lucy scompariva nel nulla. Si svegliò trafelata e coperta di sudore e si diresse immediatamente verso la doccia. Quando Josie e Noah furono pronti per la giornata, lasciò Noah al centro di comando mobile. Invece di andare a casa dei Ross, tornò indietro e si fermò nel parcheggio della Denton West Elementary. Era un edificio di mattoni a un solo piano, circondato da un paesaggio immacolato e da cespugli e alberi perfettamente potati. Josie trovò un posto auto nell'area visitatori. Mancava ancora un'ora prima che i bambini iniziassero ad arrivare per le lezioni. Si diresse verso l'ingresso principale. Accanto alle doppie porte c'era un campanello, di fianco al quale era affisso un cartello plastificato che annunciava che tutti i visitatori dovevano presentarsi direttamente in ufficio. Josie schiacciò il bottone e poi guardò la telecamera sopra le due porte. Tirò fuori il distintivo della polizia e lo tenne in alto. Pochi secondi dopo si udì lo scatto che sbloccava le serrature delle porte.

All'interno dell'edificio, altri cartelli plastificati la indirizzarono lungo il corridoio a destra, oltrepassando diverse aule e l'ingresso dell'auditorium, fino a raggiungere l'ufficio. Anche le sue scuole elementari e superiori, nella parte est di Denton, erano fatte così, con l'ufficio lontano dall'ingresso. Si era sempre chiesta perché le scuole non mettessero gli uffici più vicini alle porte di accesso. All'interno dell'ufficio, una segretaria civettuola sedeva con le cuffie in testa dietro una scrivania. Josie spiegò il motivo per cui si trovava lì, mostrò ancora una volta il suo documento d'identità e attese che la donna facesse una telefonata, prima di avere le indicazioni per raggiungere la classe di Lucy.

Dopo aver attraversato qualche altro corridoio, Josie trovò l'insegnante di Lucy, Violet Young, in piedi fuori dall'aula, che la stava aspettando. Stimò che probabilmente doveva avere tra i venticinque e i trent'anni, era formosa, con lunghi capelli ramati e indossava un maglione bordeaux piuttosto attillato e pantaloni neri elasticizzati che sparivano dentro un paio di stivali marroni alti fino al ginocchio. Al collo le pendeva una collana fatta di maccheroni secchi. Quando Josie imboccò il corridoio, le fece un ampio sorriso.

Dopo essersi presentate, Violet invitò Josie a entrare nell'aula, che era piena di piccoli banchi e sedie disposti tra una grande cattedra e un tappeto dai colori vivaci con l'alfabeto. Una parete era quasi interamente occupata da una lavagna bianca. Sulle altre pareti svolazzavano poster e disegni degli alunni. Violet si avvicinò alla cattedra e vi si appollaiò sopra. «Ci sono novità?» chiese.

«Temo di no.» rispose Josie.

Violet abbassò lo sguardo, ma non prima che Josie vedesse i suoi occhi inumidirsi. «Non posso crederci. Siamo tutti sconvolti. La nostra dolce Lucy. Non riesco nemmeno a immaginare...»

Josie la interruppe prima che si mettesse a piangere. «Stiamo facendo tutto il possibile per trovare Lucy. Stiamo lavorando giorno e notte per riportarla a casa.»

Violet tornò a guardare Josie. «Ieri sono venuti degli agenti dell'FBI e hanno interrogato la maggior parte degli insegnanti, dei segretari e del personale di vigilanza.»

«Sì...» disse Josie. «Lo so. Stanno facendo un lavoro straordinario. Non sono qui per discutere degli interrogatori che hanno condotto. Sono stata incaricata di seguire Mrs. Ross.»

Violet portò una mano alla sua collana di maccheroni, facendo scorrere le dita sulla pasta secca. «Come sta?»

«Bene come ci si può aspettare date le circostanze.» disse Josie. «Lei ha figli?»

Violet sorrise. «No. I miei studenti sono i miei figli. Almeno per ora. Io e mio marito abbiamo un piano quinquennale: sposarci, comprare una casa, assestare le nostre carriere e poi avere dei figli. Altri tre anni e potremo iniziare a provarci!»

Lo disse con una nota di disperazione, come se avesse fatto le prove per fornire questa risposta di circostanza e l'avesse data così tante volte da sperare che nessuno se ne accorgesse. Josie capì subito che il piano quinquennale era un'idea del marito, non di Violet.

«Beh...» le concesse Josie, «avrà sistemato tutti i suoi impegni per quando si formerà una famiglia. E a proposito di famiglia, negli ultimi due giorni ho trascorso molto tempo con i genitori di Lucy e ho pensato che, se avessi saputo qualcosa di più sulla bambina, mi avrebbe aiutato a stabilire un rapporto migliore con loro. Volevo solo vedere l'ambiente in cui trascorre le giornate, chiederle come se la cava a scuola, cose del genere.»

«Oh, sì, certo.»

Violet si destreggiò nel dedalo di piccoli banchi finché non ne raggiunse uno al centro della stanza e appoggiò una mano sul ripiano. Josie si avvicinò per mettersi accanto a lei. «Questo è il banco di Lucy.» disse. Tutti i banchi si reggevano su quattro gambe di metallo, con uno spazio vuoto aperto sotto la superficie in finto legno, in cui gli studenti potevano infilare i libri e le altre cose. Su ogni banco c'era una striscia di carta plastificata colorata.

In alto c'erano i numeri da zero a dieci, poi il nome completo del bambino scritto con cura a pennarello e, sotto, l'alfabeto in maiuscolo e minuscolo. Josie indicò il piccolo scomparto sotto la superficie. «Le dispiace?»

«No, faccia pure.» disse Violet.

Josie si accovacciò e sbirciò all'interno del piccolo vano. C'erano un astuccio per le matite, della colla, una pila di quaderni e cartelle, e alcune farfalle giocattolo di plastica, accanto alle quali c'era un piccolo oggetto cilindrico che sembrava fatto di cartoncino verde.

«È un bozzolo.» spiegò Violet. «Anzi, Lucy direbbe una crisalide. Immagino che le abbiano detto della sua ossessione per le farfalle.»

Josie non poté fare a meno di ridere di gusto pensando alla scorta segreta nella scrivania in camera di Lucy. «Sì, lo so bene. Mi dica, che tipo di alunna è Lucy?»

Violet incrociò le mani in vita. «Oh, è molto brillante e molto dolce. Si distrae facilmente, però; è facile che si... perda nei suoi pensieri.» A questo punto rise e fece un gesto verso il finto habitat per farfalle che Lucy aveva costruito all'interno del suo banco. «A volte è una battaglia farle seguire le lezioni. D'altra parte, ha solo sette anni.»

Josie si alzò e si avvicinò a una delle pareti dove erano appese le opere d'arte degli studenti. «Come si comporta con i compagni di classe? Fa amicizia facilmente?»

«Oh, sì. È molto socievole. Gli altri bambini la adorano. Anche se a volte penso...» Violet si interruppe, con una smorfia sul volto.

«A volte pensa... cosa?» la incalzò Josie.

«Non è il caso di parlarne. Non è rilevante.»

«Non uscirà da questa stanza.» le promise Josie. «Sono molto interessata alle sue osservazioni.»

Violet distolse di nuovo lo sguardo e mentre si spiegava, prese ad agitare le mani in aria. «A volte penso che... poiché Mr. Ross è sempre in viaggio e Mrs. Ross sembra così... distratta... Lucy senta, in modo inconscio, di dover fare qualcosa per rendere felici gli altri, per ottenere attenzione e amore. È quasi come se a un certo livello si sentisse invisibile, tranne quando fa qualcosa di carino per qualcuno o fa quello che qualche altro bambino le dice di fare. Come se non credesse che la gente possa apprezzarla per quello che è.»

C'era molto da approfondire e Josie cominciò dall'inizio. «Crede che Mrs. Ross sia distratta?»

«Le volte che l'ho incontrata, sì. Mi dà l'impressione che abbia sempre la mente altrove. Non dubito che ami Lucy, non sto dicendo questo...»

«Lo so.» disse Josie.

«È solo che, a volte, per esempio agli eventi scolastici o durante le gite, Lucy le dice qualcosa ma Mrs. Ross fissa il vuoto. A un certo punto, Lucy si rende conto che sua madre non ha sentito una parola di quello che ha detto e allora si chiude nel silenzio. Naturalmente, non sempre. Per la maggior parte del tempo, Mrs. Ross sembra davvero partecipe, ma dal modo in cui Lucy sospira e alza gli occhi quando non le presta attenzione si capisce che non si tratta di un comportamento sporadico.»

La tristezza si abbatté sulle corde del cuore di Josie. D'altronde sono molti i genitori che prestano poca attenzione ai loro figli, ma questo non significava che Amy fosse capace di inscenare il rapimento della propria figlia. «Ho parlato con alcune delle altre madri che hanno detto che Mrs. Ross è un po'... iper-protettiva.»

Violet rise. «Sì, è un termine calzante. Ma c'è una differenza tra essere fisicamente presenti e mentalmente presenti. Direi che Mrs. Ross è più presente fisicamente di qualsiasi altro genitore che abbia mai conosciuto, quasi a scapito delle amicizie di Lucy con gli altri bambini, ma come ho detto, si può dire che per la maggior parte del tempo la sua mente è altrove.»

Josie sollevò un altro punto che Violet aveva toccato. «Lei ha detto che Lucy è gentile... può farmi qualche esempio che ha osservato qui a scuola?»

Violet ci pensò un attimo. «Beh, c'è un'altra bambina in classe che si prende la briga di dare attenzione a Lucy solo se lei le dà ogni giorno i biscotti del suo pranzo. Lucy lo fa, anche se a volte si capisce che vorrebbe davvero quei biscotti per sé. Ma poi a ricreazione la bambina la prende in giro o la ignora. Ho parlato più volte con Lucy, e naturalmente con l'altra bambina, di questa dinamica e di come essere una buona amica, ma Lucy continua a cedere il più delle volte.»

«Lucy sembra una bambina di buon cuore.» disse Josie.

«Oh, sì...» rispose Violet. «Senza dubbio.»

Josie indicò i disegni sulla parete. «Quali di questi sono suoi?»

Violet fece un paio di passi lungo la parete con Josie, indicando ogni serie di disegni. «Il compito consisteva nel disegnare un luogo in cui erano andati in vacanza. Questo è quello di Lucy: la spiaggia. Lei adora la spiaggia. Questi sono tratti da un compito in cui dovevano disegnare un autoritratto e poi, sotto il loro volto, dovevano disegnare tre cose che a loro piacevano o che amavano.» I tre oggetti di Lucy, senza sorpresa, erano una farfalla, un libro e due figure che si tenevano per mano, una con i capelli corti e una con i capelli lunghi. «Quelli sono i suoi genitori.» spiegò Violet.

Ancora una volta, Josie sentì un profondo dolore nel petto per Lucy. Tutti gli altri bambini avevano disegnato i loro giocattoli preferiti o un oggetto del loro sport preferito, un animale mitologico o un personaggio dei cartoni animati. Chiaramente, il mondo di Lucy era più ristretto di quello dei suoi compagni di classe. Le affermazioni delle altre madri sul fatto che Lucy fosse isolata erano fondate.

«Ecco.» disse Violet. «Questi li hanno fatti dopo una gita di classe. Siamo andati in un frutteto e in un campo di zucche qui vicino. I bambini dovevano disegnare che cosa gli era piaciuto di più. Come può vedere, quasi tutti hanno scelto il giro sul carro del fieno o il piccolo zoo. Questo disegno risale a una gita al campus universitario. Il dipartimento di teatro stava allestendo una produzione de *La tela di Carlotta*. I bambini dovevano disegnare il loro personaggio preferito.»

«E di questi che mi dice?» chiese Josie quando si trovò davanti a una sezione piena di disegni di vari insetti, che sembravano coleotteri, coccinelle, api, altri insetti che Josie non riusciva a identificare e farfalle. Riconobbe immediatamente il disegno di Lucy perché ne aveva già visto una versione nella sua stanza. Si trattava di una figura adulta in abiti marroni con una rete che teneva la mano di una piccola figura femminile bionda. Sopra le loro teste volavano farfalle.

«Un paio di mesi fa abbiamo ospitato un esperto di insetti.» disse Violet. Josie inarcò un sopracciglio. «Un esperto di insetti?»

Violet sorrise. «Oh, i bambini lo hanno adorato. In realtà è un apicoltore. Vive a circa un'ora da qui, a metà strada tra Denton e Philadelphia. Ha portato scarabei, tarantole, una blatta fischiante del Madagascar, alcune coccinelle, farfalle e un insetto stecco. Va in giro per tutto lo Stato per visitare le scuole.»

«Quanto tempo è rimasto qui?» chiese Josie.

«Oh, solo un paio d'ore ma la sua è stata una presentazione piuttosto curata.»

«Sembrava che avesse un interesse particolare per Lucy?»

«No, non direi.»

«Ha il suo nome e le informazioni per contattarlo?»

«Li ho dati all'FBI.» disse Violet. «Volevano un elenco di tutte le persone in visita alla scuola negli ultimi sei mesi.» Tornò alla sua cattedra e frugò tra le carte finché non trovò quello che cercava. Passò a Josie un foglio con su scritto un nome e un numero. Il nome era John Bausch. Josie tirò fuori il telefono e scattò una foto dei contatti. «Lei ha fatto qualche foto quando è venuto qui?»

Violet tirò fuori il suo telefono. «Alcune, sì, anche se erano per lo più dei bambini e degli insetti.»

«Le è permesso fare foto ai bambini?»

«Oh, sì.» disse Violet. «All'inizio dell'anno scolastico la scuola manda a casa una liberatoria che i genitori devono firmare per darci il permesso di scattare foto ai bambini durante le attività scolastiche. Di solito ci sono alcune famiglie che non vogliono che i loro figli vengano fotografati, ma quest'anno abbiamo avuto il permesso per l'intera classe. Possiamo condividere le foto scattate solo sul sito web e sull'app del distretto, a cui possono accedere solamente i docenti, il personale e i genitori. Non le ho più sul mio telefono, ma posso mostrargliele attraverso l'app.» Cercò nel telefono fino a trovare le foto che cercava e glielo porse.

Josie scorse le immagini fino ad arrivare ad alcune foto di John Bausch. In ognuna di esse era di profilo o con la testa china verso i bambini. Era giovane, tra i venticinque e i trent'anni, con folti capelli castani e il viso rasato. Indossava un paio di pantaloni color cachi e una polo marrone. Josie si chiese se Bausch fosse l'adulto dei disegni di Lucy.

«Può mandarmele?» chiese Josie.

«No, non posso.» disse Violet. «Ma posso parlarne con la preside. Sa, potrebbero esserci dei problemi legali...»

«Un mandato.» disse Josie. «Posso procurarmene uno entro un'ora e spedirlo alla preside.»

«Andrebbe bene.» concordò Violet.

Josie le passò un biglietto da visita, invitandola a chiamare se le fosse venuto in mente qualcosa di utile.

Poi tornò alla parete e batté un dito sul disegno con le farfalle di Lucy. «Le dispiace se prendo questo?»

Violet esitò un attimo e poi disse: «No, si figuri.»

VENTISETTE

Josie e Oaks andarono a parlare nel giardino dei Ross, l'unico posto in cui potevano parlare senza che Amy o Colin li sentissero. Sembrava che Oaks non avesse ancora dormito. Una filo di barba grigia irregolare gli era cresciuta lungo la mascella e il mento. Teneva le braccia conserte sul petto mentre la guardava. «Sapeva che avevamo già interrogato l'insegnante ed è andata comunque a parlarle. Sta mettendo in dubbio l'operato della mia squadra, detective Quinn?»

«No.» disse Josie. «Al contrario, penso che la sua squadra stia facendo un ottimo lavoro e che stiate coprendo molto più terreno di quanto i miei agenti avrebbero potuto sperare di percorrere in così poco tempo.»

«Allora perché è andata a scuola?»

Non riusciva a spiegarlo del tutto nemmeno a se stessa. Era l'istinto a guidarla e non era nemmeno sicura di dove l'avrebbe portata. «Avevo solo bisogno di parlare con una persona che fosse vicina a Lucy, oltre ai suoi genitori.» disse Josie. «Violet Young mi ha detto che Amy sembrava spesso distratta.»

«Stava cercando informazioni utili per spingere Mrs. Ross ad aprirsi con lei.» sintetizzò Oaks.

«Qualcosa del genere.» disse Josie. «Il fatto che il rapitore sapesse dell'orsacchiotto, quello con la funzione di registrazione, e che sia entrato in casa per usarlo, senza essere visto, mi preoccupa molto.»

Oaks annuì. «Anche io sono sconcertato.»

«Non riesco a togliermi dalla testa l'idea che la persona che ha rapito Lucy le fosse molto vicina. In un modo o nell'altro.»

«Ieri insisteva sul fatto che quella persona fosse la stessa che stava con la tata.» le fece notare Oaks.

«Sì.» confermò Josie. «Continuo a pensare che sia l'ipotesi più probabile, ma sento che ci manca qualcosa. Come ha fatto il rapitore ad avere accesso a Lucy tanto da convincerla a lasciare i genitori? Un accesso sufficiente per mettere in atto questo piano; un piano che prevedeva che lei recuperasse una felpa dall'interno della giostra, la indossasse per evitare di essere notata e scappasse via, incontro a questa persona? Una persona che si fosse avvicinata alla tata avrebbe potuto farlo. Una persona che si avvicinava abitualmente a Lucy al parco ogni volta che la tata ce la portava e stava al telefono. Ma era la scuola l'unico ambiente in cui Lucy era completamente fuori dalla sfera d'influenza della madre.»

Oaks sospirò. «Farò fare dei controlli sul personale.»

«Grazie. Credo che dovremmo anche indagare più da vicino su John Bausch.»

Oaks aggrottò la fronte e poi disse: «Era uno degli esperti della scuola, vero?»

«Sì, quello di insetti. Lei ha una bella memoria...» osservò Josie, pensando che l'FBI stava letteralmente seguendo migliaia di piste e che sulla loro lista c'erano anche i sospetti più banali e improbabili. «Ho chiesto ai miei uomini di trasmettere alla scuola un mandato per le foto che l'insegnante gli ha scattato insieme ai bambini il giorno in cui è andato in visita alla scuola di Lucy un paio di mesi fa.»

«Sa, avevo inviato una squadra per farsi dare un elenco di

tutti gli ospiti speciali e degli esperti che sono stati invitati dalla scuola negli ultimi sei mesi e John Bausch era su quella lista. Sono abbastanza certo che avesse un alibi per il giorno in cui Lucy è scomparsa. Uno dei miei agenti ha contattato il suo ufficio...» Oaks tirò fuori il suo telefono e dopo diversi passaggi e selezioni, batté l'indice contro lo schermo. «Eccolo. Ho qui un appunto. I miei agenti hanno parlato con la sua assistente, che è anche sua moglie, che ci ha inviato via fax una copia dell'agenda del marito nella settimana durante la quale Lucy è sparita. Nel fine settimana si trovava a Philadelphia e doveva incontrarsi con un membro dell'Accademia di Scienze Naturali intorno all'ora in cui abbiamo perso traccia di Lucy. Abbiamo avuto la conferma da un rappresentante dell'Accademia. Cosa propone di fare?»

«Chiamiamolo qui.»

«Vuole che andiamo a prendere un tizio che vive a un'ora di distanza e che ha un alibi solido?» chiese Oaks.

«Senta, sappiamo che non abbiamo a che fare con una sola persona.» disse Josie. «Quindi, Bausch avrà pure un alibi, ma non possiamo essere sicuri che questo lo escluda definitivamente. Può darsi che sia stato aiutato, per esempio dalla donna misteriosa che abitava nell'appartamento di Jaclyn Underwood. Forse era la sua complice e il suo compito era quello di avvicinarsi a Jaclyn per scoprire il maggior numero possibile di dettagli privati sulla vita dei Ross e per ottenere una copia delle chiavi di casa loro da Jaclyn.»

L'espressione contrariata di Oaks le fece capire che faticava a cogliere i presupposti del suo ragionamento. Josie tirò fuori dalla tasca posteriore dei jeans il disegno di Lucy che aveva preso a scuola, lo dispiegò e lo porse a Oaks. «Lucy ha disegnato questo dopo la presentazione di Bausch. Ce n'è un altro nella sua stanza. Un disegno identico.»

Oaks inarcò un sopracciglio. «Vuole che gli chieda di presentarsi basandomi sul disegno di una bambina?»

«Abbiamo piste più interessanti di questa?» gli fece notare Josie.

«È una forzatura chiamarla pista, detective Quinn. Quell'uomo è andato alla scuola della bambina solo una volta, due mesi fa. Ha un alibi confermato per il giorno in cui Lucy è scomparsa. Ci sono stati una mezza dozzina di ospiti alla Denton West negli ultimi sei mesi: Bausch, due autori di libri per bambini, il sindaco di Denton, il comandante dei vigili del fuoco e un atleta professionista dei Philadelphia Eagles. Sono stati tutti sottoposti a controlli e avevano un alibi valido durante la scomparsa di Lucy. Vorrebbe proporre di convocare tutte queste persone?»

Josie si mise una mano sul fianco e disse: «Solo se vanno a caccia di farfalle.»

Oaks le lanciò un'occhiata stupita prima di scoppiare a ridere.

Josie aspettò che finisse prima di aggiungere: «Bisogna essere ciechi per non accorgersi dell'ossessione di Lucy per le farfalle.»

Oaks annuì. «Ha ragione, completamente ciechi, e capisco il suo punto di vista: se fossi un adulto che cerca di guadagnarsi la fiducia di una bambina come Lucy per prepararla a fare una cosa del genere, sfruttare la sua passione sarebbe un ottimo punto di partenza... ma si tratta di una coincidenza, non crede? Un uomo che per lavoro si occupa di farfalle, rapisce una bambina che ama le farfalle...»

«Non si occupa soltanto di farfalle.» aggiunse Josie. «Prevalentemente fa l'apicoltore, da quello che ha detto Violet Young. Ha portato con sé una varietà di insetti.»

«D'accordo, quindi a parte questo, vuole comunque convocare un uomo su cui abbiamo già fatto dei controlli?»

«Lasci che se ne occupi la mia squadra.» disse Josie. «Potrà occuparsene la mia collega, la detective Gretchen Palmer. Le dirò di rintracciarlo e di accompagnarlo in centrale, parleremo con lui e se risulterà un buco nell'acqua, non si sarà fatto male nessuno. Ma se è qualcosa di più...»

Oaks sospirò. «Allora avrà il mio appoggio. Lo sa.»

«Grazie.» disse Josie. Mentre Oaks rientrava in casa per controllare Colin e Amy, Josie tirò fuori il telefono e chiamò Gretchen.

VENTOTTO

La giornata fu dolorosamente lunga. Amy ricevette diverse telefonate al cellulare: una dalla preside della scuola di Lucy, le chiamate di Ingrid e Zoey, le madri delle due amiche di Lucy, e una dalla farmacia per informarla che era pronta una ricetta. Ogni volta che il telefono squillava, i due agenti dell'FBI di stanza in casa, Oaks, Mettner e Josie convergevano tutti in sala da pranzo, aspettando con il fiato sospeso che Amy prendesse la chiamata, esitante, sempre rispondendo con voce tremula, come se avesse paura di ciò che un semplice "pronto?" avrebbe scatenato. Invece, il rapitore non chiamò.

La mancanza di progressi su qualsiasi pista e l'assenza di contatti da parte di quell'uomo rendevano nervosi e agitati tutti quanti. Questo lasciava troppo tempo ad Amy e Colin per iniziare a porre domande difficili che non avevano risposte pronte.

«Pensate che sia ancora viva?»

«Cosa le starà facendo?»

«Cosa vuole da noi?»

«Perché non chiama?»

«Perché ci sta succedendo una cosa del genere?»

Le loro vite erano in uno stato di animazione sospesa. Ma era proprio quello che voleva il rapitore, si rese conto Josie. Né Amy né Colin potevano sopravvivere senza sapere dove fosse Lucy o cosa le stesse accadendo. Era il tipo di tortura più crudele. Non era necessario che Josie avesse dei figli per capirlo; lui ne traeva piacere e per questo era certa che avrebbe continuato quel gioco. Ma non poteva tenere Lucy lontana da loro per sempre. Alla fine, dopo che fosse passato molto tempo, avrebbero cominciato a riprendere alcune delle loro normali attività. Avrebbero imparato a convivere con l'incertezza, avrebbero ricominciato a mangiare e a farsi la doccia e Colin si sarebbe imposto di tornare al lavoro perché avrebbero dovuto pagare le bollette. L'assenza di Lucy e il dubbio si sarebbero trasformati nella loro nuova normalità. Non sarebbero mai stati di nuovo sereni, ma sarebbero usciti dalla fase acuta dell'orrore per passare a qualcosa di più cronico. Il rapitore voleva che rimanessero nella fase acuta il più a lungo possibile, immaginava. Avrebbe tirato per le lunghe questa situazione.

A meno che non lo trovassero prima.

Quando Gretchen si presentò nel tardo pomeriggio, vederla fu così rassicurante per Josie che avrebbe voluto buttarsi tra le sue braccia. Aveva portato caffè e pasticcini per tutti e un pacchetto speciale per Josie con tre danesi al formaggio, e dal momento che la stampa si era accampata davanti casa, e il numero di giornalisti cresceva di ora in ora, Josie e Gretchen andarono a cercare un po' di tranquillità sistemandosi al tavolino al centro del giardino sul retro.

«Ho pensato che ti avrebbe fatto bene una pausa.» le disse Gretchen porgendole il caffè.

Josie lo prese e lo posò sul tavolino. L'odore le dava ancora un po' di nausea, ma le danesi andarono giù senza problemi. «Grazie.» le disse. «Siete riusciti a rintracciare l'uomo con la giacca di tweed, quello nel filmato della WYEP?»

«Non ancora. Sappiamo però che non è un professore dell'università. Ho messo un paio di persone a lavorarci.»

«Siete riusciti a contattare Bausch?»

Gretchen annuì. «Oggi era ad Allentown per una presentazione scolastica, ma ha detto che ci raggiungerà domani. È stato molto collaborativo.»

«Bene.» disse Josie. «Vuoi partecipare?»

«Sì. Vi raggiungo appena arriva.»

Trascorsero alcuni momenti in piacevole silenzio, Gretchen sorseggiava il suo caffè e Josie si godeva la sua terza danese al formaggio.

Dopo un po' Gretchen le chiese: «Secondo te qual è lo scopo del rapitore?»

«Difficile a dirsi.» disse Josie. «Non sta operando come un pedofilo. Loro cercano di non attirare l'attenzione. Di solito si tengono il bambino o mettono in atto la loro fantasia e lo uccidono entro le prime ore.»

Gretchen annuì. «È piuttosto improbabile che un pedofilo si prenda gioco dei genitori in questo modo.»

«Il che non vuol dire che il nostro uomo non abbia delle perversioni. Però non credo che sia per questo che ha preso Lucy.»

Quello che Josie non disse, quello che non riuscì a dire ad alta voce, ma che entrambe sapevano bene era che, sebbene il rapitore fosse interessato al denaro o a qualcosa di personale dei coniugi Ross, ciò non significava che Lucy sarebbe tornata a casa viva.

***

All'ora di cena, quando non ci furono più chiamate, Oaks disse a Josie di tornare a casa, dove Noah si era già fatto accompagnare. Lo trovò seduto a tavola insieme a Misty e al piccolo Harris. «Spero che non vi dispiaccia la pasta.» disse Misty.

«È buonissima.» si complimentò Noah parlando sopra un boccone di spaghetti.

«JoJo!» strillò Harris mentre Josie si accomodava a tavola, tra il suo seggiolone e Noah. Sorrise e gli baciò la fronte inspirando il profumo del suo shampoo che era più rilassante di un bagno caldo alla fine di una lunga giornata.

Il bambino infilò una manina paffuta nella scodella di plastica che aveva davanti a sé e tirò fuori uno spaghetto ricoperto di sugo. «'paghetti!» esclamò.

Misty mise un piatto di spaghetti fumanti davanti a Josie e si sedette accanto a Harris. «Spaghetti.» scandì.

Lui la ignorò, avvicinando la pasta alla faccia di Josie. «Mangia tu.» disse. Josie lasciò che la imboccasse, concludendo con un sonoro risucchio che scatenò un fiume di risatine. «Ancora, ancora!» disse scavando nella sua scodella per prenderne degli altri.

Josie ripropose il gioco con gli spaghetti per altre tre volte, finché non scoppiarono tutti quanti a ridere. Le risate di Harris erano sempre state contagiose.

Alla fine, Misty disse: «Harris, ora mangia da solo e lascia che JoJo finisca di cenare.»

Josie prese un po' di spaghetti dal suo piatto e li porse a Harris, che cercò di imitarla senza successo, ma alla fine si limitò ad afferrare il boccone e a infilarselo in bocca con le dita. La conversazione si mantenne leggera, senza parlare delle indagini della polizia, di Lucy Ross o di bambini scomparsi. Subito dopo cena, Josie e Noah crollarono di nuovo nel letto, troppo stanchi per parlare. La nausea la svegliò alle cinque e mezza del mattino, mentre il resto della casa era ancora silenzioso. Mentre svuotava il contenuto dello stomaco nel water, pregò che Noah non si svegliasse e non la trovasse in quelle condizioni. Per fortuna nessuno si affacciò alla porta. Si appoggiò al bordo della vasca e si coprì lo stomaco con entrambe le mani. La voce in fondo alla testa la tormentava ancora. Perché stava ancora male? Era davvero solo stress? O era qualcosa di più? Proprio quando la domanda: *e se fossi incinta?* affiorò alla superficie della sua mente, sentì dei passi fuori dalla porta. Poi, da sotto la fessura della porta, sentì la voce di Harris, che le arrivò come un forte sussurro: «JoJo?»

Sorridendo, Josie si alzò in piedi e aprì la porta. Harris alzò gli occhi verso di lei, sbattendo le palpebre contro la luce e lei lo prese in braccio. «La mamma sa che sei sveglio?»

Le avvolse le braccia intorno al collo. «JoJo, ho sete.» disse.

Josie sorrise. «Vuoi bere? Allora lasciamo dormire la mamma. Andiamo in cucina.»

Josie tornò a casa dei Ross di buon'ora. Oaks era già lì con un nuovo gruppo di agenti che si occupavano dei telefoni e dei computer.

«Ma almeno ha dormito?» chiese Josie.

Oaks sorrise. «Qualche ora, a tratti.»

Non si scomodò a dirgli di riposare un po'; l'unico motivo per cui lei era riuscita a dormire la notte era perché sapeva che la sua squadra era in grado di svolgere il proprio lavoro ventiquattr'ore su ventiquattro e che la famiglia Ross era in buone mani.

«Abbiamo analizzato il DNA rinvenuto a casa di Jaclyn Underwood.» annunciò Oaks. «Sul cuscino nell'armadio abbiamo trovato un capello con il bulbo attaccato e crediamo possa appartenere alla persona che stava con Jaclyn; inoltre, abbiamo trovato tracce di pelle sotto due delle sue unghie, che crediamo possano provenire dall'assassino. Nessun riscontro, però.»

«Non pensavo che ce ne sarebbero stati.» sospirò Josie.

«Ma abbiamo trovato un riscontro tra le impronte sulla

cipria compatta trovata a casa della tata e un'impronta sconosciuta nella stanza di Lucy. Appartengono alla stessa persona.»

Josie provò un piccolo brivido di eccitazione. Anche se non li avrebbe aiutati a trovare il rapitore o il suo complice, collegava le due scene del crimine. «Quindi la donna che stava nell'appartamento di Jaclyn Underwood è stata anche nella stanza di Lucy. Amy ha detto che Lucy non ha mai incontrato nessuno degli amici di Jaclyn, per quanto ne sappia lei.»

«Beh, le ho chiesto di nuovo se Jaclyn avesse mai portato degli amici a casa sua, e mi ha risposto di no. Perché mi sembra che questi bastardi siano proprio sotto al nostro naso?» si chiese Oaks, passandosi una mano sul viso e strofinandosi gli occhi.

«Perché è possibile che siano davvero sotto al nostro naso.» disse Josie. «Ci stiamo perdendo qualcosa di grosso?»

Oaks scosse la testa. «Non vedo come sia possibile. Oltre alle operazioni svolte dal vostro dipartimento, ci sono decine di miei agenti che lavorano ininterrottamente su ogni pista.»

Prima che Josie potesse aggiungere altro, il cellulare di Amy squillò. Oaks e Josie si girarono e fissarono lo schermo. Il nome era "Wendy".

Amy entrò di corsa dalla cucina e Colin apparve direttamente dal salotto sull'altra porta subito dopo di lei. Josie aveva notato che i Ross non si parlavano molto dalla sera precedente.

«Chi è Wendy?» chiese Oaks.

Amy spostò lo sguardo dal telefono all'agente. «Wendy Kaplan. È un'amica di yoga.» Mise la mano sul telefono. «Le dirò che devo tenere la linea aperta.»

Lo prese e disse: «Pronto?»

Ci fu un momento di assoluto silenzio prima che la voce del rapitore facesse passare un'ondata di terrore nella stanza. «Ciao, Amy.»

La donna rimase senza fiato e si premette una mano sul petto. «Come sta Lucy?» chiese, e Josie capì che aveva pensato a lungo a cosa gli avrebbe chiesto quando l'avrebbe chiamata.

«Come pensi che stia, Amy?»

«Voglio parlare con lei. Posso parlarle, per favore?»

Una risata filtrò attraverso la linea. «Oh, Amy...» disse. «Triste, sciocca e senza cervello.»

Imperterrita, Amy continuò: «Le hai fatto del male?»

«Beh, dipende da cosa intendi per "male".»

Amy sussultò. Le lacrime le si raccolsero negli occhi. Colin superò gli agenti e andò al fianco di Amy. Le tese una mano perché gli desse il telefono, ma lei si voltò, e con voce incrinata implorò il rapitore di lasciarla parlare con la figlia.

Uno degli agenti fece cenno a Oaks di avvicinarsi e indicò lo schermo. Oaks fece a sua volta cenno a Josie, che si avvicinò per dare un'occhiata all'indirizzo. «Non sono sicuro dell'indirizzo esatto.» sussurrò l'agente. «Ma ho fatto una ricerca sulle proprietà di Wendy Kaplan e questa qui...» indicò una casa sullo schermo come mostrato dalla mappa satellitare di Google, «è casa sua.»

Purtroppo per loro, si trovava nella periferia di Denton. «Quindici.» sussurrò Josie, intendendo quanti minuti ci sarebbero voluti per raggiungere la casa di Wendy Kaplan. «Come minimo.» Cominciò a dirigersi verso la porta, ma Oaks le sussurrò: «Lei resti con Mrs. Ross. Io prendo Mettner. È qui fuori.»

Quando Oaks se ne andò, Josie si girò verso Amy, che ora piangeva a dirotto. «Cosa vuoi?» singhiozzava al telefono. «Dimmi solo cosa vuoi.»

Josie si aspettava che la prendesse ancora in giro e invece il rapitore disse: «Un milione di dollari.»

Tutti i presenti rimasero perfettamente immobili. I due agenti guardarono Josie e poi si guardarono l'un l'altro prima di riportare l'attenzione sul computer. Come se avesse acceso un interruttore, il rapitore era passato dallo scherno a una richiesta.

Quando lei non rispose, il rapitore si mise a ridere. «Oh, non ti interessa davvero sapere cosa voglio? Lo hai chiesto solo perché pensi che sia quello che una madre sconvolta dovrebbe chiedere?»

Amy stava quasi per rispondere, ma non proferì parola. Colin le prese il telefono di mano e sbraitò nel ricevitore. «Vogliamo una prova che sia viva.»

Amy strinse il braccio di Colin, cercando di strappargli il telefono. «No.» gemette. «Daglieli e basta, così possiamo riprenderci Lucy.»

Colin si allontanò dalla moglie. «Dimostraci che Lucy è viva e potrai avere i soldi.»

Josie percepì la rabbia nella voce del rapitore quando sentì la sua risposta. «Non sei tu a stabilire le regole. Nessuna regola. Tu mi dai un milione di dollari e io ti restituisco tua figlia. Tutto qui. Nient'altro.»

Amy era praticamente appesa al braccio di Colin e gridava per farsi sentire. «Puoi avere tutto quello che vuoi. Ma ridammi mia figlia. Per favore.»

«Viva.» aggiunse Colin. «La rivoglio viva.»

Ci fu un lungo momento di silenzio. Josie pensò per un attimo che il rapitore avesse riattaccato, ma poi lo sentì sospirare. «Un milione di dollari.» ripeté. «Non un centesimo di meno. Senza condizioni.»

Poi la linea si chiuse.

Colin scaraventò il telefono sul tavolo e premette il palmo della mano sulla fronte. Amy iniziò a schiaffeggiarlo con la mano aperta, a ripetizione, e urlando: «Sei un bastardo. Perché l'hai fatto? Perché?»

Colin non si oppose. Tenne le mani alzate, bloccando i colpi come poteva, e ribadì: «E se fosse già morta?»

«Non dirlo nemmeno!» urlò Amy. «Non azzardarti. Perché dovevi chiedergli una prova che fosse viva? Perché non gli dai semplicemente tutto quello che chiede, così possiamo riavere Lucy?»

«Amy, stiamo parlando con un uomo che ha rapito una bambina di sette anni. Pensi che dovrei fidarmi di lui?»

«Oh, e allora? Non gli darai i soldi se è morta?»

«Ma che stai dicendo?»

«Sai benissimo "cosa sto dicendo". Non sei disposto a fare un bel niente per riaverla, sbaglio?»

«Certo che lo sono, invece!» disse Colin. Calò le mani che rimasero molli in vita. «Volevo solo sapere che stava bene. Tutto qui. Volevo...» tacque. Quando riprese a parlare, la sua voce era incrinata. «Volevo sentire la sua voce, Amy. Non lo capisci? Voglio solo sentire la sua voce.»

Cadde sulle ginocchia e Amy scivolò sulle sue, di fronte a lui. Lo prese tra le braccia. «Anch'io. Anch'io.»

VENTINOVE

Wendy Kaplan viveva in cima a una montagna, in un'area residenziale chiamata Briar Lane. Il piccolo complesso di case modulari era raggiungibile solo attraverso una delle lunghe e strette strade rurali che da Denton si snodavano nelle fitte foreste circostanti. Anche se Josie non la conosceva, le sarebbe bastato seguire la lunga fila di furgoni dei giornalisti per trovare la casa della Kaplan, che ora era circondata dalle auto della polizia e dalle ambulanze. Josie parcheggiò fuori dal perimetro e percorse mezzo isolato fino all'indirizzo dell'amica di Amy.

Come la maggior parte delle nuove costruzioni di Denton, le case di Briar Lane erano tutte uguali, dipinte di tre colori: tanno, grigio e bianco. Alcuni residenti avevano aggiunto un tocco personale con ornamenti da esterni per il giardino. Passò davanti a una casa grigia sulla destra che conosceva bene. Le venne un brivido al pensiero che la scomparsa di Lucy l'aveva riportata vicina al luogo in cui, appena tre anni prima, era iniziato il caso delle ragazze svanite che l'aveva resa famosa. Sapeva bene che i due casi non erano in alcun modo collegati, ovviamente, ma non riusciva a frenare la pervadente sensazione di un presagio.

La casa di Wendy Kaplan si trovava qualche porta più avanti, era beige con un bellissimo giardino all'entrata. Di fronte a una piccola auto sportiva rossa, parcheggiata nel vialetto di casa, c'era un agente dell'FBI che le fece un cenno e le disse: «Li trova sul retro.»

Josie camminò tra le case, osservando che Wendy Kaplan aveva fatto installare un'alta recinzione bianca intorno al suo giardino. A guardia dell'ingresso c'era Mettner insieme a un altro agente.

Josie sentì aumentare il battito cardiaco. «Mett...» disse, «perché ho l'impressione che vi troviate davanti a una scena del crimine?»

Le rispose con una smorfia. «Boss, non vorrei dirtelo, ma Wendy Kaplan è morta.»

Josie individuò sulla strada il furgone dell'FBI per la raccolta delle prove e indossò la tuta in Tyvek. Quando tornò al cancello, scoprì che Mettner si era avviato lungo il perimetro esterno per cercare eventuali indizi. Josie lasciò il suo nome all'agente dell'FBI ed entrò nel giardino. Come quello sulla parte anteriore, era ben curato, pur lasciando poco spazio al prato vero e proprio, e il suo fulcro era una bellissima fontana in pietra. Nell'acqua nuotavano delle carpe koi. Tra la fontana al centro del giardino e le porte a vetri scorrevoli sul retro della casa, Josie scorse il corpo prono di una donna. Era rivolto a faccia in giù. A giudicare dai pantaloni neri elasticizzati da yoga e dalla canottiera rosa, era di ritorno da una lezione di yoga o si stava preparando per andarci. Aveva i capelli brizzolati e lunghi che si erano sparsi sulle spalle, e le punte delle ciocche si erano tinte di rosso nella pozza di sangue che diventava sempre più estesa nell'erba intorno al busto. Un braccio era intrappolato sotto il corpo. L'altro era disteso su un fianco, con le punte delle dita coperte di sangue. Non era morta da molto tempo. Oaks era in piedi davanti a lei, con altri due agenti al suo fianco, che indossavano tutti una tuta bianca in Tyvek. Josie rimase in disparte, appena dentro il cancello, mentre lui dava istruzioni. Quando ebbe finito, mentre i suoi agenti fotografavano il corpo e iniziavano a esaminare la scena, Oaks si avvicinò a Josie. «Non l'abbiamo ancora girata.» disse. «Ma presumo che anche lei sia stata accoltellata.»

«Dio santo.» disse Josie. Si girò e guardò in alto e tutto intorno, ma non riuscì a vedere le finestre del piano superiore delle case vicine: nessuno avrebbe potuto vedere quello che succedeva nel giardino di Wendy.

«Sembra che abbiano lottato parecchio.» disse Oaks. «La casa è un macello. Il cellulare è in cucina, sul bancone, ed è sporco di sangue, quindi pensiamo che prima l'abbia uccisa e poi sia rientrato in casa e l'abbia usato per chiamare Amy.» Fece un cenno verso le porte a vetri scorrevoli. «Vorrei che desse un'occhiata, se non le dispiace.»

«Certo.» disse Josie.

Attraversarono con cautela le porte di vetro. Dei frammenti scricchiolarono sotto i loro piedi nel momento in cui toccarono le piastrelle del pavimento della cucina. Non si trattava del vetro delle porte, ma dei resti di piatti e bicchieri andati in frantumi nella lotta tra Wendy Kaplan e l'assassino. Lo scolapiatti era sul pavimento. Dovunque erano sparsi cocci di piatti e tazze di ceramica spessa. Il tavolo di legno della cucina era rovesciato su un lato, con una delle gambe spezzata. Tutti gli elettrodomestici che Wendy possedeva erano in un mucchio scomposto sul pavimento della cucina. La porta del frigorifero aveva una grossa ammaccatura.

Josie provò un senso di rispetto per quella donna. Era ingiusto che fosse morta dopo aver opposto una tale resistenza. «Spero che almeno gli abbia fatto male.» disse, cercando con lo sguardo tra i detriti.

«Lo spero anch'io...» rispose Oaks. Si mise in un angolo, con le braccia incrociate. Josie interruppe momentaneamente la sua perlustrazione e lo guardò.

«È un test?»

Lui rise. «No, non è un test. Mi interessa solo quello che vede. Le sue impressioni.»

Josie si avvicinò ai frammenti fino alla porta che conduceva alla parte anteriore della casa. Attraversò con attenzione la sala da pranzo e il soggiorno fino alla porta d'ingresso. Sembrava che non ci fosse stato il minimo danno, nemmeno nel meccanismo di chiusura della porta d'ingresso. Tornò in cucina.

«L'ha fatto entrare lei...» concluse Josie.

«Non c'è stata alcuna effrazione.» concordò Oaks. «I miei agenti e il vostro uomo hanno dato un'occhiata in giro. Non ci sono finestre rotte, la recinzione è integra, le porte scorrevoli di vetro non sono state danneggiate...»

«Ma poi sono arrivati in cucina e a un certo punto lei ha capito che lui era una minaccia. Cosa sappiamo su Wendy Kaplan?»

Oaks tirò fuori il telefono e scorse alcuni appunti.

«Come sa, la mia squadra ha fatto un controllo su tutte le persone che si potevano considerare vicine a Amy e Colin Ross. Wendy Kaplan era in cima alla lista insieme alla tata. Ecco qua: aveva diversi anni in più di Amy, andava per i sessanta. Divorziata, senza figli. Nessun fidanzato. Ha lavorato per molti anni nell'industria editoriale a New York. Ultimamente lavorava come freelance da casa. Aveva comprato questa casa circa tre anni fa. Nessun precedente. Niente di sospetto. Aveva un alibi per l'ora esatta in cui Lucy è scomparsa: era impegnata in una conferenza su Skype con diversi colleghi che hanno confermato la sua presenza alla riunione, così come i tabulati telefonici e informatici.»

«Quindi viveva da sola?»

«Sì.»

«Una donna di una grande città che vive da sola non farebbe entrare un estraneo in casa sua in questo modo.» osservò Josie.

«Forse l'ha minacciata.» ipotizzò Oaks. «Ha tirato fuori il coltello, o addirittura una pistola, e ha preteso che lei lo facesse entrare.»

«Avete saputo qualcosa dai vicini?» chiese Josie. «Quelli che vivono dall'altra parte della strada, magari?»

«I miei agenti stanno ancora facendo un giro di perlustrazione, ma la prima cosa che abbiamo fatto è stata andare dai vicini di fronte. Non c'è nessuno in casa. È pur sempre un giorno feriale. Molta gente è al lavoro.»

«Ma avrà avuto bisogno di un mezzo per arrivare fin qui.» disse Josie.

«Sì.» concordò Oaks. «Per questo ho mandato degli agenti a controllare il resto del quartiere, per vedere se qualcuno che era in casa ha visto un veicolo insolito.»

Josie si guardò ancora una volta intorno alla cucina. «Se lui l'avesse minacciata alla porta, lei si sarebbe opposta. Non lo avrebbe mai fatto entrare.»

«Come fa a esserne sicura?»

Josie accennò a tutta la confusione che c'era intorno a loro. «Conosco questo tipo di colluttazione.» disse. «Ci sono finita dentro. Il tipo di persona che si batte così strenuamente... la donna single che vive da sola e che si batte così strenuamente, non lascia che un uomo sconosciuto entri in casa sua.»

«Molto scientifico...» commentò Oaks. All'inizio Josie pensò che fosse sarcastico, ma quando vide il suo sorriso capì che stava scherzando. Più o meno. Non aveva tutti i torti, non era una buona argomentazione perché non si basava su fatti o sulla scienza, ma solo sul suo istinto. Però il suo istinto raramente la deludeva.

Oaks continuò: «Allora come avrebbe fatto a convincerla a permettergli di entrare?»

Josie scrollò le spalle. «Manipolandola. Farei un controllo per verificare se Wendy doveva far riparare qualcosa in casa o se aveva visite in programma per oggi. È possibile che il nostro uomo si sia spacciato per qualcun'altro. Oppure le ha raccontato una storia, le ha mentito e le ha confidato qualcosa di abbastanza interessante da convincerla a farlo entrare. Poi sono arrivati in cucina e a un certo punto lei ha capito che le avrebbe fatto del male o che l'avrebbe uccisa e ha cercato di allontanarlo.»

Josie perlustrò le altre stanze e si guardò intorno con maggiore attenzione. Il soggiorno era arredato in modo spartano: c'erano un solo divano, un tavolino e un televisore a schermo piatto appeso alla parete. Era una stanza per una sola persona, emanava un'atmosfera rilassante e gioiosa, con luminose copie di opere d'arte contemporanea appese alle pareti e una piccola statua di un Buddha felice al centro del tavolino. La sala da pranzo era più un ufficio casalingo con una scrivania e diversi scaffali per i libri. Al centro della scrivania si trovava un computer portatile aperto. Alla sua sinistra c'era una pila di pagine scritte a computer. Josie si rese conto che si trattava di un manoscritto. Il titolo era *L'errore*, ma il nome dell'autore era stato strappato. Forse l'aveva usato come carta straccia? Dietro c'era una tazza da caffè con il disegno di una pila di libri e la scritta: *Fatti un caffè. Leggi un libro. Sii felice.* Wendy Kaplan aveva usato la tazza come portapenne. Forse era al telefono, aveva bisogno di scrivere qualcosa in fretta, aveva preso una penna dalla tazza e aveva scarabocchiato sulla prima cosa disponibile, la pagina con il titolo del manoscritto.

Alla destra del portatile c'era un mouse wireless. Munita di guanti, Josie lo sfiorò e lo schermo si accese. Si avvicinò per vedere cosa aveva letto l'ultima volta Wendy quando si era seduta alla scrivania e vide che si trattava della posta elettronica. Apparentemente le e-mail avevano tutte a che fare con un viaggio che stava organizzando a New York nelle settimane successive. La sedia era a un paio di metri di distanza dalla scrivania. Era seduta lì a pianificare un viaggio quando l'assassino aveva bussato alla porta?

Josie cercò di ricreare la scena nella sua mente. Wendy, si siede alla sua scrivania per organizzare un viaggio a New York per andare a trovare dei vecchi amici. Apre la porta un uomo che non conosce, il quale le dice o le racconta qualcosa che la spinge a invitarlo a entrare.

«Qualcuno ha dato un'occhiata al piano di sopra?» chiese Josie.

Oaks fece capolino dalla cucina. «L'abbiamo fatto, ovviamente, ma non l'abbiamo ancora analizzato perché sembra che la lotta sia avvenuta proprio qui.»

Josie salì al piano di sopra e diede un'attenta occhiata in giro, ma constatò subito quello che aveva detto Oaks: non era successo niente. Dubitava che l'assassino avesse avuto motivo di salire al piano superiore. Tornata al piano di sotto, aspettò vicino alla porta d'ingresso mentre la Squadra di Raccolta delle Prove entrava in cucina. Lo sguardo di Josie andò ancora una volta al soggiorno e poi alla sala da pranzo adibita a ufficio, e si posò sulla sedia della scrivania. Non aveva ruote, il che aveva senso. Il pavimento era in moquette e le ruote non ci sarebbero scorse facilmente sopra, a meno che Wendy Kaplan non avesse messo un tappetino salvapavimento.

Oaks le si avvicinò. «A che cosa sta pensando?»

Josie indicò la sedia. «C'è qualcosa che non mi quadra.»

«Nell'ufficio?»

«La sedia. Se si fosse alzata e avesse spinto la sedia all'indietro, non l'avrebbe spostata così lontano dalla scrivania.» Josie fece un passo indietro posizionandosi tra la sedia e la scrivania e Oaks la imitò. «Non ci sarebbe bisogno di tutto questo spazio a meno che non si cercasse qualcosa sotto la scrivania.»

«Perché forse le era caduto qualcosa.» suggerì Oaks.

Josie si abbassò sulle ginocchia e diede un'occhiata sotto la scrivania. In fondo, contro il muro, c'era un piccolo mucchietto di fogli bianchi accartocciati. Josie estrasse il telefono dall'interno della tuta in Tyvek e accese l'applicazione della torcia elettrica, puntandocela sopra.

Oaks si accovacciò e guardò da sopra le sue spalle. «Vede...» le disse. «Le erano caduti dei fogli.»

Josie lo studiò ancora un attimo e capì subito dove aveva già visto qualcosa di simile. «Non è un mucchietto di carta.» disse. «È una crisalide.»

«Che cosa?» chiese Oaks.

«Un bozzolo.» disse Josie. «È identico a quello che ho visto sotto al banco di Lucy Ross. Oaks, lei è stata qui. Lucy è stata qui. L'assassino l'ha portata con sé. Ecco perché Wendy Kaplan lo ha fatto entrare. Ha fatto sedere Lucy qui sotto mentre lei e il rapitore parlavano in cucina.»

«Questo significa che Lucy potrebbe aver assistito alla lotta e all'omicidio.» disse Oaks.

«O forse l'ha solo sentito e si è nascosta qui sotto. Quando lui ha finito, è venuto qui a cercarla.»

«Ha spostato la sedia all'indietro...» disse Oaks, «e l'ha trascinata fuori da sotto.»

«Ma Lucy ha lasciato questo.» disse Josie.

«Pensa che una bambina di sette anni sia abbastanza accorta da lasciarci un indizio per dirci che è viva?» le chiese Oaks.

«Credo che in questo modo si sia concentrata su qualcosa di diverso da ciò che stava accadendo nell'altra stanza. Stava facendo tutto il possibile per allontanarsi mentalmente da quello a cui stava assistendo.» rispose Josie. «Ma se è ancora viva, abbiamo la possibilità di riportarla a casa.»

TRENTA

Svegliandomi, ho visto che lei non c'era più. Sentivo freddo al naso. Senza di lei accanto a me, la coperta faceva ben poco per tenermi al caldo. Ho messo i piedi giù dal letto e ho attraversato la stanza, verso la porta, che era aperta. Fuori, le altre stanze erano buie. Anche il bagliore della televisione era spento. Poi l'ho vista, era solo un'ombra che si muoveva tra una stanza e l'altra. L'ho osservata per diversi minuti. In mano teneva una specie di sacco e ci gettava dentro delle cose. Infine, ha raggiunto la porta. «Oh, bene.» disse. «Sei in piedi.»

L'ho fissata. Si è messa su un ginocchio e mi ha accarezzato il viso. «Ti ricordi che ti avevo detto che avremo lasciato questo posto?»

«Per andare a casa?»

«Sì.»

Ho annuito.

«Adesso ce ne andiamo. Devi stare assolutamente in silenzio e immobile, hai capito?»

Ho annuito di nuovo. Mi ha preso in braccio e mi ha portato dentro l'oscurità. Con infinita lentezza, ha girato le due serrature della grande porta che conduceva all'esterno e l'ha aperta un po' alla volta. L'aria fresca era come una carezza sulla mia pelle. L'attesa mi solleticava la nuca. Non vedevo l'ora di andarmene.

Una volta fuori, nella notte, lei si è messa a correre, stringendomi a sé. Sentivo i suoi piedi nudi che battevano sul terreno. Le luci brillavano dall'alto, proiettando cerchi sul marciapiede di fronte a noi mentre fuggivamo. Il suo respiro era una successione di rantoli. Mi teneva così saldamente a sé che mi facevano male le costole.

Dopo alcuni minuti, ha cominciato a rallentare il passo e ad allentare la presa su di me. Ha guardato alle nostre spalle e quando si è girata di nuovo verso di me, un sorriso le ha illuminato il volto. Era il sorriso più grande che avessi mai visto. «Hai sentito?» mi ha sussurrato.

Ho guardato tutt'intorno a noi, tendendo il più possibile le orecchie.

Non sentivo niente. «Sentito cosa?» le ho chiesto.

«Il silenzio.» ha detto lei. «Ce l'abbiamo fatta.»

Allora mi ha fatto scendere, tenendomi per mano. «Andiamo. Abbiamo ancora molta strada da fare.»

Ho percepito una leggerezza, una forma di gioia che sembrava irradiarsi da lei e avvolgermi. Ho cominciato a saltellare al suo fianco per tenere il passo e lei non mi ha detto nemmeno di fermarmi.

Solo quando una luce intensa è apparsa alle nostre spalle, ho avvertito una certa tensione nella sua stretta. Poi ci ha raggiunto un fragore roboante che ha squarciato la quiete della notte. Lei ha guardato indietro e con un grido si è voltata e ha cominciato a correre tra due case, trascinandomi dietro di sé. Ho girato la testa e ho visto due luci brillanti che ci seguivano. Poi si sono fermate. Ho sentito una portiera sbattere. I nostri corpi si sono schiacciati contro una recinzione. Poi è arrivata la sua voce, che mi ha fatto raggelare e tremare.

«Che cazzo vi è passato per la testa? Salite sul furgone. Subito.»

«No...» ha ansimato lei. «No!»

Delle mani hanno bruscamente afferrato i nostri corpi fusi, trascinandoli di nuovo verso l'esterno. Io mi stringevo a lei, perché non ci separasse.

«Se pensi che vi permetterò di andarvene, sei fuori di testa. Te l'ho detto, se ci provi ti ammazzo.»

Ci ha spinto all'interno del furgone e il rumore della portiera che sbatteva mi è sembrato l'ultima cosa che avrei potuto sentire.

TRENTUNO

A Mettner fu affidato il compito non certo invidiabile di tornare a casa dei Ross per comunicare che Wendy Kaplan era stata uccisa. Josie e Oaks si trovavano ancora sulla nuova scena del crimine quando Gretchen chiamò per dire che John Bausch, l'esperto di insetti, era appena arrivato al comando della polizia di Denton.

«Sistema le questioni preliminari» le disse Josie, «io arrivo.» Riattaccò e guardò Oaks. «La mia squadra ha convocato John Bausch, ma prima di andarmene, credo che dovremmo esaminare con più attenzione l'elenco che abbiamo fatto delle persone più intime a Amy e Colin. In particolare, Amy.»

«Allora sta pensando quello che penso io.» commentò Oaks.

«Che il rapitore si sta servendo delle persone care ai Ross per mettersi in contatto con loro, in modo da evitare di essere rintracciato su un telefono comprato da lui?»

«Proprio così.» disse Oaks. «Con la tecnologia di cui disponiamo attualmente, saremmo stati in grado di individuare la sua posizione rapidamente e con una discreta accuratezza se avesse chiamato con il suo telefono. Una volta ottenuto il numero, saremmo stati in grado di passare attraverso i gestori telefonici per rintracciare la sua posizione e questo ci avrebbe portato a Lucy prima che questa cosa prendesse il via.»

«Invece se va a casa delle persone legate alla famiglia Ross e usa i loro telefoni, può andarsene senza essere rintracciato.»

«Appunto.» concordò Oaks. «È in gamba, davvero.»

«Sì, ma questo significa che ha una lista proprio come noi. Dobbiamo scoprire chi è il prossimo su quella lista prima che cerchi di mettersi di nuovo in contatto con Amy.»

«Ci stiamo già lavorando.» disse Oaks.

Durante il tragitto verso il comando di polizia, Josie continuò a pensare alla crisalide che Lucy aveva lasciato a casa di Wendy. Il solo pensiero che la bambina potesse essere ancora viva le dava il batticuore. Ma poi le sue speranze vennero immediatamente riportate alla realtà dalla paura che il rapitore la uccidesse prima che avessero la possibilità di batterlo al suo stesso gioco malvagio. Perché quello era una specie di gioco e lui stava vincendo.

L'edificio della centrale di polizia apparve alla vista, circondato da furgoni dei giornalisti. Si trattava di un edificio storico a tre piani che un tempo aveva ospitato il municipio, ma che sessantacinque anni prima era stato convertito in stazione di polizia. Era enorme e grigio, con modanature ornamentali sulle numerose finestre ad arco a doppia anta e un vecchio campanile a un angolo. Josie lasciò la macchina nel parcheggio comunale sul retro per evitare i giornalisti che stazionavano sul davanti. Raggiunse il secondo piano, superò il grande ufficio dove si trovavano le scrivanie dei detective e percorse un lungo corridoio fino alla porta di una delle stanze per gli interrogatori. Si fermò davanti alla porta e mandò un messaggio a Gretchen per avvisarla che era arrivata.

Un attimo dopo la porta si aprì e Gretchen le fece cenno di entrare, ma una volta varcata la soglia, Josie si bloccò. Al tavolo sedeva un uomo leggermente sovrappeso, sulla sessantina, con una sottile barba grigia e lunghi capelli grigi legati in una coda di cavallo alla base della nuca.

Lui le sorrise in maniera cortese. «Questa è la detective Josie Quinn.» la presentò Gretchen all'uomo, poi rivolgendosi a Josie disse: «Questo è Mr. John Bausch.»

Josie lo fissò ancora un attimo, stupefatta, prima di riuscire a dire: «Abbia pazienza, signore. Devo parlare un attimo in privato con la detective Palmer.»

Senza ascoltare la sua risposta, Josie girò sui tacchi e uscì. Gretchen la seguì nella sala di osservazione qualche porta più avanti, dove potevano vedere l'uomo seduto nella sala interrogatori attraverso le telecamere a circuito chiuso.

«Cosa c'è che non va?» chiese Gretchen.

Josie indicò lo schermo. «Quello non è John Bausch.»

Perplessa, Gretchen inarcò un sopracciglio. «Sì, invece. Secondo la sua patente di guida, è lui.»

Josie lo guardò ancora una volta. «Allora non è l'uomo che è andato in visita in classe di Lucy. La scuola ti ha inviato le foto che Violet Young ha scattato il giorno in cui ha fatto la presentazione? Avevamo inviato un mandato...»

«Aspetta qui.» disse Gretchen. «Vado a controllare.»

Mentre aspettava, Josie continuò a osservare l'uomo nella stanza degli interrogatori. Se ne stava seduto tranquillo, teneva le mani conserte sulla pancia e fischiettava sommessamente. Appariva completamente rilassato.

C'era decisamente qualcosa che non andava.

«Avevi ragione.» disse Gretchen al suo ritorno. Passò a Josie il suo telefono, che mostrava una delle fotografie scattate da Violet Young del giovanotto che si era presentato come John Bausch. Josie indicò lo schermo delle telecamere a circuito chiuso. «Quello è il vero John Bausch, ovviamente, se ti ha mostrato un documento d'identità, ma non è lui che ha tenuto una presentazione alla scuola.»

«Però mi ha detto di aver fatto delle presentazioni qui a Denton.» rispose Gretchen.

Josie restituì a Gretchen il telefono. «È questo che ha detto? Presentazioni? Cioè, più di una?»

Capendo subito dove Josie voleva arrivare, Gretchen chiese: «Quante scuole elementari ci sono a Denton?»

«Cinque.» rispose Josie. «Contando anche la scuola cattolica.»

«Ma lui sa di essere qui a causa di Lucy Ross. Sa che è scomparsa. Dice di non ricordarsi di lei, ma ricorda di aver fatto una presentazione nella sua scuola.»

«Ha parlato specificamente della Denton West?»

«Questo no.» disse Gretchen. «Ha detto che in quei giorni stava facendo delle presentazioni in alcune scuole di Denton.»

Tornarono nella stanza degli interrogatori. Gretchen cominciò subito a fargli domande. «Mr. Bausch, ricorda nello specifico i nomi di tutte le scuole elementari a cui ha fatto visita qui a Denton?»

Bausch sorrise. «Detective...» disse, «faccio visita a centinaia di scuole all'anno. Non ricordo tutti i nomi, è mia moglie che aggiorna il programma. Lei mi fornisce un indirizzo, io lo inserisco nel GPS e parto. Come ho detto, sono stato qui a Denton e ho visitato un po' di scuole, ma è stato un paio di mesi fa. Non ricordo tutti i dettagli.»

«Ha detto alla detective Palmer di aver visitato molte scuole di Denton.» intervenne Josie. «Qualche visita è stata cancellata?»

John Bausch si grattò la testa. «A pensarci bene, mi sembra che una presentazione sia stata cancellata. Ma quel giorno avevo in programma un appuntamento mattutino qui a Denton e uno pomeridiano a Bellewood, a una quarantina di chilometri da qui, così sono andato a quello di Bellewood e non ci ho pensato più di tanto. Come ho detto, è mia moglie che si occupa della programmazione. Sarà felice di parlarne con voi. Vi darà tutti i documenti di cui avete bisogno.»

Gretchen rivolse un cenno a Josie, fece qualche passaggio sul suo telefono e uscì dalla porta. Josie capì che stava andando a chiamare la moglie di Bausch per farsi consegnare tutti i documenti che aveva. Josie tirò fuori il telefono e trovò le foto che Gretchen le aveva appena inviato dell'uomo che era andato alla scuola di Lucy spacciandosi per lui e lo passò a John Bausch, chiedendogli: «Riconosce quest'uomo?»

Josie fece scorrere diverse fotografie, Bausch le studiò una per una per qualche istante, ma alla fine scosse la testa e disse: «Non l'ho mai visto.»

«Non ha assistenti o aiutanti?» chiese Josie. «Magari un dipendente?»

«No, siamo solo io e mia moglie. Non ho mai avuto aiutanti. Non ne ho mai avuto bisogno. E non guadagno abbastanza per avere dei dipendenti.»

«Nemmeno un figlio?» chiese Josie. «Qualcuno a cui pensa di passare l'attività quando andrà in pensione?»

«No.» rispose Bausch. «Nessun figlio. Ho un genero, ma è nell'esercito. È di stanza in Texas. È lì da circa un anno, mi pare. Comunque, non è lui in quelle foto. Deve farsi un taglio militare per stare nei Marines. In ogni caso, immagino che vorrà anche il suo nome e tutti i suoi contatti.»

Josie sorrise. «Sì, grazie.»

TRENTADUE

Oaks arrivò al comando di polizia mezz'ora più tardi, con l'aria più esausta che mai, come mostravano le borse sempre più gonfie sotto gli occhi e le pieghe sempre più vistose sui suoi vestiti. Josie lo accompagnò nella sala conferenze del primo piano e lo aggiornò sulla situazione di John Bausch. Passandosi una mano sulla barba che gli ingrigiva il mento, Oaks sospirò. «Chiunque sia l'uomo dietro a tutto questo, lo stava pianificando da un bel pezzo.»

«Penso che dovremmo procedere in questo modo...» disse Josie, «diffondiamo la sua foto alla stampa come principale indiziato. Abbiamo solo il suo profilo, ma potrebbe valerne la pena. Violet Young lo ha visto da vicino. Potremmo farla incontrare con un disegnatore di identikit.»

«Ne farò mandare uno alla scuola per parlare con lei. Nel frattempo, useremo quello che abbiamo. Taglieremo via i bambini e metteremo insieme questi scatti.» concordò Oaks.

«Questo mi porta alla mia prossima perplessità.» disse Josie. «Sarebbe?»

«Questo tizio ha rapito Lucy. Sappiamo che è viva, o almeno che lo era fino a poco fa, quando il rapitore ha chiamato dal telefono di Wendy Kaplan. La foto di Lucy è stata diffusa in tutta la città, in televisione e sui social media. I volontari hanno persino fatto fare dei volantini e li hanno attaccati in tutta la città».

Oaks annuì mentre Josie parlava e appoggiò un fianco al tavolo della sala conferenze incrociando le braccia sul petto. «E vuole sapere dove la tiene, giusto.»

«Se la tenesse in un albergo o in un motel, qualcuno l'avrebbe già vista.»

«Ma non tutti lo denuncerebbero.» sottolineò Oaks. «Soprattutto in alcuni degli esercizi meno raccomandabili. Avete degli agenti che possono andare a controllare quei posti per vedere se riescono a scoprire qualcosa?»

«Sì.» disse Josie. «Penso anche che dovremmo inviare alcune squadre a fare un sopralluogo nei rifugi di caccia della zona. La periferia di Denton è piuttosto rurale. Ci sono molti casolari nelle zone più remote che non vengono utilizzati in questo periodo dell'anno. Se stessi cercando di non farmi notare e di nascondere una bambina il cui volto è stato messo in bella mostra dappertutto, penserei di nascondermi in un capanno di caccia chiuso o di accamparmi nei boschi da qualche parte. Posso chiedere alla Polizia di Stato e all'ufficio dello sceriffo di aiutarci a verificare. Espandere la ricerca in tutta la contea.»

«A questo possono pensare alcuni dei miei uomini. Mi assicurerò che ispezionino anche i campeggi.» disse Oaks.

Il cigolio della porta attirò la loro attenzione. Mettner fece capolino. «Boss.» disse.

«Josie.» lo corresse lei, sapendo che non sarebbe servito a nulla.

«Abbiamo scoperto chi è il tizio con la giacca di tweed: è uno psicologo che esercita privatamente qui a Denton».

«Lo avete già interrogato?» chiese Josie.

«Ci ho parlato io. Ha detto che è venuto a offrire gratuitamente i suoi servizi a chiunque ne abbia bisogno».

«Ha un alibi per il periodo in cui Lucy è scomparsa?»

Mettner si grattò la tempia. «No. Dice che domenica era a casa da solo a leggere.»

Josie e Oaks si guardarono e Mettner disse: «Vuoi che lo porti in centrale?»

«Non adesso.» disse Josie.

«Vuoi che lo teniamo d'occhio?»

«Siamo già abbastanza a corto di risorse.» gli fece notare Oaks. «Le dico una cosa: chiederò alla mia squadra di tenerlo d'occhio per voi. Vediamo se riusciranno a trovare qualcosa di sospetto. Voi occupatevi di scoprire se c'è qualche collegamento tra lui e la famiglia Ross.»

«Agli ordini.» disse Mettner.

«Chiederò ad Amy e Colin se lo conoscono. Come si chiama, Mett?» chiese Josie.

«Bryce Graham. Vi mando i miei appunti su di lui con l'indirizzo e tutto il resto.»

«Grazie, Mett.» disse Josie e una volta che se ne fu andato si rivolse a Oaks e gli chiese: «La sua squadra è riuscita a ottenere qualcosa con i vicini di Wendy Kaplan?»

Oaks scosse la testa. «Niente di concreto. Una donna crede di ricordare di aver visto un furgone bianco che si aggirava nei pressi del quartiere, ma niente di più. Però non abbiamo modo di sapere se sia collegato all'omicidio di Wendy Kaplan o meno. Potrebbe trattarsi di chiunque. Senza marca, modello o targa, questa pista è un vicolo cieco. Inoltre, nessuna delle abitazioni vicine ha telecamere esterne.»

«Non mi sorprende.» disse Josie.

Oaks inarcò un sopracciglio. «A me sì. Dalle mie parti, tutti hanno una telecamera fuori casa.»

«Beh, a Denton il tasso di criminalità è piuttosto basso, che ci si creda o no. La gente non ne vede la necessità.»

Oaks sembrava ancora perplesso, ma continuò il suo reso-conto. «Abbiamo quello che crediamo sia il DNA dell'assassino sotto le unghie della Kaplan e su uno dei pezzi rotti della tazza di ceramica. È possibile che lo abbia ferito durante la lotta.»

«Avete trovato tracce di sangue?»

Oaks annuì. «Crediamo di sì. Lo analizzeremo insieme ai residui di pelle trovati sotto le unghie della Kaplan e lo confronteremo con quello trovato sotto le unghie di Jaclyn Underwood.»

«Ma anche se corrispondesse e potessimo collocarlo su entrambe le scene del crimine, abbiamo già visto che non ci sono stati riscontri con il DNA trovato sotto le unghie di Jaclyn. Quindi non riusciremmo comunque a trovare questo tizio.»

«È vero.» ammise Oaks. «Aiuterà il Procuratore Distrettuale solo se prenderemo questo bastardo e se verrà perseguito.»

«Allora continuiamo a lavorare su ogni pista.» disse Josie.

«C'è una cosa che ho bisogno che lei faccia adesso, però». disse Oaks.

«Di cosa si tratta?» chiese Josie.

«Ho bisogno che parli di nuovo con Mrs. Ross, della lista di cui abbiamo parlato prima, ha presente?»

«Quella con le persone vicine alla famiglia?»

«Sì, quella. È finita. Non c'è nessun altro.»

«Come sarebbe?» disse Josie.

«La tata e Wendy Kaplan erano le uniche persone che Amy vedeva regolarmente, come sostiene lei.»

«Solo due persone?» chiese Josie.

«Non è poi così strano, visto quello che già sappiamo di lei.» disse Oaks «Tutte le persone con cui abbiamo parlato hanno detto le stesse cose: è silenziosa, sta sulle sue. Isolata. Distratta.»

«Lo so, è vero, ma il rapitore prenderà di mira qualcun altro per mettersi in contatto con i Ross, e dobbiamo capire chi è questa persona in anticipo per evitare di trovarci per le mani un altro omicidio.»

«Credo che lei sia la nostra migliore possibilità di tirarle fuori la verità.» disse Oaks. «Nel frattempo, metterò delle unità sulle madri che lei e Mettner avete interrogato. So che le hanno detto che non era in confidenza con loro, ma è tutto ciò che abbiamo.»

«Buona idea.» disse Josie.

«Chiederò anche alla mia squadra di scavare più a fondo nel passato di Amy per vedere se c'è qualcosa che ci è sfuggito. Magari stavolta emerge qualcosa».

«Ottimo» disse Josie, «allora vado a casa dei Ross».

Una volta fuori, tirò fuori il telefono e mandò un messaggio a Trinity: *Ancora niente?*

La risposta arrivò in pochi secondi. *Ci sto lavorando. Ti faccio sapere appena ho qualcosa.*

TRENTATRÉ

Amy era seduta in giardino su una sedia che aveva accostato alla casetta di Lucy. Tra le braccia teneva un unicorno di peluche che Josie aveva visto in precedenza sul letto della bambina. Il viso di Amy era gonfio, pieno di macchie e umido di lacrime. Quando Josie si avvicinò, disse: «Mi hanno detto di Wendy.»

«Mi dispiace.» disse Josie. «Mi dispiace davvero.»

«Non eravamo nemmeno così intime.» disse Amy con voce roca.

«Ma mangiavate insieme un paio di volte alla settimana, non è così?»

Amy annuì, stringendo di più l'unicorno al petto. «Wendy era una trapiantata, come me. Divorziata. Era decisamente fuori età per avere figli e non aveva alcun desiderio di uscire con qualcuno o di sposarsi di nuovo. Era molto sola. Come me, direi.»

«Non aveva molti amici qui?» chiese Josie.

«No, non molti.»

«Di cosa parlavate a pranzo?» chiese Josie.

«Di cose che avevamo visto al notiziario, di progetti a cui stava lavorando, di libri. Io le parlavo molto di Lucy. A Wendy non sembrava dispiacere, anche se non aveva figli suoi. Era gentile con me.»

Amy strinse gli occhi per combattere la nuova ondata di lacrime. «Questa situazione diventa sempre più incredibile.»

«Dov'è suo marito?» chiese Josie.

«Non lo so.» rispose Amy. «Di sopra, probabilmente.»

«Devo parlare con entrambi.»

Dalla porta sul retro si udì la voce di Colin. «Sono qui. Avete scoperto qualcosa? Che succede?»

Quando Colin raggiunse il giardino, Amy si alzò dalla sedia, stringendo ancora di più l'unicorno contro il suo petto. «Di cosa si tratta?»

«Crediamo che Lucy fosse con il rapitore a casa di Wendy.»

«Cosa?» esclamò Colin. «Pensa... pensa che abbia visto quello che è successo a Wendy?»

«Questo significa che è viva?» chiese Amy.

Josie alzò una mano. «Non crediamo che abbia assistito all'omicidio di Wendy, anche se presumibilmente ha potuto sentirlo. Abbiamo trovato una crisalide di carta sotto la scrivania di Wendy.»

Le rughe del viso di Colin si fecero più profonde per la sconcertante confusione. «Come sarebbe? Di cosa sta parlando?»

Amy scosse la testa verso il marito. «Non riesci proprio a prestare attenzione, vero? Davvero non sai cos'è una crisalide?»

Lui lanciò un'occhiata alla moglie. «Perché diavolo dovrei sapere cos'è? Cosa c'entra questo con nostra figlia?»

La voce di Amy si alzò fino a un grido. Le sue mani si strinsero intorno alla testa dell'unicorno. «È un bozzolo, Colin. Hai presente quello che fanno i bruchi prima di trasformarsi in farfalle? Ti ricordi che tua figlia è ossessionata dalle farfalle, almeno? O sono troppe le cose che devi tenere a mente mentre vai in giro per il mondo a far pagare ai malati le medicine per il cancro?»

Colin fece un passo indietro come se fosse stato preso a schiaffi. Anche Josie rimase momentaneamente sbalordita. Il commento di Amy era sprezzante e lanciato con più veemenza di quanta Josie ne avesse mai vista fino a quel momento.

Prima che Colin potesse rispondere alla moglie, Josie tirò fuori il telefono e selezionò la foto che uno dei tecnici della scena del crimine di Oaks le aveva inviato. «È un bozzolo. Crediamo che Lucy abbia strappato un pezzo di carta da un manoscritto sulla scrivania di Wendy e l'abbia usato per fare questo.» Tese il telefono ed entrambi i genitori si avvicinarono per guardarlo. Amy ebbe un sussulto. «È viva. Oh, grazie a Dio, la nostra bambina è viva.» Con una mano lasciò l'unicorno di peluche e strinse l'avambraccio di Colin.

«Come fa a sapere che l'ha fatto Lucy?» chiese Colin. «Come fa a sapere che quello è un bozzolo? Non è possibile che Wendy abbia strappato un pezzo di carta, lo abbia accartocciato e lo abbia gettato sul pavimento?»

«Quello è di Lucy!» disse Amy con fermezza.

«Ho trovato la stessa cosa sotto al suo banco a scuola.» spiegò Josie. «Credo che l'abbia fatto Lucy.»

«Per farci sapere che è ancora viva?» chiese Amy speranzosa.

«Forse.»

«Buon Dio...» disse Colin, iniziando a camminare. «Questo è un incubo.»

Amy si girò verso di lui. «Come puoi dire una cosa del genere? Nostra figlia è viva. È viva! Abbiamo la possibilità di riportarla a casa sana e salva.»

Colin si fermò e fece un gesto verso il telefono di Josie. «Quanto tempo fa l'ha trovato? Qualche ora? Potrebbe averla già uccisa.»

«No!» strillò Amy. «Non dire così!»

Gli occhi di Colin brillarono di lacrime. «Devi prepararti, Amy. L'uomo che l'ha presa è un assassino. Ha ucciso Jaclyn e

Wendy come se niente fosse. Cosa gli impedisce di uccidere anche Lucy?»

«Noi.» intervenne Josie.

Marito e moglie si interruppero e girarono la testa verso di lei. «Le informazioni più recenti che abbiamo indicano che Lucy è ancora viva.» continuò Josie. «Stiamo operando come se lo fosse e faremo tutto ciò che è in nostro potere per trovarla il più rapidamente possibile. La cosa migliore che voi due possiate fare per Lucy è rimanere calmi e rispondere a tutte le domande che vi faremo.»

Colin alzò gli occhi al cielo, attirandosi un'occhiataccia da parte della moglie. «Domande e ancora domande. E che altro?»

Ignorando le sue provocazioni, Josie chiese: «Uno di voi due conosce un uomo di nome Bryce Graham?»

«No.» disse Colin. «Mai sentito nominare.»

«Chi è?» chiese Amy.

«Uno psicologo locale. Era presente alle ricerche dell'altro giorno al parco. Ha offerto i suoi servizi a molti dei volontari. Gratuitamente. Ci chiedevamo se lo conosceste personalmente.»

«No.» risposero all'unisono marito e moglie. Poi Amy chiese: «Pensate che sia lui che ha preso Lucy?»

«No, neanche lontanamente.» disse Josie. «Ci è saltato all'occhio quando abbiamo esaminato i filmati delle ricerche perché indossava un completo.»

«Deve esserci dell'altro.» inferì Colin. «Altrimenti non ci starebbe chiedendo se lo conosciamo.»

«A quanto pare non ha un alibi per l'ora in cui Lucy è stata rapita.»

Amy sussultò. «Ma... uno psicologo? Cosa potrebbe volere da Lucy?»

Josie alzò una mano. «Non ho detto che è un sospettato. Ho solo detto che non ha un alibi. Non abbiamo motivo di credere che sia coinvolto nel rapimento di Lucy. Anzi, in questo momento stiamo cercando un'altra persona.» Tirò di nuovo fuori il suo telefono e cercò le foto dell'uomo che si era spacciato per John Bausch davanti alla classe di Lucy. Passò il telefono ad Amy, che lo tenne in mano mentre Colin guardava da sopra le sue spalle. «Ci sono altre tre foto.» disse Josie. «Scorrete verso sinistra. Ditemi se, invece, riconoscete quest'uomo.»

Amy e Colin guardarono attentamente ciascuna fotografia. Il volto di Colin rimase privo di espressione. La fronte di Amy si corrugò di rughe orizzontali. «Non lo conosco. Chi è?» chiese.

«Non l'avete mai visto?»

Amy le restituì il telefono. «No, mi sembra di no. Senza vederlo di fronte, è difficile da riconoscere solo dal profilo, ma non mi sembra familiare.» Si girò verso il marito. «Tu lo riconosci?»

Colin scosse la testa. «No, non l'ho mai visto prima.»

«Chi è?» chiese Amy. «Pensa che sia la persona che ha rapito Lucy?»

«L'uomo in queste foto è andato alla scuola di Lucy.» spiegò Josie. «E ha fatto una presentazione sugli insetti.»

«Oh.» disse Amy. «L'esperto di insetti. Ricordo che Lucy mi aveva parlato di lui. Aveva portato una farfalla, naturalmente, e un mucchio di altri insetti. Le era piaciuto molto l'insetto stecco.»

«Ricordo che ne parlava.» disse Colin. «Pensa che abbia qualcosa a che fare con la sua scomparsa?»

«Stiamo indagando.» disse Josie. «La scuola aveva ingaggiato un uomo di nome John Bausch. Il vero John Bausch è un uomo di sessant'anni, ma qualcuno ha contattato il suo ufficio e ha annullato la presentazione. Poi questo tizio si è presentato di fronte alla classe di Lucy e ha tenuto una presentazione.»

«Ma di cosa sta parlando?» disse Colin, con le spalle contratte per la tensione.

«Sto dicendo che quest'uomo si è spacciato per il vero John Bausch, il che di per sé è un campanello d'allarme. Deve aver incontrato Lucy. Lei avrà mostrato grande interesse per la sua presentazione, ne sono certa.»

«È così infatti.» gracchiò Amy. «Ha detto che era il miglior esperto che avessero mai avuto.»

«E nessuno di voi due ricorda di averlo visto in seguito? Lucy non ve lo ha mai indicato da nessuna parte? Non vi siete mai imbattuti in lui?»

«No.» disse Amy. «Non è mai successo. Sono sicura che l'avrebbe fatto se l'avesse visto.»

«Io ricordo soltanto che mi parlò della presentazione a scuola.» disse Colin. «Non ha mai parlato di quel tale dopo quella volta.»

Josie mise via il telefono. «Stiamo parlando di un periodo di due mesi. È possibile che Lucy lo abbia visto o lo abbia incontrato senza che qualcuno di voi ne fosse a conoscenza?»

Colin rimase in silenzio. Josie immaginò che fosse perché non tornava a casa abbastanza spesso o abbastanza a lungo da aver portato Lucy in giro da sola.

Amy si prese un lungo momento per pensarci. «Beh, immagino quando era fuori con Jaclyn. Sono sicura che mi ricorderei se avesse parlato con un uomo sconosciuto mentre eravamo fuori da qualche parte.»

«Jaclyn dove ha portato Lucy negli ultimi due mesi?»

Colin fissò la moglie con impazienza.

«Gliel'ho già detto.» disse Amy. «A scuola, al parco... e basta. Avevamo una routine. Non abbiamo una vita molto eccitante.»

«La portava a fare la spesa con lei?»

«Beh, certo, qualche volta.»

«Siete mai andate al centro commerciale?»

«Sì, un paio di volte. Hanno aperto una nuova sala giochi, dove si può mangiare e giocare. Una delle sue amiche ci ha fatto una festa di compleanno diversi mesi fa e poi ce l'ho portata di nuovo, più di recente, eravamo solo noi due. Però

Lucy ha solo sette anni. Non la perdo di vista quando usciamo.»

Josie pensò all'uomo che Ingrid Saylor aveva visto a quella festa, quello che aveva aiutato Lucy con la macchina dello skeeball mentre Amy si faceva dare il resto. «Nemmeno per qualche minuto?»

«No, direi proprio di no.»

«Potrebbe darmi delle date approssimative? Dopo quella festa di compleanno, quando siete andate al centro commerciale?»

«Credo di sì. Posso provarci. Se guardo gli estratti conto della banca... o può farlo lei. Abbiamo dato all'FBI accesso a tutti i nostri conti. Ho una carta di debito che attinge direttamente dal conto corrente che Colin ha attivato per me. Di solito prelevo una certa quantità di contanti ogni settimana, ma a volte la uso come carta di credito anziché andare a prelevare i contanti, quindi sì, è probabile che ci sia anche la sala giochi.»

«E invece quando va al supermercato? Usa la carta o i contanti?» Amy scrollò le spalle. «Dipende. Perché? A cosa sta pensando?»

«È un'ipotesi azzardata.» disse Josie. «La maggior parte degli esercizi non conserva i filmati delle telecamere di sorveglianza per molto tempo, ma potrei chiedere alla mia squadra di recuperare i filmati della sala giochi e del supermercato per le date in cui lei e Lucy ci siete andate, per vedere se quell'uomo vi ha seguite.»

«Vado a prendere gli estratti conto.» disse Colin. «Posso farvi avere una lista dei posti in cui Amy ha usato la carta negli ultimi due mesi.»

«Grazie.» disse Josie.

Una volta che Colin fu rientrato in casa, Amy si sedette di nuovo sulla sedia. «Pensa che per tutto questo tempo quell'uomo ci stesse pedinando? Che avesse preso di mira Lucy?»

Josie si portò una mano allo stomaco sentendo un'ondata di

nausea che la investiva. Una vampata di calore le punse il viso. Si augurò di non vomitare davanti a Amy. «Non lo so.» disse stringendo i denti, cercando di superare quella sensazione. «Ma credo che sia estremamente probabile. Questo rapimento è stato ben pianificato ed eseguito senza alcun errore. Se il rapitore ne avesse commesso uno, a quest'ora avremmo già trovato qualcosa, ma non è così.»

Amy si strinse al petto l'unicorno di peluche. «È così raccapricciante. Così inquietante. Non riesco a crederci. Quel... quel mostro ha pedinato la mia bambina per tutto questo tempo e io non me ne sono nemmeno accorta. Che razza di madre non si accorge se qualcuno prende di mira la sua bambina di sette anni?»

Josie inspirò profondamente e la nausea cominciò a diminuire. Ancora una volta, il dubbio che un bambino - il suo bambino - stesse crescendo dentro di lei le balenò in mente, ma lo accantonò. Doveva concentrarsi sul caso. Pensò a ciò che Oaks le aveva detto alla stazione di polizia.

«Amy...» disse Josie. «Ho bisogno che mi ascolti molto attentamente. L'uomo che ha rapito Lucy sta prendendo di mira le persone a lei vicine per entrare in contatto con lei.»

«Li sta uccidendo per arrivare a me?» chiese Amy.

«Sta usando i loro telefoni in modo che non possiamo rintracciarlo finché lascia la scena del crimine prima del nostro arrivo e li sta uccidendo perché non possano dirci la sua identità, ma anche, io penso, perché le farebbe male saperlo. Per tutto questo tempo abbiamo indagato più attentamente su Colin, ma suo marito aveva meno contatti con Jaclyn rispetto a lei e immagino che conoscesse a malapena Wendy.»

«L'avrà incontrata giusto una o due volte.» concordò Amy. «Quello che dobbiamo capire è chi sarà il suo prossimo obiettivo.»

Amy la fissò come se aspettasse che rispondesse alla sua stessa domanda.

«Amy, capisce cosa le sto chiedendo?» chiese Josie. «Ho bisogno di sapere chi sarà il prossimo.»

«Io non lo... non posso... non c'è nessuno.»

«Vedeva Jaclyn quasi tutti i giorni. Pranzava con Wendy un paio di volte alla settimana. Chi altro c'è nella sua vita con cui ha contatti regolari?»

«Nessuno.» disse Amy. «Non in modo significativo. Vedo la stessa cassiera al supermercato la maggior parte delle volte che ci vado. Abbiamo lo stesso postino.»

«Sa che non è quello che intendo.»

«Detective Quinn...»

«Josie, la prego.»

«Josie, non ho molti amici. Non ne ho nessuno a dire il vero. Non più. Wendy era mia amica. Nessun altro. Jaclyn mi aiutava con Lucy. Sono una madre. È quello che faccio.»

«Se lei avesse un problema, chi chiamerebbe? Se avesse bisogno di sfogarsi?» chiese Josie.

«Mio marito.»

Josie sospirò. «Sono abbastanza sicura che Colin non corre nessun pericolo. Rimarrà qui con noi finché non sarà tutto finito. Ma Amy, ho bisogno che lei ci rifletta bene, perché quest'uomo non si fermerà. Ha fatto una richiesta, un milione di dollari, ma non le ha detto dove o quando portarli, il che significa che dovrà mettersi di nuovo in contatto con lei. Si servirà di una persona per farlo. Chi?»

«Non lo so.» insistette Amy. «Le dico che non c'è nessun altro...»

«E i vecchi amici? Qualcuno di New York o un compagno d'infanzia?»

«No.» disse Amy. «Non mi sono tenuta in contatto con nessuno. Le ripeto, non c'è nessun altro. Avevo solo mia madre e lei è morta anni fa. Non sono mai stata brava a farmi delle amicizie. Le persone mi intimidiscono, mi rendono nervosa. Ho mio marito e mia figlia. È tutto ciò che mi è rimasto.»

TRENTAQUATTRO

Noah era seduto alla sua scrivania nel grande ufficio del Dipartimento di Polizia di Denton quando Josie arrivò nel tardo pomeriggio, prima della conferenza stampa congiunta programmata dall'agente speciale Oaks e dal capo Chitwood. Qualcuno aveva portato un'altra sedia in modo che lui potesse appoggiarci sopra la gamba ingessata. «Ehi!» la salutò quando lei gli si avvicinò e gli strinse la spalla. «Sei venuta per la conferenza stampa?»

«Sì.» rispose lei. «Come sei arrivato qui?»

«Mi sono fatto dare un passaggio dal comando mobile da uno dei federali.»

«Ti tengono occupato?»

«Sì, non è male. Hanno ricevuto un identikit composto da Violet Young.»

«Fammelo vedere.» disse Josie.

Con pochi passaggi al computer, Noah fece apparire sullo schermo il profilo realizzato dal disegnatore dell'uomo che aveva fatto la presentazione sugli insetti di fronte alla classe di Violet Young. «Lo riconosci?» le chiese Noah.

«No.» rispose Josie aggrottando la fronte.

«Beh, lo mostreranno durante la conferenza stampa. Hanno predisposto una linea riservata per le segnalazioni. Speriamo che qualcuno, da qualche parte, guardando questo identikit e le foto prese di profilo, si ricordi di averlo visto e sappia dove trovarlo. I Ross sono qui?»

«Sono al piano di sotto.» rispose Josie. «Mett li ha fatti accomodare nella sala conferenze in attesa che inizi la conferenza stampa. Verranno ripresi dalle telecamere, ma Oaks preferisce non farli parlare.»

«Come se la passano?»

«Meglio, ora che sanno che Lucy è viva, almeno questa mattina.»

«Oaks non si preoccupa che il rapitore chiami mentre sono qui?» chiese Noah.

«Giù ci sono anche gli agenti che monitorano i loro telefoni.» spiegò Josie. «Ma dubito che il rapitore compia due omicidi in un giorno. Inoltre, dopo questa conferenza stampa, saprà che gli stiamo addosso.»

Gretchen entrò nella stanza tenendo una pila di fogli tra le braccia. «Mi sono procurata i mandati per il supermercato e per la sala giochi del centro commerciale e li ho appena fatti firmare. Se hanno ancora i filmati di sorveglianza, avremo un bel po' di materiale da esaminare.»

Noah alzò una mano. «Io vi aiuto volentieri dalla scrivania.»

«Ottimo.» disse Gretchen. «Tra l'altro, il genero del vero John Bausch è risultato pulito.»

«Non c'è da sorprendersi.» disse Josie.

Entrò anche Mettner e prese il telecomando per accendere il televisore appeso alla parete, in un angolo dell'ufficio. Lo schermo si illuminò, già sintonizzato sul canale della WYEP, che trasmetteva in diretta dal parcheggio comunale di Denton. I giornalisti erano troppi per poterli ospitare tutti nella sala conferenze all'interno del comando di polizia. Josie, Noah, Gretchen e Mettner rimasero a guardare l'agente speciale Oaks che saliva su un podio pieno di microfoni, seguito dal capo Chitwood e dai genitori di Lucy, che si stringevano l'uno all'altro, con aria spaventata e smarrita.

«Non dovresti raggiungerli?» chiese Noah guardando Josie. «Oaks non ti aveva messo alle costole di Amy?»

Josie fece un cenno verso i lividi scuri che le contornavano gli occhi, commentando: «Chitwood non voleva che mi presentassi in questo stato. Ha detto che sarebbe stata una distrazione.»

Gretchen fece una telefonata e pochi istanti dopo arrivarono un paio di agenti in uniforme a prendere i mandati per le riprese dei locali in cui Amy era andata insieme a Lucy nei due mesi precedenti, in modo che potessero essere consegnati al più presto. Nell'ufficio calò il silenzio quando la conferenza stampa ebbe inizio. Oaks fece un breve resoconto delle indagini, mostrando le foto e l'identikit dell'uomo che si era presentato al posto dell'esperto di insetti, e invitando il pubblico alla collaborazione. Rispose brevemente alle domande e poi concluse la conferenza stampa.

Josie sapeva che Oaks aveva optato per non far parlare nessuno dei due genitori perché non voleva dare al rapitore quello che voleva, ovvero vederli in pena. Allo stesso tempo, era importante che fossero entrambi presenti e ben visibili davanti alle telecamere, in modo che il pubblico fosse più propenso ad aiutarli. Ce n'era voluto per convincere Amy ad apparire al notiziario, e alla fine aveva ceduto solo perché non avrebbe dovuto parlare.

«Bene.» disse Noah. «Speriamo che la linea per le segnalazioni squilli in continuazione.»

«Se ne sta occupando l'FBI.» disse Gretchen. «Io dico di andare tutti a casa a dormire e di tornare domani ben riposati.»

«Non devi dirmelo due volte.» disse Noah.

TRENTACINQUE

Una volta a casa, Josie lasciò Noah in cucina insieme a Misty, che aveva cucinato una porzione abbondante di melanzane alla parmigiana, molto più del necessario per sfamare tre adulti e un bambino. L'odore seguì Josie fino al soggiorno, facendola sentire male invece che affamata. Deglutì la bile e chiamò Trinity. «Dimmi che hai qualcosa.» disse quando la sorella rispose.

Trinity sospirò. «Ho una bella concorrenza, ecco cos'ho. L'FBI è piombata qui come se ci fosse un'emergenza nazionale in corso.»

«Ogni tanto lo fanno.»

«Per cominciare, ho trovato la casa che apparteneva a Dorothy Walsh. È stata venduta diciassette anni fa da Renita Walsh. Non mi è stato possibile mettere le mani sui vecchi atti di proprietà, ma sembra che Renita abbia ottenuto la casa dopo la morte della madre e che ci abbia vissuto per alcuni anni prima di trasferirsi. Però, non sono riuscita a trovare nessuna Renita Walsh, almeno non da queste parti. Invece, ho trovato informazioni su una donna di nome Renita Desilva che più o meno ha l'età giusta e che ora vive a Binghamton, New York. L'ho contattata, ma non mi ha ancora risposto. C'è una vicina, un'anziana, che si ricorda di loro. La storia coincide: la madre e la sorella sono morte in un incidente stradale. Renita è rimasta nella casa ancora per qualche anno e poi l'ha venduta a una giovane famiglia.»

«Tutto qui? Si ricordava di Amy? Ha detto qualcosa su di lei?»

«Che era una brava ragazza. Molto tranquilla.»

Josie fece un gran sospiro. «Direi che questo fa scattare un bel po' di campanelli d'allarme, non ti pare?»

Trinity rise. «Non ho mica finito. Domani andrò a vedere se riesco a trovare qualche vecchio annuario scolastico al liceo. La vicina non ricorda che Amy abbia avuto dei fidanzati, ma se la relazione di cui Amy ha parlato era davvero "roba da ragazzi", allora forse troverò qualche informazione negli annuari. Pensavo anche di andare alla biblioteca locale per cercare nel loro database le vecchie notizie del Fulton Daily News, così vedrò se almeno una delle signore Walsh è mai stata menzionata. Poi, se non dovessi avere notizie di Renita Desilva, andrò a Binghamton e farò una visita a domicilio.»

«Ottimo.» disse Josie. «Ti ringrazio. Lo apprezzo molto.» Stava per chiudere la chiamata quando sentì che Trinity aggiungeva qualcosa. «Josie?»

Josie riportò il telefono all'orecchio. «Dimmi.»

«Stai bene? Ultimamente non sembri la solita.»

«Sto bene.» mentì Josie, premendo una mano sulla pancia.

«Sì, come no!» disse Trinity scettica.

«Dico davvero.» le assicurò Josie. «Va tutto bene.»

«Sarò io a giudicare quando ti vedrò. Mi occorrono soltanto un paio di giorni ancora. Non di più.»

Il mattino seguente, Josie e Noah si presentarono alla tenda di comando. I mandati di Gretchen avevano permesso di ottenere alcuni video di sorveglianza di vari negozi in cui Amy si era recata con Lucy nelle settimane precedenti al rapimento. Josie prese posto accanto a Noah, che iniziò a passare in rassegna i filmati. «Cominciamo con questo.» disse selezionandone uno. «Viene dalla sala giochi. Secondo l'elenco che Colin ci ha preparato con gli estratti conto della banca e della carta di credito, Amy ci ha portato Lucy a giocare solo tre settimane fa.»

«Diamo un'occhiata allora.» disse Josie.

Noah fece partire il filmato della sala giochi, ripresa da più angolazioni, ognuna delle quali era visualizzata in un riquadro diverso sullo schermo.

«Ci vorrà una vita.» brontolò Noah.

«Non necessariamente.» disse Josie. «Tu guarda quelli a sinistra e io quelli a destra.»

Nel giro di quindici minuti, Josie disse: «Fermati. Proprio lì. Quella telecamera.» Indicò uno dei riquadri sul lato destro dello schermo. «La puoi isolare? Solo quella...»

Con pochi passaggi, Noah allargò il quadratino a tutto schermo. Si trattava di una inquadratura leggermente inclinata e dall'alto di alcuni giochi in un angolo della sala, uno dei quali presentava un grande schermo e, di fronte a questo, sul pavimento, diversi riquadri che si illuminavano di vari colori. Josie si avvicinò e vide che il nome del gioco era *Dance Off*. Sullo schermo si muovevano dei personaggi computerizzati e davanti a loro, schiacciando i pannelli ai suoi piedi, una bambina bionda cercava di imitare le figure mossa per mossa.

«Quella è Lucy Ross, vero?» chiese Noah.

«Credo di sì.» disse Josie.

«Dov'è Amy?»

Josie passò al setaccio il resto dell'inquadratura. Nell'angolo in basso a sinistra c'era una donna con il cellulare premuto all'orecchio, che dava le spalle a Lucy. «Eccola.» disse Josie. «Credo che sia lei.»

Dovettero aspettare alcuni secondi prima che la donna si

girasse per poterla vedere in faccia. «È sicuramente lei.» disse Noah, mettendo in pausa il filmato e ingrandendolo.

«Sì è lei.» concordò Josie.

Tornò alla visualizzazione normale e fece ripartire il filmato. Amy lanciava un'occhiata a Lucy, che saltava e ballava sulla piattaforma del gioco, per poi voltarsi ancora una volta.

«Con chi pensi che stia parlando?» chiese Noah.

«Io scommetto con suo marito. Non ci sono altre persone nella sua vita, per quanto ne sappiamo.»

Meno di un minuto più tardi, un'altra figura entrava nell'inquadratura, avvicinandosi alle spalle di Lucy.

«Guarda quel tizio.» mormorò Noah.

Era un uomo che indossava jeans, scarponi, felpa e un berretto da baseball calato sul viso, dal quale spuntavano ciocche di capelli castani. «È difficile dirlo, ma secondo me assomiglia al tipo che si è presentato alla scuola di Lucy sotto il nome dell'esperto di insetti.»

«Vediamo se riesco a estrarre qualche fermo immagine.» disse Noah.

«Prima finiamo di guardare. Dovremmo anche esaminare le altre riprese per vedere se riusciamo a ottenere una visuale più chiara del suo volto quando è entrato e uscito.»

Noah lasciò ripartire il filmato. L'uomo rimaneva a osservare Lucy per qualche secondo. Poi, all'improvviso, lei si girava, lo guardava e sorrideva. Scendeva dalla piattaforma, con le braccia tese in avanti come per abbracciarlo, ma lui si allontanava e le faceva un cenno con una mano indicando sua madre.

«Mio Dio...» disse Josie. «Lo conosceva già!»

«E abbastanza bene, direi...» disse Noah, «qui sembra che stesse per correre tra le sue braccia.»

Intanto nel video Lucy si fermava di colpo, poi annuiva e tornava al suo gioco, questa volta ballando con molto meno entusiasmo.

«A quel punto aveva già lavorato parecchio con lei.» osservò

Josie. «Tutto quello che doveva fare era darle un piccolo segnale, giusto un lieve movimento della mano in direzione di Amy, e lei sapeva che doveva comportarsi come se non lo conoscesse. Sapeva che non doveva allarmare sua madre.»

«È spaventoso...» disse Noah.

L'uomo la lasciava giocare ancora per qualche secondo, girando di tanto in tanto la testa per controllare dove si trovava Amy. Poi raggiungeva Lucy sulla piattaforma. Ballavano insieme per qualche istante, rivolgendo le spalle alla telecamera. I movimenti di Lucy si facevano più entusiasti. Quando sullo schermo del gioco esplodevano i fuochi d'artificio, i due si davano il cinque. Poi l'uomo lanciava un'altra occhiata in direzione di Amy, prendeva qualcosa dalla tasca e la porgeva a Lucy. Si chinava in avanti e le sussurrava qualcosa all'orecchio prima di andarsene di corsa.

«La cosa spaventosa è immaginare quanto lavoro deve aver fatto per conquistare la sua fiducia e per addestrarla così bene senza che nessuno degli adulti nella sua vita se ne accorgesse.» commentò Josie e senza nemmeno rendersene conto, si portò la mano al ventre.

Nel frattempo, Amy raggiungeva la figlia alla piattaforma di *Dance Off*: aveva chiuso la telefonata ma stava cercando qualcosa nella borsa, e così non si accorgeva dell'uomo che si stava allontanando.

«Metti in pausa.» disse Josie. «Cosa le ha dato?»

Noah si prese un momento per tornare indietro di qualche fotogramma e cercare di ottenere la migliore visuale dell'oggetto prima di ingrandirlo. Era sgranato, ma Josie era abbastanza certa, per le dimensioni e il colore rosso, che si trattasse del portachiavi a forma di coccinella che Lucy aveva nello zaino a forma di farfalla quando era scomparsa.

«È il portachiavi.» disse Noah, come se le avesse letto nel pensiero.

«Esatto. Manda avanti.»

Noah riportò la schermata a grandezza normale e premette di nuovo play. Lucy guardava la madre che si dirigeva nella sua direzione, stringendo al petto il piccolo portachiavi. Quando Amy arrivava a pochi passi dal gioco, Lucy si allontanava da lei e infilava il portachiavi nella tasca dei pantaloni. Amy la raggiungeva e le tendeva la mano, che Lucy prendeva; poi Amy si avviava fuori dall'inquadratura con Lucy che le saltellava accanto.

«Sono senza parole.» disse Josie.

Noah riguardò il filmato dall'inizio, alla ricerca dell'uomo. Lo videro apparire poco dopo Amy e Lucy, trattenersi ad una delle macchinette per cambiare le monete ma senza usarla, seguire Lucy finché non iniziava a giocare a *Dance Off* e andarsene subito dopo il loro incontro.

«Non appare di fronte alla telecamera in nessuna angolazione in cui si possa vedere bene il suo volto, soprattutto con quel berretto.» disse Noah.

«Certo che no. Sapeva cosa stava facendo. Prendi tutti i fotogrammi che riesci a ottenere.» disse Josie. «Poi guarderemo gli altri filmati.»

«È incredibile.» disse Noah. Fece un gesto verso lo schermo dove aveva messo in pausa il video proprio mentre l'uomo si avvicinava a Lucy durante la partita di *Dance Off*. «Amy è a un passo da loro. Appena pochi metri, eppure non si accorge di lui.»

«Non lo vede proprio.» precisò Josie. «Perché si mimetizza. Non rappresenta una minaccia. Tra l'altro, Amy non si accorge che si ferma a parlare con Lucy perché ha la mente altrove. Proprio come al parco giochi il giorno in cui Lucy è scomparsa: era sotto gli occhi di tutti, nessuno ha notato la sua presenza. Immagino che sia comune: passiamo le giornate a guardare direttamente le persone e le cose, ma senza coglierle veramente.»

«Quante volte pensi che l'abbia fatto?»

«Parecchie. Abbastanza perché Lucy lo considerasse un amico. Qualcuno a cui volesse correre incontro; qualcuno che fosse entusiasta di vedere.»

«La maggior parte delle volte deve averla incontrata al parco, non credi? Direi, quando ce la portava la tata...»

«Esatto, e una delle altre madri ha detto che Jaclyn passava spesso il tempo al telefono.»

«E non ci sono telecamere al parco.» ribadì Noah. «E c'è la giostra. Questo individuo è riuscito ad avvicinarla senza che nessuno se ne accorgesse.»

Josie ci pensò su, rifletté tutta la pianificazione che era stata fatta. «La tata aveva un'ospite misteriosa, una donna, che per un tempo indeterminato ha alloggiato a casa sua. Le impronte di quella stessa donna misteriosa sono state trovate nella stanza di Lucy.»

«Quindi sappiamo che è coinvolta.» affermò Noah. «Per di più, la squadra di Oaks è riuscita a rintracciare una sua amica che ci ha raccontato di aver sospettato che Jaclyn avesse ospitato una ragazza per un po' di tempo, ma di non averla mai incontrata. Infatti l'amica le aveva chiesto spiegazioni e Jaclyn aveva risposto che stava solo aiutando una ragazza che aveva conosciuto nel campus, che stava cambiando appartamento. E questo è successo cinque o sei mesi fa.»

«Quindi la donna misteriosa ha fatto amicizia con Jaclyn, l'ha manipolata, ha fatto in modo che Jaclyn la tenesse in casa per un po' ed è riuscita a non incontrare nessuno degli amici di Jaclyn. Di chiunque si tratti, è in gamba.» osservò Josie.

«Già.» concordò Noah. «Il suo compito era quello di ottenere informazioni su Lucy e sulla sua famiglia.»

«Precisamente: le loro abitudini, le loro dinamiche, i loro orari. Quello che a Lucy piace e non piace fare.»

«E poi la donna misteriosa faceva rapporto a questo tizio. Tra le altre cose, gli diceva che Lucy è ossessionata dalle farfalle.» ricapitolò Noah, riprendendo il filo del discorso di Josie.

«Lui ha intravisto l'opportunità di entrare in contatto con lei a scuola, spacciandosi per l'esperto di insetti.»

«Ma come faceva a sapere che Bausch sarebbe andato alla Denton West quel giorno?» chiese Noah.

«L'incontro era pubblicato sul sito web della scuola.» spiegò Josie. «Ci trovi inclusi il calendario scolastico, compresi tutti gli eventi speciali e i visitatori. Quello pubblico, non quello privato. Gli è bastato consultare il sito per vedere che Bausch aveva in programma una presentazione in quella scuola.»

«E lui, o la sua complice, avrebbe potuto chiamare il vero John Bausch, fingere di essere della Denton West e dirgli che dovevano disdire l'appuntamento. Porca vacca. Questo tizio ha le palle quadrate.» disse Noah.

«Già.» convenne Josie. «Impersonare Bausch è stata probabilmente la cosa più coraggiosa che potesse fare, perché si è costretto a uscire allo scoperto, e questo lo ha reso vulnerabile. Doveva averlo pianificato da molto tempo. Forse ha visto in quella mossa la sua migliore, e forse unica, opportunità di conquistare la fiducia di Lucy.»

«Perché una volta che lei lo aveva incontrato in un ambiente sicuro, la scuola voglio dire, avrà sentito di potersi fidare di lui.»

«Giusto. E una volta che è riuscito ad avvicinarla fuori dalla scuola, lei lo ha considerato una persona affidabile.»

«A quel punto lui ha iniziato ad avvicinarla ogni volta che ne ha avuto l'occasione.»

«Ha costruito un rapporto di amicizia.»

«Ma cosa le avrà detto per convincerla ad andare con lui?» si chiese Noah.

Josie pensò ai disegni di Lucy, in cui si era ritratta con un uomo in abito marrone chiaro, come quello che il rapitore aveva indossato a scuola quando si era spacciato per John Bausch, e in entrambi aveva un retino per catturare farfalle variopinte. «Che l'avrebbe portata a catturare le farfalle.» disse Josie.

«Cosa? Ma è assurdo!»

«No, niente affatto.» replicò Josie. «Amy mi ha raccontato che hanno portato Lucy nella stanza delle farfalle all'Accademia di Scienze Naturali di Philadelphia e che Lucy ha detto che è stato il giorno più bello della sua vita. Il rapitore doveva sapere della sua ossessione per le farfalle e deve averle promesso un'esperienza straordinaria. Un regalo davvero magico perché potesse resistere.»

«Tipo cosa? Portarla in una specie di paese incantato delle farfalle?» chiese Noah. «Ma ti senti?»

«Lucy ha sette anni. Non ti ricordi com'eri a quell'età?»

«Mi ricordo a malapena di ieri.» si lamentò Noah.

«È solo una bambina, Noah.» lo incalzò Josie. «Ha una grande immaginazione, una passione per le farfalle e, da quello che ho capito, è al tempo stesso solitaria e compiacente. Sarebbe stato uno scherzo per il nostro uomo guadagnarsi la sua fiducia. Le ha dedicato un'attenzione particolare. È diventato il suo amico segreto. Era chiaramente affascinata da lui, a giudicare dal modo in cui si comportava quando lo vedeva. Voleva renderlo felice. Così ha fatto quello che lui le ha detto e lo ha tenuto nascosto a sua madre.»

«Come a tutti gli adulti della sua vita.»

«Sì.» concordò Josie. «Probabilmente le ha promesso di portarla da qualche parte. Un posto come la stanza delle farfalle dell'Accademia di Scienze Naturali, solo che probabilmente glielo ha fatto sembrare molto più grande ed eccitante. Non un posto reale, perché non ha mai avuto intenzione di portarcela davvero. Gli occorreva soltanto promettere qualcosa che avrebbe soddisfatto il desiderio di una bambina di sette anni. Qualcosa che l'avrebbe spinta ad andare con lui anche se i suoi genitori erano a un passo da lei.»

«Pensi che le abbia anche promesso che l'avrebbe riportata indietro?»

«Certo che glielo ha promesso.» disse Josie. «Probabilmente le ha detto che sarebbero partiti per la loro avventura e che lei sarebbe tornata nel suo letto la sera stessa. Tutto quello che ha fatto quest'uomo è stato all'insegna della manipolazione.»

«Ma perché?» chiese Noah. «Perché non l'ha rapita e basta? Tutta questa preparazione per cosa? Voglio dire, se è come dici tu, e questo tizio ha una complice donna che si è messa in contatto con la tata sei mesi fa, cioè molto prima che lui andasse alla scuola di Lucy... ha messo su una preparazione enorme per un rapimento. Una preparazione ingiustificata. Soprattutto se vuole solo un riscatto. Se la tata se ne stava al telefono ogni volta che accompagnava Lucy al parco giochi, lui avrebbe potuto portarla via da lì in qualsiasi momento. Perché mettere in piedi tutta questa messinscena?»

«Sta facendo un gioco.» disse Josie, con la mente presa in un vortice di pensieri. «Il punto non è affatto il riscatto. Non del tutto.»

«Allora di cosa si tratta?» chiese Noah.

«Non lo so ancora, ma devo fare una telefonata.»

TRENTASEI

Non l'ha uccisa. Ma le ha fatto più male di quanto gliene avesse mai fatto prima. È rimasta sdraiata sul letto per un tempo lunghissimo, mentre io me ne stavo sul pavimento, pregando che si muovesse. Mi sono leccato le dita e gliele ho passate sul viso per cercare di toglierle un po' di sangue, ma era denso e vischioso, e alla fine si è spalmato e le è finito tra i capelli e sul cuscino. Avevamo solo una federa e lui non le permetteva quasi mai di lavarla, e sapendo che si sarebbe arrabbiata se l'avessi sporcata, ho smesso di cercare di pulirla. Mi è sembrato che passasse una vita intera prima che mi parlasse di nuovo.

Ha allungato una mano. L'ho presa. «Adesso ti svegli?»

Ha annuito debolmente.

«Possiamo andare a casa?»

«Non ancora.»

«Ho fatto qualcosa di sbagliato?»

Ha sbattuto le palpebre. «No, certo che no. Non è colpa tua. Voglio che non lo dimentichi: niente di tutto questo è colpa tua.»

La sua mano si è stretta intorno alla mia. «Ora ho bisogno di riposare, d'accordo?»

Ho annuito, anche se aveva chiuso di nuovo gli occhi. Il suo naso fischiava mentre dormiva. Quando si è rilassata, la sua presa si è allentata e io ho ritirato la mia mano lasciandola cadere in grembo. Poi ho guardato dal davanzale della finestra verso l'esterno. La donna d'argento era di nuovo nel suo giardino. Forse lei poteva riportarci a casa. Ho alzato la mano per battere sulla finestra, ma sapevo che non potevo farlo.

Ho guardato di nuovo il suo volto insanguinato e i suoi occhi gonfi. Ho sentito la sua voce, anche se non parlava. *Devi rimanere il più possibile in silenzio.*

Non volevo che le facesse male di nuovo per colpa mia.

TRENTASETTE

Josie uscì dalla tenda, premendo il telefono contro l'orecchio mentre camminava. Nell'attesa che Trinity rispondesse, guardò verso la giostra, dove alcuni volontari per le ricerche si attardavano davanti ai tavolini ancora allestiti di cibo e bevande calde. Josie riconobbe Ingrid Saylor, in piedi, vicino al tavolino del Komorrah's Koffee, che parlava con il signore in completo di tweed. Josie si sforzò di ricordare il suo nome. Bryce Graham. A pochi metri da loro c'erano alcuni volontari che avevano portato i loro cani per le ricerche, tra cui Luke. Lui le fece un cenno di saluto, ma lei si allontanò rapidamente e uscì di corsa dal parco verso la sua auto.

Finalmente, all'ottavo squillo, Trinity rispose con un "ciao" trafelato.

«Sono sicura al cento per cento che questo rapimento riguarda Amy Ross.» disse Josie.

«Un rapimento? Non un sequestro?» chiese Trinity.

Josie fece un verso di gola per l'esasperazione. «Che differenza c'è?»

«Beh, se parli di rapimento, viene da pensare che l'abbia

presa un predatore sessuale, invece se parli di sequestro, penserei a qualcuno che l'ha portata via per chiedere un riscatto.»

«Ma che differenza fa?» brontolò Josie. «In entrambi i casi, devo trovare Lucy Ross il prima possibile.»

«Hai ragione.» concesse Trinity. Doveva aver sentito la frustrazione nel tono della sorella, perché non insistette affinché Josie le fornisse o rivelasse inavvertitamente informazioni sul caso che avrebbe potuto usare in una storia. Invece, disse: «Hai detto che pensi che questo caso riguardi la madre.»

«Esatto. Si tratta di Amy. Dietro a tutto questo c'è una persona che vuole farle del male.»

«La bella e tranquilla Amy, la cui vita è noiosa come guardare la vernice che si asciuga?» chiese Trinity.

«Sì, proprio lei.» disse Josie. «Dimmi che hai trovato qualcosa. Una cosa qualsiasi.»

«Ho una foto dell'annuario. Per ora è tutto. Ora sto andando in biblioteca. Renita non mi ha ancora richiamata. Ti manderò comunque la foto dell'annuario.»

Nel giro di pochi secondi, il telefono di Josie emise un ronzio. Lo allontanò dal viso per poter visualizzare il messaggio che Trinity le aveva appena inviato con la foto di una giovane adolescente e il nome "Amy Walsh" stampato sotto di essa. La esaminò molto attentamente. La foto era sgranata e mostrava una ragazza con i capelli scuri e ricci e un sorriso timido. La somiglianza con Amy Ross era minima. Dal telefono sentì la voce di Trinity, che diceva: «Non l'ho incontrata di persona. È lei, vero?»

Josie fissò la foto per un altro istante. «Suppongo di sì, se si è tagliata, tinta e lisciata i capelli. Non sopporterei il pensiero di assomigliare ancora a quella che ero nella foto dell'annuario.»

«L'FBI mi sta col fiato sul collo.» si lamentò Trinity. «Per caso hanno scoperto qualcosa?»

«Non credo.» disse Josie. «Dovrò parlare con l'agente Oaks. Ora sto andando a casa dei Ross. Ma fammi sapere se scopri qualcos'altro in biblioteca o se riesci a metterti in contatto con Renita.»

«D'accordo.» disse Trinity prima di riattaccare.

Josie guardò ancora una volta la foto di Amy Walsh sull'annuario. Provò a ingrandire la foto, ma ottenne solo di renderla più sfocata.

«Boss...» la chiamò Mettner avvicinandosi alle sue spalle.

Josie questa volta non si disturbò a correggerlo. «Cosa c'è, Mett?»

«Le squadre hanno trovato un capanno di caccia a South Denton che è stato scassinato. La cassaforte è stata forzata e le armi sono state rubate.»

Josie diede un'ultima occhiata alla foto e sospirò. «Andiamo.» disse. «Chiamerò Oaks lungo la strada per aggiornarlo.»

La parte sud di Denton era costituita per lo più da centri commerciali e da altri edifici squadrati dai tetti piatti, tra cui uno stabilimento di depositi privati e un'agenzia di noleggio auto che interrompevano il fitto fogliame della zona. C'erano alcune case sparse in lungo e in largo, e trattandosi di un quartiere commerciale, molte erano state trasformate in attività commerciali, tra i quali una tavola calda, un negozio di antiquariato e un rivenditore di libri usati. Ai margini della città c'erano diverse strade tortuose a una sola corsia che portavano verso le montagne. Josie e Mettner ne percorsero una per due miglia nel bosco, finché non scorsero due volanti della polizia di Denton alla fine di un vialetto di ghiaia, contrassegnato solo da due catarifrangenti rossi ai lati. Josie lasciò la macchina dietro una volante e insieme a Mettner si avviò lungo il vialetto verso il piccolo capanno. Si trattava di una struttura rettangolare a un solo piano, con i rivestimenti in finti tronchi e il tetto in lamiera ondulata rossa, spiovente per far scivolare giù la neve dei rigidi inverni della Pennsylvania. Sulla sinistra della piccola veranda c'era un quadrato d'erba e poi, a qualche metro di distanza, un barbecue in pietra circondato da sedie di metallo per esterni. Su una di queste sedie stava un uomo basso e rotondo con i capelli bianchi, che Josie immaginò fosse il proprietario del capanno. Davanti a lui c'erano due agenti in uniforme, uno che parlava e l'altro che prendeva appunti. L'agente Hummel era in piedi sulla veranda, con indosso la tuta in Tyvek, e si consultava con un altro agente che teneva in mano una cartellina.

«Cos'è successo?» gli chiese Josie salendo sulla veranda seguita da Mettner.

Hummel fece un cenno verso il proprietario e gli altri agenti. «Il capanno appartiene a quel signore. Vive in città. Non veniva qui da più di un mese. Stavamo controllando tutte le baite della zona, come ci aveva detto lei. Abbiamo trovato una finestra rotta sul retro, così abbiamo chiamato il proprietario e gli abbiamo chiesto di raggiungerci. Dice che non è stato danneggiato niente, tranne la teca delle armi. Il vetro anteriore è stato frantumato e le armi sono scomparse.»

«Non teneva le armi in una cassaforte?» chiese Mettner.

Hummel scosse la testa. «Da queste parti non ci viene nessuno. Pensava che un mobile andasse bene. Era chiuso a chiave ma, come ho detto, alla persona che ha rubato le armi è bastato sfondare il vetro per prenderle. Il proprietario dice di avere questo capanno da trent'anni e di non aver mai avuto problemi fino a oggi.»

«Che tipo di armi erano?» chiese Josie.

Hummel guardò l'altro agente, che sfogliò una pagina della sua cartellina, e Hummel lesse le note scarabocchiate. «Un Winchester modello 101, un Marlin a leva 30/30, un Remington 700 e una Glock 19.»

«Teneva una pistola nel suo casolare di caccia?» chiese Mettner.

«Per portarla alla cintura quando lavorava nella proprietà.»

«Per i coyote, probabilmente.» disse Josie. «Una pistola è più facile da portare che un fucile, se devi estirpare le erbacce o sederti accanto al fuoco.»

Mettner annuì.

«Pensi che chi ha fatto irruzione si sia anche fermato qui?» gli chiese Josie.

«No.» disse Hummel. «Come ho detto, l'unica cosa che è stata danneggiata è la teca delle armi. Abbiamo fatto un giro insieme al proprietario, che ci ha detto che tutto il resto è esattamente come lui lo aveva lasciato.»

Il che significava che ci sarebbero state poche prove, se non nessuna, che li avrebbero portati alla persona che aveva fatto irruzione.

«Pensi che sia il nostro uomo?» le chiese Mettner.

«È difficile dirlo.» disse Josie. «Quante effrazioni come questa ci sono ogni anno?»

«Uno o due al massimo.» rispose Hummel. «E in genere si tratta di adolescenti in cerca di un posto dove bere. Di solito non sono interessati alle armi.»

«Beh, è vero...» concordò Josie. «La caccia è piuttosto sacra da queste parti. Non si scherza con le armi degli altri.»

Hummel annuì. «Vuole dare un'occhiata in giro? Dentro c'è la squadra a lavorare, ma lei può entrare. Ci sono tute e guanti nel bagagliaio della mia auto.»

Josie si vestì; l'agente con la cartellina registrò il suo ingresso e lei entrò nel capanno. Il locale non era molto più grande di una roulotte: il soggiorno e la cucina erano divisi dal passaggio dalla moquette marrone al pavimento in piastrelle. Più avanti c'era un breve corridoio con due porte. Dietro la prima c'era una camera da letto e dietro la seconda il bagno.

Proprio come aveva detto Hummel, l'unico ambiente non

ordinato e pulito era il soggiorno, dove sul pavimento erano cosparsi i frammenti della teca che conteneva le armi. Fece un cenno ai due agenti che stavano lavorando intorno al mobile e ai vetri sparsi, fotografando tutto e cercando eventuali impronte.

Josie si prese un momento per studiare la stanza. Alla sua destra c'era una parete su cui erano affisse tre teste di cervo imbalsamate e poi il mobile distrutto. Alla sua sinistra c'era un piccolo salotto con un divano a due posti e un paio di poltrone reclinabili intorno a un televisore su un piccolo supporto. Se fosse stata una bambina di sette anni terrorizzata e si fosse trovata in quella stanza con un uomo spaventoso che spaccava il vetro dell'armadietto per prendere le armi, dove si sarebbe nascosta?

Si mise su un ginocchio dietro la poltrona reclinabile più vicina.

Mettner apparve dietro di lei, anche lui con indosso la tuta di protezione. «Cosa stai cercando, Boss?»

«Una crisalide.» rispose Josie. Sotto la prima poltrona non c'era niente. Si spostò verso il divanetto. Niente. Abbassando la testa verso il pavimento e scrutando sotto l'altra poltrona, notò un piccolo oggetto verde. «Ho bisogno di una torcia.» disse da sopra la spalla.

Un attimo dopo, Mettner le passò il suo cellulare con l'applicazione torcia accesa. Il fascio di luce illuminò l'oggetto verde: era cilindrico e leggermente ricurvo. «Trovata.» disse Josie, con il cuore che le martellava nel petto. «La fotograferò, poi occorre che venga analizzata. Userò il tuo telefono così poi potrai mandarmele via messaggio. Solleva la poltrona, per favore. Con delicatezza.»

Mettner la spinse in avanti, in modo che le gambe posteriori si sollevassero dal tappeto e Josie potesse scattare diverse foto prima di dire a Mettner di riabbassarla e di restituirgli il telefono. Scorrendo gli scatti che aveva fatto, disse: «Questa volta ha usato delle foglie. Non credo che potremo ricavarne delle impronte.»

«Non è questo il punto.» disse Josie. «Il punto è che sappiamo che ci sono buone probabilità che sia ancora viva, e sappiamo anche che il suo rapitore adesso ha ben altro che un semplice coltello.»

TRENTOTTO

Josie accompagnò Mettner alla tenda di comando. Quando i volontari che aveva intravisto poco prima si fecero avanti, Josie disse: «Dovresti portare alcune di queste persone al capanno dopo che la squadra di Hummel avrà finito con le analisi. Chiedi che perlustrino il bosco alla ricerca di eventuali tracce.»

Mettner annuì. «È una buona idea. Almeno si terranno occupati. A parte lo psicologo, immagino.»

Josie seguì lo sguardo di Mettner e scorse Bryce Graham seduto su una panchina nell'area del parco giochi, intento a parlare con una delle madri con cui avevano discusso la sera che Lucy era stata rapita. Era Zoey, si ricordò, e sentì un leggero pizzico di irritazione: non conosceva lo psicologo, ma sembrava proprio che stesse sfruttando la tragedia della famiglia Ross per fare più affari per sé.

«Sembra che le occasioni per tenersi occupato non gli manchino.» osservò Josie. Percorse i pochi isolati che la separavano dalla casa dei Ross, facendo due volte il giro dell'isolato per trovare un posto dove lasciare la macchina tra tutti i veicoli della stampa. I giornalisti sul prato antistante la casa la assalirono urlando una miriade di domande mentre lei si avviava verso il portone d'ingresso. Un agente dell'FBI la fece entrare. «Li trova in sala da pranzo.» le disse.

Sentì la voce di Oaks mentre entrava nella stanza e lo raggiunse da dietro. «Ricordate quello di cui abbiamo parlato. La prossima volta che il rapitore chiamerà, voglio che siate entrambi pronti.»

Dai loro posti all'altro capo del tavolo della sala da pranzo, Amy e Colin Ross lo fissavano. «Gli ho già chiesto una prova che Lucy sia viva.» disse Colin. «Non è finita bene.»

Josie si avvicinò a Oaks. Colin e Amy la guardarono prima di riportare lo sguardo su di lui.

«Questa è una trattativa.» spiegò Oaks. «Non è il caso di dargli subito tutto quello che vuole, altrimenti continuerà a chiedere di più. Avete un milione di dollari?»

I due coniugi si guardarono negli occhi. Colin cambiò posizione sulla sedia. «Non sono immediatamente disponibili. L'altro giorno ho iniziato a liquidare dei beni. Sono riuscito a trovare ottocentomila dollari abbastanza velocemente, ma per gli altri duecentomila... ci vorrà più tempo.»

«Vuole ancora chiedergli una prova che sia viva?» chiese Oaks. «Ha fatto bene l'ultima volta a chiederla.»

«Ma non ce la darà.» disse Colin.

«Questo non può saperlo. Vuole i soldi. La nostra migliore possibilità di riavere Lucy è cercare di raggiungere una sorta di accordo con questo mostro. Dimostrargli che siete disposti a stare al suo gioco.»

«Penso che sia un errore.» disse Amy con voce tremante. «Perché stiamo giocando con la vita di nostra figlia?»

«Abbiamo forse un'altra scelta?» le chiese Colin.

Oaks alzò lo sguardo verso Josie. «Il vostro agente, Hummel, ci ha inviato un elenco delle armi rubate e i loro numeri di serie. Avete trovato qualcosa nel capanno di caccia?»

Josie tirò fuori il suo telefono e cercò le foto della crisalide.

«Oh Dio ti ringrazio!» gridò Amy. «È ancora viva!»

Gli occhi di Colin brillarono quando a sua volta guardò la foto e disse: «Non lo sappiamo. Non sappiamo quanto tempo fa siano stati in questo capanno.»

«È vero.» riconobbe Josie.

«E ora è armato.» fece notare Colin.

«È sempre stato armato.» disse Amy. «Ha ucciso Jaclyn e Wendy. La polizia ha detto che le ha accoltellate.»

Il suono dello squillo di un cellulare li interruppe. Amy prese a tremare visibilmente, ma non era il suo telefono a squillare. Era quello di Oaks, che lo estrasse dalla tasca della giacca e rispose con voce imponente: «Oaks.»

Ascoltò per un attimo, poi disse: «Sei sicuro?» e si alzò in piedi, accigliato. «Sì, mandamelo. Adesso, per favore. Grazie.» Riattaccò e guardò Amy e Colin. «È tutto a posto.» li rassicurò. «Ho solo bisogno di parlare con la detective Quinn, se non vi dispiace.»

«Certo.» disse Colin, mentre la moglie si limitava ad annuire.

Josie seguì Oaks nel giardino sul retro. «Che succede?» chiese.

«Ho appena ricevuto una telefonata da uno dei miei agenti a New York. Amy Walsh è morta a ventidue anni.»

«Di cosa sta parlando?» chiese Josie, sentendo il cuore accelerare nel petto.

Oaks prese il telefono e mostrò un documento a Josie. Era un certificato di morte rilasciato dallo Stato di New York per Amy Walsh ed era datato 1997. Mentre scrutava le parole sul piccolo schermo, Oaks disse: «La causa della morte è stata un trauma contusivo multiplo.»

Josie individuò quelle parole e continuò a leggere. «Modalità di morte: incidente.»

«Quella con cui stiamo parlando non è Amy Walsh.» concluse Oaks.

«Ha rubato l'identità di un'altra donna. La ragazza nella

foto dell'annuario era abbastanza simile da far pensare che fosse lei a chiunque avesse dato un'occhiata distratta.»

Oaks emise un lungo sospiro. «Non c'è da stupirsi che non abbia superato il test del poligrafo.»

Josie si allontanò e cominciò a misurare a grandi passi il giardino. «Continuo a pensare che lei non abbia niente a che fare con il rapimento di Lucy.»

Oaks si grattò la barba sul mento. «Non la ritenevo un'ingenua, detective Quinn. Ho letto di lei. L'ho vista in televisione. Ha toccato con mano il peggio che questo mondo ha da offrire. Non crede che quella donna sia in grado di inscenare il rapimento della propria figlia?»

Josie si fermò e lo fissò negli occhi. «Non lo so.»

«Spiegherebbe la sua distrazione. Lei stessa ha detto che ogni persona con cui lei e la sua squadra avete parlato di quella donna, vi ha detto che era spesso distratta.»

Quella parola le richiamò alla mente il filmato che aveva visto con Noah quella mattina. «È stata distratta, sì, ma non perché ha inscenato il rapimento di Lucy. Ricorda che le ho detto cosa abbiamo visto io e Fraley nel video della sala giochi? Amy non aveva idea che quell'uomo stesse pedinando lei e sua figlia. Inoltre, abbiamo accesso a tutti i suoi dati: estratti conto bancari, tabulati telefonici, e-mail. Accesso che ci ha dato di sua spontanea volontà. Se avesse davvero pianificato tutto questo, avremmo già trovato delle prove.»

«Penso che dobbiamo portarla in centrale. Interrogarla.»

«No.» disse Josie. «Non ancora. Sta collaborando con noi.»

«Sta mentendo sulla sua identità, Quinn.»

«Lo so.» disse Josie. «Ma abbiamo bisogno di lei in questo momento. La vita di Lucy potrebbe dipendere dalla sua continua collaborazione. Se iniziamo a trattarla come una criminale, si chiuderà a riccio. Per quanto le cose siano conflittuali tra lei e il marito, l'istinto di Colin sarà quello di proteggere la moglie, il che significa che in un attimo assumerà un avvocato se penserà che cominciamo a trattarla come un sospetto. Chiunque sia il rapitore, appartiene al suo passato.»

«Un passato di cui non sappiamo assolutamente niente.» sottolineò Oaks. «Perché finora ci ha mentito.»

«In qualsiasi altra circostanza, la trascinerei in centrale e cercherei di spaventarla a morte.» disse Josie. «Capisco la sua proposta. Ma le dico che non è il momento. Mi lasci provare a parlare di nuovo con lei, per vedere se riesco a tirarle fuori qualcosa di più.»

Oaks sospirò. «Va bene. Ma, Quinn... se non riesce a ottenere alcun risultato da lei e questa cosa va per le lunghe, non avremo altra scelta.»

«Lo so.» concordò Josie. «Mi dia solo un altro po' di tempo.»

TRENTANOVE

Amy era di nuovo nella stanza di Lucy, seduta sulla poltrona a sacco con una coccinella di peluche tra le braccia. La luce del sole filtrava attraverso le tende a balze e tutti gli oggetti luccicanti con cui Lucy aveva decorato la sua stanza scintillavano e proiettavano un caleidoscopio di colori sulle pareti. Josie si chiuse la porta alle spalle e si sedette di fronte a Amy, a gambe incrociate.

«A cosa possono servirgli le armi?» chiese Amy. «Al rapitore, intendo. Cosa ne farà?»

«Non glielo so dire.» rispose Josie onestamente. «Amy, devo parlarle di una faccenda molto importante.»

Lo sguardo vitreo di Amy tornò a concentrarsi e guardò Josie. «È successo qualcosa?»

Josie scosse la testa. «Non ancora. Sono qui per avvisarla. Presto, molto presto, i miei colleghi verranno a prenderla. La porteranno alla stazione di polizia, la metteranno in una stanza per gli interrogatori e cominceranno a farle domande difficili, in via ufficiale.»

Le dita di Amy presero a stropicciare la coccinella. «Di che cosa sta parlando? Pensano che sia stata io? Pensano che io abbia qualcosa a che fare con il rapimento di Lucy?»

«Quello che sanno è che ci ha mentito. Sanno che lei non è Amy Walsh.»

Amy fece per parlare, ma le parole le si strozzarono in gola.

Distolse lo sguardo e si mise una mano sulla bocca.

«Non voglio credere che lei abbia qualcosa a che fare con tutto questo.» la rassicurò Josie. «Ma, Amy... dalla posizione in cui ci troviamo, lei non è in una bella situazione.»

Amy rimase in silenzio per un lungo momento. Quando tornò a guardare Josie e parlò, aveva un tono di voce così basso che Josie dovette sforzarsi per sentirla. «Cosa devo fare?»

«Mi dica la verità. Adesso. In questa camera. Se non ha niente a che fare con il rapimento di Lucy, allora qualsiasi cosa lei stia nascondendo non avrà importanza.» Josie indicò la porta chiusa. «In questo momento i miei colleghi stanno indirizzando le indagini su di lei, il che è del tutto comprensibile. Capisco il loro punto di vista. Quando si scopre che una persona sta mentendo su un sacco di cose, cose importanti, non è strano pensare che possa mentire anche sul crimine che si sta cercando di risolvere.»

«Non ho niente a che fare con il rapimento di mia figlia.» disse Amy con fermezza «Lo giuro. La rivoglio e basta.»

«Anch'io.» disse Josie. «La mia attenzione è rivolta a Lucy. Non me ne frega di nient'altro se non di riportare a casa quella bambina, viva. Tutto qui. Soltanto questo. Perciò, non c'è niente che lei possa dirmi, nessun segreto che lei possa rivelarmi, che avrà importanza se non è stata lei a organizzare il rapimento di sua figlia. Non mi interessa se ha ucciso qualcuno, Amy, ma deve dirmelo. Adesso. Prima che i miei colleghi entrino da quella porta e che tutta questa storia ci sfugga di mano.»

Amy non riuscì a trattenere le lacrime, abbracciò forte la coccinella. Il suo sguardo assunse di nuovo quell'espressione vacua e poco lucida.

«Perché ha assunto l'identità di Amy Walsh?» le chiese Josie.

Amy sbatté le palpebre, lo sguardo si spostò sul viso di Josie e poi tornò verso l'altro lato della stanza, dove era appeso il giardino delle farfalle. «Ho dovuto farlo. Ne avevo bisogno.»

«Colin lo sa?»

«Certo che no.» rispose Amy. «Non ne ha idea.»

«Come ha fatto?»

«Conoscevo Amy Walsh.» rispose lei. «Era mia amica. Sua madre mi prese con sé. Mi fece vivere con loro. È durato solo qualche mese. Poi morirono, in un incidente d'auto. Renita non era con loro, quindi è sopravvissuta. Ma non mi permise di restare. Non le ero mai piaciuta. Presi gli effetti personali di Amy e andai a New York. Ho solo... iniziato a usare la sua identità. Vivevo nel terrore che qualcuno lo scoprisse. Ma nessuno ci è mai andato vicino. Non fino a oggi. Lo sa, non ho nemmeno quarantaquattro anni. Ne ho appena quaranta.»

Josie tenne questa informazione per un altro momento. «Perché l'ha fatto?»

«Non tutto quello che le ho detto è falso.»

«Stava scappando da qualcuno?» la incalzò Josie. «Un amante violento?»

Amy deglutì. Il suo viso divenne porpora. «Non era un amante.» disse con voce strozzata.

«Un fidanzato? Un marito?»

«Ero prigioniera, capisce? Ero in gabbia. Sono scappata da quell'uomo. Non avevo scelta.»

«Chi era, Amy?»

Scosse vigorosamente la testa. «Gliel'ho detto, è morto. Non pronuncerò mai più il suo nome.»

«Amy, ho bisogno della verità.»

Qualcosa nei suoi occhi si accese. «Le sto dicendo la verità.»

«Allora come si chiamava prima di assumere l'identità di Amy Walsh?»

«Se sa che non sono mai stata Amy Walsh, allora deve conoscere il mio vero nome.»

Josie non voleva farle notare che non avevano ancora quell'informazione, così disse: «Ho bisogno di sentirlo da lei.»

Amy non aggiunse una parola e ricominciò a piangere. «La persona che ero prima è un fantasma. Una finzione. Lo è sempre stata.»

Josie era sempre più frustrata dalle risposte criptiche di Amy. Avrebbe voluto prenderla per le spalle e scuoterla, ma allo stesso tempo era la cosa più onesta che avesse detto fino a quel momento. «Lei era un'altra persona prima di assumere l'identità di Amy Walsh. Devo sapere come si chiamava.» insistette Josie.

Amy tornò a guardare il giardino delle farfalle, con la fronte segnata da alcune rughe. «No.» disse sommessamente. «Non credo di esserlo stata. Non ero nessuno.»

«Amy...» riprovò Josie, cercando di trattenere l'irritazione nella voce. «Ho bisogno che lei sia sincera con me, adesso. La smetta di girarci intorno.»

Un'altra piccola risata amara. «Girarci intorno? Sono passati più di vent'anni e a tutto questo non ho ancora trovato un senso.»

Josie si chiese se lo stress per il rapimento di Lucy e gli omicidi delle persone a lei più vicine la stessero mandando fuori di testa. Allungò la mano e toccò quella di Amy. «Mi racconti qualcosa della sua vita prima di diventare Amy Walsh. Qualcosa di vero.»

Amy rifletté per un momento. Poi disse: «Vivevo a Buffalo.» Josie non ebbe la possibilità di fare altre domande. Al piano di sotto scoppiò un trambusto, seguito da alcuni passi sulle scale. Oaks spalancò la porta. «Il telefono di Mrs. Ross sta squillando.» disse. «Scendete subito.»

QUARANTA

I tre si precipitarono al piano di sotto verso la sala da pranzo. Al centro del tavolo squillava il telefono di Amy. Josie si avvicinò e guardò lo schermo. Non era uno dei suoi contatti. Lesse il numero. «Riconosce di chi è questo numero?»

Amy scosse la testa. «No, non... non lo so.»

«Ci penso io.» disse uno degli agenti, battendo sulla tastiera.

«Pensa che sia lui?» chiese Amy.

«C'è solo un modo per scoprirlo.» disse Oaks.

Colin si allungò sul tavolo, prese il telefono e rispose.

La voce del rapitore riempì la stanza, facendo rabbrividire entrambi i genitori. «Ciao, Colin. Vorrei parlare con la tua adorata moglie, per favore.»

Colin chiuse gli occhi e fece un respiro profondo, tenendo il telefono vicino all'orecchio. «Non può parlare in questo momento. Ma io e lei possiamo discutere dei soldi. Ascolti, non mi è possibile...»

Spalancò gli occhi e guardò Oaks, che scosse la testa e pronunciò la parola: *come*. Poco prima, Oaks aveva detto loro di rispondere a ciascuna delle richieste del rapitore con una domanda sul "come", così Colin chiese: «Come faccio a trovare un milione di dollari?»

«Passa il telefono a Amy.»

L'agente sussurrò: «È un numero privato. Mi dia un secondo per avere un nome e un indirizzo.»

Colin disse: «Ma come può aiutarla Amy? Io mi occupo delle finanze. Posso farle avere ottocentomila dollari, ma ho bisogno di una prova che Lucy sia viva.»

La voce del rapitore divenne ancora più fredda. «Passa il telefono a Amy.»

Colin guardò Oaks che gli fece cenno di continuare. «Vuole parlare con lei, lo capisco, ma prima dobbiamo parlare di soldi. Come ho detto, posso procurarmene la maggior parte, ma ho bisogno di una prova che mia figlia sia viva.»

«È un telefono fisso.» sussurrò l'agente. «È intestato a Bryce Graham.»

La testa di Josie scattò nella sua direzione. «Che cosa hai detto?» sussurrò.

Oaks si avvicinò e si mise tra Amy e Colin. «La detective Quinn mi ha detto che lei aveva dichiarato di non conoscere Bryce Graham. Perché questa chiamata proviene dal suo telefono?» chiese a Amy a bassa voce, ma lei non lo stava ascoltando. I suoi occhi erano fissi su Colin, le sue mani stringevano il petto.

Al telefono si sentì un fruscio. Il rapitore disse: «Vuoi una prova che sia ancora viva? Te la do subito.»

Il cuore di Josie si fermò bruscamente e poi tornò a battere così forte contro lo sterno che era sicura che tutti i presenti potessero vederlo battere attraverso la maglietta. Fece cenno a Oaks che le si accostò. «Bryce Graham era ancora al parco pubblico quando sono uscita. Ma è chiaro che il rapitore è a casa sua.»

Oaks guardò lo schermo, individuò l'indirizzo di Graham e lo comunicò a un agente in piedi vicino alla porta. «Mandate subito un paio di squadre a quell'indirizzo.» ordinò.

L'agente annuì e se ne andò.

«Chiamo la mia squadra.» disse Josie «Li avverto di cercare Graham al parco.»

«Lo faccia mettere in custodia protettiva.» le disse Oaks.

Josie uscì dalla stanza per il tempo necessario a chiamare Gretchen e a darle istruzioni precise. Rientrò e si avvicinò a Amy, stringendole un braccio. «Aveva detto di non conoscere Bryce Graham. Allora, perché il rapitore sta chiamando da casa sua?» le chiese, ma le sue parole furono inghiottite dal suono delle urla che giungevano dalla linea. Il frastuono la trapassò come un chiodo. Le ginocchia le cedettero. Era una bambina. Piccola. La sua voce era acuta. Nessuna parola. Solo il suono straziante del terrore di una bambina, scandito dalle urla del rapitore: «Ecco la tua prova di vita, bastardo borioso. È questo che vuoi? È questo?»

Amy si scagliò contro il marito e con entrambe le mani gli strappò il telefono. «Fermati!» gridò. «Fermati! Fermati! Sono qui. Sto ascoltando. Fermati e basta. Lasciala stare! Lasciala in pace. Ti prego.»

Il suono si interruppe bruscamente, ma Josie riuscì a sentire dei flebili mugolii tra le parole del rapitore. «Digli di non provare più a rispondere, Amy.»

Colin cadde sulle ginocchia, con il volto cinereo. Per un attimo Josie pensò che stesse per vomitare.

«Non lo farà.» disse Amy. «Te lo prometto. Puoi parlare con me. Ma qualunque cosa tu stia facendo a Lucy, smettila. Dimmi solo cosa devo fare.»

«Un milione di dollari.»

«Sì.»

Oaks abbassò la testa.

Amy si allontanò dal marito, stringendo il telefono con entrambe le mani contro il lato del viso e il petto gonfio mentre aspettava altre istruzioni.

«Lo dividerai. A metà.»

«A metà.» ripeté Amy.

In sottofondo, i mugolii di Lucy si attenuarono.

«Andrai da Walmart e comprerai due borsoni impermeabili. Devono essere impermeabili, hai capito?»

«Impermeabili, sì.» disse Amy.

«Metterai una metà dei soldi in ciascun borsone.»

«Cinquecentomila in ogni borsa, d'accordo.» disse Amy.

«Devono essere pronti per le sei e mezza di domani sera.»

«Saremo pronti. Poi cosa devo fare?»

La linea si chiuse.

Amy allontanò il telefono dal viso e lo fissò incredula. Lo riportò all'orecchio. «Pronto? Pronto? Mi senti? Dove dobbiamo portare i soldi? C'è nessuno? Che cosa dobbiamo fare? Cosa dobbiamo fare con i soldi?»

«Ha riattaccato.» disse uno degli agenti che stava registrando la chiamata.

«No!» Amy urlò. «No, no, no!»

QUARANTUNO

Amy si accasciò sul pavimento, con le lacrime che le rigavano le guance e il corpo scosso dai brividi. Lasciò cadere il telefono. Colin si avvicinò a lei e la prese tra le braccia. Oaks guardò Josie, che disse: «Vada da Graham. Io andrò in centrale tra un minuto.»

Uscì di corsa dalla stanza. Josie andò in cucina dove sapeva che avrebbe trovato il flacone di Xanax di Amy sul bancone accanto al tostapane. Lo prese, sentendo le pillole ticchettare all'interno. Prese una bottiglia d'acqua dal frigorifero e tornò nella sala da pranzo. Agitò il flacone per far uscire una pillola e la porse a Amy. Colin fece un cenno alla moglie e lei la prese, mandandola giù con il bicchiere d'acqua che Josie le stava porgendo.

«Sono sul posto.» disse uno degli agenti, indicando le cuffie che aveva indossato quando la squadra di Oaks era uscita.

Josie concesse ad Amy un altro minuto, poi lei e Colin la sollevarono e la fecero sedere delicatamente su una sedia. «Amy, conosce Bryce Graham?» le chiese Josie.

Amy non rispose.

«La casa è libera.» disse l'agente. «Non c'è nessuno.»

«Amy?» chiese Josie, con voce ansiosa.

Amy alzò il viso e sollevò lo sguardo per incontrare quello di Josie. «Sì, lo conosco. Ero... ero in terapia da lui.»

Colin sussultò. «Cosa? Stavi vedendo uno psicologo e non me l'hai mai detto?»

«È stato molto tempo fa.» mormorò lei.

«E non hai pensato di riferirlo alla polizia?» chiese Colin, con la voce che si alzava per la rabbia.

«Quanto tempo fa è stato?» chiese Josie.

«Ho smesso di vederlo circa quattro mesi fa.»

«Per quanto tempo ci sei andata?»

Amy abbassò lo sguardo sul pavimento. «Da quando è nata Lucy.»

Colin alzò le mani in aria. «Gesù, Amy. Perché non me ne hai mai parlato?» e non ricevendo risposta, le chiese: «Quanto spesso lo vedevi?»

«All'inizio un paio di volte a settimana. Poi una volta alla settimana. Avevamo un appuntamento fisso. Ci contattavamo solo se uno dei due doveva disdire.»

«Ci andavi a letto?» chiese Colin.

Sia Josie che Amy girarono la testa in direzione di Colin. «Co-cosa?» Amy balbettò.

«Hai incontrato quest'uomo per anni, più volte alla settimana, senza mai dirmelo. Perché l'avresti fatto se non avessi avuto una relazione con lui?»

«Colin...» disse Amy, «sai che ho sempre lottato contro la depressione e l'ansia. Avevo bisogno di aiuto.»

«Nessuno ha bisogno di così tanto aiuto. Nessuno che sia come te. Sei solo una casalinga, per l'amor del cielo. Cos'hai nel cervello?»

Amy non rispose.

«Come hai fatto a pagarlo?»

«Ho preso i soldi dal conto che hai aperto per me. Non mi ha fatto pagare molto.»

Colin si portò le mani alla testa, afferrò alcune ciocche di capelli e le tirò violentemente. Un ringhio frustrato gli squarciò la gola. «Cos'altro stai nascondendo, Amy? Ti rendi conto che la vita di nostra figlia è in pericolo? Ne sei responsabile in qualche modo?»

Josie pensava che Amy non potesse sembrare più ferita o colpita di quanto non fosse già, ma si sbagliava. «Come puoi anche solo chiedermi una cosa del genere?»

«E tu come fai a essere sicura che il tuo psicologo non abbia rapito Lucy? E se fosse stato lui a portarcela via? Hai detto che non lo conoscevi. Non ha un alibi per il giorno in cui Lucy è scomparsa.»

«Non è stato lui!» gridò Amy. «Sono sicura che non è stato lui. Non pensavo fosse importante. Ho pensato che, se avessi detto a tutti che ho avuto degli incontri con lui, avremmo litigato e avremmo distolto l'attenzione dalle ricerche di Lucy. Ho smesso di vederlo mesi fa. Non ha mai avuto niente a che fare con Lucy. Non l'ha mai incontrata e comunque non avrebbe mai fatto una cosa del genere.»

«Perché dovrei crederti?» ribatté Colin sbraitando. «Come posso credere alle cose che dici? Come faccio a sapere che non avevi una relazione con questo tizio? Potreste aver architettato questo piano per portarti via Lucy e i miei soldi!»

«Sei diventato matto?» rispose Amy. «Ti stai comportando come un paranoico. Perché dovrei fare una cosa del genere?»

Il suono dello squillo del telefono di Josie tagliò la tensione. Era Gretchen. «Abbiamo Graham. È al sicuro. Lo terremo in centrale per ora.»

«Arrivo subito.» disse Josie a Gretchen. Riattaccò e guardò da un genitore all'altro. «Devo andare.» disse. «Se fossi in voi, mi concentrerei sulla raccolta del riscatto. Lucy è ancora viva. Smettete di litigare. Riportiamola a casa.»

QUARANTADUE

Mentre Josie si dirigeva verso la centrale di polizia, il suo telefono squillò più volte. Dopo essersi fatta largo tra i veicoli della stampa, si fermò nel parcheggio comunale e prese il telefono dal sedile del passeggero. Erano arrivati diversi messaggi di Trinity, tra cui una foto. Josie spense il motore, fece un respiro profondo e li lesse.

Amy non è chi dice di essere.

Mi ci sono volute ore, ma ho trovato qualcosa negli archivi del Fulton Daily News.

Guarda qui. Dorothy Walsh aveva tre figlie: Renita, Amy e Pamela. Dorothy, Amy e Pamela sono morte in un incidente stradale.

Poi arrivò un'immagine dell'articolo di giornale che Trinity aveva trovato. Era datato 27 ottobre 1997. Il titolo recitava: *Tre donne rimaste uccise in un incidente d'auto a South Fulton.* I suoi occhi scorsero rapidamente tutto il contenuto dell'articolo. «Buon Dio...» mormorò. L'articolo riportava i nomi delle tre Walsh e le disposizioni per il loro funerale, ma non c'era altro. Non si parlava di altri passeggeri, anche se Josie suppose che Amy Ross non fosse con le Walsh al momento dell'incidente.

Rispose con un messaggio: *Ho bisogno di un nome. Ora Amy sa che siamo al corrente che sta usando una falsa identità, ma non riesco a tirarle fuori un nome. Crediamo che Amy Ross fosse amica della vera Amy Walsh. Il tempo è fondamentale. L'FBI se ne sta occupando, ma tu hai già una pista con Renita. Ha richiamato?*

Passarono diversi secondi. Josie non si rese nemmeno conto che stava trattenendo il respiro finché non ricevette la risposta di Trinity: *Sto andando a parlarci adesso.*

Josie tirò un sospiro, infilò il telefono in tasca ed entrò per andare a parlare con Bryce Graham. Trovò Gretchen e Mettner in piedi davanti alla porta della sala conferenze del primo piano. Mettner le porse una tazza di caffè. L'odore le provocò un'ondata di nausea istantanea. Per un fugace istante il suo cervello le disse che non poteva essere colpa dello stress. Doveva essere un'altra cosa. Un bambino. Il bambino di chi? Di Noah... o forse di Luke? No, non poteva pensarci. Non ancora. Non in quel momento. Josie afferrò la tazza e gli rivolse un sorriso. «Grazie, Mett.»

Lui annuì. «Ho appena parlato con uno degli agenti dell'FBI a casa di Graham. La porta sul retro è stata sfondata e la serratura è stata rotta, ma all'interno non ci sono danni. C'è una sedia rovesciata in cucina, dove si trova il telefono. Non hanno trovato nessun... nessuna crisalide. Questo è quanto.»

L'eco delle urla di Lucy le riempì la mente, facendola sentire ancora più male. Preferiva non pensare a come poteva essersi rovesciata quella sedia.

«La squadra dell'FBI sta analizzando la scena.» aggiunse

Gretchen. «Abbiamo parlato brevemente con il dottor Graham. È stato necessario convincerlo che qui sarebbe stato più al sicuro.»

«Perfetto.» disse Josie. «Lasciatemi parlare con lui.»

Bryce Graham sedeva placidamente su una delle sedie della sala conferenze, con una tazza di caffè intatta davanti a sé. Quando Josie si presentò, si alzò per stringerle la mano. Lei si sedette accanto a lui e posò la tazza di caffè sul tavolo, spingendola abbastanza lontano perché l'odore non la raggiungesse.

«Cosa posso fare per lei, detective?» le chiese Graham, e sorridendo, la pelle agli angoli dei suoi occhi azzurri si increspò. La sua espressione e il tono della sua voce erano gentili e rilassanti. Non c'era da stupirsi che tanti volontari si fossero fermati a parlare con lui.

«Amy Ross era una sua paziente...» disse Josie. «E lei ha passato parecchio tempo al parco da quando sua figlia è scomparsa, eppure non le ha mai rivolto la parola, non l'ha mai avvicinata e non ha mai detto a nessuno delle forze dell'ordine che era stata in terapia da lei.»

«Questa sembra un'affermazione, detective.» le fece notare Graham, ma il suo sorriso e il suo tono gentile le fecero capire che non lo diceva con atteggiamento conflittuale.

«Perché non ha avvicinato Amy Ross quando è venuto al parco?»

«Non conosco Amy Ross.» rispose lui con fermezza.

Josie si sentì avvolgere da una lieve vampata di rabbia. Non ne poteva più di risposte criptiche. «Una bambina di sette anni è scomparsa, dottor Graham. La sua vita è in pericolo. Apprezzerei molto se sorvolasse sulle stronzate e mi rispondesse sinceramente.»

Il dottore intrecciò le mani sullo stomaco. «Sono al corrente di quello che sta succedendo in questa città.»

Il telefono di Josie squillò. Lei alzò una mano, indicandogli di darle un momento. Con una rapida occhiata vide un messaggio di Trinity. Lo lesse.

Si chiamava Tessa. Renita non ricorda il suo cognome. Conobbe Amy in una lavanderia a gettoni. Era una senzatetto. Dorothy le permise di trasferirsi da lei. Vedrò cos'altro posso ottenere da Renita, ma non ricorda granché dopo tutto questo tempo.

Josie rispose rapidamente. *Amy ha detto che viveva a Buffalo.*

La risposta di Trinity arrivò all'istante. *Me ne occupo io.*

Josie posò il telefono sul tavolo e riportò la sua attenzione sul dottor Graham. «Amy Ross mi ha detto che è stata in cura da lei per diversi anni.»

«Non ho avuto in cura Amy Ross.» ribadì lui.

«Che ne dice se do un'occhiata alle cartelle dei suoi pazienti e poi ne riparliamo?»

Il suo sorriso vacillò. «Non può farlo. Ci sono leggi sulla privacy. Lei non può... non le darò il permesso di consultarle.»

«Posso ottenere un mandato.» obiettò Josie.

«No, non credo sia possibile. Non ho alcun coinvolgimento nel caso a cui state lavorando. Non ho mai neanche incontrato Lucy Ross.»

«Non ha un alibi per il giorno in cui Lucy è scomparsa. Un uomo è entrato in casa sua per chiamare la madre e chiedere un riscatto. Credo che questo sia un collegamento sufficiente.»

«Pensavo di essere qui perché non era sicuro per me tornare a casa mia. Mi sta dicendo che ora sono un sospettato?»

«Non saprei, lo è?»

«Non lo sono di certo.» ribatté lui, muovendosi sulla sedia e chinandosi in avanti, con le mani sulle ginocchia.

«Mi parli di Amy Ross.»

«Non conosco Amy Ross.»

Josie si appoggiò alla sedia e rimase a fissarlo. Le sue dita percorsero il tavolo fino a trovare il telefono. Lo prese e lo mise nella tasca della giacca. Gli occhi del dottore seguivano i suoi movimenti. Aprì la bocca come per parlare, ma poi decise di non farlo, serrando le labbra e distogliendo lo sguardo da lei.

Allora Josie disse: «Ma lei conosce Tessa, dico bene?»

QUARANTATRÉ

Bryce Graham rimase a bocca aperta. Josie aspettò che dicesse qualcosa, ma visto che non emetteva un suono, parlò lei: «Mi racconti della sua paziente. Di Tessa.»

«Non posso. Ci sono leggi sulla privacy... Io...»

«Può confermarmi che è una sua paziente. Questo non viola le leggi sulla privacy.» argomentò Josie.

Lui sospirò e distolse lo sguardo, a labbra serrate. Poi le fece un cenno di conferma.

Josie si sporse in avanti. «Mi sta confermando che ha una paziente di nome Tessa?»

«Sì.» disse sommessamente.

«Tessa, e poi? Avrò bisogno di un cognome.»

«Il rapporto di fiducia che instauro con i miei pazienti è fondamentale per il mio lavoro, detective Quinn.»

Josie si alzò e si sporse verso di lui. «Lasci che glielo ripeta, perché, a quanto pare, non mi ha sentito la prima volta: c'è una bambina di sette anni, da qualche parte, nelle mani di un assassino senza scrupoli e ogni secondo del mio tempo che lei spreca in questa stanza è un secondo che potrei dedicare a cercare di farla tornare a casa. Ha davvero intenzione di mettere a rischio la vita di una bambina che è stata rapita per salvaguardare la riservatezza di una sua paziente, che si dà il caso sia anche la madre?»

«La privacy della mia paziente non ha niente a che vedere con il rapimento di Lucy Ross.» disse Graham.

Josie si allontanò e fece per uscire. «Qui abbiamo finito. Otterrò un mandato, può giurarci. Una bambina è scomparsa perché l'individuo che l'ha presa di mira punta a distruggere la madre. La madre ha mentito sulla sua identità e non ha superato il poligrafo, oltre ad aver ammesso di essere stata una sua paziente. Le nostre indagini hanno rivelato che il suo vero nome era Tessa, e lei ha appena ammesso di avere una paziente con lo stesso nome. Dato che non sappiamo cos'altro nasconde Tessa, o Amy, un giudice deciderà che qualsiasi cosa contengano i suoi documenti potrebbe essere fondamentale per l'indagine. Lei rimarrà in custodia protettiva fino a quando non avremo arrestato il rapitore di Lucy.»

«Detective...» disse Graham. «La prego. Se i miei pazienti pensassero che la polizia ha frugato tra i miei documenti, la mia attività ne risulterebbe fortemente compromessa.»

Josie si voltò. «Allora mi parli di Tessa. Mi dica quello che sa di lei e non ci sarà bisogno di perquisire il suo studio.»

«Non sapevo che si chiamasse Amy Ross.» disse lui. «Non ha mai usato quel nome. Un giorno si è presentata nel mio ufficio. Ha pagato in contanti. Mi ha detto di chiamarsi Tessa. Dato che non usava l'assicurazione, non mi serviva la sua patente o altri documenti.»

«Tessa, e poi?»

«Lendhardt.» sospirò Graham. «Tessa Lendhardt.»

Josie tirò fuori il telefono e scrisse un messaggio con il cognome a Trinity. «Quando ha scoperto che aveva mentito sulla sua identità?»

Lui le rivolse un sorriso ironico. «Quando l'ho vista al parco la mattina dopo la scomparsa di Lucy. Ci sono andato davvero per offrire i miei servizi. Poi ho capito che la madre, la madre di Lucy, era Tessa. Sono rimasto scioccato.»

Josie si rimise a sedere accanto a lui. «Ha provato a parlare con lei?»

«No. Sembrava troppo agitata. Ho capito che mi aveva mentito, ma ho immaginato che dovesse avere le sue ragioni. Non volevo renderle le cose più difficili.»

Josie pensò all'accusa di Colin. «Dottor Graham, devo chiederle se aveva una relazione con Tessa Lendhardt.»

Lui agitò una mano in aria con fare liquidatorio e scosse la testa. «Oh, no. Era solo una mia paziente. Io sono un professionista. Non avrei mai una relazione sentimentale con una paziente. E anche se non fosse stata una mia paziente, è molto più giovane di me, sa?»

Josie lo guardò con occhi ridotti a una fessura. «Questo non sempre basta a fermare le persone.»

«Le posso assicurare che il nostro era solo un rapporto medico-paziente.»

«Perché non si è rivolto alla polizia quando si è reso conto che le aveva mentito sulla sua vera identità?»

«Per lo stesso motivo per cui non volevo parlarne fin dall'inizio.» brontolò lui.

«La privacy del paziente.» Josie non voleva ricominciare con la stessa discussione, ora che aveva iniziato a parlare più apertamente. «Come mai Tessa si è rivolta a lei?»

«Dopo la nascita della bambina...» spiegò, «pensava di essere in depressione post-partum. Aveva partorito circa sette settimane prima e sentiva di avere difficoltà a legare con la bambina.»

«Ed era così?»

Graham annuì. «Credo di sì. Tuttavia, non sono sicuro che fosse dovuto al post-partum.»

«E a cosa allora?» chiese Josie.

«Tessa si è rifiutata di parlare della sua infanzia, se non per dire che suo padre era assente e sua madre era negligente. Ma credo che abbia subito un trauma significativo a un certo punto della sua vita, che ha ostacolato la sua capacità di legare con la bambina. Almeno all'inizio. Ci abbiamo lavorato molto duramente e alla fine è riuscita a instaurare un legame con Lucy. È stato un trionfo per lei.»

«Quel trauma potrebbe essere stato causato da una relazione violenta all'inizio dell'età adulta?» chiese Josie.

Graham alzò le spalle. «Suppongo di sì. Non sono mai riuscito ad arrivare in fondo alla questione. Non ha mai voluto parlare di quello che è successo prima della nascita di sua figlia, o se lo ha fatto, è stato solo a grandi linee.»

«Quindi, non le ha mai parlato di una relazione violenta?»

«No.» disse Graham. «Ha detto che suo marito era molto affettuoso, il che rappresentava parte del suo problema: aveva tutto, ma non si sentiva felice.»

«Stavo parlando di prima del marito. Ha mai parlato di relazioni precedenti al matrimonio?»

«No. Si è sempre rifiutata, per quanto io abbia cercato in tutti i modi di farla parlare del suo passato. Credo davvero che elaborare gli eventi accaduti nel passato di una persona possa aiutare a vivere una vita migliore e più completa nel presente.»

«Non le ha parlato della sua infanzia o di altre relazioni?»

«No.»

«Di che cosa le ha parlato?»

«Tessa soffriva di una forte ansia. Un'ansia paralizzante. Mi disse che era una madre casalinga. All'inizio, quando sua figlia era neonata e durante i primi anni, ha fatto molta fatica. Per la maggior parte del tempo rimaneva da sola con la bambina. Non credeva di essere in grado di prendersene cura da sola. Aveva... sempre paura.»

«Ma di cosa?»

Scrollò di nuovo le spalle. «Non lo so. Era semplicemente... terrorizzata. Ho cercato di lavorare con lei su esercizi di respirazione profonda, meditazione, cose che potesse fare per gestire questi stati d'animo. Per molto tempo ha preso dei farmaci. Le erano stati prescritti dal suo medico curante. Come certamente saprà, io non posso prescrivere farmaci. L'ho esortata a rivolgersi a uno psichiatra per gestire i suoi dosaggi, ma lei si è limitata a rivolgersi al suo dottore.»

«Le ha detto quali farmaci?» chiese Josie. «Lo Xanax, per esempio?»

«Per i suoi episodi acuti, sì. Credo che prendesse anche altri antidepressivi, farmaci per la depressione latente a lungo termine. Alla fine, è riuscita a sospenderli. L'ansia di cui soffriva è diminuita nel tempo.»

«Quando ha smesso di prendere gli antidepressivi?» si informò Josie.

«Oh, forse due anni fa. Quando sua figlia aveva cinque anni, credo.»

«Cioè, quando Lucy ha iniziato la scuola.» precisò Josie.

«Non me lo ricordo proprio.» disse Graham. «So solo che ha fatto passi da gigante negli ultimi due anni.»

«È stata di Tessa l'idea di smettere con la terapia?»

«Sì. Sentiva di aver raggiunto un punto stabile. Le ho detto che era libera di tornare in qualsiasi momento e le ho augurato buona fortuna.»

«Quando è successo?»

«Circa quattro o cinque mesi fa. Non l'ho più rivista fino all'altro giorno, al parco. È stato in quel momento che ho capito che si faceva chiamare con un altro nome.»

«Crede che stesse dicendo la verità presentandosi con il nome di Tessa Lendhardt?»

Lui sorrise tristemente. «Oh, detective, dubito seriamente che quella povera donna abbia mai saputo chi è veramente.»

QUARANTAQUATTRO

Mentre Mettner si occupava di trovare una sistemazione per Bryce Graham in un albergo sotto sorveglianza, Josie salì al piano di sopra, nel grande ufficio che ospitava le scrivanie dei detective stipate al centro della stanza; in fondo, la porta dell'ufficio di Chitwood era chiusa. Si chiese se fosse dentro o se fosse in giro a occuparsi degli affari quotidiani della città, ora che tutti i suoi detective erano impegnati nel caso di Lucy Ross.

Josie si sedette alla sua scrivania e consultò il database della TLO XP usato dalle forze dell'ordine per cercare vari documenti. Mentre digitava "Tessa Lendhardt" e "Buffalo, New York", alle sue spalle apparve Gretchen, che disse: «I volontari impegnati nelle ricerche hanno finito di ispezionare l'area del capanno di caccia che è stato scassinato. Non hanno trovato niente. Invece, Oaks ha finito di lavorare a casa di Bryce Graham, sarà qui a momenti.»

«Ottimo.» disse Josie. «Lo aspettiamo e poi facciamo una riunione. Ho bisogno che ci siano anche Mett e Noah, e se Chitwood vuole un aggiornamento, questo è il momento giusto.»

«D'accordo, Boss.» disse Gretchen, scomparendo di nuovo. Nel frattempo, la ricerca nel database non aveva dato risultati per "Tessa Lendhardt a Buffalo, New York". Josie allargò la ricerca a "Tessa Lendhardt a New York". Ancora niente. Di nuovo, ampliò i parametri di ricerca fino a includere l'intero Paese. Niente di niente. «Ma com'è possibile?» mormorò.

«Quinn!» La voce di Bob Chitwood rimbombò nella stanza mentre il capo sbucava dalla tromba delle scale. Dietro di lui stavano salendo l'agente Oaks, Gretchen e Mettner, seguiti da Noah, che si muoveva a fatica con le stampelle.

«Signore.» rispose Josie.

«Gradirei aggiornamenti. Adesso.»

Noah tirò fuori la sedia da sotto la scrivania e si sedette, appoggiando la gamba ingessata sul ripiano. Gretchen e Mettner si sedettero alle rispettive scrivanie, mentre Oaks e Chitwood rimasero in piedi. Avevano tutti un aspetto esausto, smunto e un po' trasandato. Mettner tirò fuori il suo telefono per recuperare gli appunti dalla sua fidata applicazione, mentre Gretchen si apprestò a scrivere, penna alla mano, sul suo solito taccuino.

«Abbiamo un sacco di cose di cui discutere.» annunciò Josie cominciando ad aggiornarli su tutto ciò che aveva appreso quel giorno: Amy aveva ammesso di essere stata una paziente di Bryce Graham, il nome con cui era stata in cura da lui era Tessa Lendhardt, Amy aveva ammesso di aver assunto l'identità di Amy Walsh dopo la sua morte; poi ripercorse tutto quello che Bryce Graham le aveva raccontato su Tessa, o Amy, che non era granché. «Ho controllato il database della TLO XP, ma non risulta nessuna Tessa Lendhardt nel Paese, tanto meno a New York.»

«Non può essere.» disse Chitwood.

Josie fece un cenno verso il suo computer. «Chiunque di voi è libero di ricontrollare il mio lavoro, magari utilizzando un altro database. Ho usato solo una versione del cognome, quindi probabilmente dovremmo controllare usando altre varianti ortografiche.»

«Potremmo anche cercare altre persone di nome Lendhardt a Buffalo, New York.» suggerì Noah. «Rintracciamole e vediamo se qualcuna di loro conosceva una Tessa.»

«Posso far lavorare un paio di agenti sul campo dell'ufficio di Buffalo.» disse Oaks.

«Forse Lendhardt era il suo nome da sposata.» suggerì Gretchen. «Potrebbe essere stata sposata. Non sappiamo davvero nulla di questa donna.»

«Ottima osservazione.» disse Josie. «Abbiamo anche escluso le sue impronte quando Hummel e la squadra hanno analizzato la camera da letto di Lucy, dopo aver trovato il messaggio del rapitore registrato nell'orso. Posso chiedere a Hummel di estrarle e farle passare nell'AFIS.»

Chitwood scosse la testa. «Non otterrai nulla in questo modo, a meno che non abbia commesso un crimine. Hai detto che ti ha raccontato di avere solo quarant'anni, giusto? Se ha preso l'identità di Amy Walsh ventidue anni fa, l'avrebbe fatto a diciotto anni appena compiuti, il che significa che qualsiasi crimine avesse commesso, l'avrebbe introdotta nel sistema quando era ancora minorenne, perciò non la troverai in quelle liste.»

«Potrebbe esserci.» obiettò Gretchen. «Se fosse stata arrestata a diciotto anni e poi fosse fuggita.»

«Sulla base di tutto quello che ci ha detto, è più probabile che stesse scappando da un compagno che la maltrattava.» intervenne Oaks. «Quinn, lei ha trascorso la maggior parte del tempo a tu per tu con questa donna. Ha parlato con il suo terapeuta. Crede che a diciotto anni fosse in preda a una sorta di raptus criminale?»

«No, non direi proprio.» disse Josie. «Forse la ricerca delle sue impronte è inutile, ma penso comunque che sia una strada da percorrere.»

Mettner si schiarì la gola e propose: «Oppure potremmo metterla sotto torchio. Arrestarla, addirittura.»

«Con quali accuse?» obiettò Noah.

Mettner alzò le spalle. «Ostruzione della giustizia. Interferenza con le indagini. Furto d'identità. Frode.»

«A quel punto si rivolgerebbe a un avvocato, un avvocato costoso, smetterebbe di collaborare e forse lo farebbe anche il marito.» commentò Gretchen.

«Mancano meno di ventiquattro ore alla consegna del riscatto.» disse Josie. «Che potrebbe essere la nostra sola e unica possibilità di catturare il rapitore. Abbiamo bisogno della collaborazione dei genitori. Arrestare Amy adesso sarebbe un problema serio.»

«Ha infranto la legge.» argomentò Mettner.

«È vero.» concordò Josie. «E quando sarà tutto finito, potremo occuparci del furto d'identità, ma al momento Lucy potrebbe essere ancora viva e l'unica persona con cui il rapitore parla è Amy. Abbiamo bisogno di lei.»

«Colin e Amy sono in banca a liquidare i beni e a cercare di raccogliere il denaro necessario.» disse Oaks. «Dopo di che, i miei agenti li porteranno da Walmart per comprare i borsoni impermeabili.»

«Borsoni impermeabili.» disse Noah. «Cosa avrà in mente questo tizio?»

«Non lo sappiamo» disse Josie, «per questo motivo richiamerà.»

«Il che rappresenta un pericolo per qualcuno in questa città.» disse Gretchen. «Bryce Graham è stato fortunato. La prossima persona a cui questo tizio vorrà prendere il telefono potrebbe non essere altrettanto fortunata.»

«Il che significa che Quinn deve parlare di nuovo con Amy e cercare di ottenere più informazioni stavolta.» sentenziò Oaks «Niente più segreti. Il suo segreto avrebbe potuto far uccidere Bryce Graham oggi.»

Josie si passò una mano sugli occhi, sentendo la stanchezza dei giorni passati in ogni fibra del suo corpo. «Posso fare un altro tentativo, ma non sono sicura che riuscirò a ottenere qualcosa di utile in tempo.»

«E non possiamo minacciare di arrestarla se vogliamo che rimanga in gioco.» disse Noah. «Quindi non hai nessun appiglio.»

«A parte il senso di colpa.» disse Gretchen.

«Ci ho già provato.» disse Josie. «Se non ha consegnato Bryce Graham in quell'occasione, dubito che questa volta sarà disposta a farlo.»

«E se lo dicessimo al marito?» propose Noah.

Josie e Oaks si scambiarono un'occhiata e Oaks le fece un cenno per dirle di fare la telefonata. Lei raddrizzò la schiena e guardò il gruppo. «No.»

Mettner stava per dire qualcosa ma Josie alzò una mano. «Sono già ai ferri corti. Non abbiamo il tempo di far accettare a Colin il fatto che sua moglie non è chi dice di essere e che gli ha mentito per tutta la loro relazione e non credo che lei sarà più propensa a confessare con lui. Inoltre, lui si infurierà e immagino già che lei si ridurrà al silenzio di fronte alla sua rabbia e si chiuderà ancora di più in se stessa. No, l'attenzione deve rimanere su Lucy, soprattutto in prossimità della consegna. Abbiamo bisogno che siano un fronte unito con l'unico scopo di riavere la figlia.»

«Sì, mi sembra che dobbiamo concentrarci di più sulla consegna in questo momento.» convenne Chitwood. «Non sapete nemmeno dove vorrà che venga fatta questa consegna. E il nostro uomo potrebbe anche chiamare alle sei e pretendere che i Ross vadano a fare la consegna entro le sei e mezza. A quel punto che si fa?»

«Dovremo organizzarci rapidamente.» concordò Oaks. «Come una squadra di pronto intervento. I Ross dovranno essere pronti a spostarsi con noi in qualsiasi momento. Dovremo preparare il denaro registrando i numeri di serie e dotando le borse di localizzatori. Di questo potrà occuparsi la mia squadra.»

«E se il rapitore chiama e dice niente polizia, niente FBI e niente localizzatori?» chiese Mettner.

«Non gli concederò la possibilità di scappare.» disse Oaks. «Non con la vita di Lucy Ross in pericolo. Possiamo dissimulare la nostra presenza, ma i localizzatori restano con i soldi.»

«Sono d'accordo.» disse Josie. «Facciamo tutti i preparativi necessari per quando il rapitore chiamerà di nuovo. Io tornerò a casa dei Ross e cercherò di parlare con Amy stasera.»

Chitwood batté le mani. «Sembra che ci aspetti una nottata in bianco.»

QUARANTACINQUE

A casa dei Ross, l'FBI prese possesso dello studio di Colin per preparare il denaro. Nella sala da pranzo, Amy era seduta su una sedia con le gambe raccolte sotto di sé, e le braccia strette intorno al petto, e fissava i cellulari sul tavolo. Colin camminava dietro di lei. Josie stava per chiedere di parlare un momento con Amy, quando il suo telefono squillò. Lo tirò fuori dalla tasca e vide il numero di Trinity lampeggiare sullo schermo. Uscì rapidamente dalla stanza e si diresse verso la porta sul retro. «Che succede?» rispose.

Trinity emise un sospiro drammatico. «Tessa Lendhardt non esiste. Non a Buffalo. In nessun altro luogo».

«Sì, l'ho saputo.» disse Josie. «Ma grazie per averci provato.»

La risata di Trinity filtrò attraverso la linea, sfrecciando nel silenzio del giardino. «Pensi che mi sia fermata lì?»

Josie provò un piccolo brivido di eccitazione, sperando che la sorella avesse trovato qualcosa di utile. «Che cosa hai trovato?»

«Ho controllato tutti i Lendhardt di Buffalo.» raccontò Trinity. «Ne ho trovati sei, tutti uomini. Due di loro sono deceduti. A uno dei Lendhardt morti è sopravvissuta la vedova ottantasettenne, Betty.»

«Quanti anni aveva l'altro uomo che è morto?»

Sentì un fruscio di carte e poi Trinity disse: «Quando è morto, due anni fa, aveva sessantasei anni.»

«Troppo vecchio.» disse Josie. «Presumo che il Lendhardt con cui Amy Ross era sposata, ammesso che fosse sposata e non si limitasse a frequentarlo, avesse all'incirca la sua età. Oggi mi ha detto che in realtà ha quarant'anni. C'è nessuno in quella lista che si avvicini ai quaranta?»

Trinity rimase in silenzio per un minuto prima di leggere l'età degli altri quattro Lendhardt. «Ventisei, settantatré, cinquantasette e ottanta.»

«Neanche lontanamente...» disse Josie, cercando di nascondere la delusione nella sua voce. «Devo parlarci di nuovo.»

«Beh, per prima cosa, domani, andrò a parlare con i Lendhardt che riesco a rintracciare e con i vicini di quelli che sono morti.»

«Pensi che parleranno con te?»

«Sono famosa, cara sorella. Tutti vogliono parlare con me. Senti, mi è venuta un'idea: puoi procurarmi una fotografia di Amy Ross? Una foto recente.»

Josie ci pensò un attimo e tenendo il telefono all'orecchio, tornò in casa, attraversò la cucina e raggiunse il soggiorno dove erano appese diverse foto incorniciate della famiglia Ross.

«Sì...» disse, «nessun problema.»

«Perfetto, me la mandi subito, per favore?»

«Arriva.»

Josie riattaccò e studiò le varie fotografie finché non ne trovò una in cui il viso sorridente di Amy fosse della giusta nitidezza, scattò un'immagine con il cellulare, la inviò a Trinity e poi ripose il telefono in tasca per andare a cercare Amy.

La trovò ancora rannicchiata su se stessa, su una sedia della sala da pranzo. Josie catturò il suo sguardo dall'ingresso facendole un cenno di raggiungerla in soggiorno. Con grande sforzo, Amy si alzò e arrancò dietro a Josie.

«Dov'è suo marito?» le chiese Josie.

«È andato di sopra, a letto. Dubito che riuscirà a dormire, ma ha detto che aveva bisogno di stare da solo.»

«Si sieda.» le disse Josie, indicandole il divano. «Dobbiamo parlare.»

Amy si lasciò cadere sul divano. «Ha intenzione di arrestarmi?»

«No. Dovrei?»

Amy guardò fisso davanti a sé, scuotendo la testa. «No.»

«Perché non mi ha detto che si chiama Tessa Lendhardt?»

Lo sguardo di Amy scattò verso Josie. «Come l'ha scoperto?»

«Come pensa che l'abbia scoperto?»

Amy distolse di nuovo lo sguardo. Si sistemò il collo del maglione, allargandolo e arrotolandolo tra le dita. «Bryce.» disse. «Gli agenti dell'FBI mi hanno detto che sta bene. Illeso.»

«Sì.» disse Josie. «È in custodia protettiva.»

«Non gliel'ho detto perché non ha importanza.» spiegò Amy.

«Lo dice lei, ma Bryce avrebbe potuto rimanere ucciso oggi. Avremmo potuto catturare il rapitore se ci avesse detto di Bryce. Avremmo potuto inviare delle unità a casa sua, in attesa del rapitore.»

Con gesto nervoso le dita di Amy si spostarono dal collo alla fronte e si sporse in avanti, scossa dai singhiozzi. «Mi dispiace. Non pensavo... non lo sapevo. Non avrei mai messo in pericolo Bryce o chiunque altro.» Tornò a guardare Josie. «Le giuro che non sono più Tessa Lendhardt da ventidue anni. Lei non conta nulla. Non è mai contata nulla. Non era nessuno e non aveva nessuno. Dio santo, ero solo una ragazzina.»

«Chi era Tessa Lendhardt?»

«Gliel'ho già detto. Una finzione. Un fantasma.»

«Amy, non abbiamo tempo per le risposte criptiche. La

consegna è domani. Il rapitore la chiamerà di nuovo. Ciò significa che cercherà qualcuno che lei conosce, probabilmente qualcuno a cui tiene, e lo ucciderà. Sia per poter usare il suo telefono senza essere rintracciato, sia per poterle causare altro dolore. Se mi dice chi prenderà di mira, posso impedire che ciò accada. Potremmo anche riuscire a recuperare Lucy prima che avvenga la consegna. Risolveremmo tutta questa faccenda alla radice.»

Amy le si sedette di fronte e allungò le mani verso quelle di Josie, afferrandone una. Non riuscì a trattenere le lacrime. «Le dico che non lo so. Non c'è nessun altro. Glielo giuro.»

«È quello che ha detto l'ultima volta e poi abbiamo ricevuto una telefonata da casa del suo terapeuta.»

«È stato un errore. Avrei dovuto dirle di Bryce. Ma in tutta onestà non pensavo che avrebbe avuto importanza. Non lo vedevo da mesi e non avevo intenzione di ricominciare.»

«Allora deve dirmi cos'altro pensa che non abbia importanza. Sono le cose che non mi dice che potrebbero far uccidere delle persone. Forse anche Lucy.»

Amy strattonò con forza il braccio di Josie. «La prego...» implorò. «Sto dicendo la verità. Non c'è nessun altro.»

«Perché non vuole parlare di Tessa Lendhardt?» chiese Josie. «Cosa sta nascondendo? Amy, gliel'ho già detto, non mi interessa quello che ha fatto. Mi interessa solo recuperare Lucy. Qual è la cosa peggiore che può aver fatto? Uccidere qualcuno? Non mi interessa.»

«Non è la cosa peggiore.» borbottò Amy.

«Non lo è? Me lo dica, Amy. Qual è la cosa peggiore che ha fatto? Che cosa ha fatto Tessa Lendhardt che lei sente il bisogno di nascondere dopo tutti questi anni, anche con la vita di sua figlia in pericolo?»

«Niente. Gliel'ho detto. Ero una ragazzina. Ero in una brutta situazione.»

«Con un partner violento? Un marito, un fidanzato, un amante?»

Amy esitò. «Nessuna di queste cose.»

Josie le lasciò la mano e si lasciò sfuggire dalla gola un sospiro di esasperazione.

«Aspetti, sto dicendo la verità.»

Josie scosse la testa. «Mi dispiace, Amy. Non credo che lei sia più in grado di dire la verità.»

QUARANTASEI

Oaks era in sala da pranzo, seduto davanti a un computer, intento a scrivere un rapporto, con una tazza di caffè fumante accanto a sé. Quando la vide entrare, alzò lo sguardo verso di lei, con un sopracciglio inarcato in segno di domanda. Josie scosse la testa. Non riusciva a ottenere nulla di nuovo da Amy. Niente che avesse senso. L'unica scelta possibile, in quel momento, era aspettare la consegna del riscatto e sperare di riuscire a catturare il rapitore e recuperare Lucy viva.

Oaks fece un gesto verso la sua tazza. «Si faccia un caffè o una dormita. Mr. Ross ha messo a disposizione degli agenti una camera da letto al piano di sopra, all'occorrenza.»

Facendosi sostituire da Mettner, Josie cercò di andare a dormire nella stanza degli ospiti, ma non trovò riposo. Le ore si allungavano in un silenzio tombale che avvolgeva la casa. Amy se ne stava seduta da sola nella stanza di Lucy. Colin si aggirava nella sala da pranzo. La mattina arrivò e passò. Poi il pomeriggio. Qualcuno ordinò del cibo da asporto, ma nessuno mangiò. Ogni minuto che passava suonava come se fosse una campana a morto. Nessuno lo disse, ma Josie immaginò che tutti si stessero chiedendo: avrebbe chiamato?

Quando alla fine il cellulare di Amy squillò, la suoneria attraversò la casa come un allarme. Amy scese di corsa le scale, inciampando e cadendo negli ultimi gradini. Colin era già lì, la tirò su e per metà la trascinò e per metà la portò in braccio verso la sala da pranzo. Le mani di Amy tremavano mentre prendeva il telefono dal tavolo della sala da pranzo e sfiorava l'icona per rispondere. La stanza era gremita, Oaks, Mettner, Colin e diversi altri agenti erano stipati e in ascolto, mentre Amy pronunciava un tremolante «Pronto?»

Ancora una volta, la voce del rapitore riempì la stanza. Questa volta non sembrava allegro come al solito. «Ciao, Amy.»

Lei chiuse gli occhi e strinse il telefono finché le nocche non diventarono bianche. «Lucy è ancora con te? È ancora viva?»

«Niente domande. Porta i soldi stasera. Alle sei.»

Amy guardò tutti i presenti nella stanza, con occhi spalancati. «Avevi detto sei e mezza.»

«E ora sono le sei. Ricordati che non sei tu a fare le regole. Alle sei in punto. Niente polizia. Niente FBI. Solo tu e tuo marito.»

Gli occhi di Amy trovarono Oaks. Lui scosse la testa e si batté il polso, come se stesse indicando un orologio: non c'era abbastanza tempo.

«È troppo presto.» sbottò Amy. «Non abbiamo ancora tutti i soldi.»

«Oh, Amy...» disse lui con un sospiro. «Vuoi rivedere Lucy o no?»

«Certo che voglio.» disse lei. «Per favore, io...»

«Sono sicuro che ce la farai. Ricorda, niente polizia. Niente FBI. Se vedo anche solo un agente nelle vicinanze di uno dei due luoghi di consegna, Lucy è morta. Mi hai sentito? Morta.»

Josie e Oaks si scambiarono un'occhiata e lei bisbigliò: *uno dei due luoghi di consegna?* Lui scosse la testa. Non era un buon segno.

«Per favore!» gridò Amy. «Non farle del male. Farò tutto quello che dici. Abbiamo solo bisogno di più tempo. I soldi...»

«Stasera. Alle sei. Tu e tuo marito, da soli. Niente traccianti, niente localizzatori, niente banconote segnate. Niente che permetta all'FBI di seguire il denaro. Hai capito?»

«Sì, ho capito.» disse Amy.

«Porta una metà del denaro al centro del campo da football della Denton East High School. Tu. Solo tu. Hai capito?»

«Sì. Solo io. Il campo da football.»

«Tuo marito prende l'altra metà e la porta alla Grotta degli Amanti.»

Amy aggrottò la fronte. «Aspetta. La Grotta degli Amanti? Cos'è?»

«Hai a disposizione un intero esercito di agenti di polizia e dell'FBI. Ci potete arrivare.»

«D'accordo, d'accordo.» disse Amy. «Lo troveremo. Ma, ti supplico, non fare del male a Lucy. Ti imploro.»

«Le farò del male se mi racconti balle, Amy.»

«Non lo farò.»

«Lasciate a casa la polizia e l'FBI, tutti e due. È chiaro?»

«Sì, lo prometto. E Lucy? La porterai con te? Come la riprendiamo?»

Ci fu un momento di silenzio. Poi il rapitore aggiunse: «Se farai quello che ti dico, ti verrà restituita ventiquattro ore dopo la consegna, nello stesso posto in cui l'hai persa.»

«Intendi la giostra?» disse Amy, ma lui aveva già riattaccato. Amy posò il telefono e si guardò intorno osservando le facce nella stanza. Uno degli agenti ai computer disse: «Il numero è intestato a Violet Young.»

«Oh Gesù...» esclamò Josie.

Amy si coprì la bocca, ma non prima che tutti la sentissero gridare «No!»

«Chi sarebbe?» chiese Colin.

«È l'insegnante di Lucy.» disse Amy. «Oh Signore, no!»

QUARANTASETTE

Josie si infilò tra Oaks e Mettner alle spalle dell'agente in modo da poter guardare la mappa. L'agente indicò un piccolo cerchio rosso sullo schermo e disse: «Questo è l'indirizzo di Violet Young, ma non è il luogo in cui il GPS colloca il telefono.»

«Allora deve essere fuori, da qualche parte, oppure lui le ha rubato il telefono.» disse Josie. «Dov'è il telefono?»

L'agente batté su alcuni tasti e poi spostò il mouse. Alla fine apparve un'altra mappa, quella di East Denton e un secondo piccolo cerchio rosso si posò su una zona attraversata da un ramo del fiume Susquehanna. «Quello è un ponte.» disse Josie. Era il ponte di Denton sotto il quale si rifugiavano molti senzatetto e tossicodipendenti. Violet Young era stata da quelle parti oppure l'assassino aveva semplicemente preso il suo telefono e vi si era recato per telefonare? O peggio, aveva rapito Violet, scaricato il suo corpo altrove e poi le aveva preso il telefono?

«Andiamo.» annunciò Oaks.

Josie e Mettner viaggiarono insieme dietro una schiera di veicoli dell'FBI, sfrecciando per Denton fino a raggiungere il ponte. Mentre Mettner guidava, Josie chiamò Noah per spiegargli cosa stava succedendo. «Chiama la scuola.» gli disse. «E cerca di rintracciare il marito, ti dispiace?»

«Certo.» rispose lui. «Stai molto attenta.»

Mettner accostò poco prima del ponte, dietro al resto di una fila di veicoli che si stavano ammassando sul ciglio della strada, in una striscia di ghiaia ed erbacce. In tutta l'area si stavano riversando gli agenti dell'FBI, tutti muniti di giubbotti antiproiettile con sopra impresse le lettere FBI. Josie e Mettner tirarono fuori dal bagagliaio i loro giubbotti antiproiettile e li indossarono. Si radunarono intorno a Oaks, che dovette urlare per farsi sentire sopra il traffico che attraversava il ponte e l'impeto del fiume sottostante. «Il segnale del telefono è ancora forte in questo punto. Dividiamoci in sei squadre da due. Tre da quella parte e tre da questa, incontriamoci al centro sotto il ponte.»

«Un momento...» li fermò Josie. «State attenti perché sotto il ponte c'è un grande accampamento di senzatetto che gestiscono un giro di droga. State all'erta.»

Si divisero in squadre e scesero lungo il crinale sotto il ponte, alla ricerca di Violet Young, del rapitore o di entrambi. Sulla riva del fiume erano state montate diverse tende di fortuna. Josie e Mettner rimasero insieme, le controllarono tutte, ma non trovarono alcuna traccia. Nessuno era disposto a parlare con i poliziotti.

Le sei squadre si riunirono al centro. Non c'era traccia di Violet Young o del rapitore, così Josie disse: «Il telefono deve essere qui. Dovremmo dividerci, allargare l'area di ricerca lungo la riva del fiume.»

Oaks annuì e fece segno con la mano ai suoi agenti di muoversi. Con due squadre dell'FBI che cercavano parallelamente a loro, Josie e Mettner cercarono vicino all'acqua, scavalcando rocce e arrancando nel fango. A mezzo miglio dal ponte Josie notò un piccolo bagliore colorato nel fango. Si accovacciò per guardare meglio. Si trattava di un cellulare con una custodia viola brillante ricoperta di brillantini. «Mett!» chiamò, facendogli cenno di avvicinarsi.

Diede un'occhiata al telefono e chiamò le altre squadre. Una volta intervenuta la Squadra per il Trattamento delle Prove dell'FBI, si ritirarono. Pochi minuti dopo, Oaks confermò che il telefono apparteneva a Violet Young. Il telefono di Josie squillò. Lo prese, vide che era Noah e rispose: «Cosa c'è?»

«Questa mattina Violet è uscita per andare al lavoro alle sette e mezza, come sempre. Ha accompagnato i bambini nel cortile della scuola durante la ricreazione pomeridiana, verso l'una e mezza, e non è rientrata.»

«Qualcuno ha visto dove è andata?»

«Quando la preside e gli altri insegnanti hanno chiesto ai bambini, un paio di loro hanno detto che sembrava che stesse guardando qualcosa in strada. Ha detto a una bambina che sarebbe tornata subito e ha lasciato il cortile della scuola. Nessuno ha visto da che parte è andata dopo.»

«Ti sei procurato i filmati delle telecamere vicino al cortile della scuola?» chiese Josie.

«Se ne è occupata Gretchen, ma tutto ciò che si vede è Violet che guarda verso la strada e poi esce dal cortile della scuola.»

«Porca miseria. Hai parlato con il marito di Violet?»

«È a Orlando per lavoro. All'aeroporto, per la precisione. La preside lo ha chiamato quando Violet non è tornata dalla ricreazione. Lui le ha detto di chiamare la polizia, cosa che lei ha fatto. La centrale ha preso la chiamata e ha mandato un'unità alla scuola.»

«Nessuno ha chiamato il comando mobile?» gli domandò Josie.

Noah sospirò. «Perché avrebbero dovuto? La centrale non aveva modo di sapere che quella donna era l'insegnante di Lucy Ross.»

Josie sapeva che era vero, ma non poteva fare a meno di

chiedersi se Violet si sarebbe salvata se fossero state le squadre del caso Ross a intervenire. «Quando il marito ha parlato con lei per l'ultima volta?»

«Ieri sera. Adesso sta tornando.»

«E la macchina di Violet?» chiese Josie.

«È ancora nel parcheggio della scuola.»

Josie sospirò. «Grazie. Lo farò sapere a Oaks.»

«Ho chiesto a Hummel se potevamo far passare le impronte prelevate a Amy Ross nell'AFIS per vedere se corrispondono a quelle già presenti nel database. So che Chitwood non pensava che ne valesse la pena, ma ho incaricato Hummel di occuparsene comunque. Non so quanto ci metterà a farlo, però. Ho dovuto mandarlo alla scuola per aiutare Gretchen a interrogare il corpo docente e poi per cercare di rintracciare i bambini che hanno visto Violet uscire dal cortile della scuola.»

«La consegna è alle sei.» brontolò Josie. «Dobbiamo ancora preparare Amy e Colin, mettere sotto monitoraggio i luoghi di consegna e da adesso anche ritrovare Violet Young, che probabilmente è già morta dissanguata mentre noi ce ne stiamo tutti qui in riva al fiume. Sta disperdendo le nostre forze.»

«Sembra proprio così.»

Josie vide Oaks che si dirigeva verso di lei. «Devo andare, Noah. Grazie per l'aiuto.»

QUARANTOTTO

Josie cercò di concentrarsi sulle parole di Oaks, ma la sua mente stava facendo dei calcoli. Mancava poco alle quattro. Stavano perdendo tempo prezioso e c'erano ancora parecchie cose da fare. Non era assolutamente possibile che mandassero i coniugi Ross da soli ai luoghi di consegna, il che significava che avrebbero dovuto camuffare i membri delle forze dell'ordine con molta attenzione per accompagnarli. Non c'era tempo per fare strategie, non c'era tempo per fare niente. Il rapitore aveva agito di proposito, lasciandoli praticamente senza tempo per prepararsi e assicurandosi che la sorte di Violet Young rimanesse sconosciuta, in modo che le loro risorse fossero sparse in lungo e in largo.

«Detective Quinn...» disse Oaks, interrompendo i suoi pensieri. «Mi sta ascoltando?»

Josie fece un sorriso teso. «Mi scusi tanto.» disse. «La prego, continui.»

«Stavo dicendo che il telefono è di Violet Young.» riprese Oaks. «Uno dei miei uomini ha convinto una donna a riferirgli che cosa ha visto. Ha detto che c'era un uomo che corrispondeva alla descrizione del nostro sospettato: capelli castani, berretto, sui venticinque anni, caucasico. Ha detto di averlo visto in piedi vicino all'acqua, che parlava al telefono prima di gettarlo nel fango. L'ha notato perché la custodia del telefono era viola e ha detto che non se ne vedono molti di uomini con un telefono così.»

Josie riferì a Oaks ciò che Noah e Gretchen avevano scoperto sulla scomparsa della maestra.

«Pensa che Violet Young lo abbia visto dal cortile della scuola e lo abbia riconosciuto?» chiese Oaks.

Josie alzò le spalle. «O questo o l'ha attirata fuori dal cortile della scuola portando con sé Lucy. Doveva essere a bordo di un veicolo. Forse si è avvicinato, le ha fatto vedere che Lucy era con lui e così lei è corsa fuori. Se avesse visto soltanto lui credo che avrebbe chiamato la polizia. Invece, se Lucy fosse stata lì, proprio davanti a lei, probabilmente le sarebbe corsa incontro.»

«In tal caso l'avrebbe rapita proprio davanti alla scuola con Lucy in macchina, l'avrebbe uccisa, ne avrebbe scaricato il corpo e poi sarebbe venuto qui a chiamare Amy.» Oaks si girò e scrutò il gruppo di agenti che si aggirava nei dintorni. «Ha cambiato il suo modus operandi. Di solito uccide le sue vittime in casa loro. Cosa sta facendo?»

«Sa che dobbiamo localizzare Violet. Ci sta rubando tempo e risorse, tenendoci impegnati nella speranza che non saremo del tutto pronti quando arriverà il momento della consegna.»

«Al diavolo!» mormorò Oaks. «Lascerò due uomini qui a cercare il corpo di Violet Young lungo la riva del fiume per due miglia in ogni direzione. Il resto di noi si riunirà al comando mobile tra venti minuti. Avrò bisogno dei vostri agenti.»

«Sarà fatto.» disse Josie.

«Dovremo organizzare quattro squadre: una a questa Grotta degli Amanti. Sa dove si trova?»

«Sì.» rispose Josie. «È nel parco pubblico, in mezzo al bosco.»

«Bene. Me lo mostrerà sulla mappa quando torneremo al

comando. Comunque, avremo bisogno di una squadra là, una al campo da football, una che accompagni Colin Ross e una che accompagni Amy Ross.»

«Cinque squadre.» disse Josie. «E occorre una squadra per localizzare Violet Young.»

«Violet Young è morta.» sentenziò Oaks. «Dobbiamo dare la priorità a Lucy Ross per riportarla a casa.»

Josie si mise una mano sul fianco. «Non può sapere se Violet Young è morta.»

«In base al precedente comportamento di questo individuo, so che è morta. Se così non fosse, Violet Young non si sarebbe già fatta viva?»

«Non se fosse legata o intrappolata.» rispose Josie. «E se fosse gravemente ferita? Non possiamo correre il rischio di aspettare per localizzarla.»

«Detective Quinn...» disse Oaks, «faccio questo mestiere da molto tempo. Non è possibile salvare tutti. Sulla base delle informazioni a mia disposizione, c'è un'alta probabilità che Violet Young sia morta, mentre, per quanto ne sappiamo, Lucy Ross è ancora viva. Devo dedicare le mie risorse a salvarla.»

«Non le ho certo detto di non farlo.» replicò Josie.

«In questo momento non abbiamo abbastanza uomini per una ricerca a tappeto di Violet Young.»

«Tutto quello che mi occorre da lei è una cosa.» disse Josie. «Che uno dei suoi agenti riesca a scaricare la cronologia del GPS dal telefono di Violet.»

«D'accordo.» disse Oaks. «Ho già dato loro istruzioni per farlo e ci stanno lavorando, ma la cronologia del GPS sul telefono si aggiorna solo una volta all'ora, il che significa che, se il nostro ricercato l'ha rapita e scaricata da qualche parte nel periodo di tempo che intercorre tra un aggiornamento e l'altro, questo sistema non ci permetterà di trovarla.»

«Ma se il GPS si fosse aggiornato... diciamo, mezz'ora prima del rapimento? In questo caso, si sarebbe aggiornato mezz'ora dopo il rapimento. L'assassino l'ha sequestrata per più di mezz'ora. Lo sappiamo perché l'ha rapita verso l'una e mezza e ha chiamato Amy Ross solo verso le tre. C'è una remota possibilità che la cronologia del GPS ci conduca a Violet Young.»

«Va bene.» concesse Oaks. «Ma ripeto, non ho abbastanza persone da destinare a questo compito al momento. Non con la consegna a un paio d'ore di distanza.»

«Ho delle persone che possono occuparsene.» gli assicurò Josie.

«Ho bisogno dei suoi uomini sul campo anche per questo.» si lamentò Oaks.

«Non intendo rinunciare a nessuna risorsa del caso Ross.» gli disse lei.

Lui alzò le mani. «Bene. Andiamo e basta. Non abbiamo più tempo.»

QUARANTANOVE

L'uomo se n'è andato di nuovo. Lei non mi ha detto dov'è andato, ma sono molto felice quando non c'è, così posso saltellare per tutte le stanze. Posso saltare, correre e fare tutto il rumore che voglio. Di solito. Però lei mi ha ricordato che, quando sarebbe tornato, avrei dovuto starmene di nuovo in silenzio. Poi doveva essersi sentita in colpa perché mi ha detto: «Oggi ho un regalo speciale per te.»

Ho fatto una corsa verso la cucina per arrampicarmi su una delle sedie che circondano il tavolo. «Questo è per me?» ho chiesto, indicando il piccolo piatto con un biscotto al centro.

Vederla sorridere mi ha imprigionato le parole nella gola.

Lei non sorrideva mai. «Sì.» ha detto. «È per te.»

Volevo che durasse per sempre, ma il biscotto e il sorriso sono spariti in un istante. «Un altro?» ho chiesto.

«Mi dispiace. Non hai mangiato molto ultimamente. Non voglio che ti faccia male. Troppi zuccheri non fanno bene.»

Ho abbassato le spalle e lei mi ha toccato la mano. «Quando ti porterò a casa, potrai mangiare tutti i biscotti che vuoi.»

Le ho sorriso di rimando.

«Vai a giocare.» mi ha detto. «Prima che lui torni.»

Stavo saltando dal divano alla poltrona quando hanno bussato alla grande porta che dà sull'esterno. Lei è uscita dalla cucina, con un dito premuto sulle labbra. Dovevo di nuovo stare in silenzio. Ha indicato la nostra stanza, ma io non volevo tornarci, così scendendo dalla sedia, ho trovato un nascondiglio dietro la poltrona. Ho ascoltato i suoi passi. Poi la porta che si apriva. Una voce che non avevo mai sentito. «Salve, cara.»

Ho fatto capolino da dietro la poltrona solo per un secondo. Abbastanza per vedere che quella alla porta era la donna d'argento. Ho fatto uno sforzo per sentire tutto quello che diceva, ma ne ho colto solo alcuni frammenti. «... la porta accanto... ho pensato di venire a salutarla... ha bisogno di aiuto...»

Senza dire una parola, lei ha sbattuto la porta in faccia alla donna d'argento. Poi si è girata e ha spinto la schiena contro la porta, come se la donna d'argento potesse cercare di entrare. Ma già sentivamo che si stava allontanando.

Le sue dita tremavano mentre girava le serrature. Da sopra la spalla, mi ha detto: «Non ti ha visto. Non ha visto niente.»

Alzandomi da dietro la poltrona, ho detto: «Sì, ma perché non l'hai fatta entrare. Devi farla entrare. Forse può aiutarci.»

«No.» ha insistito lei, scuotendo la testa. «No. Nessuno può aiutarci.»

CINQUANTA

La tenda di comando mobile era gremita: due dozzine di agenti dell'FBI, Oaks, Chitwood, Josie, Noah, Mettner, Gretchen e diversi poliziotti di Denton in uniforme. Più vicino all'ingresso della tenda c'erano agenti della Polizia di Stato e dell'ufficio dello sceriffo della contea. L'atmosfera nella stanza era elettrica. C'era il ronzio dell'attesa. I presenti erano in fermento, andavano avanti e indietro per tutto il locale. In un angolo della tenda c'erano Amy e Colin, di fronte agli agenti a cui erano stati assegnati che li stavano equipaggiando con i giubbotti antiproiettile sotto i vestiti. Accanto a loro c'erano due grandi borsoni pieni di denaro. Oaks diede a tutti le istruzioni e distribuì gli incarichi, poi la folla si disperse. Josie aspettò che Amy rimanesse sola prima di avvicinarsi a lei.

«Amy...» disse a bassa voce. «Prima di procedere, dobbiamo parlare. Anche se domani riusciremo a riprenderci Lucy, deve capire che senza risposte chiare da parte sua, tutti i presenti la guarderanno duramente per il suo coinvolgimento in questa storia. Quest'uomo ha ucciso due persone a sangue freddo e potrebbe aver ucciso anche Violet.»

«Io... perché me lo lasciano fare se pensano che io sia coinvolta?» chiese Amy.

«Perché la vita di Lucy è in pericolo.» disse Josie. «E al momento non ci sono prove del suo coinvolgimento, ma solo sospetti. Posso mettere a tacere questi sospetti se mi dice la verità sul suo passato. Lei ha detto che Tessa Lendhardt era un'invenzione, ma non riusciamo a trovare alcuna traccia della sua esistenza. Prima di farsi chiamare Tessa, aveva assunto un'altra identità, non è vero? Non può essere che così. Allora qual è il suo vero nome? Non Tessa Lendhardt. Chi era prima di cambiare nome?»

Amy si guardò intorno nella stanza e quando il suo sguardo si posò di nuovo sul viso di Josie, i suoi occhi erano spalancati dalla paura. «Non mi crederebbe.» sussurrò.

«Perché non dovrei?» chiese Josie.

«Perché non me lo ricordo.»

«Non se lo ricorda? Come sarebbe a dire?»

Prima che Amy potesse rispondere, la voce di Oaks rimbombò nella tenda. «Mr. Ross, Mrs. Ross, da questa parte, per favore.»

Amy passò di corsa davanti a Josie, seguendo Colin dove Oaks li aspettava per aggiornarli, lasciando Josie da sola e più irritata che mai. Fece qualche respiro profondo e contò fino a dieci. Mettner si avvicinò e iniziò a dirle qualcosa, ma lei non sentì nulla di quello che diceva. Quando lui le agitò una mano davanti alla faccia, lei scattò sull'attenti. «Scusa Mett.» disse. «Puoi ripetere, per favore?»

«Vado con la squadra diretta alla Grotta degli Amanti, visto che conosco bene la zona e il parco.»

«È una buona idea.» disse Josie. «Io andrò con la squadra che accompagna Amy al campo di football, ho frequentato la Denton East High School. Gretchen viene con me?»

Lui annuì. «Oh, e Lamay è fuori che ti aspetta.»

«Perfetto.» disse Josie.

Uscì dalla tenda, con lo sguardo rivolto alla folla, finché non individuò Dan Lamay, il loro sergente. Era nel dipartimento da oltre quarant'anni e aveva visto l'avvicendarsi di cinque capi della polizia, compresa Josie. Aveva ormai superato l'età della pensione, con un ginocchio malandato e una pancia sempre più abbondante. Durante il suo mandato di capo, Josie lo aveva mantenuto in servizio come sergente perché la moglie si stava riprendendo dal cancro e la figlia frequentava l'università. Le era stato ostinatamente fedele, aiutandola quando ne aveva avuto più bisogno. Aveva temuto che il capo Chitwood lo avrebbe licenziato, ma fino a quel momento era rimasto fuori dal suo radar.

«Grazie di essere venuto, Dan.» disse. «Hai fatto venire i ragazzi dell'università?»

«Sì.» rispose. «Quelli con i droni? Sono dentro.»

Josie si sentì attraversare da un brivido di eccitazione. «Fantastico.»

Lamay si spostò da un piede all'altro. «Boss, non sono sicuro di aver capito cosa vuoi che faccia esattamente.»

«Voglio che trovi Violet Young.» disse semplicemente Josie.

Lamay si guardò intorno per assicurarsi che nessun altro stesse ascoltando. «Boss, non mi muovo molto bene in questi giorni. Non sono sicuro di essere l'uomo più adatto per questo lavoro.»

Josie rise. «Non sarà necessario che tu faccia trekking nei boschi, Dan. Mi serve solo che coordini. L'FBI mi ha indicato due luoghi in cui il GPS del telefono di Violet Young l'ha localizzata tra il momento in cui ha lasciato la scuola e il momento in cui il rapitore ha chiamato Amy Ross. Dovrai iniziare dal centro, secondo me, e da lì procedere verso l'esterno.»

Digitò il codice di accesso del suo telefono e visualizzò la mappa che uno degli agenti di Oaks le aveva inoltrato. Lamay prese gli occhiali da lettura dal taschino e la studiò. «D'accordo.» disse. «Conosco quella zona. Ma, Boss... chi devo coordinare?»

«La prima cosa che voglio che tu faccia è trovare Luke Creighton. Ti manderò un messaggio con il suo numero, così potrai chiamarlo. Dovrebbe essere ancora in città, con il suo segugio. Dovrai chiedergli di aiutarti a cercare Violet Young. Ti dirà di sì. Richiamerai quegli studenti universitari per incontrarvi e dirai loro di portarsi dietro i droni. Poi chiamerai il marito di Violet Young e gli chiederai il permesso di entrare in casa sua per prendere qualcosa di indossato dalla moglie di recente. Lo prenderei dal cesto del bucato o magari il pigiama che si è messa l'altra sera. Gli dirai che avete un cane per le ricerche di cui vorreste servirvi per trovare Violet. Non dirà di no. Poi dovrai chiamare i giornalisti della WYEP per informarli che avete bisogno di aiuto per la ricerca dell'insegnante scomparsa in questa zona e che il tempo è fondamentale. Chiederai loro di pubblicare su tutti i social media l'invito ai volontari di raggiungervi in un luogo specifico entro la successiva mezz'ora. Luke e i ragazzi con i droni avranno un vantaggio.»

«Pensa che qualcuno si presenterà con così poco preavviso?» chiese Lamay.

«Siamo a Denton.» disse Josie. «Certo che si presenteranno.»

Lamay non sembrava particolarmente fiducioso, ma annuì lo stesso. «Farò del mio meglio, Boss.»

Josie gli sorrise. Non l'aveva mai delusa fino a quel momento. «So che lo farai, Dan.»

CINQUANTUNO

Gli spazi della Denton East High School erano silenziosi. Oaks e la sua squadra avevano fatto un buon lavoro di copertura. Tutte le attività sportive erano state annullate e, sebbene Josie non potesse vederlo, sapeva che gli agenti dell'FBI avevano tracciato un perimetro intorno all'edificio e al campo da football. Josie e Gretchen incrociarono un agente della Polizia di Stato seduto nella sua volante a circa un chilometro dall'ingresso della scuola e gli fecero un cenno di saluto, prima di condurre l'auto non contrassegnata di Josie in quello che normalmente era il parcheggio per il corpo docente.

«Dunque, tu hai studiato qui?» chiese Gretchen.

«Sì.» disse Josie. «Il campo da football è proprio dall'altra parte dell'edificio.» Indicò verso l'esterno, oltre il parabrezza, dove potevano vedere i pali di una porta che spuntavano da dietro l'edificio della scuola.

Josie spense il motore e rimasero sedute per un minuto. Un uomo con una giacca a vento, pantaloni da ginnastica e un berretto da baseball portava a spasso un cagnolino lungo il prato che circondava il terreno. «Quello è uno degli uomini di Oaks.» disse Gretchen. «Lo riconosco.»

«Il nostro uomo saprà sicuramente che siamo qui.» disse Josie.

«E io ho parecchie riserve al riguardo.» disse Gretchen. «Se ti vede, potrebbe riconoscerti dal notiziario.»

«Ci sono solo lui e la donna.» rispose Josie. «Non può avere occhi ovunque. Vieni, ti faccio vedere un'entrata segreta che passa sotto le gradinate.»

Controllarono le armi e Josie prese dai sedili posteriori un paio di giubbotti antiproiettile che indossarono rapidamente sotto le giacche. Erano ingombranti, ma Josie sperava che, se il rapitore fosse stato a guardare da lontano tutte le attività intorno alla scuola, non se ne sarebbe accorto. Sopra, indossarono una maglietta della Denton East. Dal bagagliaio, Josie estrasse un sacco a rete pieno di protezioni da football, che si era procurata poco prima. Josie e Gretchen le avrebbero trascinate nelle stanze sotto le gradinate. Se per caso il rapitore o la sua complice le avesse viste, sarebbero sembrate solo un paio di addetti che portavano l'attrezzatura da football nel complesso sportivo.

Le gradinate in mattoni correvano lungo il campo su entrambi i lati. Sulla parte posteriore di una fila di gradinate, Josie trovò la vecchia porta di metallo che conduceva da sotto le gradinate a uno spogliatoio e a un paio di bagni. Era stata sbarrata e ridipinta da quando lei aveva frequentato la Denton East. La squadra di Oaks aveva mandato alcuni uomini a riaprire la porta in modo che entrambe le squadre potessero usarla senza essere facilmente visibili. Il pannello di legno dove si trovava la maniglia della porta era stato divelto. Josie chiuse le dita intorno al bordo della porta e tirò. Si aprì scricchiolando e lei e Gretchen scivolarono all'interno di un corridoio di cemento poco illuminato, lasciando cadere la borsa dell'attrezzatura dietro la porta.

Seguirono il corridoio fino a un'altra porta che non era chiusa a chiave e che li condusse in una specie di locale caldaie.

Da lì, trovarono Oaks e la sua squadra in una piccola anticamera che ospitava panche di metallo e distributori automatici. C'erano piccole finestre che consentivano di vedere il campo.

Josie si alzò in punta di piedi e sbirciò fuori. Aveva una buona visuale del campo. Proprio di fronte a loro c'era l'altra fila di gradinate. Da un lato del campo, oltre all'area di meta, si vedeva l'edificio scolastico, mentre l'altra area di meta si trovava di fronte a una zona boscosa.

«Abbiamo appostato cecchini sul tetto della scuola e in cima alle gradinate.» annunciò Oaks.

Josie guardò alla sommità della gradinata di fronte, ma non vide nessuno. «Sono ben nascosti.» commentò. «Dov'è Mrs. Ross?»

«È al comando mobile.» rispose Oaks. «Arriverà con la sua auto e raggiungerà il campo da sola. L'abbiamo dotata di un giubbotto antiproiettile.»

Accanto a Josie, Gretchen fissava l'esterno. «Non capisco come possa funzionare.» disse. «Perché questo tipo vuole che lasci il riscatto in mezzo al campo? Se esce a prenderlo, sarà completamente esposto.»

«Non credo che gli interessi il riscatto.» disse Josie.

«Quindi avrebbe intenzione di lasciare i soldi là in mezzo? Si immaginerà che la polizia lo stia osservando. Non può credere che ci siamo fatti da parte. » sottolineò Gretchen. «Per questo vuole che i genitori aspettino ventiquattr'ore per riavere Lucy.»

«Questo significa che la tiene nascosta da qualche parte. Supponiamo che tra poco esca allo scoperto. Non possiamo ucciderlo perché la posizione di Lucy finirebbe nella tomba con lui.»

«E se lo catturassimo, lui userebbe la posizione della bambina come leva. Ma perché ha scelto questo posto? Una grande superficie aperta senza punti in cui nascondersi?» chiese Gretchen.

«Perché potrebbe camminare in mezzo a quel campo, andarsene con i soldi e noi non potremmo fare un bel niente. Non senza rischiare di perdere Lucy.» Josie guardò ancora una volta da una parte all'altra del campo, prendendosi il tempo di una lenta panoramica. «Oaks.» chiamò e lui le si avvicinò. «Sì?»

«Ha fatto controllare da qualcuno dei suoi uomini quella parte del campo? L'estremità boscosa?»

Oaks annuì. «Certo. Laggiù non c'è altro che qualche formazione rocciosa.»

«Le "Cataste"...» disse Josie, riferendosi alle lastre di roccia che erano cadute dal fianco della montagna dietro il liceo, formando grandi pile di rocce piatte.

«Come ha detto?»

«I ragazzi del posto lo chiamano "Cataste". È dove gli studenti si ritrovano, per bere e fumare.»

«Sì, i nostri uomini li hanno visti.» confermò Oaks.

«La cima delle Cataste è una posizione elevata. Dietro, a mezzo miglio di distanza, c'è un vecchio stabilimento tessile abbandonato.»

«Pensa che verrà da quella direzione?» chiese Oaks.

Josie annuì. «È quello che farei io se fossi in lui.»

«Manderò qualcuno nel bosco, lungo quel crinale, e chiamerò lo sceriffo: hanno delle unità per controllare lo stabilimento.»

«Le unità nel bosco devono essere invisibili.» disse Josie. «Se viene da quella parte e li vede, abbiamo chiuso.»

Oaks annuì. «Ci penso subito.»

Detto questo, tirò fuori il telefono e fece due telefonate, e ascoltandolo dare istruzioni Josie si sentì pervadere da un senso di sollievo, ma non sufficiente a placare l'inquietudine che le cresceva dentro: conosceva molto bene i boschi di Denton. Vi aveva trascorso gran parte della sua infanzia. Se gli agenti avessero pattugliato il crinale sopra le Cataste, l'area sarebbe stata più sicura, ma Josie sapeva che in quella zona c'erano diversi crepacci e altre formazioni rocciose che avrebbero costituito un buon nascondiglio per qualcuno che non voleva essere visto. Il rapitore poteva essere già nascosto da qualche parte e sarebbe stato avvantaggiato, e per quanto gli agenti si sforzassero di essere invisibili, li avrebbe visti arrivare. Se avessero avuto più tempo, Josie avrebbe potuto far perlustrare quei boschi dalla sua squadra, che aveva molta più familiarità con la zona tra le Cataste e lo stabilimento.

Gretchen le passò un auricolare collegato a un piccolo dispositivo di comunicazione. «Mettiti questo. Sarai direttamente collegata con le comunicazioni degli altri agenti. Ci permetterà di sentire tutto ciò che sta accadendo.»

«Grazie.» disse Josie distrattamente.

«C'è qualcosa che ti preoccupa, ti si legge in faccia.» osservò Gretchen. «Hai sentito Oaks, vero? Ha fatto perlustrare la zona da una squadra quando è arrivato qui.»

«Lo so.» mormorò Josie. «È solo che non riesco a togliermi di dosso la sensazione che ci sia qualcosa di molto, molto strano in tutta questa storia.»

Alle loro spalle, sentirono la voce di Oaks: «È quasi ora.»

CINQUANTADUE

Sembrava che il mondo fosse caduto in una strana trance silenziosa. Niente e nessuno si muoveva. Erano riusciti a far scorrere una delle finestre in modo da poter sentire qualsiasi rumore proveniente dall'esterno delle gradinate, ma non si sentiva nulla. Nemmeno il vento o gli uccelli. Josie controllò il telefono. Mancavano due minuti alle sei. Gli unici suoni che percepiva erano il ronzio dei distributori automatici dall'altra parte della stanza, il respiro di Gretchen e Oaks e il basso brusio delle comunicazioni.

Una voce nel suo orecchio disse: «La squadra ha raggiunto la posizione due. Pacco pronto per la consegna.» Josie sapeva che si trattava della consegna alla Grotta degli Amanti.

«Ricevuto.» rispose Oaks. «Squadra pronta in posizione uno. Il pacco è pronto?»

Intervenne un'altra voce. «La madre è appena arrivata. Ha estratto il borsone dall'auto. Si dirige verso il campo.»

I tre aspettarono, osservando dalle piccole finestre. Un minuto dopo, Amy varcò l'ingresso del campo da football tenendosi il più vicino possibile all'edificio, con il borsone in mano.

«Quanto pesa quella borsa?» chiese Gretchen.

«A quanto pare, mezzo milione di dollari pesa circa una decina di chili.» disse Oaks.

Amy teneva le cinghie con entrambe le mani; con una mano le lasciò per scostarsi una ciocca di capelli dietro l'orecchio. Josie poté vedere che le tremava la mano.

Alla radio, Oaks disse: «La squadra in posizione uno ha inviato il pacco. State pronti.»

Un'altra voce rispose: «Ricevuto. Squadra in posizione due sta inviando il suo pacco.»

Amy procedeva lentamente e in modo instabile sul campo, faticando sotto il peso del giubbotto e del borsone che si portava appresso: Oaks aveva istruito Amy di lasciare il borsone sulla linea delle cinquanta iarde, al centro della riproduzione della mascotte della Denton East, una ghiandaia azzurra americana.

«Squadra in postazione due ha consegnato il pacco. Il padre sta tornando sotto custodia. Rimanete in attesa.»

Le comunicazioni tacquero quando Amy raggiunse il centro del campo e posò il borsone a terra. Il battito del suo cuore riempiva le orecchie di Josie. Una voce che non riconobbe giunse attraverso le comunicazioni. «Attenzione. C'è movimento sul lato est, nel bosco, in posizione uno.»

Amy girò su se stessa facendo un lento cerchio, cercando dappertutto con sguardo attento, finché i suoi occhi non si posarono sulle gradinate dove si erano nascosti Oaks, Josie e Gretchen.

«Ma che sta facendo?» chiese Gretchen.

«Aspetta.» disse Josie. «Sta aspettando che accada qualcosa.»

«Attenzione, abbiamo avvistato un sospetto sul crinale del bosco alla posizione uno.» disse la stessa voce.

Dalla finestra, Oaks fece un cenno per attirare l'attenzione di Amy, ma lei non si mosse.

«Ma sa che il rapitore non porterà Lucy qui.» disse Gretchen.

Finalmente, dopo quella che era sembrata un'eternità, Amy iniziò a camminare verso di loro.

Un colpo risuonò, squarciando l'aria. Tutti rimasero impietriti. Amy si buttò sull'erba, con le braccia sopra la testa.

«Agenti a rapporto, agenti a rapporto.» disse Oaks attraverso il microfono.

«Da dove viene?» chiese Gretchen.

«Dalle Cataste.» disse Josie. «Deve essere da lì.»

Amy rimase ferma. Abbassò leggermente le braccia per studiare ancora una volta l'ambiente circostante.

Un altro colpo squarciò l'aria.

«Agenti a rapporto.» gridò Oaks e uscì di corsa dalla stanza.

Amy allargò le braccia quanto bastava perché la testa facesse capolino. Si guardò intorno, poi scattò in piedi e iniziò a correre verso l'ingresso.

Arrivò un'altra voce dalla radio. «Posizione uno, uomo a terra! Uomo a terra! Sul crinale. Il sospetto è un uomo di un metro e ottanta, armato di...» Poi si interruppe.

«Agente Morgan, rispondi!» gridò Oaks. «Rispondi! A tutte le unità, dirigetevi sul crinale.»

Rimbombò un terzo colpo. Amy sussultò e cadde a terra. Improvvisamente le comunicazioni si riempirono di voci che urlavano comandi e posizioni. Josie estrasse la sua Glock e corse fuori dalla stanza. Nell'anticamera c'era una scalinata alla sua sinistra che portava al campo e Josie vi si precipitò. Gretchen le urlò dietro: «Boss, no! Sarai un bersaglio facile.»

«Non posso lasciarla là fuori.» urlò Josie di rimando da sopra una spalla. «Se viene colpita, potrebbe morire dissanguata.»

«Aspetta.» disse Gretchen, sbuffando dietro di lei. «Aspetta i soccorsi.»

Quando Josie irruppe nella luce del giorno, vide Amy tutta raggomitolata a una ventina di metri di distanza, ai margini del campo. Sentì il respiro affannoso di Gretchen alle sue spalle. «Vai!» le disse Gretchen. «Ti copro io.»

Tenendo l'arma puntata a terra, Josie corse verso Amy. Era supina, con gli occhi fissi al cielo. «Ti prego, Dio, oh ti prego, ti prego.» mormorava Amy ancora e ancora. Una pozza di sangue si allargava sotto di lei. Josie si accucciò accanto a lei e con una mano cercò in che punto fosse stata ferita. «Dove l'ha colpita?»

«Non lo so.» disse Amy. «Credo, credo sotto...» premette una mano sul basso ventre, proprio sotto il giubbotto antiproiettile. «Proprio qui.» Josie trovò il punto da cui proveniva il sangue. Le avevano sparato nella parte inferiore destra dell'addome. Josie mise l'arma nella fondina e prese la mano di Amy, premendola sul foro nel bacino. «Tenga la sua mano qui. Faccia pressione meglio che può.»

Mise un braccio sotto le gambe di Amy e uno sotto le sue spalle, sollevandola. Per fortuna era piccola di statura e non pesava molto.

«Non posso morire.» disse Amy. «Devo riprendermi Lucy.»

«Adesso andiamo.»

Gretchen corse fuori e aiutò Josie a trasportare Amy. Corsero indietro verso la porta al centro della parte inferiore delle gradinate. Erano a metà strada quando esplose un altro sparo. Josie si preparò all'impatto del proiettile, che avrebbe attraversato qualche parte scoperta del suo corpo o di quello di Gretchen, o che avrebbe colpito di nuovo Amy, strappandola alla loro presa. Ma non arrivò. Sbatterono contro la porta, Amy urlava di dolore.

Una volta entrate, la portarono giù per i gradini, nell'anticamera. Con delicatezza, la stesero sul pavimento. Josie usò entrambe le mani per fare pressione sulla ferita, mentre Gretchen chiamava un'ambulanza.

«Resista.» disse Josie ad Amy. «Resista.»

CINQUANTATRÉ

Un'ambulanza era rimasta in attesa nel caso in cui qualcuno si fosse ferito durante l'operazione. Nel giro di cinque minuti raggiunse le gradinate dove erano entrate Josie e Gretchen. I paramedici si misero al lavoro per stabilizzare Amy. Nel frattempo Josie ascoltò gli scambi delle comunicazioni. Gli agenti di Oaks si stavano spostando nel bosco.

«Resta con lei.» disse Josie a Gretchen. «Io li raggiungo.»

Josie uscì di corsa dal retro delle gradinate e si mise dietro a due agenti dell'FBI in tenuta mimetica che si dirigevano verso le Cataste. Correvano in colonna, acquattati, con le pistole pronte anche se da diversi minuti non c'erano più stati spari. Appena si addentrarono nella boscaglia, dove iniziavano le Cataste, gli agenti di fronte a Josie si fermarono accanto a un altro agente accasciato a terra. Quando Josie si avvicinò, fu sollevata nel vedere che era ancora vivo.

«Mi ha spinto.» disse l'agente, con il volto stravolto dal dolore. «Credo di essermi rotto una gamba.»

Mentre i suoi colleghi chiamavano i paramedici, Josie si spostò lungo la parete rocciosa, cercando la scorciatoia che usava da adolescente: era una fenditura nella pietra, una crepa piena di sporcizia con un'angolazione tale da permetterle di aggrapparsi alle radici degli alberi che sporgevano da entrambi i lati e di arrampicarsi rapidamente fino alla cima della cresta. Una volta trovata, Josie ripose l'arma nella fondina, si infilò nella fessura, si aggrappò alla radice più vicina e si arrampicò arrivando alla sommità in pochi secondi. Si guardò intorno prima di correre a testa bassa verso l'altro agente dell'FBI che si era appostato nel bosco. Era rannicchiato su un fianco, con entrambe le mani strette intorno a una gamba.

Josie lo raggiunse e gli controllò il battito, che era forte. «Che cosa è successo?» gli chiese.

«Mi ha sparato, ecco cos'è successo.» disse l'agente. «Alla gamba. È sbucato dal nulla, alle nostre spalle. Ha spinto Morgan giù dal crinale, io gli ho sparato e lui ha risposto al fuoco. Mi ha beccato. Maledizione. Devo andare in ospedale.»

Josie vide il sangue che colava tra le sue dita mentre si teneva il lato della coscia. «Mi serve aiuto quassù.» urlò. «Abbiamo una ferita da arma da fuoco.»

Premette le mani sopra le sue per fare maggiore pressione sulla ferita. «Sei riuscito a vederlo?» gli chiese, sperando di farlo parlare e rimanere vigile fino a quando i soccorsi non fossero arrivati sul crinale.

«Sì. Circa un metro e ottanta. Capelli castani. Caucasico. Giovane, direi sui venticinque anni. Credo però che non fosse solo. Mi è sembrato di vedere qualcuno dietro di lui. È corso via nel bosco».

«Probabilmente è la donna» disse Josie. «Ehi, guardami. Tieni duro, okay?»

Lui annuì, ma il suo volto stava perdendo colore e le forze sembravano abbandonarlo a ogni respiro. «Ho bisogno di aiuto quassù.» urlò ancora una volta oltre il lato della cresta.

Un attimo dopo, sentì il pesante calpestio di scarponi che s'infrangeva sul suolo della foresta e fu sollevata nel vedere altri due agenti e due paramedici con una tavola spinale. Li osservò mentre vi caricavano sopra l'agente ferito e iniziavano a scendere lungo il crinale, percorrendo la strada più lunga. Gli agenti rimasero fermi e Josie fece loro cenno di allontanarsi da lì, di addentrarsi nella foresta, dove il terreno era in pendenza. «Da quella parte.» disse. «Dovremmo dividerci. C'è la donna con lui.»

Le fecero un cenno di assenso e si sparpagliarono, avanzando con cautela nella foresta, pistole pronte alla mano. Josie si mantenne a sud, insinuandosi tra gli alberi, e tracciando mentalmente una mappa dell'area che aveva davanti a sé. Quando erano adolescenti, Josie e il suo defunto marito Ray avevano attraversato quei boschi molte volte dopo aver bazzicato le Cataste. Quando la polizia faceva irruzione nel bosco, fuggivano verso l'interno, seguendo percorsi che solo loro conoscevano. A volte si nascondevano in luoghi particolari dove sapevano che sarebbero stati al sicuro, altre volte riuscivano a salire e superare il crinale, scendendo dall'altra parte fino allo stabilimento abbandonato, e da lì tornavano a casa a piedi. Trovò uno degli stretti sentieri di cui si ricordava e lo seguì, con la pendenza che diventava sempre più ripida e difficile da percorrere man mano che proseguiva nella salita. Rimase comunque sul sentiero, perché ricordava una grotta che si trovava su quel versante della montagna. Non era profonda e nemmeno troppo piccola. Era abbastanza grande per ripararsi dalla pioggia. Sentì un ramo spezzarsi nelle vicinanze e si immobilizzò. Si tenne in ascolto, appoggiando la schiena a un albero e tenendo la pistola pronta. Il chiacchiericcio intermittente delle comunicazioni le scoppiava con un ronzio nell'orecchio, perciò afferrò l'auricolare e lo sfilò, lasciandolo penzolare. Si mise di nuovo in ascolto. Le sembrò di sentire dei passi più avanti. Cercò di seguirli, per avvicinarsi a chiunque fosse, senza che la sentissero mentre lo seguiva. Alla sua destra, poteva già vedere la grotta. Guardando meglio, si accorse che un piede sporgeva dall'imboccatura.

Josie si avvicinò, con il cuore che batteva all'impazzata e il sangue che le scorreva nelle orecchie. Rimanendo in ascolto, avanzò con la schiena contro la parte esterna dell'entrata della grotta. Non sentì nulla. Nessun passo, nessun fruscio, nessun respiro o movimento di qualsiasi tipo. Sbirciò intorno all'apertura. Il piede non si era mosso. In un rapido movimento, Josie entrò nella caverna, puntando la canna della pistola da una parte e dall'altra. Il piede apparteneva a una donna, che giaceva a terra in una pozza di sangue. Era giovane e pallida, con i capelli scuri tirati indietro in una coda di cavallo. Avvicinandosi, Josie vide che la donna era stata colpita alla testa. C'era un foro d'entrata sulla tempia destra con delle striature sotto il foro del proiettile, il che indicava un colpo a distanza ravvicinata. Chiunque l'avesse uccisa aveva appoggiato la pistola direttamente contro la testa e aveva premuto il grilletto. Gli schizzi sulla parete della grotta alla sinistra della testa erano ancora umidi e gocciolanti.

Josie pensò agli spari che aveva sentito quando Amy aveva lasciato i soldi al centro del campo. Ce n'erano stati due prima che Amy venisse colpita, dovevano essere gli spari dell'agente dell'FBI contro il rapitore e del rapitore che aveva risposto al fuoco. Poi il rapitore aveva sparato ad Amy. E da quel momento erano trascorsi diversi minuti prima che venisse esploso anche l'ultimo colpo. Il rapitore aveva ucciso la sua stessa complice? Ma per quale motivo? Qual era il suo piano? Tenere tutti i soldi per sé? Non aveva senso, visto che non c'era niente che lasciasse intendere che avesse preso i borsoni. Aveva prestato attenzione solo a metà alle comunicazioni dall'auricolare, ma aveva capito che la squadra della Grotta degli Amanti non aveva assistito a nessun tipo di azione da quando Colin aveva lasciato il denaro come convenuto.

Per come stavano le cose, si sarebbe detto che l'unica cosa che il rapitore sperava di ottenere era di uccidere Amy.

La donna morta davanti a lei aveva cercato di fermarlo? Voleva la sua parte di denaro? Qualunque fosse stata la dinamica, era finita ammazzata. Josie tirò fuori il cellulare e chiamò Oaks, tenendo la voce bassa. «Ho trovato la complice. È morta». Indicò la posizione nel modo più preciso possibile e riattaccò. Spostandosi dall'altra parte dell'ingresso della grotta, si mise di nuovo in ascolto. Le sembrava di aver sentito lo scricchiolio del fogliame calpestato, ma non poteva esserne certa.

Uscì dalla grotta, tenendosi vicino alla parete esterna, e cercò tra gli alberi e la boscaglia, ma non vide nessuno. Riprese il sentiero, spostandosi da un albero all'altro, cercando di farsi piccola. La salita si fece più impervia. I polmoni le bruciavano. Il terreno sotto i suoi piedi si inclinava sempre più ripidamente. Infine, giunse a una piccola radura e capì di essere vicina alla cima della montagna. C'erano diverse grandi rocce e un anello di piccole pietre che circondava un cumulo di cenere. L'area era disseminata di lattine di birra. Forse era il luogo in cui i ragazzi del posto venivano per avere un po' di intimità.

Con la coda dell'occhio, vide una figura che si muoveva alla sua sinistra. Si mise in posizione di tiro e puntò in quella direzione. Vide i capelli castani arruffati, la camicia verde scuro e i jeans blu coperti di fango di un uomo che spuntava da dietro un largo tronco d'albero, imbracciando un fucile, con la canna che spuntava da sotto la spalla sinistra. «Fermo!» urlò lei. «Polizia. Mani in alto.»

Si voltò verso di lei. Ebbe il tempo di accorgersi della pistola che aveva in mano. Spararono entrambi nello stesso momento. Josie sentì l'impatto del proiettile dell'uomo nel suo stomaco, che le fece perdere l'equilibrio, la fece volare all'indietro e poi ruzzolare giù per la collina sottostante.

CINQUANTAQUATTRO

Josie giaceva sulla schiena, cercando disperatamente di prendere una boccata d'aria che non arrivava mai. La pressione sull'addome era immensa. *Togliti il giubbotto, toglitelo, toglitelo!!!* Cercò di urlare queste parole con tutta la voce, ma era rimasta senza fiato. I suoi polmoni reclamavano aria, tutto il suo corpo vibrava per il panico. Non riusciva a respirare, aveva perso la pistola e l'assassino era ancora in giro, da qualche parte sopra di lei. Delle foglie scricchiolarono vicino alla sua testa. Cercò di girarsi, di alzarsi, di urlare, ma non ci riuscì. Delle mani le premettero le spalle.

«Stia ferma.» disse una voce maschile.

Quando i volti di due agenti dell'FBI in equipaggiamento tattico completo si affacciarono alla sua vista, si sentì pervadere dal sollievo.

«Il giubbotto ha parato il colpo.» disse uno di loro. «Togliamoglielo.»

Le tolsero il giubbotto antiproiettile e la fecero sedere, ma il movimento le provocò una scarica di dolore in tutto l'addome. Finalmente le tornò il respiro. Ansimando, indicò la cima del pendio. «È lassù. Gli ho sparato, ma credo di averlo mancato.»

«Ci sono altre unità in arrivo dalla direzione opposta.» disse uno di loro. «Torniamo alla scuola. Lì c'è un'ambulanza che aspetta.»

La tirarono su per metterla in piedi. «Non ho bisogno di un'ambulanza.» disse Josie.

«Dovrebbe farsi controllare.»

«No.» insistette lei. «Non mi serve un'ambulanza. Devo solo... devo andare a casa... oppure... ho bisogno della mia pistola. La mia pistola.»

Apparve nelle mani di uno degli agenti. «Eccola. Ora andiamocene di qui. Non dovrebbe stare da queste parti se è stata ferita.»

Anche il minimo movimento di prendere la pistola e infilarla nella fondina le provocò un lancinante dolore al ventre. «Non sono ferita.»

«Vedremo.» disse uno dei due agenti mentre la riportavano giù per la collina. La caricarono a bordo di un'ambulanza aperta, ma nel momento in cui i due agenti si allontanarono di corsa per tornare nel bosco, Josie disse ai paramedici che stava bene e tornò verso la sua auto, cercando di mantenere un'andatura stabile a causa dell'incendio che sentiva divampare nell'addome.

Chiamò Noah al cellulare, mise il vivavoce e lanciò il telefono sul sedile del passeggero. «Ehi.» rispose lui. «Stai bene? Ho sentito che si è scatenato l'inferno da quelle parti.»

Sentiva dolore a guidare. Sentiva dolore in tutto il corpo. Josie strinse i denti e cercò di far sembrare la sua voce normale. «Sto bene. Però, sì, è stato pazzesco.» Lo aggiornò su tutto, tranne che sulla parte in cui le avevano sparato. «Non ho visto Oaks quando sono tornata indietro.»

«È vicino allo stabilimento, a quanto ho sentito. Hanno trovato prove che il rapitore e la sua complice potrebbero essersi accampati da quelle parti. Non c'è traccia di Lucy, però. Voglio dire che non l'hanno trovata là dentro.»

«L'avrà nascosta da qualche altra parte. Gretchen è all'ospedale?»

«Sì.» rispose Noah. «Sta aspettando che Amy Ross esca dalla sala operatoria. C'è anche il marito.»

«Maledizione.» disse Josie. «Pensano che ce la farà?»

«Non ne sono ancora sicuri. Il proiettile le si è conficcato nel bacino. Ha perso molto sangue. Però ho buone notizie...»

Era difficile immaginare che una notizia potesse essere considerata buona nell'incubo che aveva investito la città. «Di che si tratta?» chiese.

«Abbiamo trovato Violet Young. A essere precisi l'ha trovata la squadra messa insieme da Lamay. Il cane di Luke Creighton l'ha fiutata nel bosco. È stata pugnalata...»

«Al petto?» lo interruppe lei, trasalendo per lo sforzo che le parole richiedevano. Era quasi arrivata a casa.

«Sì. Ha mancato il cuore ma ha causato un forte trauma. I medici dicono che sopravviverà. È stata lasciata nelle profondità del bosco. Ha cercato di uscire da sola ma era troppo debole per la perdita di sangue, così si è riparata dietro alcuni cespugli nel caso in cui l'assassino fosse tornato ed è rimasta ad aspettare. È tutto quello che ha detto prima di essere trasportarla in ospedale.»

Josie provò un'ondata di sollievo così profonda che le sembrò di poter respirare di nuovo.

«Josie?» disse Noah.

«È fantastico.» riuscì a dire lei. «Chiedi a qualcuno di raccogliere la sua dichiarazione, per favore. Magari fallo fare a Gretchen, visto che è già all'ospedale.»

«Ma certo.» disse Noah.

«E puoi chiamare l'ufficio della dottoressa Feist? Chiedile di analizzare le mani della donna trovata nella grotta per verificare la presenza di residui di polvere da sparo, per favore.»

Lo sentì sfogliare una pagina e capì che Noah si stava

segnando le istruzioni sul suo taccuino. «Stai bene?» le chiese di nuovo. «Mi sembri strana.»

«Sto bene.» disse Josie, anche se il dolore le serpeggiava nell'addome e nella parte bassa della schiena. «Devo solo cambiarmi. Mi sono sporcata di fango su quella montagna.»

«Va bene.» disse Noah. «È meglio che tu faccia rapporto quando hai finito. Oaks è sul campo a cercare il rapitore, mentre Chitwood e l'addetto stampa dell'FBI stanno cercando di trovare qualcosa da dire ai giornalisti accampati fuori. Ci farebbe comodo qualcuno coi nervi saldi.»

Josie entrò nel vialetto di casa sua, sollevata di vedere il veicolo di Misty. «Sei tu che li hai.» gli disse Josie. «Di' loro che al momento non abbiamo abbastanza informazioni per fare una dichiarazione. Arriverò appena possibile.»

CINQUANTACINQUE

Una volta entrata, Josie si accasciò contro la porta. Dal soggiorno sentiva la televisione accesa. Un attimo dopo, Misty apparve sulla soglia, con indosso una maglietta oversize e un paio di pantaloni sportivi, i capelli biondi raccolti in uno chignon disordinato. «Josie? Oh santo cielo, stai bene?»

Josie fece una smorfia, tenendosi la pancia. «Puoi aiutarmi ad andare di sopra?»

Gli occhi azzurri di Misty si allargarono quando si avvicinò. «Dio santo, sei ricoperta di sangue. Devo chiamare il 911? Sei ferita? Che cosa ti è successo?» Josie sentiva che il panico rendeva la voce di Misty sempre più stridula a ogni domanda. Agitò in aria la mano libera. «Sto bene. È tutto a posto. Non è sangue mio.»

«Va bene...» rispose Misty in tono brusco. «Beh, questo mi fa sentire meglio. Chiamo il 911.»

«No, davvero. Non ho bisogno di un'ambulanza. Sto bene. Sono... caduta. Ho solo bisogno di aiuto per andare in bagno e pulirmi. Per favore.»

«Devo chiamare Noah?» chiese Misty, mettendo con attenzione un braccio intorno alla vita di Josie.

«No, per favore.» disse Josie. «Puoi aiutarmi tu. Dov'è Harris?»

Misty la guidò lentamente su per le scale. «Sta dormendo nella stanza degli ospiti.»

«Bene, bene...» disse Josie.

Una volta in bagno, Josie si sedette sul bordo della vasca. Si tirò su l'orlo della maglietta. «Mi hanno sparato.» le disse.

«Oh mio Dio! Josie, hai appena detto che questo non era il tuo sangue! Devi andare al...»

«Avevo il giubbotto antiproiettile. Il proiettile non l'ha attraversato.»

Misty si mise una mano sul petto. «Oh, Dio mio ti ringrazio. Che cosa è successo?»

«Aiutami a togliere questa maglietta e te lo spiego.»

Mentre Misty l'aiutava a sollevare la maglietta sopra la testa, Josie le fornì una versione abbreviata degli eventi di quel giorno. Mentre parlava, Misty la aiutò a togliersi i jeans sporchi di sangue. «Ora questi li butto via.» disse Misty. «A meno che tu non preferisca che li lavi.»

«No.» disse Josie. «Va bene così.»

Misty bagnò una salvietta con acqua calda e la porse a Josie. Guardò Josie mentre si puliva il viso e le braccia. «Josie...» disse Misty. «Questo non va bene. Guarda la tua pancia, che diamine!»

Josie si guardò l'addome e vide un livido rosso-violaceo che le sbocciava sulla pelle. Vi pose sopra una mano. Lacrime le pungevano il fondo degli occhi.

«Penso che dovresti andare in ospedale.» ripeté Misty. «Per farti controllare. Potresti anche avere una lesione interna.»

«Prima devi fare una cosa per me.» disse Josie. «Per favore.»

Misty ascoltò Josie mentre le spiegava cosa voleva che facesse. Poi si mise una mano sul fianco e disse: «Sei sicura che non dovrei chiamare qualcun altro? Tua nonna? Tua sorella? Tua madre?»

«No, tranquilla.» disse Josie. «Per favore. Fallo tu per me.»

Misty uscì dal bagno. «Va bene. Prima ti do un cambio di vestiti. Te la caverai se Harris si sveglia mentre sono via?»

Josie annuì. «Sì. Ma, ti prego, torna presto.»

CINQUANTASEI

Mezz'ora più tardi, erano sedute sul pavimento del bagno e fissavano il bastoncino bianco tra loro.

«Perché non hai detto niente?» chiese Misty. «A me o a chiunque altro...»

Josie rise. «Non l'ho detto nemmeno a me stessa. Intendo dire che, per come mi sentivo, era possibile che fossi incinta, ma non volevo ammettere questa possibilità, nemmeno a me stessa.»

Misty sorrise. «Sai, non è la cosa peggiore che ci sia. Saresti una mamma fantastica. Sei meravigliosa con Harris. Ti vuole tanto bene.»

Josie sorrise. «E io ne voglio tanto a lui. Non è questo. Quando io e Ray eravamo sposati, prima che ci separassimo e che lui incontrasse te, avevamo deciso che non avremmo mai avuto figli perché entrambi avevamo visto così tanto male nel mondo e quasi tutto all'interno delle nostre famiglie. Non volevamo rischiare di dare alla luce un mostro a causa del nostro DNA.»

«Ma ti sbagliavi completamente sul tuo DNA.» le fece

notare Misty. «La donna che ti ha cresciuta non aveva alcun legame di sangue con te.»

«Lo so.» disse Josie. «E questo è stato motivo di sollievo, ma non ho ancora pensato se voglio dei figli.»

«Tu e Noah sareste perfetti.» disse Misty, agitando una mano in segno liquidatorio.

Josie premette delicatamente le dita sulla parte tenera e contusa del suo stomaco, ora coperto da una maglietta. «Beh, il problema è proprio questo. Il mese scorso, mentre lavoravo a quel grosso caso, sono dovuta andare nella contea di Sullivan per interrogare un testimone. Ho visto Luke.»

«Il tuo ex fidanzato? Quel Luke?» chiese Misty.

Josie annuì. «Le cose tra me e Noah andavano male. Lui aveva chiesto un periodo di pausa. Ero ferita e arrabbiata. Ho passato la notte a casa di Luke.»

Misty rimase a bocca aperta. «E sei andata a letto con lui?»

«No.» disse Josie. «O meglio, a dire la verità non lo so. Mi sono ubriacata e sono svenuta. E poi, quando mi sono svegliata, eravamo a letto insieme. Non ho idea di cosa sia successo.»

«Ma pensi di esserci andata a letto?»

«No. No, non credo che l'avrei fatto, ma la verità è che non ho modo di saperlo con certezza.»

«Non ne avete parlato?» chiese Misty.

Le guance le bruciarono per la vergogna. «No. Me ne sono andata prima che si svegliasse.» Abbassò la testa per guardare il bastoncino e poi controllò il telefono. Mancava ancora un minuto per avere il risultato del test di gravidanza. «Perché questi aggeggi ci mettono così tanto?»

«Dovresti parlare con Luke.» le consigliò Misty. «Perché, se non è successo nulla, non preferiresti saperlo e avere questa tranquillità?»

Josie annuì. «Credo di sì, però...»

«Temi che potrebbe dirti qualcosa che non vuoi sentire.»

«Esatto.» mormorò Josie. «E non voglio che Noah ne soffra.»

«Beh...» disse Misty, prendendo il bastoncino. «Non posso dire se lo hai ferito o meno, ma ora non dovrai più dirgli di Luke se decidi di non farlo. È negativo.»

«Cosa?» esclamò Josie. Strappò il bastoncino dalla mano di Misty e fissò il segno negativo nella finestrella che si trovava al centro.

«Non sei incinta.» le spiegò Misty.

«Non ci credo.» esclamò Josie. Provò un immediato senso di sollievo, ma non per il motivo a cui aveva pensato: non era sollevata di non essere incinta; era sollevata che il proiettile che aveva colpito il giubbotto non avesse ferito il bambino, perché non c'era nessun bambino. Tuttavia, il pensiero che non ci fosse un bambino la rattristava in un certo senso, anche se la parte razionale della sua mente sosteneva con freddezza che comunque non sarebbe riuscita a occuparsi di un bambino con il suo lavoro, quindi era meglio così.

Misty la osservò attentamente. Josie si accorse a malapena delle lacrime che le scendevano sul viso, finché Misty non si avvicinò e ne asciugò una con il pollice. «Oh Josie...» disse. «Credo che sia comunque necessario che tu parli con Luke. E anche con Noah.»

Sì, aveva bisogno di parlare con entrambi, ma non era il momento. Lucy era ancora scomparsa.

«Andrò all'ospedale.» annunciò Josie. «Mi farò controllare. Il fatto è che non volevo scoprire di essere incinta in un ambulatorio, e poi magari sentirmi dire che avevo perso il bambino. Non in un posto come quello. Con degli estranei intorno.»

Misty annuì. «So che non sopporti gli ospedali. Nemmeno io li frequento volentieri. Magari potrei chiamare qualcuno della tua squadra per chiedergli di venire a prenderti.»

«Grazie, Misty.» disse Josie scoppiando a piangere, incapace di controllare l'emozione che la travolgeva.

Misty si slanciò in avanti e gettò le braccia al collo di Josie, provocandole un forte dolore allo stomaco, ma ricambiò l'abbraccio, grata per l'amicizia di Misty, grata di non essere sola, come lo era Amy anche quando era circondata da tante persone.

CINQUANTASETTE

Mettner accompagnò Josie al Denton Memorial Hospital dove le fecero una serie di esami e la autorizzarono a rientrare in servizio. Era ancora dolorante e aveva diversi altri lividi e tagli su tutto il corpo a causa della caduta giù per la montagna che fino a quel momento non aveva notato, ma almeno si sentiva più lucida. Parlò al medico della sua nausea persistente e lui le spiegò che probabilmente si trattava di stress, le diede un farmaco contro la nausea e le disse di rivolgersi al suo medico di fiducia se il problema non fosse cessato. Ricetta alla mano, Josie cercò gli ascensori e salì al quinto piano dove trovò Gretchen che si dirigeva fuori dalla sala d'attesa del reparto di chirurgia.

«Ehi.» la salutò Gretchen. «Cominciavo a preoccuparmi. Stai bene?»

Josie si strinse la pancia, che ancora le doleva come se avesse fatto un migliaio di addominali. «Sto bene. Grazie. Ci sono novità su Amy?»

Gretchen scosse la testa. «Sto ancora aspettando.»

Attraverso le vetrate, potevano vedere Colin seduto tra due agenti dell'FBI nella sala d'attesa, col volto teso e già coperto dalla barba di un paio di giorni. Era piegato in avanti sulla sedia, con i gomiti sulle gambe e le mani giunte in preghiera sotto il mento. La sua bocca si muoveva, anche se nessuno degli agenti sembrava rispondere a quello che stava dicendo. Come se le leggesse nel pensiero, Gretchen disse: «Sta pregando.»

«Non è una cattiva idea...» mormorò Josie. «Hai notizie di Oaks?»

«È ancora allo stabilimento. Nello spazio che lo divide dalla Denton East High School c'è una scena importante da analizzare.»

«Hanno identificato la donna?» chiese Josie.

«Non ancora.» disse Gretchen. «Ma ci stanno lavorando.»

«E i borsoni con i soldi?»

«Sono ancora lì, dove li hanno lasciati i Ross. Oaks ha messo due agenti a sorvegliare ciascun pacco. Se qualcuno si avvicina, verrà arrestato.»

«È un'ottima cosa.» disse Josie. «Però quei soldi non possono stare in mezzo al campo da football di un liceo a tempo indeterminato.»

«No, certo.» concordò Gretchen.

«Dovremmo lasciarceli fino a quando non sarà scaduto il limite entro il quale ci dovrebbe restituire Lucy.»

«Tu pensi davvero che ce la restituirà?» chiese Gretchen.

La nausea le salì di nuovo allo stomaco. «No.» disse Josie. «Non credo che lo farà. Credo che voglia solo fare del male ad Amy e che, finché lei sarà viva, vorrà continuare a torturarla. Hai parlato con Violet Young?»

«Non ancora.» disse Gretchen. «I medici dovevano ancora sottoporla a degli esami.»

«Proverò a parlarci io...» disse Josie. Sentì la notifica di un messaggio in arrivo. «È Oaks. È di sotto, all'obitorio, con la dottoressa Feist. Allora prima lo raggiungo, poi vediamo se riusciamo a parlare con Violet. Tu resta qui e tienimi informata.»

«Agli ordini, Boss.»

CINQUANTOTTO

L'obitorio comunale si trovava nei sotterranei del Denton Memorial Hospital: era un ambiente privo di finestre e pervaso da un odore persistente che era per metà di prodotti chimici e per metà di decomposizione biologica. In origine le pareti del lungo corridoio erano bianche, ma non erano state ridipinte da così tanto tempo che ormai erano di un grigio spento, e le piastrelle del pavimento si erano ingiallite nel corso degli anni. Era anche il luogo più silenzioso dell'ospedale, se non addirittura dell'intera città. Di solito il silenzio faceva accapponare la pelle a Josie, ma dopo la confusione delle ultime ventiquattr'ore, provò un gradito sollievo. Appena entrata nel laboratorio della dottoressa Feist, vide Oaks con la tuta sporca di fango e il viso abbattuto. Si trovava a qualche metro di distanza dal tavolo di acciaio inossidabile sul quale era steso il corpo della donna che Josie aveva trovato nella grotta, uccisa con un colpo di pistola. La dottoressa Feist si chinò sul volto della donna, tenendo quella che sembrava una patente di guida accanto al volto.

«Sta bene?» chiese Oaks quando la vide entrare.

«Sì, sto bene.» rispose Josie. «Che succede? Avete trovato un documento d'identità?»

Oaks annuì. «Abbiamo trovato uno zaino in una stanza del terzo piano del vecchio stabilimento con dentro un portafoglio. Abbiamo preso la patente. Stiamo analizzando le impronte per vedere se corrispondono a quelle trovate in casa di Jaclyn Underwood e nella stanza di Lucy, ma siamo convinti che appartengano a lei. La dottoressa Feist sta facendo il confronto. Preleveremo anche il DNA e cercheremo di confrontarlo con quello dei capelli sul cuscino trovato nell'armadio di Jaclyn.»

«Come si chiama?» chiese Josie.

La dottoressa Feist le si avvicinò e le consegnò la patente. «Natalie Oliver. Ventiquattro anni.»

Il volto della giovane donna nella foto della patente fissava Josie con il mento inclinato in segno di sfida e penetranti occhi marroni. Dava l'impressione che per la foto avesse cercato di sembrare una dura, ma a Josie sembrava semplicemente vulnerabile. «Veniva da West Seneca, New York.» disse Josie. «Cosa ci faceva qui?»

«Non lo sappiamo ancora.» disse Oaks. «Dirò ai miei uomini di fare un controllo approfondito sulla sua vita, dal momento che abbiamo un suo documento.»

Josie riconsegnò la patente a Oaks e tirò fuori il telefono, cercando su Google Maps West Seneca, New York. «È molto vicino a Buffalo.» osservò Josie. «Deve esserci un collegamento con Tessa Lendhardt.»

«Gli agenti sul campo a Buffalo non hanno ancora trovato niente.» disse Oaks. «Ci sono alcuni Lendhardt, ma sono tutti uomini»

«L'ho saputo, sì.» disse Josie, sperando che Trinity stesse ottenendo qualcosa con le sue indagini. «Hummel è passato?»

«Sì, per fare un tampone sulle mani della donna, alla ricerca di residui di polvere da sparo.» disse la Feist. «I risultati dovrebbero arrivare a momenti.»

Josie guardò Oaks che disse: «Credo che dovremmo tenere

una riunione tra un'ora, al comando mobile. Ci sono importanti sviluppi da considerare adesso.»

«Sono d'accordo» disse Josie. «Ma prima voglio parlare con Violet Young.»

CINQUANTANOVE

Violet Young giaceva in un letto del reparto di terapia intensiva e la sua figura appariva piccola, sovrastata com'era da tutte le apparecchiature a cui era stata collegata. Josie ebbe un breve momento di vertigine quando, entrando nella stanza, le balenò davanti agli occhi l'immagine del ragazzo con cui stava durante il caso delle ragazze svanite, Luke Creighton, ridotto in condizioni simili a quelle di Violet, ma con un aspetto di gran lunga peggiore. In un angolo della stanza, in ombra, il marito di Violet era seduto su una sedia di vinile, e quando vide entrare Josie e Oaks, si alzò di scatto.

«Voi chi siete?» abbaiò. La sua imponente struttura occupava quasi metà della stanza.

Josie fece le presentazioni e subito l'uomo si rilassò e cambiò atteggiamento. Strinse la mano a entrambi e si scusò: «Oh, scusatemi. È stata una giornata difficile. Non riesco a credere a quello che è accaduto. Ho temuto che Violet se ne fosse andata per sempre.» Tornò a guardare la moglie, asciugandosi le lacrime che colavano dagli occhi.

«Mi rendo conto che è un momento terribile, ma vorremmo

fare qualche domanda a sua moglie, se non le dispiace.» disse Josie.

«Naturalmente.» disse il marito. «Era sveglia fino poco prima che entraste. Violet? Violet? C'è la polizia. Hanno bisogno di parlare con te.» Avvicinandosi a un lato del letto, Josie e Oaks videro che Violet apriva le palpebre e riusciva a sorridere. «Salve...» disse, con voce roca.

«Non vogliamo affaticarla troppo.» le garantì Josie. «Abbiamo solo alcune domande: l'hanno portata via alla scuola, vero?»

Violet annuì. Suo marito si era messo di guardia dall'altra parte del letto, tenendole la mano. «Ero in cortile, durante la ricreazione pomeridiana. L'ho vista... ho visto Lucy.»

«Intende che Lucy era insieme a loro?» domandò Josie.

«Sì, in un'auto nera. Sono passati davanti alla scuola un paio di volte. Pensavo di essermelo immaginato, ma l'auto è passata e tornata indietro, e l'ho vista, era sul sedile posteriore con le mani premute contro il finestrino, come se stesse gridando aiuto.»

Josie sentì una lieve fitta al cuore per la povera piccola Lucy. «E lei si è avvicinata alla macchina.»

«Sì. So che non avrei dovuto. Avrei dovuto entrare e chiamare la polizia, ma pensavo che così l'avrei persa. Non mi sono fermata a ragionarci su. E così mi sono avvicinata alla macchina e ho visto che dentro c'era una coppia. Per qualche motivo, non ho pensato...»

«Che la donna fosse una minaccia.» concluse Josie.

Violet annuì. «Mi imbarazza ammetterlo, ma sì.»

«L'hanno costretta a salire in macchina?» chiese Oaks.

A Violet brillarono gli occhi per le lacrime. «Sì. L'uomo ha tirato fuori una pistola e mi ha detto che avrebbe iniziato a sparare se non fossi salita. Non volevo che uno dei bambini rimanesse ferito, così sono salita.»

«Come ha visto Lucy?» si informò Josie.

Una lacrima scivolò lungo la guancia di Violet. «Spaventata.

Si è aggrappata a me. Ho cercato di confortarla. L'uomo è ripartito. Una volta raggiunta una zona più remota, ha accostato e mi ha trascinata... mi ha trascinata fuori dall'auto. Povera Lucy. Urlava e piangeva e si aggrappava a me. Ma lui era troppo forte. Mi ha preso il telefono e mi ha caricata nel bagagliaio.»

«Che tipo di macchina era?» chiese Oaks.

«Era una piccola auto nera. Quattro porte. Non conosco la marca o il modello. Non sono mai stata brava con queste cose.»

«E poi cos'è successo?» continuò Josie.

«Ha guidato per un sacco di tempo. Ci siamo fermati un paio di volte. Ogni tanto sentivo Lucy che piangeva. Una volta l'ho sentita urlare, poi ha smesso e non ho sentito più niente.» Violet si mise a piangere con più disperazione, tanto che uno dei monitor sopra il letto iniziò a suonare, indicando che la pressione sanguigna e le respirazioni stavano salendo.

«Va tutto bene.» la rassicurò Josie. «Va tutto bene. Ha fatto tutto quello che poteva per aiutare Lucy. È fortunata a essere viva. La stiamo ancora cercando e le cose che ci sta dicendo sono molto utili. Ancora qualche domanda e poi la lasceremo riposare.»

Violet annuì. Guardò il marito, che racchiuse tra le sue grandi mani la sua e le sorrise incoraggiante.

«Che cosa è successo dopo?» chiese Josie.

«Hanno guidato ancora un po'. Poi si sono fermati. Mi ha fatto scendere dall'auto e ha iniziato a farmi camminare nel bosco. Mi puntava una pistola alla testa. Avevo troppa paura per scappare; la donna, che era dietro di lui, continuava a sbraitare, continuava a dire: "Perché l'hai fatto? Non avresti dovuto farlo".»

«Stavano discutendo?»

«Sì. Era arrabbiata con lui perché aveva rovinato un piano. Lui continuava a dirle di stare zitta. Poi le ha detto di tornare alla macchina. Lei si è rifiutata e lui l'ha colpita. L'ha sbattuta a terra. Le ha detto che era lui a comandare e che il piano era cambiato. E allora lei si è alzata e se n'è andata. E lui... lui mi ha accoltellata. Aveva un coltello, uno di quei coltelli da caccia, lo teneva alla cintura. Non me n'ero accorta fino a quel momento perché ero troppo preoccupata della pistola. Ho... ho cercato di lottare, ma era troppo forte. Avevo paura.»

«Si sono chiamati per nome? Ha sentito uno dei due pronunciare qualche nome?» chiese Oaks.

Violet annuì. «Lui continuava a chiamarla Nat. Invece lei non lo chiamava per nome.»

Natalie Oliver, pensò Josie.

«Allora...» disse Josie, riprendendo il racconto. «Lui l'ha accoltellata. Si sono messi a discutere. E poi cosa è successo?»

«Poi la donna è tornata. Lo ha colpito in testa con qualcosa. Hanno ricominciato a lottare. Volevo alzarmi e scappare, ma stavo sanguinando. Non volevo attirare la loro attenzione, quindi sono rimasta completamente immobile. Quando hanno smesso, lui si è avvicinato a me e mi ha tirato dei calci... nelle costole, un paio di volte. Ho cercato di non reagire. Lei lo ha esortato ad andare ma lui ha detto che avrebbe finito il lavoro.»

Fece una pausa per riprendere fiato. Il suo viso era diventato ancora più pallido di quando erano entrati nella stanza. «Si prenda il tempo che le serve.» le disse Josie.

Dopo qualche altro respiro, Violet riprese: «Lei gli ha detto che ero già morta. Ho sentito le sue mani su di me. Mi ha controllato il battito, sul collo. Ma deve averlo sentito, il mio cuore stava martellando in quel momento. Ma lei gli ha detto: "Vedi, te l'ho detto che è morta. Lasciala e andiamocene da qui".»

Josie e Oaks si scambiarono uno sguardo perplesso. «L'ha salvata.» disse Josie.

Violet annuì di nuovo. «Non so perché. È impossibile che non abbia sentito il mio battito. Tuttavia, lo ha convinto che ero morta. Li ho sentiti andare via. Poco dopo ho provato ad alzarmi e a camminare, ma non sono riuscita a fare molta strada. Ero troppo debole. Avevo troppo dolore.»

«Adesso è al sicuro.» la tranquillizzò Josie. «Si riposi e non ci pensi. Grazie del suo aiuto.»

Josie e Oaks lasciarono gli Young e si avviarono lungo il corridoio verso gli ascensori. «Non promette affatto bene.» disse Oaks.

«No, infatti.» disse Josie. «La sua squadra ha trovato qualche traccia che Lucy sia stata allo stabilimento?»

«Stiamo ancora indagando, ma per adesso non ce ne sono. Non abbiamo trovato niente.»

Non lo dissero ad alta voce, ma era chiaro che lo stavano pensando entrambi: con tutta probabilità Lucy era morta.

SESSANTA

Se n'era andata di nuovo nel cuore della notte. È stato il freddo a svegliarmi. Sapevo che, se non era nella stanza con me, allora si stava preparando per tornare a casa. Ho raggiunto di corsa la porta e ho guardato attraverso la fessura, aspettando che apparisse la sua ombra, ma non è apparsa. Sentivo le gambe rigide e la bocca secca. Ho cercato di percepire i suoi passi, ma non ho sentito niente. Era sempre stata brava a muoversi senza fare rumore. Quando la luce del giorno ha cominciato a insinuarsi nel soggiorno, una punta di paura mi ha trafitto il cuore.

Dov'era andata?

Mi è sembrato che passassero ore e ore, ma non so quanto tempo sia trascorso prima che lui uscisse da una delle altre stanze. L'ho guardato in completo silenzio. Indossava la sua solita camicia di flanella, blue jeans e scarponi pesanti. Aveva pettinato di lato i sottili capelli castani e, come sempre, l'odore del fumo di sigaretta lo seguiva. Puzzava di sigaretta anche quando non fumava. Vedendomi lì, per terra, nell'ingresso, mi ha chiesto: «La stai cercando?»

Non ho mosso un muscolo.

«Sai parlare? Di' qualcosa.»

«I-io...»

Ha scosso la testa. «Non importa. Se n'è andata.»

«Andata?» ho ripetuto.

«Se l'è filata. Ha preso la sua roba ed è partita.»

Senza neanche rendermene conto ero alla porta che dava verso l'esterno, ma la sua mano è schizzata in avanti e mi ha afferrato per il colletto della maglietta.

«Vado con lei!» ho gridato.

Scaraventandomi via, come se non pesassi nulla, mi ha fatto volare in aria e schiantare contro il muro per poi scivolare sul pavimento. Ho sentito il dolore dappertutto in un colpo solo. Qualcosa si è acceso dentro di me, una rabbia bruciante: senza pensarci, ero già in piedi e gli ero addosso. Ho afferrato il suo avambraccio massiccio e peloso e l'ho stretto tra i denti. Lui ha cercato di scrollarmi via, come se fossi un insetto. «Dannazione. Mollami, piccola peste!»

Ma non volevo mollare la presa. Un ringhio mi è partito dal profondo della gola. Il suo sangue mi scorreva in bocca. Con l'altra manaccia carnosa mi ha dato un manrovescio. Mi sono apparse delle stelle davanti agli occhi e la mia mascella si è allentata.

Ero per terra. «Guarda cosa hai fatto, stupida bestiolina.» ha mormorato. Il sangue gli scorreva lungo il braccio, fino al polso, serpeggiando tra le dita. L'avevo fatto sanguinare proprio come lui aveva fatto sanguinare lei tante volte.

Ho cercato di alzarmi, ma le vertigini mi hanno fatto tornare sul pavimento. «Dove pensi di andare?» mi ha detto.

«Vado a cercarla.» ho risposto.

«Tu non vai da nessuna parte.» ha ribadito. «Rimani qui con me.»

«Tornerà.» ho detto con un filo di voce.

Un attimo dopo il suo viso era a pochi centimetri dal mio, il suo alito fetido e caldo. «Non tornerà mai più.» ha ringhiato. «Riesci a capirlo, poppante? Non tornerà mai più.»

Non ho potuto evitarlo, mi è venuto da piangere a dirotto. «Voglio andare a casa.»

«Non ci tornerai mai a casa.»

SESSANTUNO

La tenda del comando mobile era in fermento quando Josie e Oaks tornarono al parco pubblico, illuminato a giorno dai fari che brillavano sull'area giochi, permettendo alle forze dell'ordine e ai volontari civili che Josie aveva ingaggiato per aiutarli a cercare Violet Young di aggirarsi all'esterno della tenda. Notò il segugio di Luke, Blue, che si muoveva goffamente intorno alle altalene e si diresse verso di lui. Josie si piegò su un ginocchio e quando lo chiamò dolcemente lui la riconobbe e le si avvicinò scodinzolando e appoggiandosi a lei con tutto il suo peso in attesa delle carezze. Lei gli grattò la schiena, gli strofinò i fianchi e gli parlò dolcemente. Lì vicino, Luke stava parlando con uno dei vicesceriffi. Quando la vide sorrise, salutò l'agente e si avvicinò.

«Ti trovo bene.» disse Luke. «Qui in giro si diceva che ti avevano sparato allo stomaco. Siamo stati tutti in pensiero finché non abbiamo saputo che avevi il giubbotto antiproiettile.»

Josie annuì. «Qualche livido. Niente di grave. Volevo ringraziare te e Blue per il vostro aiuto nella ricerca di Violet Young.»

Luke sorrise e fece un gesto verso Blue. «È stato tutto merito suo. Io gli ho soltanto dato un passaggio.»

«Beh...» disse Josie, «siamo fortunati che ci foste entrambi.»

«Era il minimo che potessi fare, soprattutto dopo quello che è successo a casa mia. Sai, quel giorno avevo intenzione di prepararti la colazione, ma quando mi sono svegliato non c'eri più. Ho pensato che avessi una pista importante da seguire.»

Josie abbassò momentaneamente lo sguardo. Poi lo rialzò e lo guardò di nuovo negli occhi. «È vero.» disse. «A proposito, Luke, cosa è successo quella notte?»

Rimase attonito. «Non te lo ricordi?»

«No, mi dispiace. Io... ehm... io ricordo la cena. Ricordo che sono andata via e poi sono tornata, e abbiamo bevuto. Parecchio. Ricordo di aver guardato la televisione con te. Abbiamo riso. Poi ci siamo svegliati nel tuo letto. Devo sapere...»

«Sei svenuta?»

La vergogna le colorò il viso. «Sì. Te l'avevo detto: non bevevo da mesi ormai. Non che questa sia una scusa. Mi dispiace tanto. Non ricordo niente e ho bisogno di sapere. Se voglio andare avanti con Noah, devo sapere la verità.»

Luke si girò verso la tenda dove sapevano che Noah aveva passato tutta la notte a lavorare al computer e ai telefoni perché la gamba gli impediva di lavorare sul campo.

«Oh, pensi che abbiamo... che abbiamo dormito insieme?»

«Intendi dire che non abbiamo dormito insieme?» chiese Josie. Cercò di arginare la mostruosa ondata di sollievo che già cominciava a precipitare dentro di lei, almeno fino a quando non avesse sentito anche il resto.

Luke rise. «No, Josie. Non abbiamo dormito insieme. Non che non ci abbia pensato. Voglio dire, io e te abbiamo passato dei momenti fantastici insieme, però no, sapevo che eri impegnata con Noah, quindi non ci ho nemmeno provato. Te l'avevo anche detto che non ci stavo provando con te.»

«Questo me lo ricordo.» disse Josie, con le guance in fiamme.

«Beh, dicevo sul serio. Abbiamo guardato la televisione.

Abbiamo riso a crepapelle per un programma comico che stavano trasmettendo. Hai detto che era una bella evasione. Poi, quando è finito, ti sei messa a piangere.»

«Cosa?» Josie disse con un po' più di energia di quanto avesse voluto. Normalmente non era da lei piangere.

«Sì, mi hai raccontato tutto di come Noah ti aveva allontanata, di quanto lo amavi...»

«Non ci credo.» disse Josie.

Luke agitò una mano in aria. «Non essere imbarazzata. È stato dolce. Sapevo che era un momento di vulnerabilità perché, quando stavamo insieme hai sempre tenuto molto di te... beh, per te stessa. E allora ho fatto anch'io il mio giro di confessioni.»

«Su cosa?»

Lui distolse lo sguardo. «Preferirei davvero non parlarne da sobrio.»

«Luke, ti prego.»

Tornò a guardarla. «Diciamo soltanto che ho ancora gli incubi per tutto quello che è successo: rivedo il mio migliore amico che viene ucciso davanti a me, le torture che ho subito, il tempo passato in prigione. Ho ancora... paura. Ti ho raccontato che è per questo che ho preso Blue. Perché mi sentivo meglio con lui intorno. È per questo che vivo ancora con Carrieann. Perché non sopporto di stare da solo.»

«È terribile.» disse Josie.

«Dopodiché, sei andata a dormire nel mio letto e un paio d'ore dopo sono salito anch'io. Avevo... ero parecchio agitato. Stare vicino a te mi ha fatto sentire meglio. Molto virile, lo so.»

«Oh, Luke. Capisco. Credimi, lo capisco.» Josie abbassò lo sguardo su Blue che ora aveva preso posizione ai piedi di Luke. «Ma Luke, Blue era fuori dalla porta della camera da letto. Quando mi sono svegliata, la sua cuccia era vuota e lui era fuori dalla porta.»

«Ci si era messo contro, vero?»

«Sì, infatti, e a momenti inciampavo su di lui. Mi chiedevo se l'avessi messo fuori perché stavamo... sai...»

Luke rise di nuovo. Si abbassò e accarezzò la testa del cane. «Blue ha imparato ad aprire le porte, ricordi?»

Josie se lo ricordava.

«La porta della mia camera da letto tende a chiudersi da sola, se non è completamente aperta.» aggiunse Luke.

Si voltarono entrambi quando sentirono che qualcuno stava chiamando il nome di Josie. Era Noah, in piedi all'ingresso della tenda, appoggiato alle stampelle. Si mise in equilibrio e sollevò una mano per farle cenno di avvicinarsi.

Luke continuò: «A volte, quando passo una nottataccia, Blue dorme fuori dalla camera, si mette contro la porta. In questo modo nessuno può raggiungermi senza prima passare davanti a lui. Non gliel'ho insegnato io. L'ha capito da solo. È questo che lo rende così speciale.»

Josie sorrise a Blue. «Oh, ci sono molte cose che lo rendono speciale.» disse. «Rimani nei paraggi, va bene? Potremmo avere ancora bisogno del tuo aiuto per trovare Lucy.»

Luke guardò prima lei e poi Noah e viceversa. «Vai.» le disse. «È laggiù che dovresti stare.»

Mentre si dirigeva verso la tenda e verso Noah, guardò un'ultima volta Luke da sopra la spalla. «Grazie, Luke.»

SESSANTADUE

Noah superò zoppicando dall'ingresso della tenda per andarle incontro. «Perché non me l'hai detto?» chiese. «Perché non mi hai detto che ti hanno sparato? Diamine, Josie.»

Josie si fermò di botto. Dal suo tono capì che era sinceramente sconvolto. «Mi dispiace, Noah. Non pensavo fosse una cosa così grave. Avevo un giubbotto antiproiettile.»

«Anche Amy Ross e ora sta lottando per la sua vita. Sai benissimo che quei giubbotti non ti rendono invincibile. Potevi anche morire!»

«Noah, hai ragione...»

«Ho dovuto scoprirlo dai due federali che ti hanno trascinata fuori dal bosco. Perché non me l'hai detto?»

Josie si mise una mano sul fianco. «Non mi hanno trascinata.» ribadì.

Lui le puntò un dito contro. «Non cambiare argomento.»

Cosa poteva dirgli? Non glielo aveva detto perché voleva andare a casa e assicurarsi di non essere incinta prima di farsi visitare in ospedale? Perché, se fosse stata incinta, non avrebbe saputo con certezza di chi fosse? Che bel casino che aveva combinato.

«Ho appena perso mia madre, Josie.» continuò Noah. «Non posso perdere anche te.»

«Non mi perderai.» disse Josie, addolcendo il tono. «Te lo prometto.»

«Non puoi fare questa promessa.» ribatté lui. «Non in questo tipo di lavoro.»

«Nemmeno tu puoi farla.» sottolineò lei. «Tornerai in servizio a tempo pieno in men che non si dica e tornerai sul campo insieme a me.»

Noah non rispose.

«Mi dispiace di non averti detto cos'era accaduto.» disse Josie. «Ma... aspetta, hai detto che Amy Ross è viva? È riuscita a superare l'intervento?»

Noah distolse lo sguardo dal suo e lei capì dalla contrazione dei muscoli della mascella che si stava prendendo un momento per ricomporsi. Poi tornò a guardarla negli occhi. «Sì, ce l'ha fatta. Ora è in rianimazione. Fortemente sedata. Le hanno dovuto asportare un'ovaia e una delle tube di Falloppio. Sono riusciti a salvarle l'utero.»

«Santo cielo.» mormorò Josie, sentendosi avvolgere dalla tristezza.

Come se avesse una volontà propria, la sua mano andò a toccare l'addome contuso. Amy aveva quarant'anni e probabilmente non aveva in programma di fare altri figli, ma comunque le sue ferite avrebbero influenzato profondamente qualsiasi decisione avesse preso in merito ad averne in futuro. Lucy era scomparsa, la famiglia Ross aveva un milione di dollari a rischio e ora il corpo di Amy era stato irrimediabilmente danneggiato. Cos'altro avrebbe portato via alla donna tutta quella storia?

«Entriamo» disse Noah «per la riunione di Oaks.»

Josie lo seguì nella tenda dove decine di agenti, della Polizia di Stato, gli agenti dello sceriffo e molti membri della polizia di Denton, tra cui Gretchen, Mettner, Chitwood e Lamay, erano riuniti intorno a Oaks, in attesa che parlasse. Alzò la mano, facendo segno di attendere altri cinque minuti, e si avvicinò a Josie. «Sta bene?» le chiese.

Josie annuì e disse: «Sì, sto bene.» benché si sentisse esattamente all'opposto.

«Vorrei che informasse tutti su quello che è successo al campo di football».

«Certamente.»

Oaks richiamò l'attenzione di tutti i presenti. Josie fece un resoconto di ciò che era accaduto tra il campo da football e la parte retrostante, nel bosco e al di là delle Cataste. Gretchen si alzò e fece un resoconto sulle condizioni mediche di Amy. Mettner aggiornò tutti sulla consegna alla Grotta degli Amanti, che era avvenuta senza incidenti, tranne per il fatto che il borsone con dentro il denaro che Colin Ross vi aveva lasciato era ancora là, intonso. Lamay parlò del salvataggio di Violet Young. Poi Oaks riferì ciò che Josie aveva scoperto da Violet. «Nel periodo tra il rapimento di Violet Young dalla scuola e la telefonata che il rapitore ha fatto alla famiglia Ross per dare le ultime istruzioni per la consegna, questi criminali hanno fatto qualcosa a Lucy Ross. Non sappiamo ancora cosa.»

«Ma avevano con loro il telefono di Violet Young,» proseguì, «quindi credo che dovremmo iniziare a cercare nella stessa area in cui hanno scaricato Violet Young e per un raggio di due miglia ».

Mettner trascinò al centro della stanza un grande pannello di cartone schiumato su cui era appiccicata una mappa. «Questo è il raggio.» disse, indicando un'area di West Denton delineata in rosso. «Qui è dove è stata ritrovata Violet Young.»

Josie aggiunse: «È possibile che il rapitore abbia nascosto Lucy da qualche parte in questa zona prima della consegna e poi sia tornato indietro e l'abbia spostata, ma questo è un buon punto di partenza per la nostra ricerca. Non sappiamo con certezza se è qui che l'ha lasciata, quindi dobbiamo partire da questo punto. Qualsiasi prova troviamo che suggerisca che potrebbe trovarsi altrove, dovremmo seguirla immediatamente.»

Qualcuno dal fondo della tenda disse: «Il rapitore non dovrebbe consegnare Lucy alla giostra domani?»

«Dobbiamo considerare la possibilità che non abbia intenzione di consegnare Lucy.» disse Josie. «Non ha preso i soldi e crediamo che abbia ucciso la sua stessa complice, Natalie Oliver. Violet Young ci ha raccontato che i due stavano litigando prima della consegna del denaro. Sappiamo anche che entrambi si trovavano alla Denton East High School, lasciando la consegna alla Grotta degli Amanti completamente incustodita. Non è chiaro quale fosse esattamente il loro intento, ma sappiamo che il nostro sospettato aveva modificato il piano e che la sua complice non era d'accordo».

Fece un cenno a Oaks, che ricambiò il cenno e si rivolse alla platea. «Natalie Oliver aveva residui di polvere da sparo sulle mani. Il proiettile che i medici hanno estratto dal bacino di Amy Ross è un calibro .308, che, come tutti sapete, proviene da un fucile.»

«Un fucile abbastanza potente che le ha permesso di colpirla da dentro la grotta in cui Natalie Oliver si stava nascondendo.» aggiunse Josie.

«Il proiettile che il medico legale ha estratto dal cervello di Natalie Oliver è un nove millimetri e, in base al grado di danneggiamento del cranio, crediamo che provenga da una pistola.» continuò Oaks. «È presumibile che siano alcune delle armi rubate dal capanno di caccia.» disse Gretchen. Sfogliò una pagina del suo taccuino. «Il Remington 700 ha un proiettile calibro .308 e la Glock 19 ha un proiettile da nove millimetri.»

Josie annuì e continuò: «Crediamo che il rapitore maschio si fosse nascosto tra le Cataste, vicino al campo da football, e riteniamo che Natalie Oliver avrebbe dovuto trovarsi alla Grotta degli Amanti, ma per qualche motivo, forse a causa di un disaccordo, è andata alla Denton East, dove è rimasta. Perciò, è possibile che il nostro sospettato non abbia scoperto della sua presenza fino a quando lei non ha sparato ad Amy Ross. Una volta iniziato il conflitto a fuoco tra il sospettato e gli agenti che stavano pattugliando il crinale, Natalie Oliver ha colto l'occasione per sparare a Amy Ross. Il sospettato l'ha trovata nella grotta, le ha sparato alla testa e ha preso il suo fucile.»

«Quindi tutti i programmi sono cambiati.» commentò Noah. «Adesso è in fuga. Senza complice e senza soldi.»

«Esattamente.» disse Oaks. «Non possiamo prevedere quali saranno le sue prossime mosse: potrebbe tentare di tornare in uno dei luoghi di consegna e prendere i soldi, oppure potrebbe tornare nel luogo in cui ha nascosto Lucy per riprenderla e tentare di nuovo l'impresa, supponendo che la bambina sia ancora viva.»

«Ma per quale motivo Natalie Oliver avrebbe dovuto sparare a Amy Ross?» chiese Gretchen.

Josie sospirò. «Si può azzardare solo un'ipotesi. Magari per una forma di gelosia. Forse sentiva che il bisogno personale del rapitore di torturare Amy stava interferendo con il piano del rapimento, tanto che il riscatto poteva sembrargli secondario. Inoltre, ha chiesto che mettessimo i soldi in due borsoni impermeabili e poi ha voluto che i genitori li lasciassero in luoghi dove l'acqua non è un problema. Forse pensavano che avrebbe piovuto o forse all'inizio il piano prevedeva che il luogo di consegna fosse vicino al fiume e poi hanno cambiato i loro programmi. È possibile che questo sia stato un elemento su cui si sono trovati in disaccordo. È impossibile sapere cosa stessero escogitando o cosa sia successo tra loro, ma a questo punto la questione più importante è localizzare Lucy.»

«O recuperare il suo corpo.» commentò Chitwood.

«E trovare questo bastardo prima che uccida di nuovo.» aggiunse Oaks.

«I suoi uomini a New York hanno trovato qualcosa su Natalie Oliver nelle ultime ore?» si informò Josie.

Oaks annuì e scorse i fogli tra le sue mani. «Natalie Oliver, ventiquattro anni. In affidamento da quando era bambina. Trasferita da una casa all'altra. È uscita da una casa famiglia a diciotto anni. Ha fatto lavori saltuari come cameriera e poi come receptionist in una palestra, ha guadagnato qualcosa facendo l'autista per Uber e ha lavorato in un centro commerciale. Ha frequentato per qualche semestre l'Erie Community College di Buffalo. Due anni fa ha vinto alla lotteria di New York centomila dollari. Ha lasciato il lavoro di vendita al dettaglio e si è trasferita in un appartamento più bello a West Seneca. Ha pagato l'affitto per un anno, poi negli ultimi sei mesi non l'hanno più vista, né il padrone di casa né i vicini.»

«Informazioni sulla sua auto?»

«Sì.» fece Oaks. «Si è comprata una Honda Accord nera, registrata al suo indirizzo di West Seneca.»

«Che mi dice delle telecamere dei caselli? Magari ha un pass autostradale...»

Oaks controllò i suoi appunti. «Nessun pass autostradale, ma abbiamo una squadra che sta controllando le telecamere e abbiamo comunicato il numero di targa alla stampa nel caso in cui il rapitore sia ancora in possesso del veicolo e lo stia guidando.»

«E i suoi amici? I suoi colleghi?» chiese Josie.

«Stiamo ancora seguendo queste piste.» rispose Oaks. «Al momento, ho unità alla Denton East e alla Grotta degli Amanti che sorvegliano il denaro. Mr. Ross è con la moglie al Denton Memorial Hospital, insieme a tre agenti, uno dei quali sta monitorando specificamente i telefoni di entrambi. Altre unità stanno setacciando l'area di due miglia indicata dalla detective Quinn dove è stata ritrovata Violet Young. L'ufficio dello sceriffo ha inviato la sua unità cinofila sul posto per cercare Lucy per tutta la notte. Ovviamente, ci saranno unità anche al parco, per sorvegliare la giostra nell'eventualità, molto improbabile, che il rapitore ci riconsegni Lucy.»

«Vorrei che le unità fossero pronte nel caso in cui ci fossero sviluppi in uno dei luoghi di consegna o nella ricerca di Lucy.» aggiunse Josie. «Tutte le persone che possono rendersi disponibili dovrebbero unirsi alla ricerca.»

Mentre gli altri si disperdevano, Oaks si avvicinò a Josie e le disse: «Dovrebbe andare a casa. Si faccia un paio d'ore di sonno.»

«Non posso.» disse Josie, anche se ogni singola fibra del suo corpo desiderava dormire o semplicemente sdraiarsi sul suo comodo letto.

«Ha ragione, Boss.» disse Gretchen. «Non abbiamo staccato un attimo in tutto il giorno. Possiamo organizzare una turnazione, come abbiamo fatto l'ultima volta. Tu e Noah dovreste andare a riposarvi per un paio d'ore. Tornerete più tardi a darci il cambio.»

«Se ci saranno sviluppi, sarai la prima a saperlo, Quinn.» aggiunse Chitwood.

Tutti e quattro i detective Denton lo fissarono: era la cosa meno aggressiva e offensiva che le avesse mai detto.

«Signore?» chiese Josie.

Chitwood alzò gli occhi al cielo. «Dai il meglio di te quando sei riposata. Se non mi sbaglio, oggi hai trasportato una donna in fin di vita fuori da un campo da football, hai scalato una montagna, ti hanno sparato e sei rotolata giù dalla stessa montagna, eppure sei ancora qui. Hai mangiato qualcosa, almeno?»

«N-no.» balbettò Josie. «Io non... non ho avuto il tempo.»

«Bene, questo è quanto.» sentenziò Chitwood. «Prendi Fraley. Mangia e vai subito a letto. Ci rivediamo qui tra tre ore per dare il cambio a Palmer e Mettner.»

Josie si guardò intorno, squadrandoli tutti. Lamay si alzò in piedi. «Boss...» disse. «Io rimango qui. Se succede qualcosa, qualsiasi cosa, la chiamerò io stesso.»

Noah si alzò di scatto e infilò le stampelle sotto le braccia. «Andiamo.» disse. «Il tempo corre.»

SESSANTATRÉ

Josie e Noah si fermarono a prendere qualcosa da asporto sulla via del ritorno verso casa. Misty e Harris stavano già dormendo nella camera degli ospiti. Mangiarono in cucina e Josie ne approfittò per mandare un messaggio a Trinity per sapere se era ancora sveglia. Un attimo dopo Trinity la chiamò.

«Sei ancora sveglia?» chiese Josie quando lei rispose.

«Non per molto ancora.» disse Trinity. «Speravo che chiamassi. Ho sentito che la polizia non ha dato notizie alla stampa, ma che c'è stato molto movimento da quelle parti. Ho anche saputo dal mio contatto alla WYEP che Amy Ross è in ospedale. Cosa è successo?»

«Ci sono stati degli sviluppi. Amy è rimasta ferita. Non posso dirti di più.»

Seguì un attimo di silenzio. Poi Trinity disse: «Se non fossi mia sorella, non ti permetterei di cavartela con così poco. Ti dirò una cosa: voglio un'esclusiva quando tutto sarà finito. Io faccio tutto questo lavoro e tu non mi dici niente.»

«Perché non posso.» rise Josie. «Lo sai bene.»

«Non preoccuparti. Trovo sempre il modo di farmi raccontare i fatti.»

«Oh, non ne dubito.» continuò a ridere Josie. «Immagino che oggi tu non abbia scoperto niente di utile su Amy, o meglio Tessa, visto che non mi hai chiamata.»

«Mi dispiace, Josie. Ho intervistato due dei Lendhardt ancora in vita qui a Buffalo e la vedova di uno dei Lendhardt deceduti. Nessuno di loro ha mai conosciuto una donna di nome Tessa e nessuno di loro ha riconosciuto la foto di Amy né la foto ritoccata con il ringiovanimento di Amy.»

«Una foto con ringiovanimento?»

«Sì, qualche anno fa abbiamo dedicato un servizio a un'azienda che si occupa di genealogia e che utilizza un software di regressione dell'età per ripristinare le foto danneggiate o distrutte. Possono farlo anche con le fotografie degli antenati e, se il cliente lo richiede, possono anche elaborarle in modo da scoprire che aspetto avesse quel parente da bambino. Comunque, ho ancora un contatto a cui rivolgermi in quell'azienda e gli ho chiesto di ringiovanire Amy in quella foto da un'età compresa tra i sedici e i diciotto anni, in modo da poterla usare nelle mie interviste. Ho mostrato anche la sua foto attuale, ma penso che, se ha vissuto da queste parti ventidue anni fa, se non di più, la gente potrebbe ricordare l'aspetto più giovane di Amy o Tessa o qualunque sia il suo vero nome.»

«È davvero sorprendente.» disse Josie.

«Domani rintraccerò gli altri due Lendhardt ancora in vita e poi intervisterò i vicini di quello che è morto, visto che apparentemente non aveva famiglia.»

«Fammi sapere se salta fuori qualcosa.» disse Josie.

Riattaccò e aiutò Noah a salire le scale che portavano alla camera da letto. Una volta dentro, Noah si sedette sul bordo del letto e appoggiò le stampelle al tavolino. «Quanto pensi che si fermerà Misty?» le chiese.

Josie rovistò nella cassettiera, cercando qualcosa di comodo da mettersi. «Non lo so.» disse. «Finché non si sentirà sicura di tornare a casa.»

Noah rise. «Ti rendi conto che potrebbe non accadere mai, vero?»

«No.» disse Josie. «Misty è forte e indipendente. Ma questo rapimento le sta facendo tornare brutti ricordi. Penso che una volta che sarà tutto finito, si sentirà meglio e tornerà a casa sua.»

Josie si spogliò, lasciando cadere i vestiti sul pavimento e si mise addosso una maglietta larga, salì sul letto e si sdraiò supina. «Ti dà così fastidio?»

«No.» rispose Noah. «Non è questo. È solo difficile ricordarsi che dobbiamo fare attenzione, per non svegliare Harris.»

Alzò la gamba ingessata sul letto e si spostò in modo da mettersi seduto, con la schiena contro la testiera. Le si avvicinò e le accarezzò i capelli. «Perché non mi hai detto che ti hanno sparato oggi?»

«Pensavo di essere incinta.» disse Josie.

«Lo sei?»

«No.» disse Josie a bassa voce.

Tra loro si allungò un momento di silenzio. Le dita di Noah continuarono ad accarezzarle dolcemente i capelli e alla fine disse: «Anch'io ho pensato che potevi essere incinta.»

Josie alzò lo sguardo verso di lui. «Perché non hai detto niente?»

«Ho pensato che ne avresti parlato quando fossi stata pronta. Inoltre, questo caso...»

Josie gli si accoccolò più vicino e lui si abbassò in modo da stendersi accanto a lei, così che potesse appoggiare la guancia contro il suo petto. Cominciò a piangere e le lacrime gli bagnarono la maglietta. «C'è una cosa di cui devo parlarti.»

Noah spostò la mano sulla sua schiena, tracciando con le dita la forma delle sue scapole. «Di che si tratta?»

«Il mese scorso, quando mi sono occupata del caso di tua madre e sono andata nella contea di Sullivan per seguire quella pista, ho passato la notte a casa di Luke.»

«Lo so.»

Josie alzò la testa. Lo guardò negli occhi nocciola. «Lo sai?»

«Non riuscivamo a trovarti, ricordi? Sono stato io a suggerire a Trinity di andare a cercarti a casa della sorella di Luke. Immaginavo che fosse l'unico posto della contea di Sullivan che sapevi come raggiungere, quindi era probabile che ci saresti andata.»

«E sapevi che ci sarebbe stato anche Luke?»

Noah alzò le spalle. «Beh, dove altro poteva andare dopo essere uscito di prigione? Quella era la casa della loro famiglia, no?»

«Sì.» disse Josie. «Infatti. E non eri preoccupato?»

«Di che cosa?»

«Non so, che potesse succedere qualcosa tra me e Luke.»

«Josie...» disse Noah. «Sei molte cose, ma tra le tante, non sei disonesta. Quindi no, non ci ho pensato.»

«Beh, c'è dell'altro.»

«E cioè?»

«Mi sono ubriacata. Una sbronza colossale. Mi sono svegliata accanto a Luke, ero vestita, ma ero accanto a lui. Però non ci sono andata a letto insieme.»

«Come fai a saperlo?»

«Me l'ha detto lui. Gli ho parlato. Questa sera. Ti chiedo scusa.»

«Beh...» disse Noah. «Sono abbastanza sicuro di essermi comportato come un grande stronzo in quel periodo.»

«Questo non giustifica il mio comportamento.» disse Josie.

Cadde di nuovo il silenzio. Intanto Noah continuava ad accarezzare la parte superiore della schiena e la nuca di Josie. Alla fine, disse: «Però avevo ragione.»

«Su cosa?»

«Non pensavo che saresti andata a letto con Luke e anche da ubriaca fradicia non l'hai fatto.»

«Non essere così indulgente con me.» disse Josie.

«Tu lo sei stata per l'atteggiamento che ho tenuto durante il caso di mia madre.» gli fece notare.

«Non è la stessa cosa.» gli fece notare Josie.

«Beh, in ogni caso...» disse Noah, «posso essere indulgente con te, se voglio.»

Josie sorrise, chiuse gli occhi e appoggiò il viso sul suo petto, inspirando il suo profumo. «Non sono tollerante come te.»

«Beh, alcuni peccati sono più gravi di altri. Vogliamo parlare della gravidanza?»

«Non c'è nessuna gravidanza.» puntualizzò Josie.

Noah le strinse la spalla. «Sai cosa voglio dire, Josie.»

«No, non ne voglio parlare.»

«E se fossi stata incinta?»

«Ti prego, non cominciare.»

«Saresti una madre fantastica, Josie.»

Lei alzò la testa e lo guardò negli occhi. «Misty ha detto la stessa cosa, ma come fate a saperlo? Come fate a pensarlo? Non ho avuto esempi. Non ho un modello di riferimento. Non saprei nemmeno cosa significa essere madre.»

Noah le scostò alcune ciocche castane dagli occhi. «Lo scopriresti. Ameresti il tuo bambino. Tutto il resto verrebbe da sé.»

«Ne sei tanto sicuro?» chiese Josie. «Alcune madri non legano con i loro figli. Non ci riescono e basta. Guarda Amy, come mi ha detto Bryce Graham: è chiaro che ama e adora sua figlia, eppure ha avuto problemi ad affezionarsi a Lucy.»

«Ma alla fine ce l'ha fatta, e inoltre le difficoltà che ha avuto ad affezionarsi alla figlia non la rendono una cattiva madre.»

«Sto solo dicendo che la maternità non è una cosa che viene naturale. Quando ti succedono cose orribili, cambi. Io cambio. Quello che mi è successo nella mia infanzia mi ha cambiata.»

«Sono d'accordo.» disse Noah. «Ti ha reso una persona migliore, più forte e più attenta.»

«Mi piace che tu la pensi così.» disse Josie. «Ma possiamo

evitare di parlarne adesso? Abbiamo bisogno di dormire. Dobbiamo ancora ritrovare Lucy Ross. Non voglio pensare ad altro che a trovarla.»

Noah rise dolcemente e le baciò la fronte. «Stai dimostrando esattamente quello che intendevo dire.»

«Non ti sento...» mormorò lei. «Sto dormendo.»

SESSANTAQUATTRO

Gretchen e Mettner ricevettero il cambio qualche ora più tardi. La notte lasciò il posto al mattino e il sole spuntò su Denton con una vivacità del tutto noncurante dei turbamenti che stavano travolgendo la città. Oaks assicurò a Josie che i suoi colleghi dell'ufficio di Buffalo stavano lavorando sodo per rintracciare eventuali piste. Gli agenti di pattuglia della Polizia di Denton trovarono la Honda Accord di Natalie Oliver abbandonata in un fosso lungo una strada rurale di montagna. La giornata si protrasse. Josie lasciò Noah alla tenda di comando per unirsi ai soccorritori, percorrendo il tratto di due miglia in cui avevano trovato Violet Young. Non c'era traccia di Lucy o del suo rapitore. Il denaro non era stato toccato. L'ora in cui il rapitore avrebbe dovuto riportare Lucy alla giostra arrivò e passò senza che della bambina si trovasse traccia.

Le condizioni di Amy non erano migliorate, ma bisognava prendere delle decisioni, così Josie mandò Mettner a recuperare Colin dall'ospedale. Una sottile barba grigia gli copriva il viso. Era pallido e aveva un aspetto smunto, come se gli ultimi giorni lo avessero invecchiato di qualche decennio. Josie gli offrì un caffè, ma lui lo rifiutò, sprofondando in una sedia pieghevole vicino a Noah, con lo sguardo rivolto al pavimento. Sembrava completamente sconfitto.

Oaks e Josie si guardarono e lei gli fece cenno di procedere. «Mr. Ross...» esordì «Non possiamo lasciare i vostri soldi nei luoghi di consegna per un tempo illimitato. Possiamo lasciare i borsoni ancora per qualche giorno, ma il liceo avrà presto bisogno di riutilizzare il suo campo. Cosa vuole che facciamo?»

Colin scosse la testa. «Non lo so. Come faccio a prendere questa decisione? Non sappiamo nemmeno se Lucy è viva. Mia moglie...» si interruppe, con le lacrime che gli brillavano negli occhi. Spostò lo sguardo da Oaks a Josie. «Voi cosa fareste?»

Josie spostò il peso da un piede all'altro, a disagio. «Non ho figli, Mr. Ross.» disse sommessamente.

«Ma l'ho vista con suo figlio il giorno in cui Lucy è scomparsa. Al parco...» obiettò lui.

Josie fece una smorfia. «Harris non è mio figlio. Lo stavo tenendo per un'amica.»

Colin Ross si accontentò di questa spiegazione e tornò a guardare il pavimento con un muscolo della mascella che pulsava. «Mia moglie si fida di lei, detective.» disse.

«Sì.» disse Josie.

«Mr. Ross...» disse Oaks, «noi non possiamo prendere queste decisioni al posto suo.»

«Pensate che Lucy sia ancora viva?»

«Non lo sappiamo.» disse Josie onestamente. «Ma non smetteremo di cercarla.»

«Pensate che quell'uomo tornerà per i soldi?»

«Non credo.» disse Oaks. «Ma, ancora una volta, non abbiamo modo di prevedere cosa farà o non farà.»

«Ha smesso di chiamare. I vostri agenti hanno tenuto il telefono di Amy in carica e l'hanno monitorato per tutto questo tempo.» Nascose il viso tra le mani. «Mio Dio, non può finire in questo modo. La mia piccola Lucy. Non può essere sparita.»

Josie aspettò un attimo e siccome lui non diceva altro, disse: «C'è un'altra possibilità.»

Colin tornò a guardarla e lei continuò: «Potremmo organizzare una conferenza stampa e farla parlare davanti alle telecamere, così potrà rivolgersi direttamente al rapitore.»

«E cosa dovrei dire?» chiese Colin.

«Gli dica che farà qualsiasi cosa per riavere Lucy.» disse Josie.

«Non è una cattiva idea.» osservò Oaks. «Non abbiamo modo di metterci in contatto con questo individuo. Non abbiamo idea di quali siano i suoi nuovi obiettivi, ora che tutto il suo piano è andato a monte.»

«La stampa è l'unico modo per arrivare a lui in questo momento.» proseguì Josie. «Gli dica cosa vuole che faccia. Forse possiamo attirarlo.»

«Può avere i soldi.» disse Colin. «Li porterò da qualche parte e lui potrà averli. Voglio solo che mi restituisca la mia bambina.»

«Allora negozieremo.» disse Oaks. «Scegliamo il luogo e l'ora e contattiamo la stampa. Lei intanto, perché non va a casa a darsi una ripulita? Si faccia una doccia, si cambi i vestiti. Per quando tornerà, avremo sistemato tutto e la prepareremo su cosa dire e come dirlo.»

Colin si alzò in piedi. «Sì, sì. Questo lo posso fare.»

«Vengo con lei.» gli disse Josie. «Vorrei prendere qualche oggetto dalla stanza di Lucy, se non le dispiace. Se a quest'uomo è rimasto un briciolo di umanità, forse possiamo fare appello a quella. Gli ricorderà che Lucy è solo una bambina e che non ha niente a che fare con qualsiasi cosa lui abbia in sospeso con Amy.»

Colin la seguì fino alla sua auto e percorsero i pochi isolati che li separavano dalla casa dei Ross. «I giornalisti se ne sono andati.» osservò.

«Si sono appostati in tutti gli altri luoghi coinvolti in questa indagine, sperando di trovare qualcosa di interessante.» gli spiegò Josie. «Se sapessero che lei è qui, accorrerebbero in massa.»

«Il suo collega, Mettner, ha fatto un discreto lavoro per evitarli quando abbiamo lasciato l'ospedale.»

«Mettner è un brav'uomo.» disse Josie mentre scendevano e si dirigevano verso la porta d'ingresso.

Colin aprì la porta e la fece entrare. La casa era stranamente silenziosa e pervasa da un odore di cibo avariato che le fece storcere il naso. «Qualcosa deve essere rimasto fuori dal frigo, in cucina.» disse Colin. «L'altro giorno siamo scappati di corsa e da allora non sono più tornato.»

Josie fece cenno alle scale. «Lei vada a prepararsi. Ci penso io alla cucina.»

Colin si avvicinò alle scale e si fermò, appoggiando la mano sul corrimano. «Detective Quinn, ieri sera l'agente Oaks mi ha detto che mia moglie... che lei... che Amy non è il suo vero nome. Che si faceva chiamare con un altro nome. Tessa qualcosa. È davvero così? Non è chi dice di essere?»

«Sì, è vero.» confermò Josie. «Mi dispiace che l'abbia saputo in questo modo.»

«Sa cosa... sa cosa le è successo? Per quale motivo ha assunto l'identità di un'altra persona?»

«No, non lo so.» ammise Josie. «Non ha voluto dirmelo. Ha accennato al fatto di aver avuto una relazione violenta. Stiamo cercando di scoprire di più sul suo passato.»

«Non l'avrei mai immaginato.» disse Colin. «Non ne ha mai fatto parola. Ha sempre sofferto di una forte ansia. Ho cercato di essere empatico, comprensivo, ma in realtà non lo sono stato. Non avrei dovuto dire le cose che le ho detto l'altro giorno. Non le pensavo davvero. E ora... potrei non riuscire a dirglielo.»

«Non può saperlo per certo.» disse Josie. «Amy potrebbe farcela. E allora potrà dirle tutto quello che ha bisogno di dirle. Ora dobbiamo concentrarci su Lucy. Prima si preparerà, prima potremo tornare al comando mobile e iniziare a pianificare la conferenza stampa.»

Con un cenno del capo, Colin salì al piano di sopra. Non appena Josie entrò in cucina per iniziare a pulire, squillò il telefono. Era Trinity. «Ehi.» rispose. «Hai scoperto qualcosa?»

«Martin Lendhardt, l'altro Lendhardt che è morto... ho parlato con i suoi vicini di casa. Nessuno si ricordava di lui.»

«Questo non è molto utile.» disse Josie.

«Aspetta.» disse Trinity con un'emozione nella voce che Josie non poté trascurare. «Uno dei vicini ha comprato la sua casa da un'anziana signora che è ancora viva e risiede in una casa di riposo nelle vicinanze. Ho parlato con lei. Si ricordava di Martin Lendhardt. Ha detto che era cattivo come il diavolo. Si trasferì nella casa accanto alla sua ventisei anni fa con una giovane moglie.»

«Una giovane moglie?» le fece eco Josie.

«Sì, una giovane moglie di nome Tessa.»

«Ti prego, dimmi che non è uno scherzo.»

«Sono serissima.»

Josie fece un paio di calcoli mentalmente. «Un attimo, ventisei anni fa Amy avrebbe avuto quattordici anni. Quella donna ti ha detto che erano sposati?»

«È quello che ha detto lei. Erano nuovi nel quartiere. La moglie non parlava mai con nessuno. Ha detto che la sentivano spesso urlare. Erano sicuri che lui la picchiasse, ma ogni volta che qualcuno chiamava la polizia, Martin si inventava una storia, del tipo che avevano lasciato la televisione accesa a volume troppo alto, e quando veniva interpellata, Tessa si limitava a dire alla polizia che il marito non l'aveva toccata con un dito.»

«Ovviamente. Mi chiedo se esistano ancora i rapporti della polizia.»

«Ne dubito. Non è mai stato arrestato. Almeno, non per violenza domestica.»

«Per cosa, dunque?»

«Beh, è qui che la cosa si fa davvero interessante.»

Il battito cardiaco di Josie accelerò. «Dimmi.» disse. «Tessa e Martin Lendhardt avevano un bambino.»

«Sul serio?»

«La mia fonte dice che, dopo che si furono trasferiti qui, lei sentiva spesso piangere un bambino. Dice che alla fine trovò il coraggio di andare da loro quando Martin era al lavoro. Bussò alla porta e chiese a Tessa se avesse bisogno di aiuto, ma Tessa le chiuse la porta in faccia.»

«Ma non risulta che Tessa Lendhardt esista.» obiettò Josie. «Come avrebbe fatto a partorire?»

«Immagino che l'abbia fatto in casa. Sembra che Martin non la facesse uscire molto spesso dall'appartamento, se non mai.»

«Era un maschio o una femmina?» chiese Josie.

«Non lo sapeva, perché non poteva mai uscire di casa.»

«Allora come fa a sapere che c'era davvero?»

«Direi che non lo sa, almeno non con assoluta certezza. Ma aspetta, c'è dell'altro.»

«Oltre a un bambino che potrebbe non essere mai esistito?»

«Poi ci torneremo.» disse Trinity. «La mia fonte pensa che Martin abbia ucciso Tessa.»

«In base a cosa?»

«Circa cinque anni dopo che si erano trasferiti in quella casa, Tessa scomparve. Dice che era solita vederla passare davanti a una delle finestre che si affacciavano su casa sua praticamente ogni giorno. Poi, all'improvviso, Tessa sparì e Martin si fece più cattivo che mai. Gli chiese dove fosse andata la moglie e lui le rispose che doveva badare agli affari suoi. Secondo lei l'aveva ammazzata a forza di picchiarla e ne aveva nascosto il corpo in casa. Dice di aver chiamato i poliziotti, che però, dopo essere arrivati ed essere rimasti dentro l'appartamento per un po', se ne andarono. Cercò di farsi dire qualcosa, ma loro non vollero parlarne con lei. Chiese loro se avessero visto il bambino in casa, ma le risposero di non intromettersi. Non ne venne fuori nulla.»

«Probabilmente perché Tessa non è mai esistita. Non c'è traccia di lei. Quindi cosa successe?»

Trinity sospirò. Josie sentì frusciare dei fogli. «Non è sicura di cosa sia successo dopo. I suoi figli la misero in casa di riposo. Poi diedero casa sua in affitto diverse volte. Ho lasciato un messaggio a suo figlio, ma non so se avrà i dati di tutti gli inquilini o se qualcuno di loro si ricorderà di Martin.»

«Non può essere così facile.» brontolò Josie.

«Ho cercato anche Martin Lendhardt: è stato condannato nel 2002 per maltrattamento di minori.»

Ora il battito del cuore di Josie batteva nel suo petto come una tempesta di tuoni. «Quindi c'era un bambino davvero.»

«Evidentemente. Non sono riuscita a ricavare nient'altro. Ma forse tu o l'FBI potreste accedere ai registri del suo arresto e della sua condanna...»

«Sì.» disse Josie. «Chiamerò l'agente speciale Oaks. Trinity, grazie davvero per l'aiuto. L'esclusiva è tua.»

Josie riattaccò e chiamò Oaks per informarlo delle novità che Trinity le aveva raccontato e lui le promise di scoprire tutto quello che poteva sulla condanna di Martin Lendhardt per maltrattamento di minori. Josie mise il telefono in tasca e cercò di rallentare il respiro. Sembrava una svolta nel caso. Sperava che per quando avrebbe riportato Colin alla tenda di comando, Oaks avrebbe avuto molte più informazioni.

Diede un'occhiata al disordine che c'era in cucina e cominciò a pulire. Sul tavolo erano appoggiate diverse tazze di caffè lasciate a metà. Qualcuno aveva provveduto a tenere la caffettiera dei Ross sempre piena e calda mentre l'FBI e la polizia di Denton erano di stanza in casa loro. Josie le svuotò nel lavandino e le sciacquò. La vera puzza proveniva dal cestino della spazzatura, che era pieno di cibo da asporto mangiato a metà, anche a causa della miriade di agenti delle forze dell'ordine che avevano alloggiato lì ventiquattr'ore su ventiquattro. Né Amy né Colin erano riusciti a mangiare molto da quando Lucy era scomparsa. Annodò il sacchetto e lo tirò fuori dal cestino. Voltandosi verso la porta sul retro, qualcosa sul pavimento di piastrelle lucide attirò la sua attenzione.

Un'impronta fangosa. Poi un'altra impronta parziale. Doveva averla lasciata qualcuno che era entrato in cucina dalla porta sul retro. Dall'aspetto delle impronte, Josie intuì che la persona che le aveva lasciate indossava degli scarponi. Fece una lista mentale di tutti gli agenti e le agenti che erano passati da casa Ross nell'ultima settimana. Nessuno di loro indossava degli scarponi. Inoltre, non aveva piovuto e non c'era fango in giardino. Josie posò delicatamente il sacco della spazzatura sul pavimento. Tirò fuori il telefono, mandò un messaggio a Noah, sicura che avrebbe risposto velocemente, e poi estrasse la sua arma d'ordinanza.

SESSANTACINQUE

Salendo di corsa le scale, le arrivò lo scroscio dell'acqua che scorreva nel bagno. Una volta in cima, girò bruscamente a destra e iniziò a controllare tutte le stanze, tenendo la Glock puntata in avanti. Prima lo studio di Colin, poi la cameretta di Lucy. A seguire c'era il bagno. Appoggiò una mano sulla maniglia della porta. «Mr. Ross?» chiamò.

Non ricevette risposta. Poteva essere già sotto la doccia. Forse si stava immaginando tutto: anche se il rapitore si fosse precipitato a casa dei Ross dopo averle sparato sulla montagna dietro la Denton East, era improbabile che a quel punto fosse ancora lì. Ma perché avrebbe dovuto entrare in casa loro? Forse perché pensava che ci avessero riportato i borsoni con i soldi e aveva intenzione di rubarli mentre non c'era nessuno in giro.

«Mr. Ross?»

Ancora nessuna risposta. Ruotò la maniglia, che girò facilmente nella sua mano. Tenendo la pistola a portata di mano, spinse la porta e l'aprì. Si ritrovò davanti il rapitore che stava spingendo Colin contro il muro, tenendogli un avambraccio contro la gola e premendogli un grosso coltello contro la piccola cavità del plesso solare. Voltarono entrambi la testa verso di lei.

Josie puntò al rapitore. Era più alto di quanto si aspettasse. Sulla montagna era successo tutto così in fretta che aveva avuto a malapena la possibilità di notare qualche dettaglio prima che lui le sparasse. Adesso poteva guardarlo bene. Aveva i capelli castani arruffati e unti di sporcizia. Striature di fango gli imbrattavano il viso e i vestiti. I suoi occhi marroni si spalancarono quando la vide.

«Ti ho sparato!» disse.

«Metti giù il coltello e allontanati da Mr. Ross.» disse Josie. La voce di Colin uscì strozzata e rauca. «Lasci che mi uccida. Può avere i soldi. Ma riprenda la mia Lucy. La riporti a casa.»

Josie mirò alle costole, ma si rese conto che non aveva un tiro pulito, perché il rapitore era troppo vicino a Colin. Tuttavia, non vacillò. «Ti ho detto di gettare il coltello e di lasciare andare Mr. Ross. Subito. Sei in arresto per il rapimento di Lucy Ross e per tre omicidi.»

Le sorrise. «Tre omicidi?»

«Jaclyn Underwood, Wendy Kaplan e Natalie Oliver.»

Il suo sorriso si affievolì. Le sue labbra si mossero, ma non ne uscì nulla.

«Esatto.» disse Josie. «Abbiamo identificato la tua complice e sappiamo che le hai sparato. Questa storia finisce qui. Non voglio che si faccia male nessun altro, compreso tu, quindi, metti giù il coltello e allontanati da Mr. Ross.»

Le mani di Colin erano intrappolate tra il suo stesso corpo e l'avambraccio dell'uomo, nel tentativo di crearsi uno spazio sufficiente per respirare e parlare. «La prego...» disse. «Non mi importa se mi uccide. Faccia tutto quello che le dice per riavere Lucy. Può avere i soldi.»

L'uomo rivolse una breve occhiata a Colin. «Non voglio i tuoi soldi, stronzo.»

Josie valutò che i rinforzi avrebbero dovuto raggiungerli nel giro di cinque minuti. Tuttavia, si rese conto che questo non avrebbe impedito a quell'uomo di conficcare il coltello nel petto di Colin Ross o a lei di dovergli sparare.

«Allora di cosa si tratta?» chiese Colin, con gli occhi sgranati. «Qualunque cosa sia, la aiuterò. Voglio solo riprendermi mia figlia.»

«Forse un giorno tua moglie potrà dirti di cosa si tratta. O è già morta?»

«Tessa è ancora viva.» disse Josie.

Gli occhi dell'uomo si rivolsero verso di lei e lei vide che la mano che teneva il coltello si abbassava leggermente. «Te l'ha detto?»

«Cosa avrebbe dovuto dirmi?» domandò Josie.

«La verità su quello che mi ha fatto.»

«Cosa ti ha fatto?»

Abbassò la mano con il coltello e allontanò l'avambraccio dalla gola di Colin. Tuttavia, con l'altro braccio teneva Colin bloccato. «Mi stai prendendo per il culo. Se ti avesse detto quello che ha fatto, se ti avesse detto la verità, la vera verità, l'avresti arrestata. Adesso sarebbe in prigione e non in ospedale.»

«Amy non farebbe mai del male a nessuno.» disse Colin con un sussulto. «Deve aver sbagliato persona. Questo è tutto un gigantesco errore. La prego, ci restituisca Lucy. Qualunque cosa lei creda che mia moglie abbia fatto, si sbaglia. Lucy non ha niente a che fare con tutto questo. Ce la restituisca e le prometto che riusciremo a dimenticare tutta questa storia.»

L'uomo lo spinse violentemente con l'avambraccio, il collo di Colin ondeggiò prima in avanti e poi indietro facendogli sbattere la nuca contro il muro. «Sei tu che ti sbagli, stronzo. Non sai un bel niente di tua moglie. È una puttana malvagia e bugiarda. Pensi che le importi di Lucy? Pensi che le sia mai importato di Lucy? O di chiunque altro, tranne che di se stessa? Guarda cosa mi ha fatto. Guarda!» Con la mano libera si strappò la camicia, facendo saltare i bottoni ed esponendo un petto pallido con pochi peli. Nei punti in cui non crescevano i peli c'erano grandi cicatrici argentee. Vecchie vesciche o tagli, Josie non poteva dirlo con certezza. Vide bruciature di sigaretta e una grande cicatrice sulla parte inferiore sinistra del busto che sembrava l'impronta permanente di una fibbia da cintura. Erano vecchie e sbiadite, ma così indelebili sulla sua pelle che anche ora, in età adulta, erano inconfondibili.

Cicatrici d'infanzia, ricordò una piccola parte del cervello di Josie, ma quella voce si acquietò perché la parte del suo cervello che era in stato di massima allerta si rese conto che lui aveva finalmente allontanato il coltello dal petto di Colin e adesso pendeva al suo fianco, dalla parte opposta a dove stava Colin. Lentamente, Colin scivolò lungo la parete fino al pavimento.

«Se è stata Amy a farti queste, allora dobbiamo parlarne seriamente.» disse Josie. «Metti giù il coltello. Io metto giù la pistola. Sono disposta ad ascoltarti, ma non dobbiamo farlo in questo modo.»

Rise amaramente. «Non credo proprio. Sai quand'è che la gente ti ascolta? Quando hai un coltello in mano.»

«Cosa vuoi?» chiese Josie.

«Voglio che paghi.»

«Chi? Tessa? Non credi che abbia già pagato abbastanza? Le hai portato via tutte le persone a cui teneva: Jaclyn, Wendy e, soprattutto, Lucy. Inoltre, ora è in ospedale in condizioni critiche. Che altro vuoi? La vuoi morta?»

Scosse la testa. «Voglio che soffra. Come ho sofferto io.»

La mente di Josie stava ancora lavorando a ritmo serrato su tutto ciò che aveva appreso sul caso e su ciò che Trinity le aveva detto pochi minuti prima. L'uomo davanti a lei non poteva avere più di ventisei o ventisette anni e la sua complice ne aveva appena ventiquattro, perciò, non avrebbero potuto essere che neonati, o al massimo bambini molto piccoli, quando Amy viveva a Buffalo sotto il nome di Tessa.

«Eri tu o Natalie?» chiese Josie. «O lo eravate tutti e due?»

«Eravamo io o Natalie a fare cosa?» chiese lui.

«Uno di voi era il suo bambino...» mormorò Josie.

Al piano di sotto, la porta d'ingresso si aprì scricchiolando e subito dopo li raggiunse il calpestio di una mezza dozzina di paia di scarponi accompagnato dalle grida "FBI!" che salivano per le scale. L'uomo sgranò gli occhi. Guardò per terra, dove Colin si era rannicchiato in posizione fetale sulle piastrelle. Alzò il coltello e con l'altra mano afferrò Colin.

Josie sparò un colpo. Gli sfiorò la parte superiore del braccio, ma fu sufficiente per fargli perdere la presa sul coltello, che gli cadde a terra, e Josie si precipitò su di lui, puntandogli la pistola al petto e gridandogli di alzare le mani e di mettersi in ginocchio. Poi allontanò il coltello con un calcio e lo spinse sotto la vasca con i piedi a zampa di leone. Si rese conto che gli agenti dell'FBI si trovavano ora dietro di lei, con le loro grandi sagome sulla porta del bagno. Con uno sguardo di sconfitta, il rapitore di Lucy si lasciò cadere sulle ginocchia e mise le mani dietro la testa.

SESSANTASEI

Ho aspettato di sentire il ruggito del motore del suo furgone, che si è allontanato con uno stridio di gomme, prima di piazzarmi davanti alla porta della camera da letto e iniziare a lavorare alla serratura. Mi permetteva di uscire e andare nelle altre stanze quando era a casa, a patto che non facessi rumore e stessi in silenzio. Non mi lasciava giocare, come faceva lei, e non c'erano mai biscotti. La maggior parte del tempo restavo nella mia stanza. Alla minima trasgressione mi picchiava o escogitava qualcosa di peggio. Qualcosa che lasciava delle cicatrici. A volte reagivo mordendolo, colpendolo o prendendolo a calci; speravo di lasciare su di lui i segni che lui lasciava su di me. Era una bella sensazione. Quando vedevo il suo sangue, qualcosa dentro di me si animava, come se si accendesse una luce. Sognavo di prendere un coltello e di farlo scorrere sulla sua pelle ruvida. Ma fargli male non faceva che aumentare le percosse che poi mi restituiva. Negli ultimi giorni avevo potuto starmene tranquillamente in salotto e da lì ne avevo approfittato per studiare il lucchetto che aveva messo alla mia porta. Non era niente di complicato. Nient'altro che un piccolo gancio. Avevo capito che potevo sbloccarlo dall'interno usando qualcosa di sottile. Un coltello sarebbe stato sufficiente. Ne avevo rubato uno dalla cucina senza che lui se ne accorgesse, prima che mi rinchiudesse. Avevo pensato di tenerlo per quando mi avesse fatto uscire di nuovo. Potevo nasconderlo nella camicia e colpirlo con quello quando era distratto dalla televisione. Ma dovevo attenermi al mio piano. Dovevo andare via, proprio come aveva fatto lei.

Non mi ci è voluto molto per far saltare il gancio. Mi formicolava la pelle per l'emozione. Non ho neanche pensato di prendere qualche provvista, come aveva fatto lei. Non volevo portarmi dietro niente da quel posto, volevo soltanto andarmene. Anche se sapevo che se n'era andato, ho cercato di muovermi il più furtivamente possibile. Era un'abitudine che forse non avrei mai perso. In pochi secondi ho superato la porta d'ingresso. I primi raggi del sole mattutino si stavano affacciando all'orizzonte. Non correvo da così tanto tempo che sentivo le gambe deboli e i polmoni che già bruciavano dopo neanche un isolato. Quelle doppie luci inconfondibili sono apparse in lontananza. Proprio come la notte in cui lei aveva cercato di portarmi a casa. Il mio corpo non faceva quello che gli dicevo di fare. *Scappa*, urlava la mia mente, *Allontanati!* Invece è sprofondato al suolo, come se le mie ossa si stessero dissolvendo. Le luci si sono fermate vicino a me, accecandomi. Una portiera si è aperta e poi richiusa. Allora delle mani mi hanno tirato su dal freddo marciapiede. Il loro tocco era delicato, come quello che aveva lei quando mi accarezzava. Non volevo piangere, ma non ho avuto la forza di trattenere le lacrime calde che cominciavano a colarmi sul viso.

Un volto che non ho riconosciuto ha oscurato le luci. Era una donna. Non era lei e non era la donna d'argento. Un'altra. «Santo cielo...» ha detto. «Tesoro, stai bene? Cosa ti è successo?»

Mi si è formato un grosso groppo in gola. Non mi è riuscito di parlare, così ho scosso la testa. Non stavo bene.

Le sue mani mi hanno sfiorato le guance. «Vado a chiamare

la polizia. Tieni duro. Sai che ti dico? Ti accompagno con la macchina all'ospedale. Da lì potranno chiamare la polizia. Vieni. Andiamo.»

Ho lasciato che mi caricasse sul sedile posteriore della sua auto. Mentre ripartiva, mi ha chiesto: «Come ti chiami, figliolo? Puoi dirmi il tuo nome?»

Mi sono ricordato come mi chiamava mia madre. «Gideon.» ho risposto. «Mi chiamo Gideon.»

SESSANTASETTE

«Chi diavolo è questo ragazzo?» chiese Chitwood, a nessuno in particolare. Josie, Noah, Mettner, Gretchen, Oaks e Chitwood si erano accalcati tutti in una delle sale di osservazione della centrale e guardavano l'uomo che avevano arrestato a casa dei Ross dagli schermi con le riprese delle telecamere a circuito chiuso. Stava seduto, da solo, in una stanza per gli interrogatori in fondo al corridoio. Lo avevano lasciato ammanettato e lui si era accasciato su una delle sedie di metallo, con i polsi legati in grembo. Non aveva detto una parola a nessuno di loro da quando lo avevano portato dentro.

«È il figlio di Amy Ross e Martin Lendhardt.» disse Josie. «Ne sono sicura.»

«Pensi che gli abbia fatto lei tutte quelle cicatrici?» chiese Gretchen.

«Non mi è mai piaciuta granché.» ammise Noah. «Ma non riesco a immaginarla mentre tortura un ragazzino.»

«No.» disse Josie. «Non è stata lei. Martin venne condannato per maltrattamento di minori. Deve essere stato lui.»

«Il maltrattamento di minori non spiegherebbe il tipo di

abusi subiti da questo ragazzo, a giudicare da quelle cicatrici.» disse Noah. «Il rischio per il benessere di un minore si ha quando si trascura il bambino o lo si mette in una situazione pericolosa. Questo ragazzo ha subito degli abusi.»

«In tal caso...» disse Josie, «non ho proprio idea di quello che ha passato, ma lui incolpa Amy per qualsiasi cosa gli sia capitata.»

«Ma allora come diavolo si chiama?» chiese Chitwood.

Il telefono di Oaks squillò. Rispose con un brusco "Pronto", rimase ad ascoltare per qualche minuto e poi rispose: «Grazie.» Si rivolse a Josie e disse: «Era uno dei miei agenti a Buffalo. Si sono messi in contatto con l'ufficio del Procuratore Distrettuale. Sono riusciti a consultare il fascicolo di Martin Lendhardt. Aveva un figlio, non una figlia. Si chiamava Gideon. Gideon Lendhardt.»

«Di quanti anni?» chiese Josie.

«Ne ha ventisei. Tra qualche minuto dovrebbero mandarmi la foto della patente di guida. Vedremo se corrisponde al nostro sospettato. Fu trovato mentre scappava dalla casa di Martin Lendhardt all'età di nove anni, malnutrito e pieno di cicatrici. Non era mai andato a scuola. Martin fu arrestato. Gideon era terrorizzato da Martin e non parlò mai di lui o di qualsiasi cosa fosse accaduta in quella casa. Martin si difese affermando che era la madre di Gideon che lo picchiava e lo affamava. Ma non fu possibile rintracciarla.»

«Comodo per lui.» disse Josie.

Oaks continuò: «Non poterono dimostrare che non fosse stata lei a maltrattarlo. Il massimo che riuscirono a fare fu accusare Martin di aver messo a rischio il benessere di un minore. Si fece un anno di prigione. Gideon fu dato in affidamento, sballottato in un mucchio di case diverse, e così rimase fino all'età di diciotto anni.»

«Anche Natalie Oliver era una bambina in affidamento.» osservò Gretchen.

«Quindi adesso sappiamo come si sono incontrati.» disse Noah.

«E sappiamo che Amy, o Tessa, lo abbandonò. Ma non sappiamo ancora dove sia Lucy. Vado a parlargli.»

SESSANTOTTO

Josie si mise faccia a faccia con Gideon Lendhardt. All'altro capo del tavolo degli interrogatori, lui la fissava con occhi lampeggianti di rabbia. Non c'era alcuna garanzia che le avrebbe risposto, ma non aveva ancora chiesto un avvocato, quindi Josie doveva correre il rischio.

«Gideon...» cominciò. «Di chi è stata l'idea di trovare Tessa e fargliela pagare? Tua o di Natalie?»

Lui non rispose.

Josie proseguì. «Immagino che il sogno di tutta la tua vita fosse quello di fargliela pagare, ma che sia stata Natalie a escogitare il piano vero e proprio. Vi siete conosciuti in affidamento, dico bene? So che avevi nove anni quando ti hanno allontanato da tuo padre una volta per tutte e che da allora sei passato da una casa-famiglia all'altra. Un giorno hai incontrato Natalie e siete diventati buoni amici. E magari anche fidanzati, più avanti negli anni...»

Dal bagliore dei suoi occhi capì che aveva colto nel segno. «C'era un'intesa tra voi, o sbaglio? Entrambi ragazzini in affido. Entrambi allontanati da un sistema a cui non sarebbe importato nulla di voi non appena aveste compiuto diciotto anni. Poi, in qualche modo, hai rintracciato Tessa. Ti sei reso conto che viveva in Pennsylvania con il marito e la figlia. Volevi vendicarti di lei, ma non sapevi come fare. Natalie ha visto un'opportunità non solo per vendicarsi, ma anche per fare un po' di soldi. È lei che si è occupata dell'organizzazione logistica, non è vero? Della pianificazione. Cosa ci guadagnava? L'ha fatto solo per farti felice? O voleva la sua parte dei soldi? So che aveva scoperto come ci si sente a fare parecchi soldi prima che voi due vi imbarcaste in questa impresa perché aveva vinto alla lotteria. Sapeva di poter ottenere una bella somma dal nuovo marito di Tessa, giusto? Tutto quello che dovevate fare era conoscere la piccola Lucy qualche mese prima di rapirla, è corretto? Guadagnarvi la sua fiducia, diventare suoi amici. Prometterle qualcosa di irresistibile, magari di portarla in un paradiso delle farfalle o qualcosa del genere. A questo magari ci avrà pensato Natalie. Tu volevi solo portarla via, non è vero?»

«Sarebbe stato di gran lunga meno impegnativo.» disse lui.

«Sì, immagino che sia così. Il vostro piano era piuttosto elaborato. Soprattutto la parte della giostra. Non ci sono telecamere nel parco, è stata una mossa intelligente. Chi ha dato il segnale a Lucy? Sei stato tu o Natalie? Sei stato tu, vero? Natalie era a casa dei Ross a lasciare l'orsacchiotto con il tuo messaggio segreto, esatto?»

«È stato un colpo di genio, secondo me.» disse lui, sorridendo. «Quanto avrei voluto assistere per vedere la faccia di Tessa quando l'ha ascoltato.»

Josie si sentì male vedendo la sua espressione di gioia, ma andò avanti. «Dove hai portato Lucy?»

«Pensi che te lo dirò? Non sei molto intelligente, mi sa. Un po' come Tessa.»

Josie lasciò che l'insulto cadesse a vuoto. «Beh, so che ti sei spostato spesso. Ti sei accampato nei boschi. Sei rimasto allo stabilimento per un po'. Anche questa è una mossa astuta: continuare a spostarsi.»

Non rispose.

«Gideon, cosa ne hai fatto di Lucy?»

Un'altra domanda senza risposta.

«Lucy non se lo merita, lo sai.» tentò Josie. «È innocente.»

«Anch'io lo ero.» mormorò lui.

«Sì, lo eri. Quello che ti hanno fatto passare deve essere stato molto traumatico.»

«Non ne sai un bel niente.» ringhiò.

«So che sei stato allontanato da tuo padre quando avevi nove anni. So anche che tuo padre disse ai servizi sociali che era stata Tessa a procurarti tutte quelle cicatrici. Ma se così fosse, non ti avrebbero allontanato da lui, no?»

Non rispose. Una vena gli pulsava sulla fronte.

«Non ti hanno mai ricongiunto a tuo padre. Tutti quegli anni e non ti hanno mai rimandato da lui. Non abbiamo la possibilità di consultare il tuo fascicolo di affidamento, ma immagino che il motivo per cui non ti hanno mai rimandato a casa sia perché eri violento, proprio come tuo padre.»

«Non sono affatto come quel bastardo!» sbottò lui.

«Beh, sicuramente non sei come tua madre.» replicò Josie. «Lei era dolce e gentile.»

Si spinse un po' indietro sulla sedia, facendo stridere le gambe sulle piastrelle. «È tutta una recita.»

«Come fai a dirlo?» chiese Josie.

«Perché una puttana che lascia suo figlio con uno come mio padre non può essere gentile. Una puttana che abbandona il proprio figlio senza battere ciglio non è né dolce né gentile. Qualunque cosa vi abbia detto per farvelo credere, non è altro che una recita.»

Josie addolcì il suo tono. «Quanti anni avevi quando se ne andò? Almeno ti ricordi di lei?»

«Ricordo abbastanza. Ricordo di essermi svegliato affamato e di averla cercata, ma lei non c'era più. Mio padre mi disse che ci aveva lasciati. Disse che non ci amava. Che era una bugiarda e che non sarebbe tornata per me. La aspettai. Ma lei non tornò mai più.»

«È stato tuo padre a farti quelle cicatrici...» disse Josie. «Non è vero?»

Lui abbassò lo sguardo per un attimo. «Avrebbe potuto averne anche lei perché se fosse rimasta, lui avrebbe sfogato la sua rabbia su di lei, non su di me. Ma è come se me le avesse fatte lei perché avrebbe potuto portarmi con sé e non l'ha fatto. È andata a vivere una vita fantastica e mi ha lasciato in quel buco di merda dove mio padre mi ha picchiato a sangue per il solo fatto che gliela ricordavo. Le cicatrici, le bruciature di sigaretta, sì, sono tutte opera sua.»

«Le altre te le hanno fatte quando eri in affidamento?» gli chiese Josie.

«Non sarei finito in affidamento se non fosse stato per lei. Non ci arrivi, vero? Sono stato torturato. La mia vita è stata un inferno senza fine. Tutto perché lei mi ha abbandonato. Mi ha lasciato lì e non si è mai voltata indietro.»

Josie pensò a una delle conversazioni che aveva fatto con Amy, quando le aveva detto che non le importava se Amy aveva ucciso qualcuno, voleva solo la verità. Amy aveva risposto: *Non è la cosa peggiore*. Perché aveva abbandonato il proprio figlio, condannandolo di fatto a un destino peggiore della morte.

«Come l'hai trovata?» gli chiese Josie. «Come hai fatto a sapere che era viva?»

«Mio padre. Un paio di anni fa sono andato a trovarlo. Gli ero stato alla larga soprattutto dopo aver compiuto diciotto anni, ma avevo saputo da una persona che viveva vicino a noi che era malato, molto malato. Così sono andato a trovarlo. A quel punto il suo caratteraccio si era spento. Era innocuo.»

«Aveva il cancro.» disse Josie.

«Un cancro alle ossa. Già. Molto doloroso. Era alla fine. Sapevo che sarebbe morto, così gli chiesi di lei. Volevo una foto. Qualcosa. Non avevo mai avuto una sua foto o un suo ricordo.

Era come se non fosse mai esistita, ma io lo sapevo. Sapevo che c'era stata.»

«Aveva qualche risposta da darti?» lo incalzò Josie.

«Le stesse che mi aveva sempre dato. Era una stronza bugiarda che ci aveva abbandonato. Gli chiesi se fosse ancora viva. Mi disse che per anni aveva pensato che fosse morta, per questo non era mai andato a cercarla. Ma un giorno era a fare la chemioterapia, stava sfogliando delle riviste e c'era una specie di opuscolo che uno dei rappresentanti delle farmacie aveva lasciato, in cui si parlava della Quarmark e dei suoi nuovi e rivoluzionari farmaci contro il cancro. Gli interessava perché avevano appena rilasciato un farmaco che avrebbe dovuto impedire al cancro alle ossa di diffondersi o fermare le metastasi ossee, non ricordo esattamente. Insomma, impedire al cancro di metastatizzare nelle ossa... non lo so. Non era importante perché non poteva comunque permettersi quello stupido farmaco. Ma in quell'opuscolo c'era una storia sul gruppo della Quarmark. Avevano organizzato una grande e lussuosa festa, molto costosa, a New York, e nelle foto era ritratto uno dei membri della divisione che si occupava dei prezzi.»

«E tuo padre ha riconosciuto tua madre nella foto insieme a lui.» aggiunse Josie.

«Esatto. Lei era lì, con l'aspetto di una specie di super modella, mentre mio padre stava morendo nello stesso buco di merda in cui lei lo aveva lasciato, e in più era rimasto così al verde che la banca si era presa tutto. Non rimaneva niente nemmeno per me.»

«Così hai deciso di andare a cercarla.» disse Josie.

«Volevo solo provocarla, ma poi ho scoperto che aveva una bambina. Allora ho capito cosa dovevo fare.»

«E Natalie ti ha aiutato.»

«Sì, ma poi ha perso la testa, ha detto che non stavo seguendo il piano come avevamo concordato. L'unica cosa di cui le importava erano i soldi. A me non sono mai interessati; io volevo che Tessa soffrisse. Natalie ha detto che stavo rovinando tutto. Ha detto che ero troppo ossessionato da Tessa e ha deciso di farla fuori.»

«E quindi tu hai sparato a Natalie.» disse Josie.

Lui non rispose.

Josie cambiò tattica. «Era l'unica cosa su cui non eravate d'accordo?»

«Si è imbestialita quando ho cambiato il luogo della consegna. All'inizio avevamo in mente un altro posto, vicino al fiume, ma l'ho cambiato all'ultimo minuto. E questo non le è piaciuto.»

Quindi il disaccordo del giorno in cui avevano rapito Violet Young non aveva a che fare con Lucy. Tuttavia, questo non significava che la bambina fosse ancora viva.

Josie sentì il familiare brivido di nausea nello stomaco. «Gideon...» disse. «Cosa ne hai fatto di Lucy?»

SESSANTANOVE

Gideon si protese in avanti sulla sedia, allungando le mani legate sul tavolo verso di lei e il sorriso che gli si stampò in faccia le fece accapponare la pelle. «Indovina.» disse.

«Lo sai che sei in un mare di guai, vero?» gli domandò Josie. «Se c'è anche solo una possibilità che Lucy sia ancora viva, non è il momento di fare giochetti. Consegnaci la bambina e io parlerò con il Procuratore Distrettuale per trovare un accordo, come per esempio evitarti la pena di morte.»

Il sorriso gli morì sulle labbra.

«Oh.» disse Josie. «Non ne hai tenuto conto, dico bene? A New York non c'è più la pena di morte, mentre qui, in Pennsylvania, c'è ancora.»

Non emise un fiato. Il suo volto si indurì. Josie intravide l'aspetto che doveva aver assunto davanti alle sue vittime, da vicino e di persona. Terrificante. «La tua unica possibilità di evitare la pena di morte...» continuò, «è consegnarci Lucy. Cosa ne hai fatto di lei?»

Trascorse un lungo momento di silenzio in cui Josie si assicurò di non interrompere per prima il contatto visivo. Infine, sospirò come se fosse annoiata e si alzò per andarsene. Aveva già appoggiato una mano sulla maniglia della porta quando Gideon disse: «Se fossi stata al mio posto, cosa ne avresti fatto di lei?»

Di nuovo, Josie fu sopraffatta da un moto di nausea fortissimo. Cercò di non barcollare girandosi per guardarlo e di mantenere la voce calma e distaccata. «Dov'è il suo corpo?»

Un rossore si diffuse sulle sue guance. Sbatté le mani sul tavolo. «Vaffanculo.» urlò. «Pensi che ucciderei una bambina?»

Josie tornò al tavolo, appoggiò entrambe le mani sul piano e si sporse verso di lui. «Sì.» disse. «Lo penso. Sei figlio di tuo padre.»

Lui si alzò di scatto dalla sedia, lanciandosi verso di lei, ma Josie tenne duro, nonostante il cuore le martellasse così forte che ebbe l'impressione che stesse per uscire dal petto. I loro visi si ritrovarono a pochi centimetri l'uno dall'altro, tanto che poté sentire l'odore di sigaretta e di qualcosa di sgradevole nel suo alito.

«Io non sono come lui.»

«Se non l'hai uccisa, allora dov'è?»

«Non cercare di abbindolarmi.» sbraitò lui.

Josie scosse la testa. «Credi che abbia tempo per i trucchi e per i giochi? Ho un lavoro da portare a termine, Gideon. Uno solo. Trovare Lucy Ross. Tutto qui. Nient'altro. Quindi se non hai intenzione di aiutarmi, e intanto di approfittarne per salvarti la vita, allora non ho proprio tempo per te.»

Detto questo, gli diede le spalle, al che lui le gridò di rimando: «Oh, quindi te ne vai e basta. Proprio come lei. Le puttane come voi sono tutte uguali. Vuoi sapere dov'è quella mocciosa? Scoprilo da sola. Cosa ne faresti di lei se fossi al mio posto? Se ti importa davvero di Lucy Ross, lo scoprirai. Ehi, ehi, stronza, non te ne andare. Non...»

La porta si chiuse dietro di lei.

Attraversò il corridoio ed entrò nella sala di osservazione, dove Chitwood, Noah, Gretchen, Mettner e Oaks si voltarono a guardarla. Il capo le disse: «Bisogna dire che non è andata tanto male.»

«Non aveva intenzione di dirmelo.» sentenziò Josie. «È un omuncolo triste e patetico. Questo è tutto ciò che ha. Esercitare il controllo. Questo gioco. Non ci rinuncerà mai. Ormai non ha più niente da perdere.»

«Pensi che l'abbia uccisa?» chiese Gretchen.

«Non lo so.»

«Quindi dobbiamo capire l'enigma.» disse Noah. «Se fossimo al suo posto, cosa ne faremmo di Lucy Ross, visto che il resto del piano è andato a puttane?»

«Io credo che non l'avrebbe mai riportata indietro.» disse Oaks. «Penso che non ne abbia mai avuto l'intenzione.»

«Non ne aveva l'intenzione perché voleva che Amy fosse divorata dall'attesa e dal dubbio, proprio come era capitato a lui da bambino quando aspettava che tornasse.» spiegò Josie «Ha passato l'infanzia a chiedersi se e quando sarebbe tornata.»

«Sarà stata una tortura per lui, non ne dubito.» aggiunse Gretchen.

«Se lui uccide Lucy e noi ritroviamo il suo corpo, questo pone fine all'incertezza.» disse Noah.

«Se la uccide e nasconde il suo corpo abbastanza bene, l'incertezza rimane per sempre.» disse Chitwood.

Josie non poteva non essere d'accordo, ma non poteva nemmeno rinunciare alla possibilità che Lucy fosse viva. Se fosse stata ancora viva, doveva trovarsi da qualche parte, in qualche posto, da sola e terrorizzata. Il tempo stava per scadere.

«Supponiamo per un attimo che sia sincero, che non ucciderebbe mai un bambino.» disse Josie.

«Se è viva, deve averla abbandonata da qualche parte.» disse Gretchen. «Ma dove?»

«In un posto dove non può essere ritrovata.» disse Noah.

«Il che equivale a dire che è come se fosse morta.» disse Oaks.

«Nei boschi non la troveremmo.» disse Gretchen.

Noah emise un lungo gemito. «Potrebbe essere dovunque. Letteralmente, in qualsiasi posto al di fuori di questa città.»

«Perché avrebbe dovuto lasciarla nei boschi?» domandò Chitwood.

«Per quello che ha passato.» spiegò Josie. «Quando era un bambino, Amy lo lasciò solo nella natura selvaggia, metaforicamente. Lo lasciò con un padre violento. Dovette imparare a cavarsela da solo.»

«Ma ne è uscito.» osservò Noah. «Quindi, se il gioco è di ricreare quello scenario, con una bambina lasciata a se stessa in un ambiente difficile, deve averle dato una possibilità di uscirne, di sopravvivere.»

«Le persone possono sopravvivere nel bosco...» disse Gretchen, «anche un bambino.»

«Non un bambino di sette anni.» le fece notare Josie.

«Ma lui non ha il concetto dell'età.» osservò Oaks. «Non ha avuto un'infanzia normale. A sette anni ha dovuto acquisire molte più abilità di sopravvivenza rispetto a Lucy Ross. Non pensa a come sia per lei avere sette anni. Sta pensando a come è stato per lui.»

«Quindi torniamo all'idea dei boschi.» disse Chitwood.

«Prendiamo una mappa.» disse Josie.

Pochi minuti dopo erano tutti riuniti intorno a Noah che aveva estratto una mappa satellitare della contea su Google Earth. «Porca vacca...» esclamò Oaks. «È come cercare un ago in un pagliaio. Come si fa a trovare una bambina di sette anni tra chilometri e chilometri di vegetazione?»

Josie fissò la mappa. «Deve averci pensato bene. Non l'avrebbe lasciata in un posto qualsiasi. Avrà voluto lasciarla in un punto in cui non le sarebbe capitato di ritrovarsi per caso in un'area residenziale al primo tentativo di tornare. Qui!» indicò un punto a sud di Denton, dove finiva la Contea di Alcott e iniziava la Contea di Lenore. «Forse è in una riserva di caccia dello Stato. È remota.»

«No, è frequentata.» disse Noah. «È di uso pubblico. Ci vanno escursionisti, pescatori, cacciatori. Nei terreni di caccia dello Stato le probabilità che qualcuno si imbatta in lei sono maggiori.»

«Credi?» chiese Mettner. «Perché alcuni di quei terreni non vengono utilizzati da nessuno per mesi interi. Ci sono un sacco di animali selvatici da quelle parti... se io fossi quel bastardo malato e stessi giocando al suo gioco diabolico di vedere se una bambina di sette anni riesce da sola a uscire viva dal bosco, sceglierei il terreno di caccia pubblico.»

«Ad ogni modo...» disse Oaks, «deve essere nelle vicinanze. Dal momento della consegna dei soldi al momento in cui Quinn lo ha sorpreso in casa dei Ross, sono passate soltanto ventiquattr'ore. Avrebbe dovuto raggiungere il luogo in cui l'avevano nascosta, prenderla, portarla nel luogo in cui l'avrebbe lasciata e tornare a casa dei Ross.»

«Con ventiquattro ore a disposizione potrebbe averla portata in qualsiasi parte dello Stato. A noi può non sembrare molto tempo, ma si potrebbe facilmente guidare per sei ore da qui, fermarsi per un paio d'ore e tornare indietro.»

«Per la miseria!» disse Chitwood. «Non la troveremo mai. Qualcuno dovrebbe tornare là dentro e cercare di cavarglielo di bocca.»

«Peccato che non possiamo obbligarlo.» disse Noah.

Tutti i presenti annuirono. «Sognerò di picchiare quel disgraziato per il resto della mia vita.» mormorò Oaks. «Ma non è un'opzione.»

«Non è di qui.» disse Josie. «E nemmeno Natalie Oliver era di qui.»

«E allora?» disse Chitwood. «Io non sono di qui. E nemmeno Palmer. Dove vuoi arrivare?»

«Come faceva a sapere della Grotta degli Amanti? La conoscono solo i locali. Non c'è su nessuna mappa.» disse Josie.

«Sono stati in ricognizione per mesi.» obiettò Mettner.

«Eppure...» disse Josie. «Signore, lei è qui da almeno un anno. Ne aveva mai sentito parlare, prima di questo caso?»

«No.» rispose Chitwood. «Ma non vado in cerca di posti abbandonati da utilizzare.»

«Deve aver saputo della Grotta degli Amanti da qualche parte. Solo la gente del posto la conosce.»

«Al Kommorah's Koffee, in fondo alla strada, c'è una bacheca con le foto di tutti i punti di interesse locali e delle formazioni rocciose.» disse Gretchen. «Io l'ho scoperta in questo modo, informandomi sulle opere di artisti e fotografi locali.»

Josie aveva presente quella bacheca. Un'intera sezione era dedicata alle fotografie scattate da un fotografo locale che aveva avuto successo e ora viaggiava per il mondo, lavorando come freelance per riviste e siti web come il *National Geographic* e lo Smithsonian. Le immagini ritraevano luoghi che soltanto i residenti che avevano ben presente la zona potevano riconoscere, come le formazioni rocciose che si trovavano nelle foreste che circondavano la città. Lei stessa le conosceva bene: Tartaruga, Cuore Spezzato, Cataste, Grotta degli Amanti e Belvedere.

«Mett.» disse. «Corri al Komorrah's Koffee e fai una foto alla bacheca, ti dispiace?»

Senza dire una parola, Mettner uscì di corsa dalla stanza.

«Fai sul serio, Quinn?» chiese Chitwood. «Hai intenzione di cercare questa bambina basandoti su alcune foto appese in un caffè? Capisci o no che Lucy Ross potrebbe morire da qualche parte mentre tu stai ai giochetti di questo mostro?»

«Hanno studiato la zona per mesi. Prima di rapire Lucy, prima di diventare dei ricercati, hanno avuto il tempo di andare al Kommorah's un sacco di volte.»

«È un locale piuttosto popolare.» gli fece notare Noah, beccandosi un'occhiataccia da parte di Chitwood.

«Forse un giorno ci sono entrati e, in attesa della loro ordinazione, per puro caso, hanno guardato la bacheca.» ipotizzò Josie. «E in quel momento hanno avuto la brillante idea di sfruttare uno di quei posti come luogo per la consegna.»

«Secondo me stai dando aria alla bocca, Quinn.»

«Lei ha qualche idea migliore per restringere l'area di ricerca, capo Chitwood?» gli chiese Oaks.

Chitwood non rispose, si voltò e iniziò a misurare la stanza a grandi passi. Il telefono di Josie squillò. Lesse il messaggio di Mettner e visualizzò la fotografia. «Vedo le Cataste. Non l'avranno lasciata laggiù, sono proprio dietro il liceo dov'è stata ammazzata Natalie Oliver. E anche Cuore Spezzato è troppo vicino alla Denton East, abbastanza da permettere a Lucy di trovare velocemente la strada per uscire dal bosco. Tartaruga...»

«È dietro una zona residenziale.» disse Noah. «Quella parte di bosco non è particolarmente estesa.»

«Hai ragione» concordò Josie, «è piuttosto piccola. È proprio dietro il parco delle roulotte dove sono cresciuta.»

«Cos'altro c'è da quelle parti?» chiese Noah.

«Il Belvedere.» rispose Josie.

«È una specie di punto panoramico?» chiese Gretchen.

Josie e Noah risero e Josie disse: «No, il nome è uno scherzo. È una roccia enorme che si trova in mezzo al bosco. Si erge quasi in verticale, ma è inclinata in modo che ci si possa camminare e arrivare fino in cima.»

«E poi si può scivolare di nuovo giù.» aggiunse Noah. «È come uno scivolo gigante.»

«È enorme, alto come un albero. In cima è piatto.» disse Josie.

«In realtà non si affaccia su nulla.» disse Noah. «Ti porta semplicemente vicino alle cime degli alberi. Sta tutto nell'effetto, perché è strano starsene seduti in mezzo alle fronde.»

«Riesci a trovarlo su questa mappa?» le chiese Gretchen.

Josie si avvicinò al portatile e ingrandì il terreno di caccia che stavano osservando, e indicando ciascun luogo per orientarsi, disse: «Qui c'è la zona ovest di Denton, con il parco pubblico, la scuola elementare e la casa dei Ross. Qui c'è il centro della città, dove siamo ora. Qui c'è la Denton East High School, poi le Cataste e dietro lo stabilimento tessile abbandonato. Dov'è il Belvedere?»

Le rispose Noah: «È più a nord.»

Josie indicò una strada rurale che saliva e usciva da Denton verso la parte superiore dello schermo. «Se si prende quella strada verso nord, si trova sulla sinistra. Ci sono alcuni sentieri per le escursioni. Forse si può anche vedere dal satellite.» Cliccò, spostò l'area al centro dello schermo e la ingrandì fino a quando non si vide una forma grigia e deforme che spuntava tra le cime degli alberi. «Eccolo.» disse Josie.

«Abbiamo ancora a disposizione i cani?» chiese Gretchen.

«L'unità cinofila dello sceriffo è in attesa e Luke Creighton è ancora in città con il suo segugio.» disse Noah.

«Andiamo.» li esortò Oaks. «Non voglio perdere un altro secondo.»

SETTANTA

Era buio pesto sulla strada di montagna che portava a nord di Denton. A Josie ci vollero tre tentativi per trovare l'imbocco del sentiero da escursionismo che li avrebbe condotti al Belvedere. Una volta individuato, accostò e scese. Lungo la strada tortuosa c'era una fila ininterrotta di fari a perdita d'occhio. Seppur con poco preavviso, erano riusciti a radunare più di settanta persone per aiutarli a cercare Lucy. I membri della polizia di Denton si erano uniti durante la loro notte di riposo. L'ufficio dello sceriffo aveva inviato diversi agenti, la Polizia di Stato aveva inviato delle pattuglie e anche gli agenti dell'FBI che stavano già lavorando al caso si erano presentati. Si disposero lungo il margine della strada, coprendo mezzo miglio su entrambi i lati del sentiero di montagna.

I fasci delle torce elettriche presero a fluttuare nell'oscurità quando Josie diede il segnale a tutti di inoltrarsi nel bosco. La temperatura era scesa. Josie provò una leggera palpitazione al pensiero che Lucy fosse in quei boschi da sola al freddo e al buio. In quella zona della città non c'era nemmeno la luce delle abitazioni.

«Stai bene, Boss?» le chiese Gretchen mentre superavano la

linea degli alberi fianco a fianco. Chitwood era a mezzo miglio a sud e Oaks, accompagnato da Mettner, a mezzo miglio a nord.

«Starò bene quando avremo trovato Lucy.» disse Josie.

Mentre si addentravano nelle profondità del bosco, potevano sentire lo schiocco dei rami spezzati, lo scricchiolio delle foglie sotto i piedi, l'ansimare dei cani che correvano davanti a loro e un coro di voci che urlavano a squarciagola il nome di Lucy.

Il Belvedere si trovava a un miglio verso l'interno. Josie sapeva che non c'era niente di simile alla civiltà per diverse miglia in ogni altra direzione. Cercò di non farsi prendere dal panico, pensando all'ampia area da coprire che si estendeva di fronte a loro. La sua speranza era che Gideon avesse lasciato Lucy al Belvedere e che lei fosse rimasta lì o semplicemente non fosse andata molto lontano, qualunque direzione avesse preso.

Quando finalmente lo avvistarono, illuminarono con le torce elettriche la parte inferiore del Belvedere. Continuarono a chiamare il nome di Lucy, ma non ottennero risposta. Cercarono intorno alla base dell'enorme roccia, ma non trovarono alcun segno della bambina. «Provo a salire in cima.» disse Josie.

Gretchen puntò la sua luce verso la sommità. «È piuttosto alto, Boss, ed è buio.»

«Devo farlo.» ribadì Josie. «Potrebbe essere lassù.»

Josie raggiunse la cima in pochi istanti, senza fiato e cercando di rimanere al centro della superficie della roccia per non cadere. Ma non la trovò. Mettendosi in ginocchio, illuminò la cima del Belvedere con la torcia. Dopo due giri, la luce catturò qualcosa di insolito. Strisciando, vide due piccole rocce piatte incastrate l'una nell'altra a formare una V rovesciata, come un piccolo arco. Sotto c'era un piccolo mucchietto di foglie. Modellato a forma di crisalide.

«Lucy...» sussurrò Josie.

Si lasciò scivolare a terra, spinta dall'entusiasmo. «È stata qui.» disse a Gretchen. «Proprio qui. Ha lasciato un bozzolo sopra la roccia.»

«Allora, forse, è nelle vicinanze.» ipotizzò Gretchen. «In che direzione pensi che possa essere andata?»

Josie illuminò tutto intorno a loro, ma non vide altro che tronchi d'albero. Da qualche parte, nelle vicinanze, si sentì un gufo bubolare. Pensò a Lucy. «Sua madre ha detto che ha un pessimo senso dell'orientamento.»

«Me lo ricordo.» disse Gretchen.

«Ma che era totalmente ossessionata dagli insetti.»

Gretchen rise. «Non so come questo possa aiutarci.»

«Le piacevano soprattutto le farfalle e le coccinelle.»

«Sì, Boss, ma appunto, non so come ci sia utile in questa particolare situazione.»

«Se ti trovi in cima al Belvedere, da che parte sorge il sole? Da che parte è l'est?»

Gretchen tirò fuori il telefono. Lo schermo si illuminò e si mise a digitare qualcosa. «Ho un'applicazione con la bussola. Non sono sicura che funzioni qui... oh, aspetta, ecco ci siamo... l'est è...» Si voltò e indicò lontano dal fondo del Belvedere. «Da quella parte!»

«Allora sarebbe andata dalla parte opposta.» disse Josie.

«Verso ovest?»

«Sì, quando le coccinelle si rintanano per l'inverno, cercano case di colore chiaro e preferiscono atterrare e scavare nelle pareti esposte a ovest perché il sole del tardo pomeriggio le riscalda. Lucy lo sapeva. Diceva alla madre che, se si fosse persa, sarebbe volata a casa come una coccinella. Sarebbe andata a ovest.»

«Ma la casa dei Ross non è a ovest da qui, è a sud.»

«E Lucy Ross ha sette anni.» disse Josie con una risata. «La logica non è ferrea. Ha passato la notte qui. Il sole è sorto laggiù e lei ha saputo che da quella parte c'è l'est. Ha volato verso la parete di casa sua rivolta a ovest.»

Gretchen si puntò la torcia sotto il mento, illuminandosi il viso. «A rischio di sembrare Chitwood, "Fai sul serio, Quinn"?»

Anche Josie si mise la torcia sotto il mento e sorrise. «Prendiamo uno dei cani e vediamo se riesce a trovare la traccia dell'odore di Lucy partendo dal Belvedere. Scommetto che il cane si dirigerà verso ovest.»

Josie fece alcune telefonate. Luke era il più vicino a loro, con Blue e nel giro di una decina di minuti, lui e il cane si erano fatti strada attraverso il bosco fino al Belvedere. Blue salutò Josie con una lunga slinguazzata umida sulla mano. «Ciao, bello!» sussurrò.

Aspettarono con il fiato sospeso mentre Blue cercava di individuare l'odore di Lucy alla base del Belvedere. Finalmente il cane trovò qualcosa e corse via nell'oscurità. Verso ovest.

Si tuffarono nel folto degli alberi dietro al cane, chiamando il nome di Lucy con maggiore impeto. A Josie cominciavano a far male i piedi. Non sapeva da quanto tempo fossero in giro a cercare, ma le sembrava un'eternità. Poi sentirono il basso latrato di Blue. Josie e Gretchen rimasero impietrite. Il cane abbaiò un'altra volta. E poi un'altra.

«Da questa parte.» disse Josie.

Corsero seguendo il latrato, Josie volava veloce e con passo sicuro sul suolo della foresta, proprio come aveva fatto da bambina, quando correva per i boschi di Denton insieme a Ray. Gretchen si affannava per starle dietro. Al fascio di una torcia elettrica videro Blue seduto alla base di un albero.

«Ha trovato qualcosa.» annunciò Luke. «Blue, sta' buono.»

Il cane smise di abbaiare e tutti e tre si misero in ascolto. Josie oltrepassò l'albero, puntando la torcia alla ricerca di qualsiasi segno della bambina. «Non vedo niente.»

«Shh, ascolta...» le disse Gretchen.

Da poco lontano li raggiunse un flebile mugolio. Josie si mise a girare in cerchio. Sentì un altro mugolio. «È sopra di noi.»

disse Josie. Puntò la torcia verso la chioma degli alberi. «Si è arrampicata sui rami. Lucy!»

Da sopra le loro teste sentirono un forte sospiro. Poi altri mugolii sommessi. Tutti e tre puntarono le loro torce in alto, finché alla fine, in mezzo a un fitto intreccio di rami, intravidero un piedino furtivo. Il cuore di Josie saltò un paio di battiti e poi tornò a pulsare al doppio del tempo. «Lucy!» chiamò. «Siamo della polizia. Siamo venuti per portarti a casa.» disse.

Nessuna risposta. Josie avrebbe voluto poterla vedere in faccia. «Lucy, per favore. Siamo qui per portarti da tua madre e tuo padre. Non ti faremo del male.»

«Dov'è Natalie?» chiese una vocina.

«È dovuta andare via.» disse Josie. «Ma vuole che ti riporti dai tuoi genitori.»

«È una bugia.» disse Lucy. «Tutti i grandi dicono bugie.»

«Io no, Lucy.» disse Josie. «Voglio soltanto riportarti a casa.»

«Gideon ha fatto del male a Natalie? Li è cattivo. Si comporta come se fosse buono, ma non è buono.»

«Lo so, tesoro.» disse Josie. «Mi dispiace. Ho incontrato Gideon oggi. Non mi è piaciuto per niente.»

La sua voce era così flebile che Josie dovette sforzarsi per sentirla: «Ti ha fatto male?»

«No.» disse Josie. «Non mi ha fatto male. Ora è in prigione. Non può più fare male a nessuno.»

«Ma ha fatto andare via Natalie, vero?»

«Purtroppo sì, Lucy... l'ha fatta andare via.»

La bambina non disse più niente, ma Josie sentì dei singhiozzi sommessi e lo scricchiolio di un ramo. «Lucy...» la chiamò. «Per favore, scendi e lascia che ti riportiamo a casa.»

Ma lei non voleva scendere. Intanto, cominciavano ad arrivare altri soccorritori, allertati per telefono da Gretchen. Josie fece un altro tentativo: «Lucy, la tua mamma e il tuo papà sentono tanto la tua mancanza. Vorremmo davvero accompagnarti da loro.»

«Probabilmente il mio papà non è nemmeno a casa.» disse lei.

«Sì, invece.» ribadì Josie. «È rimasto a casa da quando ti hanno portata via. Ti sta cercando. Proprio come la tua mamma. Ti vogliono tanto bene e vogliono che torni a casa da loro.»

«Non conosci per niente la mia mamma e il mio papà.»

«Sì che li conosco.» disse Josie. «Ero al parco il giorno in cui sei andata sulla giostra. Ti ricordi di me? C'era un bambino con me, Harris. Lui stava scendendo dallo scivolo e tu stavi salendo.»

Josie illuminò il proprio viso con la torcia. Passarono alcuni secondi. Josie credette di vedere una ciocca di capelli biondi tra i rami. «Non mi sembra.» disse Lucy.

Josie si toccò la guancia. Aveva ancora gli occhi neri. «Sono caduta.» disse. «Sulla faccia. Però sto bene. Non ricordi proprio?»

Ancora nessuna risposta.

«La tua mamma vuole che torni a casa perché presto dovrai liberare le tue farfalle. Quelle del giardino nella tua camera. Le farfalle usciranno da un momento all'altro. Forse l'hanno già fatto.»

«L'hai visto? Sei stata nella mia camera?»

«Sì.» disse Josie. «La tua mamma mi ha mostrato la tua stanza in modo che scoprissi più cose su di te. Per aiutarmi a trovarti. Mi ha anche mostrato l'orsetto che ti ha regalato il tuo papà, quello su cui ti lascia i messaggi.» Non menzionò il massaggio lasciato da Gideon. Se fosse stato per Josie, Lucy non avrebbe mai più sentito la sua voce.

«Ho parlato anche con la tua maestra.» proseguì Josie. «Ho visto la crisalide sotto al tuo banco, quella che hai lasciato a casa dell'amica di tua madre, quella nel capanno di caccia e quella sul Belvedere. Le hai lasciate perché ti trovassimo?»

«È solo che mi piace farle.» spiegò Lucy. «Così non devo

pensare alle cose cattive. Quell'uomo mi ha raccontato un sacco di cose brutte.»

«Lo so.» disse Josie. «Ma come ti ho detto, ora è in prigione e non uscirà mai più. È ora di tornare a casa a trovare i tuoi genitori.» Josie si avvicinò alla base dell'albero e allungò una mano verso l'alto. «Ce la fai a venire da me?»

Il braccio le faceva male per lo sforzo di tenerlo sollevato, ma alla fine i rami sopra le loro teste ondeggiarono e frusciarono, e un attimo dopo una piccola manina fredda si infilò in quella di Josie. Gretchen era al suo fianco e le prese la torcia mentre Lucy scivolava tra le sue braccia. La bambina si rannicchiò contro il corpo di Josie, avvolgendole le gambe sottili intorno alla vita e le braccia attorno al collo, e appoggiando la testa al suo petto. Josie sentiva una fitta all'addome a ogni passo, ma non osava cercare di districarsi dalla presa della bambina e con al fianco Luke, Gretchen e alcuni altri soccorritori che le illuminavano la strada, la portò fuori dal bosco e verso un'ambulanza che li aspettava.

SETTANTUNO

Josie salì sul retro dell'ambulanza insieme a Lucy. Rimase con la bambina al pronto soccorso mentre i medici e le infermiere la visitavano e la bombardavano con almeno un milione di domande. Non lasciò Lucy finché Colin non irruppe nella stanza e prese in braccio la figlia, singhiozzando tra i suoi capelli. «Oh mio Dio, ti ringrazio!» gridò. «Oh, Lucy! Piccola mia.»

Josie sentì gli occhi pungerle per le lacrime. Senza farsi notare, uscì dalla stanza e percorse il corridoio verso l'uscita. Quando le porte dell'area del pronto soccorso si aprirono, Dan Lamay entrò di soppiatto. «Boss!» la chiamò, agitando in aria un malloppo di fogli.

Josie si fermò e lo aspettò. Uscirono dall'area medica e si diressero nella sala d'attesa, che per fortuna era quasi vuota. «Che succede, Dan?»

Senza fiato, Lamay le porse i documenti. «Hummel ha preso le impronte di Amy Ross e le ha sottoposte all'AFIS, come mi aveva chiesto.»

Josie aggrottò le sopracciglia. «Non credo che ora abbia

importanza. Abbiamo ritrovato Lucy. Non sta a me decidere se Amy debba essere perseguita per quello che ha fatto. Se l'FBI vuole perseguire la pista del furto d'identità, può farlo. Tutto ciò che ha fatto, o non ha fatto, in passato spetta ai procuratori di New York.»

«Oh, credo che vorrà comunque vederlo.»

Prese i documenti che le porgeva e cominciò a consultarli. «Non può essere così.» disse. «Sei sicuro che sia corretto?»

Lamay annuì. «Hummel ha fatto eseguire alla Polizia di Stato la ricerca nell'AFIS due volte. È corretto.»

Josie guardò senza capire la vecchia foto davanti a sé, mentre Lamay le dava spiegazioni. «Le impronte di Amy Ross corrispondono a quelle di una bambina scomparsa all'età di undici anni da Cleveland, Ohio, nel 1990. Alla fine degli anni Ottanta, la polizia locale organizzò un incontro per il rilevamento delle impronte digitali nella sua scuola, nell'ambito di un'iniziativa volta a ridurre il numero di sparizioni tra i bambini. Andarono a prendere le impronte digitali a tutti i bambini e le mandarono a casa ai genitori perché le conservassero. Sua madre le consegnò alla polizia quando la figlia scomparve e furono inserite nel database nazionale. Il suo nome è Penny Knight.»

«Penny Knight...» mormorò Josie, studiando il volto sorridente della ragazzina, risalente a quasi trent'anni prima. Sembrava una foto scolastica, con lo sfondo azzurro e Penny in posa artificiale con le braccia conserte sopra una pila di libri. Aveva i capelli corti e spettinati. Gli occhi azzurri brillanti guardavano con attenzione sopra un sorriso a trentadue denti. Josie riusciva a vedere i tratti della Amy adulta nel viso di quella ragazzina, in particolare gli occhi e la forma della bocca. «Hai chiamato la polizia di Cleveland?»

«L'ho fatto.» confermò Lamay. «Viveva in un appartamento in una zona degradata della città insieme alla madre, che era single, e una consumatrice abituale di droga. A quanto pare, il padre di Penny non è mai stato presente. Non figura nemmeno sul suo certificato di nascita. La madre la mandava al negozio di alimentari all'angolo a comprare da mangiare quando non era nelle condizioni di andarci da sola. Un pomeriggio la mandò al supermercato per comprare delle uova e del latte. Penny non ci arrivò mai e non tornò più a casa. La madre non ne fece parola per quasi due giorni. »

«Due giorni?» esclamò Josie.

«Pensava che Penny fosse andata a stare da alcuni amici e che sarebbe tornata a casa, ma quando non la vide tornare, ne denunciò la scomparsa. La polizia non trovò alcuna prova di un crimine.»

«Pensarono che fosse scappata di casa? A undici anni?» chiese Josie incredula.

«Non riuscirono a fare un'ipotesi in un senso o nell'altro. Condussero un'indagine piuttosto approfondita e la madre continuò a cercarla fino a quando non fu stroncata da un'overdose nel 1996.»

«Penny, o Amy, avrebbe avuto diciassette anni all'epoca. Non aveva altri parenti?»

«Nessuno a cui lei o sua madre fossero legate. A quanto pare, la famiglia della madre non aveva molto a che fare con lei a causa del consumo di droga.» spiegò Lamay. «Quindi, che Penny fosse scappata o che qualcuno l'avesse rapita, una volta morta la madre non ebbe una casa dove tornare.»

«Penny compì diciotto anni nello stesso anno in cui Amy Walsh è morta.» osservò Josie. Si ricordò quanto Amy fosse stata criptica sul suo passato, dicendo di non ricordare chi fosse veramente o come si chiamasse. Tessa Lendhardt era una finzione, perché era un'identità che Martin Lendhardt le aveva dato dopo averla rapita, e di cui non si era liberata finché non era riuscita a sfuggirgli. Quindi, in definitiva, non era mai esistita.

«Santo Dio!» disse Josie.

«Ha intenzione di dirglielo?» chiese Lamay.

«Sì.» disse Josie. «Devono saperlo. Ma non stasera. Parlerò con Amy e Colin domani.»

Quattro giorni più tardi, Josie si presentò davanti alla porta della stanza d'ospedale di Amy Ross e rimase un attimo a sbirciare attraverso lo spiraglio nella porta e ad ascoltare Lucy che raccontava alla madre una storia su una vera falena luna che aveva visto nel bosco quando era stata via con quelle "persone cattive". Piccola com'era, era riuscita a mettersi seduta a gambe incrociate accanto alla madre, stretta tra le sponde del letto e il fianco di Amy, che le accarezzava i capelli biondi mentre parlava e la fissava con uno sguardo di pura meraviglia. Josie ascoltò le domande di Amy e prestò particolare attenzione alle risposte della bambina. Non era la prima volta che Josie provava una straordinaria sensazione di sollievo e di gratitudine. La famiglia Ross aveva perso molto. Erano stati traumatizzati. I segreti di Amy erano stati messi a nudo. Lucy avrebbe probabilmente avuto bisogno di anni di terapia dopo le cose a cui aveva assistito mentre era con Natalie e Gideon. Avrebbero pianto per sempre la perdita di Jaclyn, che era stata come una di famiglia per loro. Inoltre, era chiaro che Amy si sarebbe portata dietro tutta una vita di sensi di colpa per la morte di Wendy Kaplan. Ma loro erano tutti e tre vivi e, a quanto sembrava, i segreti di

Amy non avevano allontanato il marito. La famiglia di Lucy era ancora unita.

«Entri pure.» disse Colin, comparendo alle sue spalle.

Josie sobbalzò e poi rise, voltandosi verso di lui. «Non volevo interromperle.» disse.

Tra le mani, Colin teneva un tè caldo e un frullato. Le passò accanto e spinse la porta con un gomito. «Non interrompe niente. Venga avanti. Lucy sarà contenta di vederla. Ci è rimasta male quando ha scoperto che è passata di qui all'inizio della settimana per parlare con noi e lei non c'era. Anche se sono contento che l'abbia fatto, perché non deve sapere del passato di Amy. Non ancora.»

Josie annuì e attraversò la porta.

Vedendoli entrare, Lucy scese dal letto con un salto e corse tra le sue braccia. «Josie! Non pensavo che saresti tornata.»

Josie le accarezzò una guancia e le sorrise. «Volevo solo controllare come stavate tu e la mamma. Come ti senti?»

Lucy arricciò le labbra. «Non riesco a dormire. Faccio brutti sogni.»

Josie si mise su un ginocchio e guardò Lucy dritto negli occhi. «Ti capisco. Anch'io avevo degli incubi.»

«Davvero?»

«Certo.» disse Josie. «Anch'io ho conosciuto delle persone cattive quando ero piccola.»

Lucy abbassò la voce. «E ora sono in prigione?»

«Sì.» disse Josie. «Sì, tutti quanti.»

«Da grande voglio fare la poliziotta come te.» le disse Lucy. «Così potrò mettere in prigione le persone cattive.»

Josie sorrise. «Allora chi si occuperà degli insetti?»

«Oh, giusto. La mamma ha detto che secondo lei diventerò un'entomologa.» Si voltò di nuovo verso la madre. «L'ho detto bene?»

«Benissimo, tesoro.» le disse Amy.

Colin si avvicinò e porse alla bambina il frullato. «Tieni,

Lucy. Perché noi due non andiamo a fare una passeggiata mentre la mamma e Josie parlano un po'?»

Lucy prese il bicchiere di polistirolo e saltellò fuori dalla porta. Colin le trottò dietro, raccomandandole di non versare il frullato. Amy sorrise guardandoli andare via.

Josie si avvicinò al capezzale e Amy le chiese: «Che cosa ha detto?»

«Gideon non vuole vederla. Inoltre, il Procuratore Distrettuale preferirebbe che lei non avesse contatti con lui.»

Il sorriso sul volto di Amy si spense. «Gli ha detto la verità? Su suo padre? Su quello che mi ha fatto?»

«Il suo avvocato lo ha messo al corrente, ma lui non vuole comunque vederla o parlarle.»

Amy guardò altrove, ma non prima che Josie vedesse le lacrime spuntare nei suoi occhi. «Non volevo lasciarlo. Sì, lo sapevo che era sbagliato. Tentai di portarlo via con me, ma Martin mi ritrovò. Mi disse che avrebbe ucciso Gideon se avessi cercato di portarlo di nuovo via. Deve capire che c'era solo un modo per uscire da quella casa, e non era con mio figlio.»

«Non deve giustificare le sue azioni con me.» disse Josie. «Sono venuta soltanto per trasmettere un messaggio.»

«Ma voglio che lei capisca come sono andate le cose. Ero... ero così giovane. Non ero pronta a diventare madre. Povero Gideon. Non sapevo come prendermi cura di un bambino, soprattutto in quelle condizioni. Gli dicevo sempre che saremmo tornati a casa. Non so perché lo dicevo. Ero così stupida. Pensavo che forse a mia madre mancavo. Pensavo che avrei potuto portare Gideon con me e che lei sarebbe stata felice di vederci... così felice che sarebbe cambiata. Avrebbe smesso di drogarsi e si sarebbe presa cura di noi. E anche quando Martin mi disse che era morta, io continuai a dire a Gideon che ci saremmo tornati. A quel punto, non stavo nemmeno parlando di un luogo concreto: era solo un'idea. Casa. Un posto dove nessuno ci avrebbe fatto del male, dove non saremmo mai stati affamati, sofferenti o annoiati. Non avrei dovuto farlo.»

«Dargli una speranza?»

Amy annuì. «Gli ho sempre mentito.»

«Sicura?» chiese Josie. «Non l'avrebbe portato con sé, potendolo fare?»

Amy abbassò la testa e le sue parole suonarono flebili e rauche. «Non lo so.» ammise. «Ogni volta che guardavo Gideon, mi ricordavo tutte le cose terribili che Martin mi aveva fatto.»

«Come ha fatto a finire con Martin?» chiese Josie, incapace di placare la propria curiosità.

«Era un camionista. Ogni tanto passava da Cleveland a fare consegne in un magazzino vicino al mio appartamento. Quando uscivo ci passavo davanti quasi ogni giorno. Cominciò a parlarmi. All'inizio era così buono. Mia madre era una drogata. Non era una bella situazione. Martin mi aveva invitato molte volte a partire con lui. Me lo faceva immaginare come un'avventura. Era gentile e divertente e mi portava sempre dei regali. Mi dava da mangiare quando avevo fame.»

I paralleli con il rapimento di Lucy erano agghiaccianti.

«Un giorno andai con lui. Non mi sentivo sua prigioniera. Viaggiammo ancora e ancora. Dapprima era eccitante. Poi iniziò a farmi delle cose. Cose che non mi piacevano. Cose che all'epoca non capivo neppure. Ogni volta che cercavo di farlo smettere, lui si arrabbiava e diventava molto violento. Gli dissi che volevo tornare a casa, ma lui mi rispose che ero incinta. Non lo sapevo nemmeno. Ero molto ingenua. Ero giovane anche per la mia età, intendo dire mentalmente. Così ci stabilimmo a Buffalo. Ai pochi vicini ficcanaso raccontò che ero sua moglie. Nessuno fece domande. Non uscivo mai da quell'appartamento. Partorii in casa. È un miracolo che siamo sopravvissuti tutti e due. È stato a dir poco doloroso.»

«Nessuno indagò sul bambino? Come fece Martin a ottenere un certificato di nascita?» chiese Josie.

«Non lo so. Deve essere successo dopo che me ne sono andata. Gideon gli assomigliava molto. Nessuno avrebbe dubitato della sua paternità. Sa, tutte le volte che la polizia veniva a casa nostra, non chiedeva mai certificati o documenti o altro. Io mi limitavo a dire che non c'era nessun problema e loro se ne andavano. Non è mai capitato che dovessi dimostrare chi ero. Come ho detto, rimanevo sempre a casa. Poi Martin mi disse che il mio compito era quello di prendermi cura del bambino, mentre lui continuava a... ad aggredirmi. A quel punto avevo capito che si trattava solo di questo: in quella casa non facevo altro che guardare la televisione. È così che scoprii cos'era lo stupro, con i drammi in prima serata e le soap opera.»

«Come si comportava Martin con il bambino?»

«In modo orribile.» rispose Amy. «E peggiorava col tempo. Gideon non era un bambino felice. Piangeva in continuazione. Martin si rifiutava di procurarmi qualsiasi cosa gli chiedessi, qualsiasi cosa che potesse farlo stare meglio. Cose che avevo visto nelle pubblicità o nei programmi mattutini. Martin non lo toccava mai, solo io. Sapevo che se non fossi scappata mi avrebbe ammazzata. Quando lasciai Gideon con lui, non pensavo che gli avrebbe mai fatto del male, perché via via che Gideon cresceva, e piangeva meno, Martin si era interessato di più a lui. So che sembra insensato, ma ero solo una ragazzina. Una ragazzina molto stupida.»

«Ma riuscì a scappare. Perché non si rivolse alla polizia?»

«Per dire cosa? Non riuscivo nemmeno a ricordare il mio vecchio nome. Sapevo che il mio nome di battesimo era Penny. Ma non ricordavo altro. Un giorno Martin mi aveva detto che mia madre era morta. Non avevo motivo di non credergli, perché aveva già rischiato di morire diverse volte prima di allora. Non era poi tanto assurdo credere che fosse andata in overdose una volta per tutte. Inoltre, non volevo essere quella ragazza: la ragazza rapita, violentata per anni e anni, che aveva avuto un bambino in prigionia. La mia faccia stampata su tutte le riviste e i giornali del paese. Restituita a una famiglia che non aveva voluto avere niente a che fare con me per tutta la vita, a cui non importava che mia madre fosse una tossicodipendente o che fossi scomparsa. Ero andata con lui. Mi capisce? Ero andata con lui. Mi diceva sempre che non potevo andare alla polizia perché l'avevo seguito di mia volontà, perché gli avevo permesso di farmi tutte quelle cose. Pensavo che la polizia avrebbe dato la colpa a me. Ero così stupida che non mi è mai venuto in mente che nei guai ci sarebbe finito lui. Doveva essere abbastanza sicuro di sé, del fatto che non l'avrei mai denunciato, perché non credo che abbia mai cercato di seguirmi o di trovarmi.»

«L'aveva manipolata.» disse Josie. «Proprio come Gideon e Natalie Oliver hanno manipolato Lucy. È quello che fanno le persone come Martin.»

«Eppure funzionò. Sapevo che era sbagliato lasciare mia madre, ma andai con lui comunque. Ero così stupida. Volevo solo vivere un'avventura. Volevo stare con Martin perché non avevo mai fame quando stavo insieme a lui.»

«Era una bambina.»

«Sì.» sospirò Amy, con lo sguardo rivolto verso la finestra. Nella sua voce c'era rassegnazione. «Ero una bambina. Ma quello che mi è successo... è successo a me. Poi sono diventata adulta e volevo ricominciare.»

«Come ha fatto a capire cosa fare?» chiese Josie.

Amy rise. «Non lo sapevo mica. Feci l'autostop da Buffalo, accettando passaggi solo da donne. Una mi lasciò a Fulton. Lì c'era una lavanderia a gettoni aperta ventiquattr'ore su ventiquattro. Era calda e nessuno mi dava fastidio. Di giorno andavo in giro e di notte tornavo a dormire lì. È dove conobbi Amy. Ci portava a lavare il suo bucato. Credo che le facessi pena. Mi diede dei vestiti. E alla fine, mi portò a casa con sé. A Dorothy bastò uno sguardo per dirmi che da lei sarei sempre stata a casa. Era così gentile con me. Anche Amy e sua sorella minore lo erano. Solo a Renita non piacevo. Ma anche così era meraviglioso. Poi ci fu l'incidente d'auto. Ne rimasi distrutta. Volevo bene a Dorothy come a una madre. Tutto quello che so sull'essere madre l'ho imparato da lei.»

Josie si sentì sopraffare dalla tristezza. Amy aveva trascorso soltanto pochi mesi con quella donna, e a questo ammontava ciò che aveva imparato sull'essere genitori. Almeno lei aveva potuto contare sulla forza amorevole e costante di sua nonna per tutta la vita, per compensare gli orrori che aveva dovuto subire.

«Sapevo che Renita non mi avrebbe fatto restare.» proseguì. «Stavo facendo le valigie. Condividevo la stanza insieme a Amy. Renita era alle pompe funebri. Un agente di polizia si presentò con alcuni effetti personali recuperati dall'auto. Tra questi c'era anche la sua patente. Fu una decisione presa d'impulso. La misi in tasca e me ne andai prima che Renita tornasse a casa. Recuperai i soldi dal portafoglio di Dorothy, anche quello tra gli effetti personali, e presi un autobus per New York. A quel punto avevo imparato abbastanza per sopravvivere. Trovai un ricovero e ci rimasi finché non ebbi guadagnato abbastanza facendo lavori saltuari per prendere un appartamento con un paio di altre ragazze. Ero Amy Walsh. Ho persino usato le sue pagelle per entrare all'Università di Denton. Nessuno ha mai fatto domande. Finché Lucy non è scomparsa.»

«Perché non mi ha detto di Gideon?» chiese Josie.

«Non ho pensato nemmeno per un momento che ci fosse lui dietro tutto questo.»

«L'ha mai cercato?»

Amy scosse la testa. Si allungò verso il tavolino con una smorfia di dolore e prese un fazzoletto di carta per asciugarsi le lacrime.

«L'unico che ho mai cercato era Martin, per vedere se era ancora vivo. Solo quando è morto, un paio di anni fa, e ho trovato il suo necrologio, mi sono sentita finalmente libera. Il necrologio non menzionava affatto Gideon. Pensavo... pensavo che anche lui fosse morto, ma non sono mai riuscita a trovarne conferma online. Ammetto però di non aver cercato più di tanto. Volevo che quella parte della mia vita finisse. Non avrei mai pensato che avrebbe avuto un prezzo così alto. Sono mortificata.»

Josie pensò con una tristezza opprimente a tutte quelle vite scomparse. Come se leggesse i suoi pensieri, Amy disse: «Vivrò con il senso di colpa per quello che io ho fatto e per quello che Gideon ha fatto per il resto della mia vita.»

Josie annuì, incapace di proferire parola. Non poté fare a meno di chiedersi se si sarebbero potute salvare delle vite se Amy fosse stata completamente sincera con loro fin dall'inizio, ma non era compito suo giudicarla. Il suo compito era stato quello di riportare Lucy a casa, e ci era riuscita. Non provò a mettersi nei panni di Penny Knight o di Tessa Lendhardt e nemmeno di Amy Ross. Non spettava a lei mettere in discussione le scelte che aveva fatto nella sua vita e non valeva la pena chiedersi cosa sarebbe potuto accadere altrimenti. Dovevano tutti convivere con le conseguenze di ciò che era realmente accaduto. Lo sguardo di Josie passò da Amy alla mensola dietro il letto. Sopra era stata lasciata una piccola crisalide fatta di garze. Avrebbe riconosciuto l'opera di Lucy ovunque. Deglutì per il groppo che le si era formato in gola e riportò lo sguardo su Amy. «Le dirò solo una cosa: interrompa questo ciclo con Lucy. È così intelligente, così preziosa. La aiuti a essere forte, come l'acciaio, a conoscere la sua mente e a trarre da sola le sue conclusioni. Se lo merita.»

Amy scoppiò di nuovo a piangere. «Se lo merita, e lo farò. Lo prometto.»

SETTANTATRÉ

Tornando verso casa, Josie era ancora parecchio turbata dalle cose che Amy le aveva raccontato. La gravità del caso le pesava ancora e l'unica cosa che alleggeriva il suo umore era che Lucy era sana e salva. Quando si fermò nel vialetto di casa si accorse che l'auto di Misty non c'era. E non c'era nemmeno quella a noleggio che Trinity aveva lasciato lì in mezzo. Era venuta a stare da Josie per qualche giorno e poi era tornata a New York dopo aver ottenuto delle interviste da tutti quelli che poteva. Contro il suo buon senso, Josie aveva persino chiesto a Colin se poteva concedere a Trinity un'intervista, e lui aveva accettato, soprattutto per poter ringraziare pubblicamente tutti i volontari e i membri delle forze dell'ordine che avevano contribuito al ritrovamento di Lucy.

In casa trovò Noah seduto sul divano, con la gamba ingessata appoggiata sul tavolino. «Ehi» la salutò spegnendo il televisore con il telecomando e poi, dando un colpetto sul cuscino del divano di fianco al suo, aggiunse: «Vieni a sederti.»

Lei si lasciò cadere accanto a lui e si guardò intorno osservando tutta la stanza. Per la prima volta dopo una settimana, non c'erano i giocattoli di Harris sparsi per il pavimento.

«Misty è tornata a casa.» disse Noah. «Anche se ha detto che ti chiamerà la prossima settimana per guardarle Harris.»

Josie sorrise. «Lo immaginavo. Sarà strano senza di loro. Stavo iniziando ad abituarmi ad averli intorno. Anche quel cagnolino. E poi, cavolo, Misty è una cuoca eccezionale.»

Noah annuì. «Puoi dirlo forte. Però, devi ammettere, che anch'io me la cavo.»

«Sì, è vero.» disse Josie, guardando la sitcom che Noah aveva messo in muto.

«E poi potremmo prendere un cane, che ne dici?»

Si girò verso di lui, alzando le sopracciglia. «Potremmo prendere un cane? E come potremmo fare? Tu lo terresti il giovedì e ogni due fine settimana?»

Lui si avvicinò e le prese la mano. «Oppure potrei trasferirmi da te così non dovremmo fare a turno.»

«Cosa?»

«Non sei obbligata a darmi una risposta adesso.» disse rapidamente.

«Sul cane o sul trasloco?»

Noah rise e disse: «Su una delle due. O entrambe. Pensaci e basta.»

«Noah, ne abbiamo passate tante in queste ultime settimane, con il caso di tua madre. Sono convinta che nessuno di noi due sia abbastanza lucido per fare un passo del genere in questo momento.»

«Ecco perché ti ho detto di pensarci. Ti amo, Josie, e nonostante il modo in cui mi sono comportato durante il caso di mia madre, sono pronto a impegnarmi per il futuro. Per sempre. Se hai bisogno di più tempo, se devo dimostrartelo, sono pronto.»

Si avvicinò e la baciò.

«Ci penserò.» promise lei. «Ma c'è qualcosa che credo dobbiamo fare prima. Non appena la tua gamba starà meglio e prima di fare qualsiasi altra cosa.»

«Che cosa?»
«Dobbiamo prenderci una vacanza.»

Grazie mille per aver scelto di leggere *Il suo pianto silenzioso*. Se vi è piaciuto e volete rimanere aggiornati su tutte le mie ultime uscite, iscrivetevi al link che trovate qui sotto. Il vostro indirizzo e-mail non verrà mai condiviso e potrete disiscrivervi in qualsiasi momento.

italia.bookouture.com/subscribe/

Vi ringrazio per aver seguito l'ultimo caso di Josie e della sua squadra! Significa molto per me che continuiate a tornare nella città natale di Josie, Denton, per seguire le sue avventure.

Sono molto contenta di ricevere notizie dai lettori. Potete mettervi in contatto con me attraverso i social media qui sotto, compreso il mio sito web e la mia pagina Goodreads.

Inoltre, se ve la sentite, vi sarei molto grata se lasciaste una recensione e se poteste consigliare *Il suo pianto silenzioso* ad altre persone. Le recensioni e le raccomandazioni tramite il passaparola sono davvero utili ai lettori che scoprono i miei libri per la prima volta. Come sempre, vi ringrazio molto per il vostro sostegno. Per me ha un valore immenso. Non vedo l'ora di ricevere i vostri commenti e spero di rivedervi la prossima volta!

Grazie!

Lisa Regan

RIMANI IN CONTATTO CON LISA REGAN

www.lisaregan.com

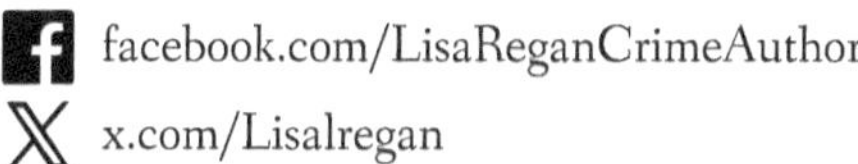

facebook.com/LisaReganCrimeAuthor

x.com/Lisalregan

RINGRAZIAMENTI

Come sempre, prima di tutto, devo ringraziare i miei meravigliosi lettori e fedeli fan! Il vostro entusiasmo per questa serie è un regalo straordinario che custodisco nel cuore ogni giorno. Non mi stanco mai di ricevere le vostre opinioni e apprezzo sinceramente ogni singolo messaggio!

Desidero ringraziare mio marito, Fred, per il suo incrollabile sostegno, per il suo umorismo e per avermi sempre spronata: tiri fuori il meglio di me e non potrei farcela senza di te! Ringrazio mia figlia, Morgan, per aver rinunciato alla sua mamma per così tante ore mentre scrivevo. Grazie alle mie prime lettrici: Dana Mason, Katie Mettner e Nancy S. Thompson. Grazie ai miei lettori di Entrada.

Grazie ai miei familiari, William Regan, Donna House, Rusty House, Joyce Regan e Julie House, per il loro costante appoggio e per non essersi mai stancati di darmi il loro sostegno. Grazie ai "soliti sospetti", le persone che fanno parte della mia vita e che mi appoggiano e mi incoraggiano, che diffondono l'uscita dei miei libri e che in generale mi fanno andare avanti: Maureen Downey, Carrie Butler, Ava McKittrick, Melissia McKittrick, Andrew Brock, Christine e Kevin Brock, Laura Aiello, Helen Conlen, Jean e Dennis Regan, Debbie Tralies, Sean e Cassie House, Marilyn House, Tracy Dauphin, Dee Kay, Michael Infinito Jr., Jeff O'Handley, Susan Sole, la famiglia Funk, la famiglia Tralies, la famiglia Conlen, la famiglia Regan, la famiglia House, la famiglia McDowells e la famiglia Kays.

Un grazie alle adorabili persone del Table 25 per la loro saggezza, il loro incoraggiamento e il loro buon umore. Vorrei anche ringraziare tutti i simpatici blogger e i recensori che hanno letto i primi cinque libri di Josie Quinn, per aver continuato a leggere la serie e per averla entusiasticamente consigliata ai loro lettori!

Grazie mille al sergente Jason Jay per aver risposto – senza mai perdere la pazienza! - a tutte le mie domande sulle forze dell'ordine a qualsiasi ora del giorno e della notte. Gli sono incredibilmente grata! Vorrei ringraziare Oliver Rhodes, Noelle Holten, Kim Nash e tutto il team di Bookouture per aver reso questo fantastico viaggio possibile e divertente come nessun altro nella mia vita. E infine, ma non per questo meno importante, grazie all'incredibile Jessie Botterill, che in qualche modo riesce a tirare fuori il meglio di me ogni volta. Non smetti mai di stupirmi e non potrei, e non vorrei, fare tutto questo senza di te.